国家社科基金
GUOJIA SHEKE JIJIN HOUQI ZIZHU XIANGMU
后期资助项目

明末清初女性文学空间研究

The Study of Female Literature Space in Late Ming and Early Qing Dynasties

吴　琳　著

ZHEJIANG UNIVERSITY PRESS
浙江大学出版社
·杭州·

图书在版编目（CIP）数据

明末清初女性文学空间研究 / 吴琳著. — 杭州 ：
浙江大学出版社，2022.11

ISBN 978-7-308-23023-0

Ⅰ. ①明… Ⅱ. ①吴… Ⅲ. ①中国文学－妇女文学－
古典文学研究－明清时代 Ⅳ. ①I206.4

中国版本图书馆 CIP 数据核字（2022）第 165257 号

明末清初女性文学空间研究

吴　琳　著

责任编辑	吴　庆
责任校对	吴心怡
封面设计	项梦怡
出版发行	浙江大学出版社
	（杭州市天目山路 148 号　邮政编码 310007）
	（网址：http://www.zjupress.com）
排　　版	杭州朝曦图文设计有限公司
印　　刷	杭州钱江彩色印务有限公司
开　　本	710mm×1000mm　1/16
印　　张	16.75
字　　数	290 千
版 印 次	2022 年 11 月第 1 版　2022 年 11 月第 1 次印刷
书　　号	ISBN 978-7-308-23023-0
定　　价	68.00 元

国家社科基金后期资助项目
出版说明

后期资助项目是国家社科基金设立的一类重要项目，旨在鼓励广大社科研究者潜心治学，支持基础研究多出优秀成果。它是经过严格评审，从接近完成的科研成果中遴选立项的。为扩大后期资助项目的影响，更好地推动学术发展，促进成果转化，全国哲学社会科学工作办公室按照"统一设计、统一标识、统一版式、形成系列"的总体要求，组织出版国家社科基金后期资助项目成果。

全国哲学社会科学工作办公室

序

今人对于古人的了解,总体来说,还相当粗略和偏颇。说其粗略,是因为年代久远,往昔的人和事,从前的社会风貌,被时间的尘雾所遮蔽,今人看到的常常是由朝代年表、大事记、名人传、概念、定义勾画的历史,就像一张像素很低的照片,从中虽能看到基本轮廓,但经不起局部的放大;说其偏颇,则是依照新历史主义的观点,历史本质上是被叙述出来的,叙述者有意无意间都会带有自己对历史的理解和判断,从而影响叙事的客观和全面,因此其所呈现的历史难免会有视角的局限或情感的折射,就像一张加了滤镜的照片,虽不算造假,但和真实之间存在"色差"。

具体而言,今人对中国古代女性的生存状态和社会地位,就普遍存在着较为固化的笼统判断。自"五四"以来所建构的历史认知,普遍认为从母系社会进入父系社会后,基本确定了男尊女卑的性别地位落差,由此而形成的伦理道德规范给古代女性套上了重重枷锁。在"男女授受不亲"、"三从四德"等伦理规训勾勒出的社会景象中,似乎中国古代的男性和女性是两个平行的世界,"男主外,女主内",女性深居闺阁,足不出户,一道高墙将女性和外面的世界森然隔开;婚后的女性,最重要的任务就是相夫教子,侍奉公婆,除此之外没有其他生存意义。被要求卑弱敬顺的女性除了"主中馈",根本不能主宰自己的生活。古代女性的命运,随着礼法观念和制度的不断强化而愈来愈悲惨。时至明朝,在规训女范、倡导女德方面,达到了空前的程度,以至于《明史》中记载节妇烈女的数量,远远超过此前的任何朝代。上述关于古代女性社会地位和命运的基本判断,并没有什么差错,但不见得完整和准确。比如对于民间社会普通女性的生活世界,凡是读过《金瓶梅》《醒世姻缘传》的读者,获得的感受恐怕会与上述判断有很大的不同。那么,身处政局混乱、思想激荡、社会撕裂的特殊时代的闺阁女性,她们的自我认知、行为方式、真实的生活和情感世界又是怎样的呢?吴琳的这部著作,给出了自己的答案。

吴琳选择明末清初女性诗人的生活与创作作为研究对象,就是着眼于这一时期对于中国传统社会而言是一个政治、经济、思想、文化乃至社会生活各方面急剧变化的非常态时代。关于这一时期女性作家的研究,以 20 世纪八十年代陈寅恪《柳如是别传》的出版为先声,近二三十年来已成为古代文史研究的热点,海内外学者的相关学术成果已复不少。吴琳此项研究的与众不同之处,除了将明末清初人数众多的才女群体作为一个整体加以考察外,更值得关注的是将文学史研究惯常所采用的时间之维,换成了空间之维,以"文学空间"为切入口,进入女性作家的生活世界和文本世界。

何为"文学空间"?作者指出:"文学空间,即文学文本创造的世界。它与作者所处的世界,并不是一一对应的关系,但也不意味着作者可以随心所欲地驱使风云物色,卷舒于眉睫之前。"也就是说,文学空间是融合了现实世界和文本世界、生活空间和精神空间的复合空间。从本书所展开的论述看,文学空间同时还包含了作家的文学活动空间。明末清初的才女们的生活空间主要是"闺阁",她们的文学活动空间则超越了"闺阁";她们的文本所创造的空间,则更为广阔且丰富。既然是空间,则必有边界。概言之,本书所呈现给读者的,是明末清初的才女们以前所未有的勇气和才情,挣脱名教桎梏和现实羁绊,奋力拓展现实生活空间和文学世界,进行的一场从身体到精神的"突围"。

在总体描述明末清初女性诗人群体崛起的绮丽景观和社会文化环境之后,作者从才女生活世界的考察入手,进而展开其文本世界的阐释。本书有针对性、有重点地生动揭示了明末清初女性作家的时代遭际、角色转换和社交网络的复杂性和特殊性。因为宦游、战乱、家变等诸多缘由,这一时期的才女们,得以走出闺阁,奔走四方,因其才情而被男性文人士大夫所接纳,其作品得以被征选、出版与传播,才媛名声更获显扬,甚至一定程度上消弭了性别隔阂,融入男性的文学社交圈中。读者可以看到,山阴的"同秋社"、杭州的"不系园"、如皋的"水绘园"、常熟的"胎仙阁"、南京的"僻园"……一处处文人雅集的场合,无不活跃着才女们的身影,"她们"和"他们"酬酢唱和,真可谓"巾帼不让须眉"。如山阴才女王端淑,几乎完全以独立、平等的身份出入男性社交圈,"对客挥毫,同堂角麈,所不吝也",甚至还为丈夫代拟诗文,钱谦益径直以"王大家夫妇"、"王玉映夫妇"称呼二人,可见王端淑在人们心目中的地位。另一位才女黄媛介,其生平行止则更显自立与自主。她身逢乱世,常年漂泊转徙,靠卖文鬻画、当闺塾师维持生活。她性情沉静,才思敏捷,"倚马自命,落纸如烟,三吴八越啧啧称赏",著名文人邹漪、钱谦益、吴伟业、朱彝尊、施闰章等与其多有交往唱和。走出闺阁的才女们,其创作也自然对接与融入了男性文学传统,或寻幽访胜,或怀古伤时,所作诗歌的内容、主题、风格得到极大的拓展,总体而言呈现出显著的男性化趋势。

才女们走出闺阁,有的是迫于当时形势而做出的无奈选择,如黄媛介成为"不系园"的常客,与男性文人诗酒应酬,部分原因是对主人汪汝谦的资助周急有所依赖,以求得生活的安定。但更多的才女则是不甘于泯灭自己的才情,不满于社会性别角色所强加的身份标签,而主动介入男性社会的,她们以实际行动和文学创作,"扮演"起传统文人士大夫的角色:有的以"隐者"自居,通过诗词抒发高逸之心志;有的在朝代鼎革、外族入主之际,慨然而为"女遗民",尽显家国情怀;有的干脆"着男士服",有"林下风";更有刘淑这样"毁尽钗镮纾国难"、倡兵抗清的女侠;有吴绡这样只听从自己的感情而不顾世俗道德规训的至情女子……。这一时期才女们的种种表现,完全不同于今人对古代女性的概念化认知。不过,当时社会文化环境对女性的限制毕竟仍是严酷的存在,普遍的道德观念和性别意识并不接受现实中的"男女平等"。才女超越性别角色的内在渴求,更多时候只能体现在文本世界中,通过文学想象建构出心中的"桃花源",或延续"宫词"传统抒发孤独怨苦之情,或在寻幽访胜中寄托"诗意栖居"的美好理想。

本书的最后一章,又把读者的视线引回到闺阁中来。吴江叶氏的"午梦堂"、以顾若璞为首的杭州"蕉园七子"、山阴祁氏"寓山"、桐城方氏"清芬阁"等,在这些专属于女性的文学空间中,或母女赓和,或姐妹切磋,或闺中密友同气相求,形成具有家族色彩的才女群体和浓郁的诗文创作氛围,乃至弥漫而成"以文史代织纴"的闺阁风气。而传统的家庭伦理秩序,在这时候也出现了些许的松动,女性的家庭地位,往往与其才学的高低成正比,有的才女实际上成为了其家庭的权力中心和精神核心。

随着政治秩序日益巩固、社会运行逐渐稳定,到了康乾之际,名噪一时的才女群体逐渐萎缩并终至消歇。此后虽涌现了陈端生、席佩兰、吴藻等才女,但才媛并起、各擅胜场的壮观图景终成绝响。明末清初江南才女崛起于动荡岁月,她们主动选择与传统女性不同的人生道路,用行动和文字,书写了闪耀着生命亮色的华彩篇章。这是一群才情卓异的女性,她们的人生富有传奇色彩,她们的出现是古代妇女生活史、文学史上一个特异的文化现象,不应该被忘却,而且值得深入研究。文史研究的目标之一,是通过对过往时代、人物、事件的历史考证和情景还原,透过外在现象探索内在联系,力求把握普遍性的规律或趋势,得出某些宏观结论和总体判断。整体判断和规律把握的重要意义自不待言,但历史这棵大树除了有主干和分枝,还有那些横逸斜出的枝枝叶叶,有着多元共生的文化生态。历史并不总是在因果律中循序渐进的,有时候会发生突变、停滞甚至倒退,出现昙花一现的人和事,这些超出历史大趋势大规律之外的特殊现象,恰恰昭示后人以历史发展的多重可能性。对这些特殊现象的关注、梳理和研究,其价值并不亚于规律性的探求,至少是同等重要的。吴琳的这项研究,正是在这一层面所进行的锐意探索,并取得了可喜的成果,当然也还有继续拓展的空间。

我相信,无论对于专业研究者,还是普通读者来说,这都是一本引人入胜的著作。从学术创新的要求来看,首先体现在研究视角和方法的新颖。如前所述,"文学空间"这一研究视角,能够有机整合研究对象的生活世界和文学世界,并以空间维度有效地拓展了研究视野。其次,作者挖掘了丰富的文献材料,刮垢磨光,通过交际网络的梳理,真实还原了明末清初女性作家的生活图景,并聚焦于女性作家生活与创作的若干重要问题,提出了有创见的学术观点。第三,作者具有敏锐的文学感悟力和文本阐释能力,通过文本细读,将女性作家的创作心态和作品中所流露的细腻情感做了抽丝剥茧的分析,深中肯綮。同时,这又是一本颇具可读性的著作,既严格遵循学术规范,又不陷入繁琐考证和抽象思辨,而是以空间转换为脉络,娓娓道来,运思细腻,文笔优美。作者采用了从生活世界到文本世界、从行为表现到情感活动的推进式结构,从第二章到第五章,就像四幕话剧,又像长篇叙事歌行,书中所涉男男女女络绎登场,不系园、水绘园、同秋社等场景就是人物活动的舞台,而女性化身为"隐士""侠客""遗民"的"角色扮演"让观众目眩神迷;其中不乏各种戏剧性的生动情节,也隐含了作者对研究对象的理解与同情。而高潮过后,归于寂寥,以才女群体复归闺阁、趋于潜流而告终,让读者不禁产生绵长的叹惋。

本书是吴琳在博士论文的基础上修改而成的。吴琳本科时攻读计算机专业,因为从小爱好文学,而考上了古代文学硕士研究生,跟随朱则杰教授专攻清诗研究。吴琳雅爱书法、围棋,旧体诗词创作颇见功力。在讨论博士论文选题时,她提出这个研究方向,我虽对明清诗文研究关注不多,但直觉这个选题具有足够的研究价值和较大的开拓空间,又能切合其兴趣爱好和已有的专业研究基础,因此鼓励她做下去。她最终提交的博士论文,得到了评审专家的好评。两年后,以博士论文为基础的书稿,又顺利获得了国家社科基金的出版资助。书稿付梓之前,吴琳希望我写序,我实在没有理由推脱。在重新通读全书的过程中,脑海里常常浮现与吴琳在去教室的途中、在办公室讨论修改论文的情景,更多则是阅读中新的收获和喜悦。

是为序。

楼含松

2022 年国庆节于杭州

前　言

本书以处于古代女性创作首个高峰期的明末清初才女群体作为研究对象。从"闺阁"这一特定位置，进入明末清初的历史情境，观察知识女性如何在既定的认知限度与经验范围中，通过文学写作向外延展自我的生命。并从总集编纂、社交网络、身份角色、想象记忆等维度，与传统、与男性、与世界展开多重对话，塑造"闺阁"社会空间之中的女性生命情境。

绪论部分，首先提出在古代文学研究中引入空间理论的意义，对其概念与范围作出界定。其次，回顾女性研究的相关成果，指出学术界的空间转向对女性文学研究的启示。最后提出女性文学空间研究的路径与方法。

正文凡五章，其间议题彼此交织，互相含涉，对明末清初女性文学空间进行立体、多维的审视：

第一章着眼于文献编纂与文学格局的关系，分别讨论明末清初女性总集编纂的两大类型：商业性的通代型总集、文人化的当代型总集，以及其中投射的市民、文人、闺秀、青楼等不同群体的价值诉求与诗学倾向。第一部分，总结晚明三十多部通代型总集所陈列的古代女性文学传统，指出其"仙俗杂陈"的特殊面貌，及这一现象的生成环境与编者心态。第二部分，梳理清初当代型总集呈现的以才女四家族、诗媛八名家等为代表的女性文学格局，围绕这一格局展开的话语角逐与编纂策略，显示了清初不同女性文学群体的并峙与混融。

第二章以文学交往为视点，钩稽清初女性与文坛名流的关系网络、社集活动与空间形态，揭示文学作品在交往中的媒介功能。第一节、第二节对明清之际的两性文学互动作一整体概览，梳理"不系园"、"水绘园"、"同秋社"等社集活动史实。第三节对顺治五年"湖舫诗会"作专题研究，考证集会始末、成员及行迹；阐释集会诗歌文本与湖舫宴游空间的微妙映射，从政治立场、地域背景、文学世代、亲疏关系等角度，剖析特定公众空间中的两性文学互动与话语融合；并以钱谦益《留题湖舫》诗为例，解读女性社交空间在明末清初历史氛围中形成的多元意涵。

第三章聚焦于作者，观察置身于闺阁的"规定情境"之中，女性如何扮演隐者、遗民、侠女等文学角色，突破固有的闺媛形象，寻求更广阔的社会认同。与传统的"士隐"、"朝隐"、"吏隐"相比，明末清初集中出现的"闺隐"，强化了女性在隐逸生活中的主导作用。"女遗民"的身份标识，则经由男性书写与女性自我确认，实现由家而国的角色延伸。此外，"侠女"、"英雄"、"名士"等多重形象的自我塑造，也体现了明末清初女性"非女子之本色"的特殊风貌，与当时文坛形成深层呼应。

第四章进入文本空间，发掘闺阁之外的女性写实、想象与记忆。随着明清时期女性现实生活的足迹拓展，其写作边界也突破闺阁一隅。"桃源"、"都城"、"宫廷"等地景书写，是女性在地理风物体验的基础上，整合传统、回忆与想象的文学空间创造。这类作品的结构情境，与男性积淀的典故、意象与抒情程式存在关联。一些文本还积极在闺外世界创建女性文学地标，赋予它们从未被阐释过的意义，从而成为历史的参与者与创造者。

第五章立足闺内，研究女性家庭文学活动对传统闺阁认知的重塑。家族性女诗人如"午梦堂"、"寓山"、"西园"、"蕉园"与"清芬阁"女诗人群，因自然环境、家风濡染与家庭际遇之别，呈现了闺阁生活的不同面目。通过知识女性的生活实践，"德、容、言、工"的女性传统角色规范与儒家伦理秩序，也经历了不同程度的调整。面对传统闺情诗的陈规套路及脂粉气等批评，女性展示其自我意识，开辟了一种"清"与"灵秀"的文学风格。柳如是、吴绡笔下的男性形象摹画，也为身处"镜中之我"困境的女性闺情诗带来了新颖视角。

余论部分，补充空间视角下明末清初在清代女性文学中的定位，并作进一步研究展望。文末附本成果主要征引书目。

目　录

绪　论

一　文学空间释义

古代文学是发生在过去的，一种历史的存在。沿着时间回溯过去，厘清源流演化之迹，遂成为文学史叙述的不二模式。只是，以若干线索来统辖复杂的文学表现，其间叙述愈是脉络清晰、统贯分明，反而离彼时的实际越远。究其实，它所建构的，只是一种观念而非事实层面上的历史。事实已然缄默，观念则随时空推移而处于永恒的变动中。当观念取代事实，变成世人心中不言而喻的常识；当各种异质性、非连续的文学现象，不断进入研究者视野，修正着通向过去的路径。更值得反思的，恐怕是这种通过历时话语来定位研究对象的惯习，以及其所积淀的思维模式与价值体系，是否具有毋庸置疑的合理性。

横亘在今天与过去之间的，不仅有时间的流逝，更有空间的距离。后者常常不受纷繁变化的表层人事所影响，其历史时间呈现着缓慢、停滞的状态。在古代，不同的人群，往往占据着相对稳定的位置，带来物质、社会、心理的多重区隔。如帝王之于宫廷、市民之于里巷、女性所处之闺阁、文士游心之书斋、隐士居处之山野。空间是各种权力意志渗透的所在，也是文学情思兴感生发的场域。像行旅之舟楫、雅集之园林、吊古之胜迹，均是文学活动的典型空间形态。作者呼吸领会，随物赋形，融铸成不同的心灵体验与文学话语，在相似的历史情境中形成四季流转、古今应和的循环。这些旧的情境，已然远离现在的生活。研究者既乏深切的体验，亦难予以充分的重视。在当代的文学史视野中，空间不是被描述为一个大而无当的背景介绍，便是作为零星琐屑的诠释语境，总之是游离于进化线索之外的、无关紧要的表达。然而，倘若不再将空间视为一个被动等待事件发生的场所，而关注到它本身所蕴含的人类意识，由此来贯通文学的研究，实则更能揭示历史发展的根源。《礼记·经解》有云："疏通知远。"指的就是疏通道路，可以看到更远的空间。真实的文学活动的历史，显然不是把几种文体的演变史，穿插拼合在一起。同一时期的文学格局，也并非各类文学场域的简单并置,而是"世事人情,如铁环连琐,密相衔接"①,充满了复杂的联系。就像远近高低的群山在亿万年经历的地貌变化,每座山峰的生成、成长、消亡都不是孤立的,其下活跃着板块的碰撞与熔浆的流动。文学场域亦充斥着复杂的力量,新与旧在其内部不断转化、派生,不断通过文学活动的交流、作者身份的认同与知识的传播,展开动态的交往与对话。不同空间的融合杂糅与矛盾挤压,才是变化产生的根本原因。

空间作为一种研究对象、视角与价值标准,不仅可以探知被时间叙述所掩蔽的丰富细节,恢复对古人生活情境的想象力,更因其有别于重源流、讲承变的线性叙述,从而有助于反思习而不察的陈见,重新审视过去的价值,认识到各种文学史话语形成的深层机制。近年来,一些研究者呼吁学界重视对文学展开的空间观察②,但是就文学空间研究的范围,还有待进一步的明确阐述。本文所关注的文学空间,与近年兴起的文化地理学,殊途而同归。传统地域研究所建构的乡贤传承、地域文化传统,仍然不免向时间叙述妥协,将复杂事象化简归并成某些一脉相承的存在。文学地理以某一特定地理文化环境为立足点,通过建构整体文学地图,可以从根本上改变文学史的主导叙述模式。不过,正如肥料无法解释鲜花,从文化地理层面论述某地文学发展与特征,往往仅能以宽泛笼统的方式进行,对于某些跨地域现象的分析,更是捉襟见肘。相比而言,空间是一个更为抽象、也更具延展性的概念,它凸显的是文学占据的相对位置,以及在此特定位置上获得的认知限度与经验范围。它不是依附于时间的容器,也不是从属于事件的舞台,而是一种生生不息的、创造历史的力量,并与文学表达有着更为深层紧密的联结。

文学空间,即文学文本创造的世界。它与作者所处的世界,并不是一一对应的关系,但也不意味着作者可以随心所欲地驱使风云物色,卷舒于眉睫之前。翻开那些动摇人心的诗篇,有些是耳闻目见的真实,有些召唤着记忆与历史,有些则源自心灵深处的梦想,但都离不开作者对所写对象鲜明真切的感受与思考。生命意味着空间的居有,意味着从经济基础、阶层身份、政治立场到文化取向、艺术品位的多重社会区隔。每个作者身处其间,以万象纷呈触动心灵感知,借身份定位深化群体认同,从文体程式对话文学传统,在想象虚构中宣发情志生命。文学文本自身,即成为空间创

---

① 陈寅恪《柳如是别传》,上海古籍出版社 1980 年 8 月第 1 版,下册第 835 页。

② 钱念孙《文学横向发展论》,上海文艺出版社 1989 年 8 月第 1 版,第 2 页;陈引驰《地域与中心——中国文学展开的空间观察》,《社会科学》2005 年第 2 期。

造的重要力量。

在古代，女子与男子的定义，也是通过创造空间的区隔而确立的。世人对男性与女性文学的度量，便常着眼于内外之别。民国谢无量云："然自来文章之盛，女子终不逮于男子者，莫不由境遇之差。"境，是相对恒定的生活空间；而遇，常意味着空间转换。这一静一动，构成了生命存有的动态平衡。作者的意志、情绪与生命感兴在空间一张一弛中蓄积与释放；作品的意象、境界与气象格局也随目光的绸缪往复而流转与延伸。在古典诗学批评中，往往强调心期于大，才能摆脱环境拘限，以片景孤诣接通宇宙的精神节奏。清末朱庭珍《筱园诗话》品第历代著名诗人云："大家如海，波浪接天，汪洋万状……名家如长江、大河……小家则如一丘一壑之胜地。"①便是以空间作为批评尺度的典型体现。文学空间融合着作者的整体生命与精神，追求更高远的位置与更广阔的视野，实为人的本性，不独女性而然。

古代女性所处的闺阁，是传统历史叙述所掩蔽的门内世界。打开这处空间，不仅要寻绎其间历史的遗留，亦需抖落覆盖在其表层的话语群象。在古代，闺阁女性的文学，与男性创作的闺阁文学常常被混为一谈。可见世人书写、创造的闺阁文学话语，实已成为社会范畴的"闺阁"的一部分。自由与压抑，交织在女性的空间体验与话语之中，是一对相生相克的永恒伴侣。作为儒家伦理世界中家国秩序的支柱，内与外的规则与界限，究竟在多大程度上凸显文学叙述的建构性与文学想象的创造力？处在门内的女性，又如何看待她们所生活的小天地？

不妨透过当时女性的文学言说，还原其在话语笼罩下的自我定位。明末清初士绅家庭产生了近千名才女，形成了历史上女性创作的第一个高峰时期，是当时社会、政治与文化景观中一股不容忽视的力量。清末民初，则是传统意义上的"闺阁"解体的时期。就社会整体的现象、话语、风气来看，明末清初与清末民初之间拥有诸多深层的相似，也成为研究者的共识。大厦之倾显非一日之功，在"西方到来"之前的中国自身内部社会的审视中，明末清初的女性活动无疑是一个极好的切入点。一小撮群体的事实虽然难以形成某种普遍的结论，但足以瓦解某些"普适性"的典律。明末清初才女与男性文人成长在相同的教育背景、文化环境与历史氛围之中，其与男性、与传统、与社会展开纷纭杂陈的互动，显然超乎人们的想象。当她们将潜流暗涌的生命渴望，皆施展于文学的领域，是否能由内向外拓展生存疆

① 朱庭珍《筱园诗话》卷二，见郭绍虞《清诗话续编》，上海古籍出版社 1983 年 12 月第 1 版，第 4 册第 2369 页。

界,跨越个人、社会及公众领域界限?女性文学空间与"闺阁"之间又有哪些联系与互动?这些问题,都有待更为具体的讨论。

二 相关学术成果回顾

迄今为止,以明清才女为对象的研究,已涌现了数量可观的成果。这些成果凝聚的先贤智慧学识,是本文赖以推进的基石;而其间的局限与掣肘,也是笔者转换思路、寻求突破的内在动因。就明末清初而言,女性作品的整理、发掘与批评,在当世即已进行。陈维崧《妇人集》、王端淑《名媛诗纬初编》、王士禄《燃脂集》、徐树敏《众香词》等专门性的女性总集与钱谦益《列朝诗集小传》、朱彝尊《明诗综》等综合性总集载录女性的部分,不仅是后世女性总集编纂的文献来源,也通过作品编排与诗话评点,建构了明末清初女性创作的格局,在本书第一章中将有专门讨论。在清中叶而下一系列的女性专门总集诗话如汪启淑《撷芳集》、完颜恽珠《国朝闺秀正始集》、黄秩模《国朝闺秀诗柳絮集》、沈善宝《名媛诗话》中,亦包含了明末清初女诗人的记载与评述。在清亡以前,女性作品并未被文学主流遗忘,从钱谦益"真情"、王士祯"雅正"、袁枚"性灵"、况周颐"重拙大"等理论主张中,均可见闺秀作品作为实践诗学思想的典范。在女性作品的美学分析上,也沿用了与男性相同的传统诗学批评框架,多为辨别诗学家数、风格印象的点悟式批评。

进入 20 世纪后,才女研究移动到边缘化的位置。直到近二十年才蔚然而兴盛,俨成一门显学。其升沉起伏,与整体学术思潮的转换息息相关。以下就不同时期的研究成果与路数,择要略述如下。

(一)民国时期

清末民初的社会动荡中,一方面掀起了有清一代女性作品整理与总结的热潮,涌现出徐乃昌《小檀栾室汇刻闺秀词》、施淑仪《清代闺阁诗人征略》、单士厘《清闺秀艺》等文献总集。一方面对女性创作进行系统性的文学史总结,并受到"五四话语"的影响,呈现出一种极端化的思维方式与价值评判。陶秋英《中国妇女与文学》(民国二十二年[1933]北新书局),指出历史上的女性全部是受纲常礼教迫害的,而其文学创作,则是压迫中的真实呼声。胡适《三百年中的女作家——清闺秀艺文略》序文,虽然讶异于清代女性作家的数量,认为这是"文化史上的一大发现",却径将这些女性作品评价为"大部分是毫无价值的"。这一评断曾为秉持女性主义的研究者引用,视为男权社会对女性作品的轻忽,实际上恰恰相反。胡适所云"毫无价值"，针对的不是女性，而是占据了主要篇幅的诗词。而文中拈出的小部分获得胡适肯定的女性著作，均属于算学、医学、史学、经学这类经世致用的领域。该文还对女作家生成作出了初步的分析，认为"不是环境适宜于产生女作家，只是女作家偶然出于不适宜的环境之中"①。用偶然性显然并不足以解释清代女性创作的繁荣。只是为了推动妇女解放，需要激烈否定过去，强调旧制度的不合理性。胡适的另一篇文章《贺双卿考》，怀疑清代农妇女诗人贺双卿的真实性，认为是清代文人虚构想象的产物。处在当时的历史氛围，清代女性文学的成就难免遭到忽略，尤其是新文化运动要批判的对象，正是以诗词为代表的旧文学。谭正璧《中国女性的文学生活》（民国二十年［1931］光明书店）就是以"一代有一代之文学"观念来重塑历史的著作，于明清时期便以小说戏曲为正宗，集中探讨了一批女性曲家。

在这新旧交替、旧学受到批判的时代，梁乙真《清代妇女文学史》（民国二十一年［1932］中华书局排印本）是与当时的新思潮保持适度的距离，因而较为客观地总结了清代女性创作成就的著作。该书延续了明清闺秀诗话的框架，罗列生平、诗词并加以点评。全书将清代女性创作分为前、中、后三个时期，将女诗人个案按照地域、家族或内容汇入不同章节。在第五编中，总结清代女性创作从蝉蜕、极盛到衰落的发展状况，不少结论至今仍具参考价值。

（二）新中国成立后至20世纪70年代

这一时期明清女性文学研究较为沉寂，表现为星星点点的个案研究，文体上较侧重于戏曲、弹词。从社会性别角度出发的著作，多注重中国革命与妇女解放的关系，常常将中国妇女视为一个整体来讨论。不过，在这一时期仍然出现了两部分量极重的成果。一部是胡文楷《历代妇女著作考》，汇辑了从汉至清末民初四千多位有作品结集行世的女作家，其中清代三千多人。作者小传部分，包含了大量姓氏、籍贯、婚姻关系、生平轶事的考证成果，别集罕见还收录其中的序跋文章。该书是目前历代女性著作最完备的目录书，被视为"古代妇女文学研究的现代起点及其拓展"②。

另一部是陈寅恪《柳如是别传》，作为一代史学宗师，陈寅恪燃脂冥写十余载，以深厚功力钩沉索隐明季清初各家著述，进入到明末清初的历史情境之中，通过一介女子与当时男性文人的交往与互动，再现鼎革之际的士林沉浮与社会动荡。全书结构分五大章，考证柳如是初访半野堂前事迹

① 胡适《胡适文存.3》，华文出版社2013年7月第1版，第485页。
② 胡文楷《历代妇女著作考》，上海古籍出版社2008年8月第2版，第1199页。

直至殉家难后之附带事件,以柳如是踪迹为核心,详述其与陈子龙、程嘉燧、谢三宾、宋辕文、李待问等文人之关系。书中处处感慨兴亡,褒贬贯注,意味深长。不论是对历史场景的复原,还是对文本幽旨的品读,对本文所着眼的女性文学空间研究都具有典范意义。作者高度赞赏柳如是的性情才华,称自己"即河东君之清词丽句,亦有瞠目结舌、不知所云者,始知禀鲁钝之资,挟鄙陋之学,而欲尚论女侠名姝文宗国士于三百年之前,诚太不自量矣"①。在另一篇文章《论〈再生缘〉》中,不仅推崇陈端生之天才卓越,更阐发了《再生缘》思想意义:"则知端生于吾国当日奉为金科玉律之君、父、夫三纲,皆欲藉此等描写以摧破之也。"②其怜惜女性才华之心,实与明清文人的态度有着深层的契合。而其关注点从名公巨卿下移至小人物,彰显古代女性自尊、独立的声音,这一前瞻性的学术理念已经在近年来的史学转型中得到实践。当代史家何炳棣、严耕望与学者钱钟书囿于陈见,对这两部"舍大取小"的著作难以理解,实未能领略其以自由思想突破传统学术秩序的意义。

(三)20 世纪 90 年代至今

近二十年来的明清才女研究,是在改革开放后东西方学术交流碰撞的契机中蓬勃开展起来的。西方学者接触到明清时期女性文献资料后,以"重新发现"来形容其内心的震撼,在印象中封闭、落后的明清社会,竟然诞生了如此大规模的女性创作,以致"没有任何一个国家能拥有数量如此之多的女性诗歌选集或别集"③。这一发现,也令西方学者开始重新思考中国古代伦理秩序与社会生活的关系。孙康宜率先向西方介绍了明清女性的作品,并通过长期关注和努力确立了中国古代女性写作在美国汉学研究的地位,其研究成果汇辑在《文学经典的挑战》、《陈子龙柳如是诗词情缘》等著作中。对我国大陆学界影响最为深远的研究,来自史学家高彦颐与曼素恩。"海外中国研究丛书·女性系列"中的《闺塾师——明末清初江南的才女文化》(高彦颐著,李志生译,江苏人民出版社 2005 年)和《缀珍录——十八世纪及其前后的中国妇女》(曼素恩著,定宜庄、颜宜葳译,江苏人民出版社 2005 年),原版皆出版于 20 世纪 90 年代。这两部书着眼于不同的历史时期江南妇女实际的生活状态,对造成女性文学繁荣的经济背景、社会

① 陈寅恪《柳如是别传》第一章《缘起》,上海古籍出版社 1980 年 8 月第 1 版,第 4 页。
② 陈寅恪《寒柳堂集》,生活·读书·新知三联书店 2001 年 4 月第 1 版,第 57 页。
③ 见 Kang-I Sun Chang "Ming and Qing Anthologies of Women's Poetry and Their selection Strategies", Writing Women in Late Imperial China, Stanford University Press,1997,pp.147.

结构与文化环境均做出了令人信服的分析。其共同的功绩,在于推翻五四话语主导下的女性"受压迫"的单一形象,强调女性的主体性与能动性,促使人们重新评估女性文学的内在活力,以及女性在中国历史与文化中的定位。自兹而后,明清女性研究沿着这一大方向前进,成为学术研究的热点。我国台湾地区洪淑苓、梅家玲等合著有《古典文学与性别研究》(台湾里仁书局 1997 年),从性别角度重新审视古典文学中的女性空间。张宏生主编《明清文学与性别研究》(江苏古籍出版社 2002 年)选录 2000 年明清文学与性别研究国际研讨会的五十四篇文章,就有不少围绕明清女性创作展开,涵盖了女性创作与家族文化、男性评价、文学史意义、儒家文学观念等多元化的议题,推动了海内外学者在这一领域的对话。

随着才女文化诞生的经济社会背景的充分挖掘,对女性作品的研究开始向细化与专门化的路径上发展,致力从性别角度揭示女性创作的深层心理。几部整体性的研究力求全面,从宏观上划出清代女性文学研究的轮廓。郭蓁《清代女诗人研究》(北京大学博士学位论文,2001 年 5 月)着眼才女生成的家庭教育、文化环境,以扎实的文献材料展示清代女诗人的基本面貌,并总结了女性创作的各类题材风格,指出女性创作偏于朴素白描的语言艺术特征。钟慧玲《清代女诗人研究》(台湾里仁书局 2000 年)与段继红《清代闺阁文学研究》(南开大学出版社 2007 年)这两部论著,皆采用了综论加个案的模式。在综论部分,钟著对晚明而下才女兴起的原因,从晚明社会思潮启迪、清代文学风气影响、男性文人的奖掖、官宦世家的提倡、妇女选集的编选这几大方面作了详尽的分析;并以若干具体个案,再现清代女诗人结社、从师、交游的情况。段著主要着眼于清代女性心路历程的觉醒,重点探讨了代表性的题材类型与艺术风格,对女性才名焦虑与性别遗恨的解读发人深省。这些著作中的女诗人个案研究,也推动了徐灿、吴绡、王端淑、蕉园诗社、随园女弟子、汪端、沈善宝、吴藻这一批诗媛名家的经典化进程。

女性词的研究,因学界对清词复兴的重视而受到特别的关注。严迪昌《清词史》(江苏古籍出版社 1990 年)专设第五编"清代妇女词史略",突破了传统的文学史观念,给予清代女性创作一定的地位。邓红梅《女性词史》(山东教育出版社 2000 年)占据大半篇幅的明清部分,以花事代谢比喻女性词坛的盛衰,通过文本解读女性的生存状态与生命理想,构建了一代女性的心灵史。黄嫣梨《清代四大女词人——转型中的四大知识女性》(汉语大辞典出版社 2002 年)从四位女词人出发,建构女性从深闺走出,向独立自主的现代女性转变的渐进过程。这一建立在若干个案上的纵向线索未必可靠,但就词人创作心态与社会、婚姻、宗教观念的分析则细致入微。赵雪沛《明末清初女词人研究》(首都师范大学出版社 2008 年)集中关注明末清初时期徐灿、朱中楣等十几位女词人个案,考证其生平行迹与创作活动,对这一时期女词人在词作主题、艺术特色进行总结。鲍震培《清代女作家小说弹词论稿》(天津社会科学院出版社 2002 年)在发掘考证出清代三十六位女作家的三十八种小说弹词的基础上,探讨了女性写作弹词小说的读者群体、自我视角、性别意识与爱情心理等一系列问题。并以《天雨花》、《榴花梦》、《再生缘》等作品实例,揭示其中展示的历史关怀、政治理想、伦理取向、宗教意识等方面与主流意识形态的融汇冲突,全书渗透了作者对女性书写的思考,颇多创见。胡晓真《才女彻夜未眠——近代女性中国叙事文学的兴起》(北京大学出版社 2008 年)亦从弹词小说入手,第一部分围绕女性阅读与创作,解释女性中心的小说传统的形成,再现女性弹词出版、传播与接受中的生动图景,与女性作者立言不朽的愿望、内心的私密情欲。其中第四章以家宅中的"花园"这一密闭空间为核心,探索其在女性文本中的象征意义与丰富意涵,实为女性文学空间研究的典型范例。第二部分,探讨女性弹词对政治、社会等重大议题的诠释,别出心裁地选择父女传承这一论述角度。作者最后通过女性研究来与主流对话,对学界关于晚清前期文学处于"停滞期"的结论作出反思。王力坚《清代才媛文学之文化考察》(文津出版社 2006 年)涉及了四种体裁,分别从清代女性词繁荣的原因、女性戏剧中拟男创作与女扮男装现象、女性诗话代表作《名媛诗话》的诗学思想来源、才媛书信与女性社会生活等四个专题进行深入剖析。华玮《明清妇女之戏曲创作与批评》(台湾"中央研究院"中国文哲研究所 2003 年)、张丽杰《明代女性散文研究》(中国社会出版社 2009 年)、康维娜《清代浙江闺秀文章研究》(南开大学博士学位论文,2010 年 5 月)在各自的领域中,皆有筚路蓝缕、填补空白之功。而在学界关注较少的女性诗论方面,也出现了周兴陆《女性批评与批评女性——清代闺秀的诗论》(《学术月刊》2011 年第 6 期)等数篇论文[①]。

　　对于女作家事迹考掘的研究,也是不可或缺的部分。现有成果多以个案、群体、家族乃至地域为界,深入耕耘于各自的领地,对女性生平资料与

---

　　① 可参考聂欣晗《清代闺秀论诗诗的性别文化启蒙》(《广西大学学报》2011 年第 6 期),宋清秀《秀——清代闺秀诗学的核心概念》(《徐州师范大学学报》2011 年第 4 期),穆薇《论清代中叶妇女诗话繁荣的特征及成因》(《齐鲁学刊》2011 年),聂欣晗《论女性话语对清代诗学的建构》(《满族研究》2012 第 1 期)等。

作品发掘作出贡献。在地域上,江浙地区的研究成果数量最多①,江苏省的热点主要集中在苏州、常州、泰州等地,"随园女弟子"、"清溪吟社"这两大女诗人社团以其空前规模和影响力,成为研究者关注的重心。浙江省以杭州地区的女性创作整理与研究领先一步②,"蕉园诗社"、"秋红吟社"等著名社团也引发了学界广泛的关注。其他地区的研究,还相对薄弱③,除了问世较早的《巴蜀历代名媛著作考要》,近年编纂的规模较大的地域总集还有傅瑛主编《明清安徽妇女文学著述辑考》(黄山书社 2010 年),收录六百五十四位女作家生平资料与作品,资料翔实,极富参考价值。女诗人的家族集聚性比较突出,像晚明吴江沈、叶氏才女群,桐城方氏才女,毗陵张氏才女等家族性群体等个案,已有一些专门性的研究问世。少数民族女诗人群体的研究中,目前则只有满族女诗人引起了较多关注④。

　　近年来女性文献整理的基础工作,为女性研究开放了更多可能性。南京大学中文系《全清词》编纂研究室主编《全清词·顺康卷》(中华书局 2002 年)及张宏生主编《全清词·顺康卷补编》(南京大学出版社 2008 年),收录清初女性词人四百多位,词作近三千首。清代女性总集已经出版

---

① 　主要有史梅《清代江苏方志著录之清代妇女著作——胡文楷〈历代妇女著作考〉拾遗》(《古籍研究》1996 年第 2 期)、戴庆钰《明清苏州名门才女群的崛起》(《苏州大学学报》1996 年第 1 期)、宋新致《长江流域女性文学通观》(《江汉论坛》2002 年第 12 期)、周巍《明末清初至 20 世纪 30 年代江南"女弹词"研究——以苏州、上海为中心》(《史林》2006 年第 1 期)、王婕《清代苏州闺阁诗人研究》(苏州大学硕士学位论文,2006 年 4 月)、韩丹丹《乾嘉吴中女性诗人群体研究》(苏州大学硕士学位论文,2009 年 5 月)、《清代常州词派女词人的家族特征及其原因》(《聊城师范学院学报》2000 年第 6 期)、周律诚《清代常州女诗人王采薇研究》(南京师范大学硕士学位论文,2007 年 5 月)、史梅《清代中期的松陵女学》(《东南文化》2001 年第 11 期)、李炳华《明清之际吴江女诗人》(《江苏地方志》2001 年第 4 期)、沈辉《清代泰州女性诗词对传统主题的突破》(《延安职业技术学院学报》2009 年第 2 期)及《清代泰州女性文学兴盛的原因》(《濮阳职业技术学院学报》2009 年第 3 期)、钱成《论清代泰州地区女性诗人的家族化特征》(《南通职业大学学报》2009 年第 2 期)、纪玲妹《清代毗陵诗派研究》(凤凰出版社 2009 年)等。

② 　程君《清代杭城闺秀研究》(浙江大学博士学位论文,2010 年 4 月)、贾慧的《清代杭州女诗人研究——以〈国朝杭郡诗辑〉系列为中心》(浙江大学硕士学位论文,2011 年 5 月)、高万湖《清代湖州女诗人概观》(《湖州师专学报》1991 年第 2 期)。

③ 　主要有甘霖《清代贵州的女诗人》(《贵州文史丛刊》1993 年第 6 期)、易舜恺《简介清代贵阳女诗人》(《贵阳志资料研究》1987 年第 13 期)、漆娟《清代乌江流域女性诗歌创作述论》(《长江师范学院学报》2008 年第 3 期)、潘永幼《清代江西闺阁诗人研究》(南昌大学硕士学位论文,2008 年 12 月)、余康发、谢爱萍《清代江西闺阁诗人及其作品刊刻概况》(《景德镇高专学报》2009 年 5 月)、曾冉波、吕立忠《清代广西的闺秀诗人群体及其诗作》(《桂林师范高等专科学校学报》2005 年第 1 期)、秦玮鸿《论清代广西女性词的文化蕴涵》(《河池学院学报》2007 年第 6 期)、严安政《明清时期秦东四位女诗人》(《渭南师范学院学报》2005 年第 1 期)等。

④ 　学位论文有朱吉吉《清代满族女诗人研究》(浙江大学硕士学位论文,2011 年 5 月),单篇论文有张佳生《清代满族妇女诗人概述》(《满族研究》1989 年第 1 期)、祝注先《清代满族、蒙古族的妇女诗歌》(《中南民族学院学报》1997 年第 4 期)。其他民族多以介绍女诗人个案的形式出现。

的有《清代闺秀诗话丛刊》(王英志主编,凤凰出版社 2010 年)与《国朝闺秀柳絮集校补》(黄秩模辑,付琼校补,人民文学出版社 2011 年),前者囊括了清代各类闺秀诗话著作,后者则是清代数量最大的女性作品总集。别集整理方面,2008 年由黄山书社开始整理出版的《江南女性别集》系列,《初编》收录三十五家三十九种,《二编》(2010 年)收录二十家二十三种、《三编》(2012 年)收录二十三家二十八种、《四编》(2014 年)收录三十八家四十二种,绝大部分为清中叶以后刊刻的女性别集。2009 年《美国哈佛大学哈佛燕京图书馆藏明清妇女著述汇刊》整理问世,收录明清女诗人别集共六十一种。2010 年出版的大型诗文丛刊《清代诗文集汇编》中收女诗人二十四家。肖亚男主编《清代闺秀集丛刊》(国家图书馆出版社 2014 年)收录四百零三种闺秀诗文集,是目前规模最大的女性别集整理丛刊。李雷主编《清代闺阁诗集萃编》(中华书局 2015 年)是国家清史纂修工程“文献丛刊”项目之一,收录八十位清代著名女诗人的诗集,是一部具有经典遴选意味的丛刊。此外,还有徐灿、柳如是、李因、刘淑、贺双卿等少数作者的单行的诗集已经出版问世。女性文献的数字化也方兴未艾,2003 年麦基尔大学与哈佛燕京图书馆合作,建立“明清妇女著作数据库与网站”,近两年又得到国家图书馆、北京大学图书馆、中山大学图书馆、华东师范大学图书馆的支持,进一步整合女性古籍的资源,成为目前最庞大的女性诗文检索数据库。

三 “空间”转向与女性研究的新方向

在这一片大好的形势下,女性文学研究的固有瓶颈也在凸显。作为一个长期在文学史上被边缘化的群体,女性的思想活动与文学表现本应是人类文化的核心部分[1],但研究者却不得不通过性别意义的强调来凸显这项研究的特殊价值。女性首先作为“人”存在,在阶层、身份、地域等多重维度中获得自我的位置,对性别维度的过度强调,忽略了女性文学复杂性,将使研究成为孤芳自赏、自说自话的封闭领地。就像康正果指出的,那些就女性而言女性的文学史研究,把女性文学从文学的总传统中孤立出来,使得女诗人的存在似乎完全游离于文学的源流与演变之外[2]。与西方女性小说家接受的质疑与批评不同,明清才女群体从登上诗坛开始,就被男性为主体的文学主流寄予了很高的希望,不论是女性创作风气的倡导、诗学的

---

① 胡晓真《才女彻夜未眠——近代中国女性叙事的兴起》,北京大学出版社 2008 年 9 月第 1 版,第 8 页。

② 康正果《风骚与艳情》,上海文艺出版社 2001 年 8 月第 1 版,第 3 页。

交流、诗集的刊刻、才德关系的辩护,均少不了男性亲力亲为的身影。但在大部分的成果中,它常常沦为阐述才女文化兴盛的背景研究。目前,只有较少数的研究者关注女性与男性的沟通、对话与相互影响①。在女性的生活经验、生命体认中寻找其与男性、"与整体知识系统的对应"②,应该是一个极具研究潜力的方向。作为边缘群体的研究,这一方向也有助于研究者主动汲取主流领域的方法、视野与经验,不断探索更有活力的思维方式,在不同层面实现与学术主流的对话。

(一)从时间到空间:文学场景探原

在东西方整体学术思潮的转变中,"空间"转向是值得关注的一大动态,被学界广泛视为20世纪后半叶知识和政治发展中最举足轻重的事件之一③。它源自现代都市社会的建立,由此造成的生活方式、行为方式的巨变,将重塑人们对历史的认知。在此趋向中,空间性日益凸显成为一个学术话语,人们不再将之视为空洞的、等待意义充填的场所,而是具有生命的、社会历史文化的产物。布朗肖《文学空间》(1955年)将文学视为一个"时间不在场"的世界,凸显了写作在本质上的孤独,对空间进行富于哲学意蕴的沉思。巴什拉《空间的诗学》(1957年)把空间看成人类意识的居所,将诗歌文本的空间创造视为一种时间中断的瞬间遐想,并以含蓄深幽的语言,对家宅、橱柜、鸟巢等细微空间的象征意义进行了精彩的分析。空间作为与传统哲学不同的思维方式,其所派生的文化地理学、空间社会学、空间批评等新方法,沟通了文学、社会学、历史、地理学、建筑学等不同学科。列斐伏尔的专著《空间的生产》(1974年)提出"社会空间"的概念,从社会关系着眼分析空间本身,并将其与"物质空间"、"精神空间"并列,打破后二者的二元辩证关系,成为人类认识空间的新维度。福柯的《不同空间的正文和上下文》(1967年)和《空间、知识和权力》(1982年)从权力话语的角度论述空间的重要性,后者更断言"我们时代的焦虑与空间有着根本的

---

① 陈玉兰《清代嘉道时期江南寒士诗群与闺阁诗侣研究》(人民文学出版社2004年)和李汇群《闺阁与画舫——清代嘉庆道光年间的江南文人和女性研究》(中国传媒大学出版社2009年)皆从两性互动的视野出发,研究文人与闺秀间的相互影响。曾亚兰《清代女子学杜絮语》(《杜甫研究学刊》,1994年第1期)指出了女性诗歌的艺术传承。

② 胡晓真《艺文生命与身份政治——清代妇女研究趋势与展望》,《近代中国妇女史研究》第13期,第52页。

③ 见陆扬《文学理论与文学空间》,《外国文学研究》2004年第4期,第31页;刘进《20世纪中后期以来的西方空间理论与文学观念》,《文艺理论研究》2007年第6期,第19页。

关系",并且比时间的关系更甚①。其专著《规训与惩罚》(1975年)围绕"圆形监狱"的思考,为权力机制下的空间研究提供了富于启示意义的案例。布尔迪厄的"文学场"概念,体现在专著《艺术的法则——文学场的生成和规则》(1992年)中,他将文学空间视为一个各种权力因素共通作用形成的复杂网络,因而文本的阅读、阐释与创作都成为一种互文性的共时结构。爱德华·索亚《第三空间——去往洛杉矶和其他真实和想象地方的旅程》(1996年)倡导"第三空间"模式,试图在人类生活的历史性、社会性之外加入"空间性"这一新的维度,并将三者结合起来解释、思考人类的活动。菲利普·韦格纳《空间批评:批评的地理、空间、场所与文本性》指出将空间理论引入文学研究,有助于超越中心与边缘的空间对立,考察文学、文化活动的交流打通,改变文学和文化分析的思考方式。空间理论的译介,也为国内文学理论界带来了新的学术视角②。研究者开始从那种历史决定论主导的文学研究,转向对感性直观的生存空间的体认,为文学研究开辟更广阔的领地。

在古代文学研究中,文学空间尚未像文学地域研究一样,形成自觉的理论思考与清晰的研究模式,常常依附于后者而受到关注。空间对于地域,本有涵括重合之处,那些生成于特定历史地理环境的文学空间,便常进入地域研究者的视野③。而与之相关的文学地景、文学景观,以及小说研

---

① 福柯《不同空间的正文与上下文》,见包亚明主编《后现代性与地理学的政治》,上海教育出版社2001年12月第1版,第18页。

② 国内关于空间理论的译介成果主要有:包亚明主编《后现代性与地理学的政治》(上海教育出版社2001年12月第1版);《现代性和空间的生产》(上海教育出版社2003年1月第1版)。爱德华·苏贾著、王文斌译《后现代地理学——重申批判社会理论中的空间》(商务印书馆2004年6月第1版)。陆扬《文学理论与文学空间》(《外国文学研究》2004年第4期)。程世波《批评理论的空间转向——论戴维·哈维对空间理论的探寻》(《重庆师范大学学报》2005年第6期)。刘进《20世纪中后期以来的西方空间理论与文学观念》(《文艺理论与研究》2007年第6期)。吴庆军《当代空间批评评析》(《世界文学评论》2007年第2期);《社会·文化·超空间——当代空间批评与文学的空间研究》(《广西社会科学》2010年第10期)。

③ 目前围绕"城市"建制与文学的关系产生了较多成果,多涉及宫廷苑囿、园池楼阁、勾栏瓦肆等具体文学空间。(日)妹尾达彦对长安都市进行了一系列研究,其《唐代后期的长安与传奇小说——以〈李娃传〉的分析为中心》一文通过小说《李娃传》中空间结构与长安景观相互印证,提及城市规划与文化生活融合的问题。荣新江主编《唐研究》第十五卷为"长安学"研究专号,其中包含了不少从文学创作出发进行讨论都城空间的论文,不过,大多与荣新江评价林晓洁"文学的材料,写的是历史学的文章"是同一类型。徐迈《汉唐长安空间与文学演变关系研究》(浙江大学博士学位论文,2013年5月)将文学描述与现实空间区分讨论,主要从历时性的角度,分析文学文本中不同时期空间意象的叠合。类似的视角还有王柳芳《城市与文学——以两汉魏晋南北朝为考察对象》(苏州大学博士学位论文,2011年5月),梅国宏《都市文化视域中的宋词研究》(山东大学博士学位论文,2010年12月),等等。

究中常见的"场景"诠释①，较之单纯的地域自然景观的分析，往往更侧重于探索文化空间的主体性与建构性。尤其是对古代文本中的一些跨地域的典型空间形态，如"馆驿"、"园林"及日常生活的研究②，无形中将琐碎庸常的背景凸显至前台，为文学史的"空间转向"铺砖添瓦。李丰楙、刘苑如主编《空间、地域与文化——中国文化空间的书写与阐释》论文集（台湾"中央研究院"中国文哲研究所 2002 年），将空间作为与地域并行的独立维度来讨论。郑毓瑜《文本风景——自我与空间的相互定义》（台湾麦田公司 2005 年）将空间理论与古典文学批评话语中的"情境"结合起来，剖析了空间中的政治因素与权力话语，以及作者与传统、与世界的交涉与协商，为空间研究展示了多重路径。梅新林《文学地理学：基于"空间之维"的理论建构》（《浙江社会科学》2015 年第 3 期）从空间批评汲取理论资源，将文学地理分为版图复原、场景还原、精神探原三个层次，重新审视其学科定位，并将其纳入空间阐述学的宏大谱系中。真正与文学史相对应的，显然并不是文学地理，而是文学空间。随着文学地理学的着眼点不断超越形而下的层面，空间也将逐渐成为研究者不能回避的维度。

空间作为社会关系的产物，赋予了个人深刻的位置感，亦即自我在四面八方的空间中的定位。对才女群体而言，"闺阁"不仅是她们共通的生存领地，亦是认识世界、定义自我的场所，保存着女性智慧的积淀。在本文撰写之前，已经有两篇论文，高彦颐《"空间"与"家"——论明末清初妇女的生活空间》（《近代中国妇女史研究》第 3 期）与张宏生《日常化与女性词境的拓展——从高景芳说到清代女性词的空间》（《清华大学学报》2008 年第 5 期）讨论到女性空间的问题。在本文写作期间，由美国学者方秀洁、魏爱莲主编的论文合辑《跨越闺门：明清女性作家论》（北京大学出版社 2014 年）出版，收录了方秀洁、马兰安、魏爱莲、罗彬、华玮、李惠仪、管佩达、胡晓真、

---

① 如郑文惠《公共园林与人文建构——明代中期虎丘地景的文化书写》（《政大中文学报》2009 年第 11 期）；季进《地景与想象——沧浪亭的空间诗学》（《文艺争鸣》2009 年第 7 期），刘勇强《西湖小说：城市个性和小说场景》（《文学遗产》2001 年第 5 期），曾大兴《文学景观研究》（《广东技术师范学院学报》2011 年第 4 期），刘燕妮《居住的诗篇——论唐诗中的洛阳城市建筑景观》（人民出版社 2011 年 10 月第 1 版）、陈丽红《性别话语下中国古代文学中的"后花园"意象对比分析》（《福建论坛》2011 年第 5 期）。

② 可参考杨晓山《私人领域的变形：唐宋诗歌中的园林与玩好》（江苏人民出版社 2008 年 8 月第 1 版），李德辉《唐宋时期馆驿制度与文学之关系研究》（人民文学出版社 2008 年 8 月第 1 版），朱丽霞《园林宴游与文学的生态变迁——以明清之际云间几社的文学活动为例》（《文艺理论研究》2007 年第 4 期），罗时进《清代江南文化家族雅集与文学创作》（《文学遗产》2009 年第 2 期），王书艳《唐人构园与诗歌的互动研究》（上海师范大学博士学位论文，2013 年 3 月），彭梅芳《中唐文人日常生活与创作关系研究》（人民出版社 2011 年 7 月第 1 版）。

曼素恩、李国彤、钱南秀、雷迈伦等所作的十三篇论文。书名揭示了全书编排的结构基础——社会性别与空间性,其理论框架借用了"闺阁"的空间隐喻。正像方秀洁在绪论中声明的,"本书的理论框架及其边界都并非来自外界施加,而是源自诸位学者对于明清女性作家的合力研究"①。这些对女性文学素有研究的专家,均不约而同地为女性创作的空间性研究各张一帜,显然不是巧合。随着明清女性文本的不断发掘,文学空间视角下的闺阁也将获得更为丰富充实的内容,在此基础上,重构整体文学地图也并非研究者浪漫的想象。

(二)闺阁内外:研究路径与方法

以闺阁为视点,可以观察到明末清初女性文学在传统内外界限中,发生的显著位移。闺阁这一社会中的立体存在,为研究者提供了不同的观视位置与观看方式。

研究者赖以叙述的基础,是迄今所能获得的关于研究对象的文字、图像材料。明末清初的女性文献,源自于时人在总集、诗话、笔记、方志中的记录。这是一个充满了历史文化符号的文本世界,种种记载向后世打开了进入现场的通道。晚明女性总集编纂热潮中的三十多部通代总集,反映的是否为古代女性文学传统本身?显然,其间有意混入的诸多仙俗杂陈、文情并茂的小说诗词与小说文本,以及编者对这类文本的编纂策略,已是用现实观念重构传统的生动案例。同样,明末清初女性文学的格局,在第一批读者与记录者那里就已经历了对话与商讨。首先受制于总集编纂惯例与传统妇德思想的规束,综合性总集所著录的女性作品,尚不足以彰显女性创作的繁荣程度。女性的文学场域内部,青楼与闺阁两大群体则各自凭借文化权力,扩张在总集中的入选比例,树立自身的话语权威。晚明名家徐媛、陆卿子在清初遭遇的争议,清初女性"诗媛八名家"、才女四大家族等名家格局的生成,以及总集作品的取舍、编排与评价,均与总集编者的诗学观念、流派倾向与诗坛风会转换密切相关。这些将在第一章进行具体的讨论。

承变是文学时间的叙述模式,而交往则是文学空间的基本要素。女性的空间延展,多与其在闺阁之外的社交活动有关。被划入私人领域的闺秀群体,与占据着公共空间的男性文人,发生了怎样的文学互动与视域融合呢?第二章将就此展开讨论。通过对这一时期的事迹考索,可知以文学为

---

① 方秀洁、魏爱莲主编《跨越闺门:明清女性作家论》,北京大学出版社 2014 年 2 月第 1 版,第 12 页。

媒介,明末清初的女性名家通过多种途径与男性文人结成了交游网络,参与宴饮、集会、结社,出入湖舫、园林等公众场域,形成若干两性文学的社交空间,促进了精神世界的沟通与文学观念的传递,并推动女性作者进入主流视野。顺治六年,吴山、卞梦珏母女与十几位来自全国各地的文人,在西湖的一座游船"不系园"之上举行的"湖舫诗会",便是一例具体的样本。首先对吴山母女在明清鼎革之际的行迹作一考索,交代不系园的构造、命名与特殊的文化意义。其次就《湖舫诗》文本,剖析作者政治立场、地域身份、亲疏关系、文学世代等不同维度的话语分歧与融合,展示才女同与会者达成文学认同的方式。再次,结合钱谦益《留题湖舫》二诗,阐释青楼与闺秀在不系园书写中的殊途,以及其所反映的不同文化观念。

第三章观察女性作者如何演绎不同的社会角色,在公众视野中超越自我的固有位置。除了女、妻、母之传统角色之外,这一时期的才女还以隐士、遗民、女侠等自命,渴望获得更有意义的文化身份与生存空间。在隐逸风潮中,女性通过以文化艺术为核心的隐逸实践,改变了传统"逸妻"的配角形象。同时凭借自我在家庭事务中的权威,对丈夫、儿子的出处抉择施加关键性的影响。女性遗民的事迹,则经清末的发掘而载入遗民文献中。在易代中经历家族覆亡的女子,往往积极界定自我的遗民身份,立足于家族背景与父女传承,实现从家至国的角色延伸。她们不仅熟稔运用特殊的语汇系进入遗民语境,还致力于表彰节义,表达对男性生死抉择的态度。这一重身份拓展与家国意识,在公众眼中呈现为一种男性化的精神风貌与艺术风格,也映照出女性角色受限的现实处境,开启了贯穿于整个清代女性文学的性别叙述。不过,性别跨越未必意味着女性特质的失落,才女仍然可以自由穿梭于不同角色之间。刘淑诗文集对英雄、侠女、逸士形象的自我指涉,是女性角色书写的具体个案。而王端淑创作的大量拟代男性的"角色诗",也体现其借助文学身份出入男性话语体系的游刃有余。

第四章深入文本结构来沟通空间体验与具体物象,解读女性文学在地理层面的扩张。拥有较强自我意识的才女,在审视闺阁以外的广阔世界之时,常常表现出对女性历史遗迹的兴趣,以及相关历史情境的代入感。她们礼赞女性的功绩,反驳"女性祸水论",为女性在历史上遭受的忽略、轻视而不平。在个人命运与丈夫仕途紧密联系的仕清女眷那里,堆满了亡国记忆的都城地景,则召唤出笔下深沉的兴亡之感与隐曲的宦海忧思。徐灿、吴绡的诗词俯仰古今,情感容量与气象格局皆无愧男性作者。除了亡国符号以外,"桃源"也是女性群体在明清之际动荡社会,从四面八方的合奏中凸显出的空间意象。女性对桃源理想社会的寻绎与渴望,与她们被卷入战争逃亡有关。她们消解了桃源的超现实性,赋予身边的乡野僻地象征色彩。倪仁吉《山居杂咏》以记忆中的家园画面,呼应了陶渊明笔下古淡悠远的田园世界。此外,深闺女性还可以凭借阅读与写作遨游四方。在明末清初宫词创作热潮中,宫廷这一幽闭庄严的空间,也激发了女性的想象力,投射了闺阁生活的文学经验。

第五章重新环顾"闺阁",揭开古代男子代闺音的悠久传统为其盖上的"脂粉气"、"香奁气"、"闺怨"等等帽子。明末清初四大女诗人家族的情况,显示了女性以闺阁为中心的生命情绪,受到自然风光、宅院建筑、家庭氛围与个人气质的影响,文学表达也形态万千。以"三从四德"为核心的妇德理想,无法约束女性闺阁之内的文学活动,也难以撼动内言出于外的趋向;只能通过理念的调整与改变,适应士族家庭重视"母教"的现实需求与女性"以文史代织纴"的生存状况。闺中写作成为知识女性的生活重心,也重新定义了女性特质,世人常以"林下风"兼"闺房秀"来类比当时的才女风貌,而清新、真实、自然的闺阁生活场景,也为以爱情为中心的传统闺阁题材注入一股清流。在男性话语积淀最深的闺情诗写作,仍出现了《男洛神赋》、《赠药编》这类女性摹画男性的新颖视角。

以上部分彼此交织,互相含涉,构成了明末清初女性文学空间复杂多样的探索基础与层次。笔者无意于构建一个囊括一切的关于文学空间的理论模型,而是将空间视角贯彻到细枝末节中,根据女性创作的具体情况不断调整观看角度,从读者、作者、作品到世界,感知女性群体生命扩张的内在力量。

以空间为观照对象,研究者的叙述视角与重心也随之产生了变化,以下略述数端。

第一,古代文学的研究者,或多或少都使用过"继承了某某,开启了某某"这样的叙述模式,尽管被研究的对象可能并不知道自己肩负了这样的历史使命。这一研究方法有着较强的操作性,可以在不同时期的文学事象之间勾连出学理性的论述,却很容易不自觉地屈服在历史学科的时间思维之下,似乎只要列入了某个发展、进化的历史链条中,就能获得顺理成章的研究价值。当然,并不是说文学研究不能取径于历史学的方法思路,只是过度依赖历史的话语系统,文学作品便难免被直接当成验证过去的史料,从而产生种种混乱与谬误。将空间视为一种思维方式与文化创造,就不是要去历史中定位某个空间、某个地域;而是要去空间中探讨历史的生成、转化。空间将历史拉回当下,时间被搁置起来,所谓的传承与新变,便成为人与世界、与历史展开的一场共时对话。众所周知,许多古代女性文学作品在晚明社会被发掘出来，成为各类女性诗集序跋津津乐道的"古已有之"的传统。这条上自诗经、下迄明代的女性作品序列，表面上构成了一个发源、成长、成熟、繁荣的历史必然。然而，使它成为历史必然的，并不是真实的历史本身，而是源自当世的不同人群对历史的选择，其间交织着文人与市民、闺秀与青楼、雅与俗、开明与保守等各种力量的碰撞。关注文学空间，就是要探究文学场形成的各种话语机制，强调文学叙述、文学创造对于历史的建构作用。

第二，以地域或者群体为对象的研究者，往往不得不在对普遍性与特殊性关系的处理中大费周章。比如满族人创作的汉诗，究竟有哪些独特之处？云南诗与贵州诗，到底有什么区别？研究者越是深入于狭小的领地，越容易将某些普遍存在的现象视为研究对象的特殊品质。事实上，大部分的群体研究，不过是将那些已有的结论，搬运到各个空白领域。比如才女生成的背景、诗词题材与风格，在不同地域的分析中总是重复着同样的论述。各个文学群体并不是孤立的存在，而是充满了多重维度的联结与相似。这些联结与相似，往往占据着我们所目睹的文献信息中的最主要篇幅。只是对研究意义的期待，使我们焦灼地寻绎着特色、新颖与不同，对大量的庸常、复古与雷同视而不见。就像将苏轼归入豪放派作家，便很难正视其集中占据主要篇幅的婉约词；就像将泰州学派视为晚明个性解放思潮的代表，便容易对其中克己复礼的思想视而不见。倘若从空间的视角出发，这种趋同效应，正是风格融合与情感认同的表现，是各个群体牵制对应的所在。与其在筛选、建构特性的研究惯习中捉襟见肘，不如转而关注作者在文本世界中的位置，认识到他的独创性不在于作品本身，而在其作品与其他作品之间的互动关系。我们仍然可以从文学空间的边界、而非中心，来区分不同的轮廓。正如女性与男性文学重复着相似的主题，分享同样的词汇与话语结构，但是从这一共通领域出发，仍然可以探及彼此在对方世界的界限。

第三，以文学空间为切入点的研究，不是单纯的文学外部或是文学内部的研究，而是关注创作活动所沟通的文学内部与外部世界的联系。如果仅仅将文学创作视为对世界的艺术化的反映，仍然会陷入物质世界与精神世界的二元关系。文学空间研究，更关注空间的自我创造与更新，就像作为社会范畴的"闺阁"经历的扩张与坍缩，是与女性内在的生命力量抗争、妥协与融合的结果。针对具体空间形态的讨论，则将入场的体验与离场的观看结合起来。秉持入乎其内的同情、理解，与出乎其外的客观、理性相结合的态度。以中性视角的叙述，关注女性文学空间与整体文化环境的对应,避免将女性创作孤立于社会风气之外。

就女性传世文献而言,明清时期数量浩大的文献弥补不了史源单一的缺陷,材料的辗转抄袭背后是女性生平行迹的匮乏。研究者在信息上不得不依赖于传记、序跋这类私人化的叙述,或者陷入方志、家谱等模式化的女性传记重叠而成的意义之网。研究方法亦往往聚焦于性别层面的讨论。虽然,选择了才女作为研究对象,性别研究已是题中应有之义①。但女性的成就并不需要性别角色的过度润饰,它只是女性在世界中的一个维度,除此之外,她还分属于不同的阶层、地域、家族背景与文学世代,这些维度共同决定了作者在社会上的位置。因此,本文关于闺阁文学空间的研究,不仅期望就各部分探讨的具体议题上有所推进,也是在整体上进行多元化、多面向叙述的尝试,将才女研究中被放大的性别维度,在立体视野之中寻找到适宜的位置。期待通过这一尝试,来还原女性作为"人"的复杂面向。此外,由于明末清初女性文学活动研究不足,文中不得不穿插诸多文学事实的考述。在研究综述中未加提及的部分研究成果,将在具体的章节中加以汇总,兹不赘述。

①　目前的性别研究,既包含女性作者的文学研究,也包括以女性为创作对象的文学类型研究。本文按照明清女性文学研究的一般情况,将研究范围限定为明清女性作者的创作。就创作主体而言,女性群体可以划分宫室、闺阁、香奁诸身份,皆属于女性文学的范畴,因此不再沿袭明清"闺阁"、"闺秀"等提法,而以女性统称。

第一章 传统构建与现时观念

清初选家邹漪在其《红蕉集》开篇感叹道："顾予历览古今,闺阁之传与否,亦有幸不幸焉。"①一部作品自打问世的那一刻起,其命运便与他人、与世界紧密相联。在当时的出版环境下,总集显然为女性作品的传播提供了最为有力的平台。然而,即便是志在存录的编者,也无法穷尽女性文学创作的原生丛林。更何况,文献只不过是语言文字建构的历史,与其将之径视作事实,不如视为在事实之上精心铺设的一扇扇窗口。窗中陈列的,是每个编者想让我们看到的部分。比起追究真实的文学格局,探究这场女性文本的展览,以及围绕其展开的文人、闺秀、商人、市民等不同群体的对话与诉求,似乎是更有意义且更为可行的途径。

第一节 女性通代型总集刊刻与古代女性
文学传统的建构

在女性文学漫长的发展历史中,晚明是当之无愧的"女性文学的突破的时代"②。才女群体的崛起、女性诗词的流播及新型女性观念的涌现等种种现象,都可以作为这一论断的注脚。其中《彤管新编》、《名媛诗归》等三十多种女性总集的陆续问世,尤其引人瞩目。孙康宜曾惊讶于明清女性总集选本的出版盛况,认为"没有哪个国家像中国古代社会晚期这样产生了如此之多的女性诗集"③。处在这一变化开端的晚明,女性总集的编纂、出版与传播,有其特定的社会背景和表现形态,与女性创作交相辉映,构成

---

① 邹漪《诗媛名家红蕉集》卷首,清初刻本,第 1a 页。
② 陈广宏《中晚明女性诗歌总集编刊宗旨及选录标准的文化解读》,《中国典籍与文化》2007 年第 1 期,第 42 页。
③ 见 Kang-I Sun Chang "Ming and Qing Anthologies of Women's Poetry and Their Selection Strategies", Writing Women in Late Imperial China, Stanford University Press, 1997, pp. 147.

了晚明社会与文学的奇丽景观。

一 通代型女性总集编纂概览

明代嘉靖以后,受到"后七子"复古运动影响,又因印刷出版业的繁荣,各类文学总集编纂刊刻逐渐兴盛,蔚为大观。选家贪多务博,上下收罗,推出了众多以"历代"、"古今"命名的通代诗文总集或选本①。女性通代总集的涌现,有着多方面的原因。嘉靖以后的明代诗坛,深受"后七子"掀起的复古运动影响,各类体裁的通代总集皆盛行一时,诗歌选家也积极网罗古代诗文以垂范于当世。而伴随女性总集编纂的热潮,女性创作也兴起至繁荣,面对新兴的事物,上溯前代,考其源流,是编者首要完成的任务。这种对女性创作传统的追溯,也正如孙康宜《明清文人的经典论与女性观》指出的,是明清文人用以提高女性文学地位的一套惯用策略②。

晚明女性通代总集虽然数量繁多,所录内容却辗转沿袭、大同小异。目前所知较早的女性总集,是嘉靖年间先后刊行的《彤管新编》与《诗女史》③。二书皆以时代编次,《彤管新编》八卷,编者为张之象,选录范围从春秋战国迄于元代,共计二百一十一人。《诗女史》十四卷,编者署名田艺衡,选录范围上起五帝时代的神话传说,下限拓展至明代,人数达三百一十八人。二书体例有别:前者重在选录诗文,由作者姓名、小序、诗文组成;后者重在纪事,纯以编者口吻叙事。不过,实际记载的内容却无显著区别。如《彤管新编》卷二"吴王夫差女紫玉"条,题下小序云:"乐府诗集曰:紫玉,吴王夫差女也,因悦童子韩重,不得而死,重游学归,往哭其墓。玉形见,赠重明珠,因作此歌。"④《诗女史》卷一"紫玉"条,较之前文仅有个别出入:"紫玉,吴王夫差小女也。悦童子韩重,欲嫁之不得,乃结气而死。重游学归,往吊于墓。紫玉形见,赠重明珠,延颈而歌曰……"⑤类似案例颇多,显示出两书共通的材料基础。《彤管新编》每于序文开头标注出处或者说法

① 关于晚明总集基本信息的介绍,可参考陈正宏、朱邦薇《明诗总集编刊史略——明代篇(下)》第五部分"晚明时期女子、僧侣诗的流行",载《中西学术》第2册,复旦大学出版社1996年11月第1版,第124—139页。王艳《明代女性作品总集研究》第一章"明代女性作品总集叙录",上海师范大学硕士学位论文,2006年4月。

② 孙康宜《明清文人的经典论和女性观》,《江西社会科学》2004第2期,第207页。

③ 陈正宏、朱邦薇《明诗总集编刊史略——明代篇(下)》与陈广宏《中晚明女性诗歌总集编刊宗旨及选录标准的文化解读》,均以刻于嘉靖三十六年丁巳(1557)的《诗女史》,为所知出版时间最早的晚明女性总集。而《彤管新编》除了万历刻本外,尚有嘉靖三十三年甲寅(1554)魏留耘刻本。因此,《彤管新编》应先于《诗女史》问世。

④ 张之象《彤管新编》,《四库全书存目丛书补编》第13册,第470页。

⑤ 田艺衡《诗女史》,《四库全书存目丛书》集部第321册,第698页。

来源,《诗女史》则将序文与诗歌内容糅合到一起,行文上有所增饰。

这两部总集选录的历代女性作品,在后出规模较大的总集中已经基本囊括。不过,处在女性总集编纂的初兴期,这两部总集也包含了某些探索与尝试。《彤管新编》的特色,是以《诗经》作为女性创作的源头。卷一录五十九人,就全部采自《诗经》,占据了几近全书的四分之一。绝大多数情况,是将那些女性口吻的诗篇,直接冠上一个作者的名字,如"文王后妃"、"伯兮妇人"、"木瓜女子"、"褰裳女子"之类。据学界的观察,以《诗经》作品入选文学总集的现象集中出现于明代中后期,晚明编者将《诗经》拉下经学的神坛,而凸显其文学身份,是总集编纂史上的一项突破①。而《彤管新编》则是目前所见晚明女性总集中仅见的大胆尝试。对女性创作而言,溯源诗经可以提升女性文学地位,三百多篇妇女诗的说法,在后世总集的序言中几乎俯拾可见②。只是《彤管新编》录入大量篇目未经考证而妄自断定,难免有违事实。且篇幅过多,造成头重脚轻的女性文学史格局。后世编者虽普遍认同诗经中的女性作品,却不再效仿这一做法。

《诗女史》采用纪事体,在晚明女性总集中也较为少见。由于体例所限,该书所录篇目较为均衡。不论作者声名大小,流传作品数量多寡,引用文章多不过一二篇,诗作亦鲜见连篇累牍;而女性有名无诗者,也得"因事附见"③。同张之象一样,田艺蘅在《诗女史》自序中亦将女性作品与《诗经》并列:"宫词闺咏,皆得列于葩经;俚语淫风,犹不删于麟笔。"而在《诗经》篇目的选录上,表现出更谨慎的态度,认为"国风虽有妇人女子之诗,多不可考",不取宋人臆说,仅录"存其姓氏"的若干篇目④。

隆庆、万历而下,女性总集编纂进入了兴盛时期。代表性的有会稽(浙江绍兴)郦琥《姑苏新刻彤管遗编》(以下简称《彤管遗编》)二十卷,刻于隆庆元年丁卯(1567)。较之嘉靖时期的两部总集,《彤管遗编》的选录规模进一步扩大。该书分前集、后集、续集、附集、别集五大部分,收录从周到明代共四百余人。编者自述"后妃闺秀之诗,载于毛诗者,此六经之文也,不复重出"⑤,因而对《诗经》中的篇目一概弃之不录。唐代以下著名女诗人的

---

① 王祎民《〈诗经〉入选文学总集的历史考察》,《诗经研究丛刊》第二十四辑,第345页。
② 如刘云份《唐宫闺诗自序》、胡孝思《本朝名媛诗钞》、倪承宽《撷芳集序》、蒋机秀《国朝名媛诗绣针序》、戴鉴《国朝闺秀香咳集序》、毛国姬《湖南女士诗钞所见初集弁言》等,认为《诗经》女子之诗占据"什居三四"到"十盖六七"不等。
③ 田艺蘅《诗女史》卷首凡例第六款,《四库全书存目丛书》集部第321册,第687页。
④ 田艺蘅《诗女史》卷首凡例第一款,《四库全书存目丛书》集部第321册,第687页。
⑤ 郦琥《彤管遗编》凡例第一款,《四库未收书辑刊》第6辑第3册,第401页。

入选篇目,有了显著的增加。值得注意的是,编者对"先德行而后文艺"的强调,和以德才来划分卷次的方式,开启了清初闺秀总集的先声,显示出晚明总集编纂中的正统观念。

《彤管遗编》在当时反响较大,赵世杰《古今女史·凡例》称:"郦氏向刻《彤管遗编》,博览家竞相传尚。"①这一言论并不夸张。万历时期的胡文焕《新刻彤管摘奇》二卷,编次体例就与《彤管遗编》一模一样,按照入选对象德才排列,分为前集、后集、续集、附集、别集。而《彤管遗编》不选《诗经》的做法和理由,也得到后出总集编者的效法与回应。赵世杰《古今女史》称之为"六经之文"②,盖不录入。郑文昂《古今名媛汇诗》亦称"集中不录关雎诸篇者,彼盖六经之文也"③,说辞均与《彤管遗编》一致。

池上客《名媛玑囊》二卷,有万历刻本。收录从周至明二百三十三位女诗人的五百二十六首作品。编者声称"无论名妃淑媛及声妓孽妾,咸不以微故捐焉",不以身份划分高下的态度。这部总集所收内容与前述总集大体相似,而充实丰赡则逊之。这部总集的特殊之处在于编者对苏惠"璇玑图"颇有兴趣,不仅记录了原图,还整理了十几页的"璇玑图读法"④。

明末女性总集的选录规模有较大扩张,编排体例上也更为丰富,体现出几种显著的编纂倾向。一是对文辞的重视。郑文昂《古今名媛汇诗》二十卷,有泰昌元年庚申(1620)张正岳刻本。收录上古到明三百三十七位女诗人,作品一千七百多首。全书按照作品体裁编次,收入词、赋与尺牍,关注点在于作品的艺术价值。编者声称"但凭文辞之佳丽,不论德行之贞淫"⑤,这一态度,似乎是对《彤管遗编》"先德行而后文艺"选录观的回应。马嘉松《花镜隽声》十六卷,刻于天启年间。分元、贞、利、亨四集,实以时代编次,收录女诗人一百四十三人。编者同样直言对文采的重视:"诗之幽绝韵绝者喜录之,娇绝丽绝者亦录之。得无太艳乎?曰:不然,夫子删诗而不废郑卫之音,可以着眼。"⑥而陈继儒在序中直接指出该书重"情"的选录倾向,"若离若合,有情无情,守此《花镜》一编可也"⑦。

二是在编纂上呈现出细化和专门化的趋势。这一时期,不仅有较多女

---

① 赵世杰《古今女史》凡例第一款,崇祯元年戊辰(1628)问奇阁刊本,第1a页。
② 赵世杰《古今女史》凡例第三款,崇祯元年戊辰(1628)问奇阁刊本,第1a页。
③ 郑文昂《古今名媛汇诗》凡例第三款,《四库全书存目丛书》第383册,第10页。
④ 池上客《名媛玑囊》,明万历刻本,第28b—38a页。
⑤ 郑文昂《古今名媛汇诗》凡例第一款,《四库全书存目丛书》集部第383册,第10页。
⑥ 马嘉松《花镜隽声》卷首《凡例》第二款,明末刻本,第1a页。
⑦ 马嘉松《花镜隽声》卷首陈继儒序,明末刻本,第3b页。

性诗文总集,还出现了专门收录女性文章的选本,如新安蓬觉生《夜珠轩纂刻历代女骚》九卷、竹溪主人《丰韵情书》六卷、江元禧《玉台文苑》八卷、江元祚《续玉台文苑》等。整理汇集青楼女性诗词佚事的总集,也于此期陆续问世。有周公辅《古今青楼集》四卷、冒愈昌的《秦淮四美人诗》、梅鼎祚《青泥莲花记》十三卷、张梦徵《青楼韵语》四卷等。《青楼韵语》由《嫖经》和《韵语》两部分组成,张梦徵后来又编纂《闲情女肆》四卷,内容大多采自《青楼韵语》。又据《燃脂集》引用书目中,曾列出王豸来所编《娄江名媛诗集钞》,可知较早的地域性女性总集亦诞生在晚明万历时期。

三是随着读者受众的增多与读者层次的提高,选家开始重视女性总集的诗文点评。郭炜不满于当时女性总集收录作品的贪博求全,而至冗滥不可观,故刻《古今女诗选》六卷,声称此书侧重于选诗,采用如同男性一样的严格标准进行删汰,以避免"浑金璞玉为泥沙掩匿,不得用也"。所选入三百五十三人的作品,虽皆为"习见之作"①,然而"一字一句一声响,莫不阁笔评量"②。

值得注意的是,晚明公安派作家江盈科著有《闺秀诗评》一卷,点评唐至明共二十七位女诗人的四十首作品。江盈科论诗重才情,故自言平生喜爱读"自撼胸臆"的闺秀诗作,因而"近摘取佳者数首,各为品题"③。虽然所收篇幅不多,却是主流文人开始涉足闺秀诗批评的较早案例。

评论女性创作,影响最大的是崇祯年间刊行于世的《名媛诗归》。编者署名钟惺,在序言中将女性创作视为体现"清"之审美理想的代表:"夫诗之道亦多端矣,而吾必取于清。向尝序友夏《简远堂集》曰:诗清物也,其体好逸,劳则否;其地喜静,秽则否;其境取幽,杂则否。然之数者,未有克胜女子者也。……嗟乎,男子之巧,泂不及妇人矣!"④这一论断多为清初女性总集编者所承续,形成了"天地灵秀之气钟于妇人"的流行话语。集中所录女性作品,夹杂钟惺、谭元春二人评点,以张扬竟陵派之文学观念。虽然这部总集未必真出于钟、谭之手,但其将精英文学观念渗透到女性创作,无形中提升了女性创作的地位。

下面将《名媛诗归》与《彤管新编》、《彤管遗编》、《古今名媛汇诗》、《古今女史》等晚明各个时期的女性总集进行对比,作者和总集皆按时代为次,

① 胡文楷《历代妇女著作考》附录二,上海古籍出版社 2008 年 8 月第 2 版,第 880 页。
② 郭炜《古今女诗选》,明天启刻本,第 7a 页。
③ 江盈科《闺秀诗评》自序,《中国文学珍本丛书》本,北京图书馆出版社 2004 年 12 月第 1 版,第 12 册第 787 页。
④ 钟惺《名媛诗归》自序,《四库全书存目丛书》第 339 册,第 2—3 页。

将各个总集收录作品最多的女诗人列入表1。

表1 晚明女性总集收录女诗人作品篇数表

	《彤管新编》	《彤管遗编》	《名媛汇诗》	《古今女史》	《名媛诗归》
班 昭	7	7		6	
左 芬	24	24	2	23	2
鲍令晖		7	25	25	7
刘令娴	12	12	11	12	11
沈满愿	10	11	12	12	12
王金珠		15	4	5	15
上官婉儿	34	34	32	13	32
李 冶		15	15	15	14
鱼玄机	2	32	46	46	46
薛 涛	12	35	85	53	84
花蕊夫人			102	21	101
李清照	8	16	20	23	8
朱淑真	11	32	187	224	178
郑允端	24	24	24	24	24
陈 氏		22			
朱静庵		22	22	25	24
许景樊			41	41	68
邹赛贞		11	10	14	14
潘 氏		14	20	19	21
陈德懿			20	23	23
端淑卿			22	22	34
王凤娴					19
张引元					17
景翩翩			5	5	18
徐 媛			25	40	54
陆卿子			29	33	66
薄少君				3	81
王 微			2	5	91

从表 1 可以看出，天启、崇祯时期的三部总集整体的选录规模大大超过以往。其中，从周至汉魏六朝的格局变化不大；唐宋部分篇幅大幅上升，如唐代三大青楼诗人诗篇有所增加，宋代朱淑真的诗作更是激增到近二百首；采录明代女诗人的数量也有明显增加。尤其在《名媛诗归》中，还增录了较多徐媛、陆卿子、王微等当世女诗人的作品，并以跟随钟惺、谭元春学诗的青楼才女王微为殿军。编者为竟陵诗风张目，对其作品必然加以重视。故王微诗集佚失，作品却借这部总集而传。钱谦益纂《列朝诗集》收录王微诗作，便多从该集取资。

总体来说，晚明女性总集以坊刻为主，编者多为书商和一些边缘文人，是商业化出版风气兴盛的产物。其中胡文焕为杭州地区有名的书坊主，出版过《格致丛书》等多种大型丛书和日用类书，质量颇佳。《诗女史》署名田艺衡，《名媛诗归》署名钟惺编。而这两部总集迥异于精英著述的面貌，使编者身份不断遭到后人的质疑。清初王士禄论及《名媛诗归》，称其"虽略备古今，似出坊贾射利所为，收采猥杂，舛伪不可悉指"①。《四库全书总目提要》评《诗女史》云："采摭颇富，而考证太疏。……艺衡未必至此。毋乃书肆所托名耶？"②托名现象，在书坊中颇为常见。《古今名媛汇诗》卷首列出"同校姓氏"十四人，就包括林古度、茅元仪、张正岳这些知名文人。借用名人效应，可以扩大影响力、增加销量，在丰富多变、竞争激烈的出版市场中获得可观利润。既属托名，编者便不必承担责任，有意的作伪可以免除追究，无心的疏漏也有人来背黑锅。这样更加重了刊校粗疏、错讹频出的现象。

明清政局更替，带来清初对明末社会思潮的批判与反思，商业色彩浓重的晚明女性总集，招致了清初文人群体的批评。朱彝尊在《静志居诗话·闺门》小叙中，回顾了明代及以前妇女总集编纂的历史：

> 妇人诗集，始于颜竣、殷淳，爰有徐陵、李康成《玉台》之编，蔡省风《瑶池》之咏，代加甄综。韦縠《才调集》辑闺秀一卷，宋、元以降，选家类不见遗，明则郦琥之《彤管遗编》，张之象之《彤管新编》，田艺蘅之《诗女史》，刘之汾之《翠楼集》，俞宪之《淑秀集》，周履靖之《宫闺诗选》，郑琰之《名媛汇编》，梅鼎祚之《女士集》、《青泥莲花记》，姚旅之

---

① 王士禄《然脂集例》，上海书店《丛书集成续编》第 156 册，第 666 页。
② 永瑢等《四库全书总目》卷一百九十三，中华书局 1965 年 1 月第 1 版，下册 1759 页。

《露书》，潘之恒之《亘史》，赵问奇之《古今女史》，无名子池上客之《名媛玑囊》，竹浦苏氏之《胭脂玑》，兰陵邹氏之《红蕉集》，江邦申之《玉台文苑》，方维仪之《宫闺诗史》，沈宜修之《伊人思》，季娴之《闺秀集》。其文亦云富矣。然青黄杂糅，真赝交错，近济南王考功士禄悉从考证，为《然脂集》，发凡起例，有要有伦。而予斯编，亦稍纠群书之纰缪焉。①

朱彝尊举出的女性总集中，《红蕉集》《闺秀集》为清代刊刻的当代女性总集，《伊人思》总集部分专选明代女诗人，其余皆为通代性质的女性总集。方维仪《宫闺诗史》划分正邪两集，存劝惩之意，该书已佚。而朱彝尊最为推崇的王士禄《燃脂集》，是对晚明女性总集进行集中整理、辨伪之作，引用书目达九百多种。不仅删除了各类晚明总集中沿袭的伪作，也集中校改了一批女性作者姓名字号、籍贯、作品的基本信息。可惜该书成稿之后却无力付梓，在编者身后即已失传，今仅存手稿残卷，散落各地。

顺治九年壬辰(1652)，清廷谕令坊间书贾："止许刊行理学政治有益文业诸书，其他琐语淫词，及一切滥刻窗艺社稿，通行严禁。"②表明清廷对以市场为导向的出版业开始严格控制。接近国家权力中枢的四库馆臣，对晚明坊刻批评最厉，甚至将清初总集也纳入晚明坊刻之余绪。《四库全书总目》卷一百八十六"总集类"序云："至明万历以后，侩魁渔利，坊刻弥增。剿窃陈因，动成巨帙，并无门径之可言。"③就女性总集编纂而言，通代性总集到清初已经后继乏力，而文人闺秀参与编纂活动，已使女性总集进入了一个新的阶段。

从坊间流传迈向文人编选，说明女性创作开始受到主流重视。不过，清初总集的编纂重心已经转移，意在"沿古"的通代性总集逐渐稀少，而侧重"罗今"的当代性总集占据了主导地位。谢正光《试论清初人选清初诗》一文中指出这一现象的产生，与明代选家对前代和当代诗歌的选辑有密切关联④。王端淑编选《名媛诗纬初编》，选录明代之前仅寥寥数人，她在《凡例》中对不选明代之前女性的原因，便作出了解释："因久有诸选，定本俱

---

① 朱彝尊《静志居诗话·闺门》，人民文学出版社 1990 年 10 月第 1 版，第 717 页。
② 素尔纳等《钦定学政全书》卷七"书坊禁例"，《续修四库全书》第 828 册，第 584 页。
③ 永瑢等《四库全书总目》卷一百八十六，中华书局 1965 年 6 月第 1 版，下册 1685 页。
④ 谢正光《清初诗文与士人交游考》，南京大学出版社 2001 年 9 月第 1 版，第 57 页。

在。确有定论,故不必更为品骘。"①不过,当时选录历代女性作品的总集虽数量繁多,从学术角度而言却并没有合格的"定本"。女性作品的辨伪工作,是一项门槛甚高且艰巨繁难的任务,远未达到男性总集那样成熟的地步。只因风气转移,各类总集均侧重于选当代诗,历代闺秀诗的编选也止步不前。王士禄在晚明女性总集的基础上,耗费毕生精力考证的《燃脂集》,在当世并不多见,至后世更成绝响。

　　清代出现的通代性女性总集有:蒋坦《闺雅》、冯继照《闺秀诗钞》、玩花主人《古今女才子奇赏》、钱锋《古今名媛玑囊》、叶腾骧《香闺诗随手抄》、陆昶《历朝名媛诗词》、静寄东轩《名媛尺牍》、冯时桂《名媛诗归》、周寿昌《宫闺文选》、许敦彝《历代闺媛小乐府》等。这些总集的选录范围,均不脱晚明女性总集的藩篱。虽然一些编者意识到女性作品的真伪问题,如《历朝闺雅》云:"至于稗史所载,假托尤多,拟皆删之。"②钱锋《名媛玑囊》更称:"小说家所记多矣,诸友请录之,然事多失实且鄙俚,更有伪为某人作者,总无明证,概不敢选入以污珠玉。"③但由于缺乏系统的辩证,实际收录的"小说家言"并不少。编纂质量与晚明通代女性总集相比仍无显著的提高。

　　晚明是历史上首次对历代女性创作进行整理、总结的时期,在女性编纂史上具有特殊地位。清人虽然对晚明女性总集持谨慎的态度,却并未解决其所遗留的诸多问题。迄今为止,历代女性作品的系统整理与考辨工作还有待展开④。当代的一些女性诗词选本,也不乏受到晚明总集误导而收入的伪作,其问题的复杂性,应当引起学界的重视。

二　仙俗杂陈的历代女性选本

　　晚明通代性女性总集,对上古至明代的女性作品进行了全面的发掘与整理,建立起女性创作的悠久传统。胡文楷《历代妇女著作考》所搜集的,也仅仅是其中有诗文结集的一小部分。了解古代女诗人的全貌,绕不开这些总集。然而,由于世代旷远、女性地位低下、各种附会伪托等因素,使得历代女性创作的甄选十分繁难。从上节所列现存的女性通代总集看,编选

---

　　①　王端淑《名媛诗纬初编》卷首凡例第二款,清康熙六年丁未(1667)山阴王氏清音堂刻本,第1b页。

　　②　揆叙《历朝闺雅》凡例第七款,《四库未收书辑刊》第十辑第30册,第2页。

　　③　钱锋《古今名媛玑囊》卷首凡例第十款,清刻本,第2a页。

　　④　关于唐代女诗人的考辨,有陈尚君《唐女诗人甄辨》,该文考出唐代虚构、误认及后出女诗人42人,存疑者19人。本文涉及唐代女诗人案例,便参考了该文结论。见《文献》2010年第2期,第10—25页。

者为求广博,对于作品几乎是有闻必录、不加考辨的,或陈陈相因,或妄下断语。大量野史、杂传甚至仙怪小说中以女性人物形象创作的诗文,被编者不加注明地收录,则是一个较为普遍而有趣的现象。

(一)晚明女性总集所录小说篇目及来源

第一类是神话传说、志怪杂俎。如皇娥嫘祖《清歌》出自东晋王嘉《拾遗记》。西王母《天子谣》、《西王母吟》出自旧题郭璞撰《穆天子传》,《问上元夫人书》出自佚名《汉武帝内传》。杜兰香《赠张硕诗》、《八月复来又赠》(一作《复赠张硕》),紫玉《紫玉歌》,韩凭妻何氏《乌鹊歌》、《答夫歌》,崔氏女《赠卢充》,皆出自东晋干宝《搜神记》。刘妙容《宛转歌》出自梁代吴均《续齐谐记》。樊夫人《答裴航》出自唐代裴铏《传奇》。鲍四弦《劝韦酒歌》、《歌送酒》出自宋人李昉等编《太平广记》所引唐代李玫《纂异记》。葛氏女《和潘雍》出自宋代洪迈《万首唐人绝句》所引唐代何光远《宾仙传》①。红绡《坐吟》(一作《忆崔生》),本事出自唐代裴铏《传奇·昆仑奴》,但并无此诗,或为后人所拟。张立本女《失题》,出自《太平广记》所引唐代佚名所作《会昌解颐录》。

第二类是野史杂传与传奇、戏曲、话本。赵合德《遗飞燕书》出自汉代小说集《西京杂记》。梅妃《谢赐珍珠》、《楼东赋》出自宋代佚名《梅妃传》。杨贵妃《赠张云容舞》出自唐代裴铏《传奇》。崔莺莺《明月三五夜》、《别张生》、《赠张生》、《答张生书》出自唐代元稹《莺莺传》。侯夫人《自伤》、《妆成》、《自遣》、《自感三首》、《看梅二首》出自宋代佚名《迷楼记》。步非烟《酬赵生》、《寄赵生蝉锦香囊并诗一首》、《寄赵生书并诗一首》、《赠赵生》出自唐代皇甫枚《非烟传》。史凤《迷香洞》、《神鸡枕》、《锁莲灯》、《交红被》、《传香枕》、《八分羊》、《闭门羹》,出自题名唐代冯贽《云仙杂记》所引《常新录》。梁意娘《述怀》、《忆秦娥》,出自宋代罗烨《醉翁谈录》已集卷一《梁意娘与李生诗曲引》。楚娘《游春》、《桂花》、《生查子》,出自《醉翁谈录》乙集卷一《林叔茂私挈楚娘》。

在以《名媛诗归》为代表的天启、崇祯年间女性总集中,还新增了元明以来的小说戏曲中的诗词。玉箫《别诗》,谢金莲《答赵生红梨花诗》、《理发》,分别取自元杂剧《玉箫女两世姻缘》、《谢金莲诗酒红梨花》与传奇《梨花记》。吴氏《酬郑生诗》、《病中答郑生》,出自元郑禧《春梦录》。贾云华《题魏生卧屏》、《七夕》二首、《永别诗》十首、《生员期醉卧戏题练裙》出自魏

①　可参考陈尚君《何光远的生平和著作——〈宾仙传〉为中心》,《江西师范大学学报》2010年第5期。

鹏《贾云华还魂记》。娇红《记怀》五首、《题西窗》、《寄申生》、《留别》、《送别》、《寄别申生》、《永别》、《感怀》、《一剪梅·赠别》出自元代宋梅洞《娇红记》。吴氏《木兰花·寄和》，出自元末陶宗仪《说郛》，明代梅鼎祚曾据此敷衍为《才鬼记》。谢希孟《题芍药》出自明代瞿佑《香台集·陆姬楼记》，冯梦龙《古今谭概·鸳鸯楼》亦见收录。赵鸾鸾《檀口》、《柳眉》、《云鬟》、《纤指》、《酥乳》，出自明代李昌祺《剪灯馀话》卷二《鸾鸾传》。吴氏女《酬江情》，见于明代吴大震《广艳异编》卷八，《续艳异编》卷四题作《彩舟记》，冯梦龙《醒世恒言》卷二十八《吴衙内邻舟赴约》即敷衍此事。王娇鸾《长恨歌》、《闺怨》，见于冯梦龙《情史》卷十六《周廷章》和《警世通言》卷三十四《王娇鸾百年长恨》。娟娟《寄木元经》、《寄别》，见于冯梦龙《情史》卷九《娟娟》。闽女《答太曼生》，见于冯梦龙《情史》卷十三《太曼生》。翠翘《寄左公诗》，见于万历《万锦情林》、《国色天香》、《绣谷春容》等类书中。莲华女《呈陈处士》，见于《丽情集》。

第三类，是出自乐府民谣的诗篇。如罗敷《陌上桑》、霍里子高妻《公无渡河》、子夜《子夜歌》二十首、谢芳姿《团扇歌》二首、木兰《戍边诗》、苏小小《西陵歌》、绿珠《懊侬歌》等。由于诗篇采用女性口吻，编者常随意将著作权划给女性。此外，历代女性作品中也不乏编者伪造之作混入。如据王士禄《燃脂集》考证，《苏武妻答外诗》为明人梅鼎祚作伪，在其《八代诗乘》中署名苏武妻。而《古今女史》、《名媛诗归》等晚明总集皆不加分辨地直接收录。

这些作品标示的作者一部分是历史上实有的人物，如赵合德、杨贵妃，而诗作则来源于小说家敷衍渲染而成的故事，不足征信。一部分未必实有其人，而诗作亦出虚构。崔莺莺赠张生诸诗，曾被唐人所编《才调集》收录，应视为元稹代作较为合理。而贾云华、娇红这类故事虽声称有人物原型，却已无从考证，诗篇更是不足采信。

上述虚构伪托的女性作品，在数十部晚明女性总集中反复出现，而相关的小说戏曲故事片段，也时常以序文的形式夹带于诗词首尾。对此现象，前人通常将原因归结为坊刻书籍的编校工作不够严谨。为了降低成本、缩短周期，书商常将已经出版的著作抄袭搬用一番后重新付梓，新增的内容极少，更谈不上对所抄资料的甄辨。小说诗词的著录，尤其凸显了沿袭的痕迹。关于郑文昂《古今名媛汇诗》、赵世杰《古今女史》与《名媛诗归》之间递相祖述的痕迹，前人早有发覆。赵世杰《古今女史》十二卷"文集则袭自《玉台文苑》,诗集乃采自《名媛诗归》,是必坊贾合并二书,刊为合集"①。四库提要评郑文昂《古今名媛汇诗》曾云:"此书较《名媛诗归》等书,不过增入杂文,其余皆互相出入,伪谬亦复相沿。"②由于《名媛诗归》较他书后出,孰为底本尚未可知,但内容重复则是显见的事实。从上表中来看,不少作者入选作品的数量一模一样。更为明显的证据,是那些采自小说、诗话、杂俎的篇目,比如崔莺莺《明月三五夜》《初绝微之》,贾云华《题魏生卧屏》《永别诗》之类,作者姓名与诗歌题目,常常是总集编者在采录过程中随意拟造的。而三部总集中,除了将诗篇顺序稍作调换外,作者姓名、作品题目和诗文内容几乎分毫无差。

晚明女性总集冗杂粗疏、因袭翻刻的现象,与同时代通俗小说刊刻出版的总体面貌十分相似,小说文本在女性总集中的植入与传播,并不能完全归因于出版者的粗制滥造,还与出版市场的现实制约因素有关,也包含了一些编者的主观意图。其间的内在联系,值得进一步的追究。

(二)女性诗词与小说文本的混融及成因

女性作品总集兴起于书坊的历史根源,与小说传奇文本颇为相似。小说传奇之流,一直为以史学为尊的文献传统所排斥。而女性作者在明代以前的各类总集中,也大都和"释道"类目一起附于卷末,选录数量也寥寥无几。历代女性作品多叙写闺情,不受文人士大夫的重视,但在通俗市场中却颇受欢迎。刻书既以盈利为目的,书坊刊行的书籍自然以读者的好尚为转移。社会各阶层娱乐消遣的需求,推动了商业化出版市场的兴盛。小说文本的通俗性和娱乐性,使其拥有广阔的受众面,"而士大夫、农、工、商、贾,无不习闻之,以至儿童、妇女不识字者,亦皆闻而如见之"③。这样庞大的读者群体,便造成了"古今著述,小说家特盛;而古今书籍,小说家独传"的现象。一些女性诗词便依赖野史杂传、小说传奇文本而流传下来。晚明时期出版的一些小说合集、通俗类书如《绣谷春容》《万锦情林》《国色天香》《花阵绮言》《燕居笔记》等,校印精良,包含的女性诗词也是真伪并存,已经颇为近似文学总集,在当时就引起了较大反响,"施之于初学弄笔咬文嚼字之人,最为相宜;即士夫儒流,亦粗可攀附。"④这些汇辑女性题材

---

① 王重民《中国善本书目提要·总集类·通代》,上海古籍出版社 1983 年 8 月第 1 版,第 453 页。

② 永瑢等《四库全书总目》卷一百九十三,中华书局 1965 年 6 月第 1 版,下册第 1766 页。

③ 胡应麟《少室山房笔丛》卷二十九,上海书店出版社 2009 年 4 月第 1 版,第 282 页。

④ 孙楷第《日本东京所见中国小说书目》,上杂出版社 1953 年 12 月第 1 版,第 171 页。

的类书获得的市场反馈，也进一步推动了女性总集编纂的兴盛。

从编纂环境来看，这些女性总集的内容与说部文献存在重合，也非偶然。嘉靖年间，正值通俗小说刊刻的勃兴，单行的中篇传奇大量出现，汇集小说成编的类书和总集编纂亦蔚为风气。晚明书坊所印的内容，多以戏曲小说为主要方向，兼及时文读本、文人诗集等。女性总集的编者往往涉及通俗小说的编纂，有些甚至参与小说传奇的创作。《彤管遗编》的编者郦琥曾著有《会仙女志》。《新刻彤管摘奇》的编者胡文焕著有《奇货记》、《余庆记》等传奇故事，还出版过女性志怪小说集《仙媛纪事》。《丰韵情书》的编者邓志谟著《古事苑》、《黄眉故事》、《白眉故事》等传世。《女中七才子兰咳集》的编者周之标还辑有小说集《香螺卮》，并为小说《封神演义》、《残唐五代史演义传》撰写过序言。书坊主对通行的说部文献了如指掌。在商业化的编纂活动中，为减少重复劳动，编者之间相互借鉴转载，已成常态。田艺衡称："妇女与士人不同，片言只字，皆所当纪。"①。对于历代女性总集的编者来说，筚路蓝缕，蒐集作品殊非易事，这些现成的材料唾手可得，自然不会放过。

另一方面，古代女性诗词也是小说家钟爱的题材，常常被敷衍成委曲生动的故事。如《剪灯新话·联芳楼记》中的薛兰英、薛蕙英姊妹，其人其诗皆属实，只是作者据二人事迹踵事增华，加入了不少虚构的情节，受到读者的欢迎。而贾云华、娇红这两部中篇传奇，皆有真实的人物原型，只是经过小说家的辗转流传与增饰，其诗词已经真伪难辨。清初女史王端淑批评王娇鸾"有才而无卓氏之鉴，宜乎为迁章所弃"，在其《名媛诗纬初编》就删去了"冗俚"的《长恨歌》，而留存《闺怨》一首②。冯小青诗在晚明传诵一时，和者众多。名士陈子龙、龚鼎孳、张岱与闺秀王端淑、吴琪均有和作，其生平与遭遇在流传中不断加入后人的想象而变得传奇化了。现存刊行于康熙年间的孤本小说《集咏楼》，就敷衍小青与冯生情事，并增补了魂魄再生重遇的大量情节，为小青故事平添了奇幻的色彩。

女性诗词与小说文本同生共长、相互依托的情况，凸显了诗词甄辨的复杂性。更为严重的问题是，晚明总集编者在不仅将一些作品视以为真，甚至通过有意识的裁剪、删削，将其中那些虚构色彩较浓的故事"还原"成客观的历史叙述，增加这些作品的真实性与可信度。古代小说自诞生始，就长期处于"文史不分"的混杂状态。晚明编者学养、观念、态度等，与通俗

① 田艺衡《诗女史》凡例第六款，《四库全书存目丛书》集部第 321 册，第 681 页。
② 王端淑《名媛诗纬初编》卷二十二，清康熙六年丁未（1667）山阴王氏清音堂刻本，第 5b 页。

小说的作者相类似。田艺衡在《诗女史》中称："仙女鬼女诗，真者固多，伪者亦复不少，亦存一二，以备一体。"①由于古代的民众信仰与巫术思维，这类仙鬼诗在流传过程中，曾一度被视为实录。晚明编者也秉持宁可信其有的态度，相信仙鬼类诗作有"真者"。总集选录仙鬼诗，本非特例。晚明冯惟讷《古诗纪》，就将这类诗作单独辑为一卷。但女性总集的编者并没有依照惯例将这些作品单独成类，而是分散混杂书中，"以俟后之博览君子辨之也"②。一些编者甚至按照总集的内部结构和组织形式，对素材进行一系列"标准化"的处理，造成以假乱真的局面。《非烟传》在《古今名媛汇诗》、《古今女史》与《名媛诗归》中，不约而同删去了原作结尾处非烟鬼魂的片段，小传部分至非烟死便戛然而止。《古今女史》中还煞有介事地将开头改为"步非烟，临淮武公业妾也"③，以同全书的小传格式统一。又如《诗女史》卷四之"刘妙容"条，出自《乐府诗集》所引南朝梁吴均所撰《续齐谐记》，原文写东宫卫佐王敬伯休假还乡，途中弹琴作歌，引来了二位容姿婉丽、通晓音律的少女。她们用箜篌合奏古曲二首，又作《宛转歌》八曲，临别还赠给王敬伯锦卧、绣香囊和玉佩一双。后王敬伯舟至虎牢戍，正逢贤令刘惠明搜寻爱女刘妙容卒世时消失的物什，才知道路上遇到的二位少女竟是刘妙容与其婢女的鬼魂。这个带有悬疑色彩的传奇故事，在《诗女史》里调整了叙事次序，进行了改编。编者首先交代作者刘妙容的身份，接着再写王敬伯还乡途中所见所闻，删去了原作中刘妙容与王敬伯道别时"盖冥契非人事也"及刘惠明"有爱女早世舟中"等关键细节，这样结尾就没有交代出刘妙容的阴魂身份，也掩盖了刘妙容去世之后作《宛转歌》的事实。原作荒诞离奇的成分被大大削弱了，加上秩序井然的整理编排与近于史传的叙述模式，这个虚构人物故事已然变成了一种纪实性的文献材料。

编者一面对小说素材进行处理，以适应总集的编纂需要；一方面也在总集的体例编排之中，更多地迁就小说的叙事性。一般来说，诗文总集当以作品为核心，人物小传则以简明扼要为本。《乐府诗集》收录《紫玉歌》，只是简单介绍作者姓名籍贯。而在晚明总集中，就直接引用了《搜神记》中的完整故事情节。为了迎合市场，追求雅俗共赏，晚明女性总集常常表现出强烈的"叙事"的爱好，不仅收录诗词，还保留了大量仙鬼故事、世俗传奇的文本。像《名媛诗归》收录吴氏女《酬江情》七绝，诗作不过二十八字，但

---

① 田艺衡《诗女史》凡例第三款，《四库全书存目丛书》集部第321册，第681页。
② 郦琥《姑苏新刻彤管遗编》凡例第七款，《四库未收书辑刊》第六辑第30册，第401页。
③ 赵世杰《古今女史》卷首姓氏，明崇祯刻本，第54a页。

叙事部分几达近千字,不免本末倒置。客观上却为《酬江情》等小说文本保存了重要的版本。

《名媛诗归》卷十五收录《非烟传》中的作品,是步非烟与赵生几次会面的酬答之作。编者不舍得将诗文与故事割裂,遂将有关赵生的情节和诗文置于小序中,每次到非烟酬答的部分,只交代"答诗曰",将答诗的具体内容暂时略过。最后统一集中到序文之后作品部分一一列出。这一做法使小序的完整性受到影响,而在熟悉本事的读者那里,并不会造成理解障碍。《古今名媛汇诗》则将赵生的酬答情节分散,在每一首作品题下小序的形式出现,这样做的好处是头绪分明不影响阅读,但体例实际上已经跟小说没什么区别。

相似的编纂环境、编者群体与读者受众,造成了女性诗词与小说文本交织混融的格局,使晚明女性总集呈现出迥异于正统总集的特殊面貌。小说中的诗词,绝大部分是特定情节中人物的自题自吟或赠答酬对,不仅在小说中承担着推进情节、刻画人物的任务,也充当了男女主人公对话的媒介,自有其不可分割性。但从诗文总集的角度来说,作品本身才是独立自足的审美对象,过多的叙事并不会使其诗歌增色,反而会喧宾夺主,削弱了诗境的想象空间。编者热衷于为作品补充前因后果、建立联系,其用意显然已经超越了诗歌本身。除了保留小说的完整脉络、增加传奇性与故事性的努力,我们还可以从编者的自我声明,观察到通俗文学观念在女性总集中的深层渗透。

三 古代女性文学传统的形塑

晚明书坊是明清女性总集出版风潮的源头,其间顺应市场而生的女性通代总集,罗列出历代女性诗歌的浩大阵容,在民间广泛流传。王士禄倾注毕生精力的《燃脂集》未行刊刻,今存手稿残卷分散各地。该书致力于对晚明总集所收历代女性创作进行考辨,注明各类伪作删削之缘由,是清代学者对晚明总集仅见的集大成式的考证成果。清中叶《名媛诗话》的编者沈善宝曾提及该书:"平生久尔《然脂集》,每向藏家访斯笈。无奈传闻名异词,深嗟眼福修难成。"[①]《燃脂集》作为精英编纂的一种"高端选本",而流传受限,后世选家能寓目者寥寥无几,更不要说考订成果的采纳。清末胡文楷收集女性文章,仍然感叹:"世所通行之名媛尺牍,舛误相承,大率杂采

---

① 沈善宝《鸿雪楼诗词集校注·鸿雪楼诗选初集》卷八《题补书图》,中国社会科学出版社2012年8月第1版,第246页。

小说传奇淫艳之词,取悦时俗。"①可见晚明书商所制造的成本低廉的坊间刻本,反而因取悦时俗、迎合大众而得广泛流传。

尤其在明末清初,女性创作方兴未艾之际,各路书坊刻本起到的流通、普及作用,更影响了当时世人对古代女性创作的一般认知。许多士大夫或藏书家也购置了这些书籍。其间真伪交织之处,连专意于女性作品的文人闺秀,也常常无从分辨。晚明江盈科《闺秀诗评》,点评由唐至明女性二十七人,就把上节所举崔氏女《赠卢充》、陈玉兰《寄夫》、王蕴秀《谏外》、刘采春《啰唝曲》等伪作混入。方维仪所撰《宫闺诗史》,受到《名媛诗归》的影响,王士禄指出该书"持论颇驳《诗归》,实以《诗归》为底本,以云'区明风烈'则有之,辩证舛伪,功犹疏焉"②,"《诗归》"即指《名媛诗归》,可见方维仪旨在强调道德区分,并未能辨别诗作真伪。清初文人邹漪《诗媛名家红蕉集》卷首自序,清点了古今女性的著名作品,则建构出一个真伪混杂的女性文学史图景:

> 顾予历览古今,闺阁之传与否,亦有幸不幸焉。《三百》删自圣手,《二南》诸篇,什七出后妃嫔御、思妇游女。《关雎》、《葛覃》,开卷首及,以逮《樛木》、《小星》、《采蘩》、《江汜》、《卷耳》、《芣苢》、《摽梅》、《行露》,层叠不厌;下逮十五国风,《投桃》、《赠芍》、《蔓草》、《褰裳》,且得与《柏舟》、《燕燕》、《泉水》、《载驰》并载。顾其人自一二经史显著外,大约姓氏无凭,邑里莫考,此诗传而人不传者也。
>
> ……
>
> 唯夫紫玉南山,陶婴黄鹄;越女采葛之谣,霍妻渡河之引;虞悲帐下,戚泣宿春;班姬衔怨于离宫,蔡女吹笳于出塞;白头寄恨,盘中述情,斯则筠管芸笺,辉煌千古,要皆得之死生离别,幽怨苦辛。求其芙蓉养茧,句写合欢;豆蔻薰衣,吟成连理者,不数见焉。则论才于闺阁之获传者,其诗难,其人难,其遇更难耳。
>
> 晋宋六朝,绮靡成习。于是左芬、令娴之应制,桃叶、芳姿之小词,莫不谱入管弦,被之歌舞,称娱耳悦心矣。唐人踵之,洪度、玄机,才情格调,尤逼作者。但上多宫掖,下杂风尘。由宋迄明,流传之途,亦复如是。间有岳阳楼中、清风岭上,节义流芳,人人脍炙。③

---

① 王秀琴、胡文楷《历代名媛书简》卷首胡文楷序,民国三十年(1941)商务印书馆初版,第2页。
② 王士禄《燃脂集例》,《四库全书存目丛书》集部第420册,第730页。
③ 胡文楷《历代妇女著作考》附录二,上海古籍出版社2008年8月第2版,第897—898页。

　　上文所列的历代女性创作，就包含了若干上节提及的晚明女性总集中的伪谬作品。邹漪认为《诗经》什七出自女性之手，与晚明女性总集的观点遥相呼应，所列"后妃嫔御、思妇游女"的部分，便是在《彤管新编》中悉数收录的篇目。"紫玉南山"以下，还引用了吴王夫差小女《紫玉歌》、陶婴《黄鹄歌》、采葛妇《采葛歌》、霍里子高妻《公无渡河》这些伪托之作。邹漪对这些伪作耳熟能详，并径视为历代女性创作的代表。

　　因此，晚明女性总集的历史功绩，是发掘出长期处于边缘地位的古代女性文学作品序列。同时，也不免将虚构的文学想象混杂其中，影响了世人对女性创作的认知。这类张扬情欲、有违礼法的小说人物，被纳入到女性作者的队伍中，曾一度成为世人诟病的焦点，也助长了正统人士对闺秀作诗"诲淫"的批评。因此，搞清古代究竟有多少女诗人的创作，创作了哪些作品，固然有着还原历史的意义，然而女性文学传统实已存在于晚明总集的言说构造中，存在于这些凝结了历史记忆的女性想象中。传统在世人眼中展现出的面貌，并不取决于传统本身，而是当世的观念。在晚明女性总集中体现的，则是作为广大消费者的普通庶民的观念。

　　在正统总集的常见编排模式中，以身份区隔不同的文学群体，是揭示主流与边缘、高雅与粗俗的委婉方式。长期以来，编者按照既定的惯例为不同身份群体排座次，无需解释其间等级秩序的合理性。然而晚明编者没有对小说诗词作出专门区分，而将这类出自青楼婢妾、失行妇人"鄙秽"之辞，与后妃、闺秀的作品混杂在一起。从他们的解释来看，是为了彰显各阶层的"平等"，可以视为一种对抗等级秩序的努力。郑文昂《古今名媛汇诗》与蘧觉生《夜珠轩纂刻历代女骚》，在凡例中不约而同地强调了这一点：

　　　　若乃溯自西王母而下，搜索世代，亡虑数十辈，摘采情词，拔尤若干章，共裒一集，则仅见于此。稽其贞淫互记，仙俗杂陈，夷夏兼录，良贱并存。①

　　　　稽之往古迄于昭代，凡宫闱、闾巷，鬼怪神仙，女冠倡妓，婢妾之属，皆为平等。不定品格，不立高低，但以五七言古今体分为门类。因时代之后先为姓氏之次第。②

---

　　①　蘧觉生《夜珠轩纂刻历代女骚》自序，见胡文楷《历代妇女著作考》附录二，上海古籍出版社 2008 年 8 月第 2 版，第 885 页。

　　②　郑文昂《古今名媛汇诗》凡例第一款，《四库全书存目丛书》第 383 册，第 10 页。

　　晚明女性总集编者的身份,大多是一些地位不高的文士,或略通文墨的书商,处于较低的社会阶层。所谓"贞淫互记、良贱并存",与其说是古代女性文学史的真实面貌,不如说是来自社会底层话语对历史的重新建构。在他们看来,雅俗之别、贵贱之分,只能代表不同群体的审美好尚,并不能代表价值上的抑扬轩轾。这一言论,在庶民阶层的百姓无疑可以获得极大的共鸣,也映射出晚明社会等级观念的淡化。也正是源于这种平等意识,促使晚明书坊主积极搜求、大力标举女性创作。《诗女史》编者更为女性发出不平之声:"虽内外各正,职有攸司,而言德交修,材无偏废……曾何显晦之顿殊,良自采观之既阙也。"晚明编者从男女平等的角度,肯定女性才华并极力扩大妇女阵营,认为那些优秀的古代作品"焉知不出于妇女之手"①。也正是源于这种平等意识,促使晚明书坊主积极搜求、大力标举女性创作。这些观念,对清代文人造成了很大影响。王士禄指出女性诗在历史上受到压抑的事实:"推原其故,岂非以语由巾帼,词出粉黛,学士大夫往往忽之,罕相矜惜,少见流传故;或英华终闭于房闱,或风流旋歇于奕世,还使关家女士空传不节之名,蜀国名姬独擅扫眉之号,不甚惜哉!"②女性作者在明代开始受到主流认可,源自社会条件的变化、民主思潮的萌芽、品评女性的潮流等多重因素。而晚明书坊的倡导更是推波助澜,不仅是女性作品编刊风潮的推动者,其开明的文学观念亦得到清代有识之士的回应。

　　晚明女性总集在通俗文学创作和出版热潮中应运而生,是构成晚明文学生态的有机组成部分。诞生在商业化环境中的女性总集,不可避免地打上了市民文化的烙印。其间夹杂的流行坊间的小说故事与诗词,实为晚明开放、多元化而喧嚣复杂的社会的写照。提取自小说中的诗词,或伴随着神仙鬼怪奇闻异事,或采撷自男女私会定情酬答之作。往往语言浅显俚俗,主人公离经叛道的行径,也与商业化冲击下张扬人欲的思想契合。正像艾梅兰所强调的那样:"在我们能把小说当成可靠的史料来阅读之前,我们需要学会把它当成一种虚拟的建构,它更多地阐明历史的想象,而不是历史的实践。"③对注重通俗性、娱乐性的阅读市场而言,这些缠绵悱恻的诗篇,显然符合世人的阅读期待。《古今名媛汇诗》编者在记录红绡与崔生

---

① 田艺衡《诗女史》自序,《四库全书存目丛书》集部第 321 册,686 页。
② 胡文楷《历代妇女著作考》附录二,上海古籍出版社 2008 年 8 月第 2 版,第 908—909 页。
③ 艾梅兰《竞争的话语:明清小说中的正统性、本真性及所生成之意义》,江苏人民出版社 2005 年 1 月第 1 版,第 2 页。

情事后，评《坐吟诗》云："一种幽艳之神，在声情之外，不必问其事之奇，其诗亦非等闲。"①这一评价，可以看出编者对该诗不仅乐于相信，更是由衷欣赏。《古今女诗选》编者则在西王母《天子谣》"山川间之"句后评点云："仙人亦解作情语。"②实将这一出自"仙人世界"的诗篇，视为契合了晚明重情文学观念的绝佳例证。《名媛诗归》录刘妙容《宛转歌》，在小序交代的故事脉络，虽同《诗女史》一样删去了暗示刘妙容及婢女为亡魂的情节，但评语中"亦渐有鬼魅气"云云③，可知编者完全知晓这一故事的本来面貌，并意识到其间荒诞不经之处，却将其悉数删除改造成真人真事，并对诗作予以细致品评。每一句诗句小注中都加入了假托钟惺与谭元春的点评对话，对歌颂"千秋万岁同一情"的诗句嗟赏不已。

一些编者对诗词的真伪心知肚明，却仍然予以保留，实出其重视文辞的选录倾向。那些时代较近的世情小说，真伪并不难核实。刊刻于隆庆元年的郦琥《彤管遗编》序言称："《娇红》、《怀春》、《雅集》、《闲情》、《丽集》等书，妇女诗文虽多，然皆作史者寓言，非真出于妇人女子之手笔。"④《古今女史》凡例第二款称："如《钟情》、《怀春》等集，虽有诗文，俱属好事伪作，并置不录。"⑤但是，而在《名媛诗归》、《古今女史》等明末总集中，这些明代新出的小说传奇人物也被悉数采入。对于"附集"中仙鬼诗，郦琥就解释道："幽怪之事，君子不道。中有诗词俊雅，徵诸理可信者，少录以附于续集之末云。"⑥可见编者虽对小说的虚构性有所认知，却因"文辞俊雅"而不愿舍弃，依然要将著作权划归女性的名下。在这些编者心目中，作品的文学性，甚至大于对总集学术性和文献性的考量。面对女性作品的市场需求与审美风尚，强调收录作品的文学价值，回避关于真伪的讨论，便成为这些晚明女性总集编者的共通态度。一些编者甚至公然宣扬以文辞为主导，蓬觉生《夜珠轩篆刻历代女骚》自称："摘采情词，拔尤若干章。"⑦郑文昂《古今名媛汇诗》更直接宣告："但凭文辞之佳丽，不论德行之贞淫。"⑧这些小说中的诗词作品，从强烈充沛的情感到摇曳生姿的文辞，无不吻合了晚明时

①　郑文昂《古今名媛汇诗》卷八，明泰昌元年庚申（1620）刻本，第 15b 页。
②　郭炜《古今女诗选》，明天启刻本，第 1a 页。
③　钟惺《名媛诗归》卷三，《四库全书存目丛书》集部第 339 册，第 207 页。
④　郦琥《姑苏新刻彤管遗编》凡例第六款，《四库未收书辑刊》第六辑第 30 册，第 401 页。
⑤　赵世杰《古今女史》，明崇祯刻本，第 1a—1b 页。
⑥　郦琥《姑苏新刻彤管遗编》凡例第八款，《四库未收书辑刊》第六辑第 30 册，第 401 页。
⑦　蓬觉生《夜珠轩篆刻历代女骚》自序，见胡文楷《历代妇女著作考》，上海古籍出版社 2008 年 8 月第 2 版，第 885 页。
⑧　郑文昂《古今名媛汇诗》凡例第一款，《四库全书存目丛书》集部第 383 册，第 10 页。

人特有的生命姿态与审美情趣。

晚明总集的目标群体中，同样不乏受到正统观念影响的文人。对此，编者常常可以预知到所录作品可能面临的批评，故而在序言中作出解释，并迎合读者的观念。郦彪《姑苏新刻彤管遗编》就打着"女教"的旗帜，对所录女性进行一番道德上的排序："学行并茂，置于首选；文优于行，取次列后；学富行秽，续为一集"，"采之足以备史，资之足以弘识，礼之博洽，谈之奇诡"①。对于容易引起争议的续集、别集，编者也用历代陶渊明、杨廉夫等案例进行类比，认为等同于"刘向作《孽嬖传》"，并不能扰乱本心。事实证明这一总集也获得了巨大的成功，造成了"世之博览家相尚"的局面。

随着女性总集不断渗透到文人群体，这些有违正统观念的小说诗词果然成为争议的焦点。文人士大夫中虽不乏喜读小说、思想开明者，但总体上审美趣味与商人、市民阶层却有雅俗之别。尤其是社会阶层较高、出入经史的文人闺秀，对流传民间的小说诗词有着天然的鄙视态度。出自小说中的作品，往往语言浅显俚俗，主人公离经叛道的行径，也与商业化冲击下张扬人欲的思想契合，这是正统文人深恶痛绝的。四库馆臣评高葵亭《吟堂博笑集》"死节""劝戒"二卷，认为"尚有裨教"，后三卷"奇遇"、"题咏"、"寄情"，便加以指责，斥为"鄙秽之词，不出小说家言矣"②。钱谦益为王端淑作《名媛诗纬序》，就以"屠沽俗子"来评价晚明书商，显示出鄙夷的态度："明朝闺秀篇章，每多撰集。繁荷采撷，昔由章句竖儒；孟浪品题，近出屠沽俗子。"③

当闺秀着手编纂女性总集，努力向正统观念靠拢，提升女性创作的地位，她们显然不愿将这类张扬情欲、有违礼法的小说人物，纳入到女性作者的队伍中。季娴《闺秀集》自序指出："宫闺名媛，选不一种，大约盈千累族，臧否并陈，金华宋氏《驿壁诗》，章法序次非不井井磊落，而词甚俚恶，王娇鸾之《长恨歌》沨沨数百言，鄙秽已极，不欲令闺中人言诗道若是浅陋也。"④王娇鸾《长恨歌》不仅见于晚明女性总集，在当时流行的小说类书中也广为转载，可见其受到市民阶层的欢迎。小说家过于渲染女性淫佚邪荡的一面，因而为现实中的闺秀所抵制。王端淑批评王娇鸾"有才而无卓氏之鉴，宜乎为迁章所弃……《长恨歌》冗俚，存《闺怨》一首"⑤。倘若从文献辨伪出发，王娇鸾的作品源自小说，未有确据，理应全部摈弃。但编者却去

① 郦彪《姑苏新刻彤管遗编》卷首自序，《四库未收书辑刊》第六辑第 30 册，第 400 页。
② 永瑢等《四库全书总目》卷一百九十三，中华书局 1965 年 6 月第 1 版，第 1766 页。
③ 王端淑《名媛诗纬初编》卷首，清康熙六年丁未(1667)山阴王氏清音堂刻本，第 1a 页。
④ 季娴《闺秀集》"选例"第二款，《四库全书存目丛书》集部第 414 册，第 331 页。
⑤ 王端淑《名媛诗纬初编》卷二十二，清康熙六年丁未(1667)山阴王氏清音堂刻本，第 5b 页。

俗趋雅,留下叙写闺中情思、语颇含蓄的《闺怨》一首。可见影响小说诗词在闺秀文人群体的接受度的,不仅仅是真伪的因素。

而对钱谦益、王士禄这些将总集编纂视为严肃学术工作的精英文人而言,无论从文献还是意识形态的角度,都有充分的理由将这些作品从女性文学传统中驱逐出去。王士禄以谨严的态度对女性诗歌的选源进行考辨,指出这些小说诗词:"多子墨翰林,凭虚设幻,以之作狡狯资谈柄即可。庄录呆纂,无乃儿戏。"①因而王士禄虽然认为《才鬼》诸书所载女性篇什文采炜然,在《燃脂集》中亦一并割爱。钱谦益《列朝诗集小传·香奁》所录明代女诗人,取资于《诗女史》、《淑秀总集》、《古今名媛汇诗》、《名媛诗归》等晚明总集②,但去取从严,也只保留了极少部分。而其鉴定冯小青作品为伪托的结论,也引发了一桩后世争论不休的公案。

冯小青作品在晚明总集中广见转载,王端淑《名媛诗纬初编》收录最多,达十三首。《无题》十首其一"稽首慈云大士前,不升净土不升天。愿为一滴杨枝水,洒到人间并蒂莲",其五"冷雨幽窗不可听,挑灯闲看牡丹亭。人间亦有痴如我,岂独伤心是小青"③,皆传诵一时,和者众多。名士陈子龙、龚鼎孳、张岱与闺秀王端淑、吴琪均有和作,其身世遭际通过文人才女的不断咏叹,被塑造为至情的化身,引起了广泛的共鸣。而钱谦益在《列朝诗集小传》中论其"实无其人"④,生平与作品均为好事者编造,全面推翻小青故事的事实依据,无疑引发了争议。佚名《十五国诗源》、王端淑《名媛诗纬初编》虽征引钱说,但仍持保留态度。施闰章不信钱说,亲至武林探访小青事,陈文述更是指责钱谦益受人所托"百计以灭其迹"⑤,至近世史学家孟森、陈寅恪、潘光旦等学者考辨,已可证钱谦益所言不实,或为好友冯云将曲笔讳匿之语,而冯小青实有其人。只是随着清代文化控制逐渐加强,温柔敦厚的诗教观念渗透到总集编纂中,不合礼教的桑间濮上之音便遭到普遍排斥。满人揆叙"奉敕"撰《历朝闺雅》,筛选历代女性作品中"体格醇正、词调清新"者⑥,便认可钱谦益的说法,称"小青本无其人,其传与诗皆

---

① 王士禄《燃脂集例》"去取"条,《四库全书存目丛书》集部第 420 册,第 735 页。

② 见陈广宏《文本·史案与实证:明代文学文献考论》上编《列朝诗集香奁撰集考》,台湾学生书局 2013 年 8 月第 1 版,第 63—101 页。

③ 冯小青《无题》,见王端淑《名媛诗纬初编》卷十,清康熙六年丁未(1667)清音堂刻本,第 18a 页。

④ 钱谦益《列朝诗集小传·闰集》,上海古籍出版社 1983 年 10 月新 1 版,第 773 页。

⑤ 陈文述《兰因集》,台北新文丰出版公司《丛书集成续编》第 257 册,第 544 页。

⑥ 揆叙《历朝闺雅》卷首凡例第一款,《四库未收书辑刊》第十辑第 30 册,第 2 页。

常熟谭生作"①。被袁枚称为"本朝之冠"女诗人席佩兰,还对小青本人展开批评:"慢论本事属虚无,真有其人虑亦疏。解读牡丹亭上语,如何不解读关雎。"②离开了明末清初的文学语境,小青作为至情化身的意义已经时过境迁。因此席佩兰对于小青其人其诗,不仅在文献上不足征信,在情理上更难以认同。就像高彦颐指出:"正是围绕其真实性的争论,才最生动地阐明了其时困扰着读者世界的社会紧张关系。"③晚明编者保留虚构的小说诗词,因为时人认同其"徵诸理可信者"的情理之真④。小青在晚明人心目中不仅真实存在,亦凝结了时代的集体记忆,契合了世人的情感与心态。而清人对小青诗词真伪性的质疑,也包含着对其中传奇经历与至情观念的否定。清初苏州才女吴绡的《赠药编》书信集经历了同样的命运,在清末胡文楷笔下,这本承载了女诗人追求自主爱情的恋情心声,也因为"荒诞不经"被视为好事人编撰的小说。

晚明大众市场的兴起、对文辞丽情的推崇、平等观念的萌芽,是女性作品刊刻兴盛的社会条件,在此背景下滋生的江南才女文化,也开始进入主流视野,被主流文人注入了更多正统的观念。不过,清初文人闺秀接手女性总集编纂后,纷纷另起炉灶,专注于清代闺秀作品的汇辑。当清代文人以严肃的态度对待女性作品的汇辑,便会不自觉地将正统观念渗透到作品编排中。清代闺秀总集多采用以人编排的体例,将选录对象划分三六九等,以示主流与边缘区分。加之清代闺秀诗人在女性作者占据多数,为了强化自我的身份与道德权威,自然要有意与这些民间流传的文学作品保持距离,划清界限。故而采用森严的等级体制,拒绝与地位低下的婢女市井之流为伍。《名媛诗纬初编》就将不登大雅之堂的小说诗词,即"其或仙鬼志怪小说齐谐逆谋韫玉"、"其如缓狐又要濮者"⑤,置于"幻集"(四十五人)、"逆集"(五人),附于"正集"之后。

明末清初女性总集经历了从商业化的坊刻到文人化私刻的转变,从而使编选范围、选录标准、编刊质量发生了变化,可视为女性总集读者受众与传播空间不断扩张的结果。明末清初围绕晚明总集的讨论,既展现出时代环境的变迁,也包含了共时性的诗学观念的互动、雅俗趣味的碰撞。下到

---

① 揆叙《历朝闺雅》卷首凡例第七款,《四库未收书辑刊》第十辑第 30 册,第 2 页。

② 席佩兰《长真阁诗集》,见《江南女性别集初编》,黄山书社 2008 年 8 月第 1 版,上册第 467 页。

③ 高彦颐《闺塾师:十七世纪中国的妇女与文化》,江苏人民出版社 2005 年 1 月第 1 版,第 102 页。

④ 郦琥《姑苏新刻彤管遗编》凡例第八款,《四库未收书辑刊》第六辑第 30 册,第 401 页。

⑤ 王端淑《名媛诗纬初编》自序,清康熙六年丁未(1667)山阴王氏清音堂刻本,第 2b 页。

市民、商人、下层文士，上至精英文人与名门闺秀，均在古代女性文学传统的形成中投射了自我的印记。无论如何，这些古代女性作品与现实世界的女性创作一样，均是承载了丰富文化信息的"活化石"。围绕这些作品展开的融合与分歧，也见证了不同社会群体重塑女性文学传统的努力。

第二节　当代型总集编纂与明末清初女性文学格局的形成

兴起于晚明书坊的女性通代总集，致力于发掘古代女性创作。而清初文人闺秀接手女性总集编纂后，则另起炉灶，专注于当世闺秀作品的汇辑。明末清初女性创作在今人眼中的印象，离不开后世的种种话语与塑造。探源清初编者对女性作品"经典化"的最初努力，无疑有助于对明末清初女性格局的认识。

一　当代型女性总集编纂概览

晚明女性总集的商业色彩，在清初仍有延续。文人闺秀着手女性作品的编纂，则推动了通代型到当代型总集的类型转变。方维仪《宫闺诗史》、沈宜修《伊人思》、季娴《闺秀集》这三部女性编纂的总集，开启了清初选录当代女性诗的先声。王端淑称："近代宫闺之刻，未有全本。前自有明，近自兴朝，风气日上。"[①]在此风气下，清初文人和闺秀成为女性作品传播的主体，对女性总集质量和文学地位的提升起到极大的推动。

沈宜修《伊人思》一卷，是较早倡言侧重选录当代诗作的女性总集。卷首有崇祯九年丙子（1636）沈宜修丈夫叶绍袁所作小引一篇、编者自序一篇。沈宜修在序言中指出："世选名媛诗文多矣，大多习于沿古，未广罗今。"[②]第一部分为诗文总集，收录女作者四十六人。包含"原有刻集者"十八人，"未有刻集幸见藏本者"九人、"传闻偶及者"六人，"笔记所载散见诸书者"十一人，附"乩仙"二人，绝大部分为明代尤其是晚明闺秀作品。第二部分为纪事十五则，虽称"唐宋遗闻"，所录亦含明代闺秀。

---

① 王端淑《名媛诗纬初编》卷首凡例第三款，清康熙六年丁未（1667）山阴王氏清音堂刻本，第1b页。

② 沈宜修《伊人思》卷首自序，见叶绍袁《午梦堂集》，中华书局1998年11月第1版，上册第527页。

季娴《闺秀集》四卷,卷首有编者顺治九年壬辰(1652)自序。共收明代女性作者七十五人,作品按诗歌体裁编次。自序:"时维章犹子映碧以予喜诵诗歌,且尤乐观闺阁中诗也,衷所藏几百种畀予。"①所选诗篇多直接采录自当时行世的女性别集,较之《伊人思》不仅鲜有重复,且内容更为丰富。《四库总目》称"是集选前明闺阁诸诗,编为四卷,皆近体也"②,但书中所收作品亦包括古体。间有作者评点,"用自怡悦,兼勖女婧,俱凭臆见,浪为点乙"③。季娴还提出了独特的选诗观念:"若纤细一种,诗家深忌;在闺阁中,不妨收之。声美新莺,枝摇初带,尤胜于三家村妇青鉊绿裙也。"④在此观念影响下,所选诗作风格也以柔婉绮丽者为多。此书在当时影响较大,王端淑在《名媛诗纬初编》"季娴"条中介绍云:"夫人名重淮南,所订闺秀诗选,传播海内非一日矣。"⑤邹漪《诗媛八名家集》为季娴所作《小引》亦有论及:"所选辑闺秀初编,举世奉为金科玉律。"⑥后来康熙时期女史范端昂编《奁诗泐补》《奁泐续补》,即依《闺秀集》体例,多录季娴评语。

邹漪《诗媛八名家集》不分卷⑦。卷首有顺治十二年乙未(1655)邹漪自序。为清初八位著名女诗人诗词选本的合集,收录了王端淑(诗九十六首、词三首)、吴琪(诗九十九首、词十首)、吴绡(诗八十三首、词四首)、柳如是(诗二十九首)、黄媛介(诗六十三首、词九首)、季娴(诗五十六首)、吴山(诗三十七首)、卞梦钰(诗三十首)的作品⑧,有少量点评,并在每集卷首为女诗人各作小引一篇,介绍其生平经历、个性、创作情况等。邹漪是清初文人兼书坊主,其翠宜斋落成之际,还得诸位名媛题诗捧场。选录该集既标榜声气,又得以牟利,堪称清初文人从事女性总集商业化出版的成功案例。

邹漪《诗媛名家红蕉集》上下卷。该集卷首有邹漪自序、吴琪序,未注年份。收录明清之际女诗人六十六人的作品,以人排列,有简短点评。邹漪编定《诗媛八名家集》后,又"薄游吴越,加意网罗,于八名家外,复得若

---

① 季娴《闺秀集》自序,《四库全书存目丛书》集部第 414 册,第 330 页。
② 永瑢等《四库全书总目》卷一百九十三,中华书局 1965 年 6 月第 1 版,下册第 1778 页。
③ 季娴《闺秀集》自序,《四库全书存目丛书》集部第 414 册,第 330 页。
④ 季娴《闺秀集》卷首选例,《四库全书存目丛书》集部第 414 册,第 331 页。
⑤ 王端淑《名媛诗纬初编》卷十八,清康熙六年丁未(1667)山阴王氏清音堂刻本,第 1a 页
⑥ 邹漪《诗媛八名家集·季静娱诗选》,清顺治十二年乙未(1655)邹氏翠宜斋刻本,第 1a 页。
⑦ 邹漪(1615—?),字流绮,江苏梁溪(今无锡)人。撰《明季遗闻》四卷,《启祯野乘》初集十六卷、续集八卷,编选《五大家诗钞》、《名家诗选》、《诗媛八名家集》、《诗媛名家红蕉集》。
⑧ 邹漪后来又增补顾贞立、谢瑛二家,成《诗媛十名家集》,该集未见。王端淑曾有自谦之语云:"流漪十名家之选滥列余名,夫人[季娴]其有以勖余也夫。"(见《名媛诗纬初编》卷十八,清康熙六年丁未(1667)山阴王氏清音堂刻本,第 1a 页)可见其时十名家之选集应已行世。

干",编成《诗媛名家红蕉集》①。从吴琪"帙富百吟,笙簧艺苑;篇售一绢,脍炙词坛"的赞美来看②,该集销量可观。入选王炜、浦映渌、李似似作品皆较他集更多,其中不少已为王端淑编《名媛诗纬初编》所采入。

陈维崧《妇人集》不分卷。此书为纪事体,录九十七条明清之际女诗人事迹,有冒襄注、王士禄评。后冒襄子冒丹书有《妇人集补》十则。多为前明宫人、青楼女子、节烈女性逸事,以寄托故国之思,被乾嘉时期著名女史家汪端赞为"百年金粉妆楼记,一卷沧桑本事诗"③。诸多女性事迹或诗词为编者亲眼所见,或友朋提供信息,故信而可征。在阙而不详或错漏之处,一些已由王士禄补正,如陈维崧记顾若璞集名为"涌月",王士禄补正为"卧月"。但其补正部分依然有讹误(如在"昭阳李夫人"一条下,错将女诗人季娴之姓名误用作字而加以补注)。

王士禄《燃脂集》(残本)。康熙十一年壬子(1672)王士禄修订序言,并钞定全本。是书分为四部,下分八十二类,共计二百三十余卷,入选各家首按时代、次按身份尊卑来排列,清代部分收录二百三十五人。此书今已散佚,难见全貌。卷首《宫闺氏籍艺文考略》九卷连载于夏剑丞主编《艺文杂志》1936 年 1 月到 6 月期中。王士禄在卷首《然脂集例》中对明代女性总集疏于考证、唯利是图的倾向提出批评,并就女性总集的编撰特点提出了"尊经"、"核史"的原则,总结了处理异文、材料去取、区分别类、点评、作者里氏的方法④。王士禄曾不远千里向女诗人吴胐索取诗集,还造访王端淑借抄数十种闺秀诗集,并向友人广征文稿。编者对存世女性诗歌选本的记载也进行了仔细辩证。书中指出王端淑《名媛诗纬初编》误分"陈结璘"与"陈兰修"为二人,考方维仪以字行世等,皆有理有据。

----

① 邹漪《诗媛名家红蕉集》卷首自序,清初刻本,第 4b 页。按:邹漪在《诗媛八名家集》卷首《选略》中呼吁海内人士积极赐稿以待将来编《二集》,卷首吴琪序中称邹漪"性耽经史,癖爱香奁。顷辑八家,愧予砥砆之谬涵;随评续集,多君珠玉之满怀",此"续集",即《诗媛名家红蕉集》,可能就是邹漪之前筹划的《二集》。

② 邹漪《诗媛名家红蕉集》卷首吴琪序,清初刻本,第 3a—4b 页。

③ 汪端《自然好学斋诗钞》卷四《题陈其年〈妇人集〉》,清光绪十年甲申(1884)刻《林下雅音集》本,第 13a 页。

④ 王士禄《然脂集例》,上海书店《丛书集成续编》第 156 册,第 668—671 页。

　　王端淑《名媛诗纬初编》四十二卷①。卷首有钱谦益、王猷定等撰写序传②。该集编纂历时二十六年,是明末清初刊刻的规模最大的女性总集,共记载八百多名女诗人的生平、作品并附详细评点,借以阐述编者的诗学主张。许兆祥称时间范围"由洪、永迄启、桢"③,实际上收明代之前女诗人数量极少,绝大部分为万历之后至清朝初年"近而有征者"④。所收作者按身份排列,计诗三十四卷、诗余二卷、散曲二卷、杂著一卷、诗媛姓氏一卷。王端淑编《名媛诗纬初编》,意欲在绵延数千年的男性文学传统之外另辟新域:"日月江河,经天纬地,则天地之诗也。静者为经,动者为纬,南北为经,东西为纬;则屋野之诗也,不纬则不经。昔人拟经而经亡,则宁退处于纬之,足以存经也。"⑤将女性文学提到与《诗经》并举的地位。王端淑本身即是清初最活跃的女诗人之一,书中众多作品或为所收女诗人投赠、邮寄,或托熟人索取、转达。编撰的出发点在于尽可能全面完整地保存当世女诗人的作品,即使零星残句也加以收录,还著录了一些没有作品传世的女诗人姓名。

　　随着清初词学的复兴,顺康时期还出现了几部女性词总集。相比诗文总集推尊雅正,女性词总集更强调文学创作中的女性特质。徐树敏、钱岳《众香词》,全书以身份为次,分别以儒家六艺礼、乐、射、御、书、数为卷名。吴绮序中指出女性词"何如应浓应淡,自谱画眉;宜短宜长,亲填捣练"⑥,在男性歌咏女性的文学传统之外,关注女性自身文学创作的价值。周铭《林下词选》为历代女性词选,以时代为次,时代之下又按身份区分,在凡例中指出女性创作与词体的契合之处,凸显女性词选的意义:"殊不知帷房绮旎之习,其性情于词较近,故诗文或伤于气骨,而长短句每多合作。"⑦《古今名媛百花诗馀》由徐灿提议,归淑芬、沈栗、孙蕙媛、沈贞永四位闺秀编纂,收历代闺秀咏花词,包含明代之前作者二十人,明代二十六人,清初四

---

① 其中卷三十七与卷三十八被单独辑出为《名媛诗纬雅集》二卷与《历代妇人散曲集》,二书异名而内容相同。
② 北大图书馆藏本卷首包括顺治十八年辛丑(1661)六月钱谦益序、顺治十八年辛丑(1661)夏许兆祥序、康熙六年丁未(1667)韩则愈序、康熙三年甲辰(1664)秋八月丁肇圣(王端淑夫)序、顺治十八年辛丑(1661)夏王端淑自序、自书《征刻名媛诗纬初编小引》、王猷定《王端淑传》、孟称舜《丁夫人传》、高幽贞《陈素霞[丁肇圣妾]传》及凡例一篇。
③ 王端淑《名媛诗纬初编》卷首许兆祥序,清康熙六年丁未(1667)山阴王氏清音堂刻本,第2b页。
④ 王端淑《名媛诗纬初编》卷首自序,清康熙六年丁未(1667)山阴王氏清音堂刻本,第2a页。
⑤ 王端淑《名媛诗纬初编》自序,清康熙六年丁未(1667)山阴王氏清音堂刻本,第1a—1b页。
⑥ 徐树敏、钱岳《众香词》,台北富之江出版社1997年1月第1版,第1页。
⑦ 周铭《林下词选》凡例第二款,《四库全书存目丛书补编》第2册,第552页。

十五人。全书分春夏秋冬四卷,以月令花名为次,包含约一百六十种花名共计三百三十三首词作。编者致力于建构与《花间》相媲美的女性创作传统,故专取"婉媚流畅"的咏花词,体现闺阁女性的审美好尚。

康熙后期的女性总集以胡孝思《本朝名媛诗钞》六卷为代表,收康熙朝女诗人五十七人。卷首有康熙五十五年丙申(1716)胡孝思自序。胡孝思在凡例中称"是编皆集本朝名媛所著,历朝所传,概勿刊入"[1],是一部专收生长于入清以后女性作者的总集。选录诗歌"温厚和平,不愧风雅者,合五言七言共计三百有奇"[2],按体裁排列。各卷皆以柴静仪冠首,以顾可贞殿后。从卷首"版藏凌云阁,倘有翻刻,千里必究"数语,可知胡孝思本人应该是书坊主,加上版权声明显然出于保护利润的考虑。

收录清代前中期女性作品的规模最大者,当属汪启淑《撷芳集》八十卷。卷首有乾隆五十年乙巳(1785)沈初序、乾隆三十八年癸巳(1773)倪承宽序。汪启淑因"国朝未有专选",辑录清代女诗人近二千家,作者按身份排列,分为节妇、贞女、才媛、姬侍、方外、青楼、无名、仙鬼。戴璐《题词》评其"苦心百倍《燃脂集》(王西樵所辑《燃脂集》历朝仅百余家)"[3]。汪启淑"凡足迹所至,搜辑遗闻,其有流传佳什,必录而藏之。至于地志家乘,从编杂记,一切刻本所载,无不遍采积之"[4]。又《凡例》第五款称"草创甫定,两厄祝融。收拾灰烬之余,十存五六。原本已失校对"[5],知原书规模不止于此。《撷芳集》采撷之广、资料之详,堪称清初女诗人文献之渊薮。

清代中后期专选"国朝名媛诗"而作者总数达到两千家左右者,尚有道光间满族女诗人恽珠及其孙女妙莲保辑《国朝闺秀正始集》正、续两集以及民国单士厘续辑《清闺秀正始再续集初编》系列,咸丰三年癸丑(1853)黄秩模纂辑《国朝闺秀诗柳絮集》等。这些清代后期总集,多在《撷芳集》基础上继续收入清中后期女诗人方成此规模。另外,道光二十年甲辰(1844)成书的蔡殿齐《国朝闺阁诗钞》一百卷,"艾繁汰滥,摘艳标奇,合有百家"[6],是清代少见的带有选本意味的女性总集,收录了清代百名女诗人作品,每人一卷,收数首至二十余首不等。不过,书中部分作品与早期传本有较大出入,可能是蔡殿齐根据己意进行了修改"美化",一些作品反而不如原作

---

① 胡孝思《本朝名媛诗钞》卷首凡例第一款,清乾隆三十一年丙戌(1766)凌云阁刻本,第1a页。
② 胡孝思《本朝名媛诗钞》卷首自序,清乾隆三十一年丙戌(1766)凌云阁刻本,第1a页。
③ 汪启淑《撷芳集》卷首,清乾隆五十年乙巳(1785)飞鸿堂刻本,第1a页。
④ 汪启淑《撷芳集》卷首沈初序,清乾隆五十年乙巳(1785)飞鸿堂刻本,第2a页。
⑤ 汪启淑《撷芳集》卷首,清乾隆五十年乙巳(1785)飞鸿堂刻本,第2a页。
⑥ 蔡殿齐《国朝闺阁诗钞》卷首自序,《续修四库全书》第1626册,第427—428页。

水准。

总体来说,选录明末清初女性的当代专门总集,因时代接近、选源丰富,所录多第一手材料,而各部总集的面貌也差异,鲜有雷同沿袭。女性总集大多以存世为目的,往往力求全备,因而在保存别集佚失的中小女诗人上贡献卓著。编者亲力亲为搜集女性作品,较之一般文士更为了解女性创作的总体面貌。故而总集中的序跋评点也代表了当世女性文学研究的水平,具有较高的说服力。

二 综合性总集中的女性位置

女性诗文入选综合性总集,明代之前不乏先例,大多不过寥寥数人。徐陵《玉台新咏》录十五人,韦縠《才调集》录二十七人,是明前选女性诗数量较多者,余则无足称述。随着明末清初女性专门总集的兴盛,女性作者的大幅增长也令世人瞩目。这一变化,是否会影响综合性总集的编纂格局呢?

明代中后期选录女性作品较为突出者,是曹学佺与俞宪。嘉靖、隆庆间,锡山俞宪编纂《盛明百家诗》,共录诗人三百三十一人。其前编中《淑秀总集》明代女诗人十七人,诗作七十二首。曹学佺《石仓十二代诗选·明诗选》中含《闺秀集》一卷,收录十三人,诗作七十九首。在编排体例上,基本沿袭陈规,将女性作品单独汇集成卷,而顺序则置于卷末。万历时期,顾起伦《国雅》将"宫闺"置于"仙释"之前。徐𤊹《晋安风雅》还于"闺秀"之外另立"名妓"之目。舒芬《玉堂诗选》注重分门定类,将"丽人类"细分为烈女、节妇、贫女、美人四部分。

清初两部规模较大的诗歌总集,《列朝诗集》与《静志居诗话》,对女性诗去取殊异,比例亦颇悬殊。钱谦益《列朝诗集》共收录一千六百余人,"香奁"部分收录明代女性一百二十三人,这一比例较之以往总集有了显著提高。从《列朝诗集小传》中透露的信息来看,柳如是也参与了"香奁"部分的编选工作。朱彝尊《明诗综》共录三千三百三十八人,包含女性一百一十三人,选录比例仅达《列朝诗集》的三分之一。在编排上,朱彝尊还对女性身份作出具体区分,包括"宫掖"六人,"闺门"七十九人,"女冠"五人,"妓女"二十三人。

邓汉仪《天下名家诗观》(以下简称《诗观》),在《诗观初集》卷十二选录闺秀四十五人,《三集》中专设《闺秀别卷》,录十三人。邓汉仪选此辑,旨在"追国雅而绍诗史",《诗观初集》遴选之精,颇为后世所称。《凡例》中云:

"闺秀诗,另为一帙,尤严赝本,已登《翠楼》诸集者不载。"①《翠楼集》选录虽限于明代,亦含有浦映渌、吴绡、纪映淮、王微等入清者。邓汉仪侧重当代女性作品,并多从自己目见的女性诗集中筛选,故记载生平行迹颇为详尽,收集了不少一手资料与信息。

从上述影响较大的综合性总集来看,女性入选数量较之以往总集大幅增加,而选录比例较之以往小幅上升,多者如《列朝诗集》也不过十分之一。清初总集传世者数十种,选录闺秀大多止于一卷。到乾隆时期沈德潜《清诗别裁集》录九百九十六人,闺秀亦只七十五人。从这一比例来看,女性创作的繁荣,很大程度上是清代诗人总体数量增涨的结果,并未能动摇总体的文学格局。

然而,清初总集中的女诗人比例,是否能代表当时社会的真实图景?这一点实可存疑。南京大学中文系全清词编纂研究室主编的《全清词·顺康卷》共收录二千一百零五人,包括女性四百二十七人,所占比例达到五分之一,较之清初总集多出一倍。所录虽仅限于词人,但多少能反映出清初诗人的性别格局。清初编者刻集不脱声气标榜之习,又受地域视野、见闻精力之限,面对当时社会"诗满国门"的盛况,显然难以进行准确的统计。就像施闰章为黄传祖《扶轮初集》作序曾言:"今欲以一人之目,尽见天下之诗,一人之可否,定天下诗之得失,其势有所不能。"②因此,清初综合性总集中收录女性的数量,未必能反映女性创作的真实情况。

另一方面,总集编纂传统与编者的选录观念,也制约着女性作品的入选规模。较之以往总集《凡例》中对女性的一带而过,清初编者实已注意到了"闺阁多才"的现象③。只是按照总集编纂的惯例,妇女之诗通常别为一卷,置于卷末,以示其在文学中的附属地位。当女诗人群体的崛起对总集的格局带来冲击,编者需要对这种约定俗成的编排作出解释。江南长洲人程梿、施谮《鼓吹新编》在《凡例》第三款称:"元声极盛,不删皎然之诗;闺阁多才,争咏谢庭之絮。兹选首以大家先哲,冠冕正宗,殿以羽释旁流,香奁名媛,附翼风教,玄言霏玉,丽句芬兰,别为二卷。用古例也。"④《清诗初集》编者称"近来缁流羽士,闺秀名姬,清思艳咏,颇多佳制",然而却又顾虑"若概行编入,似非雅观",因而"另增二卷,附行问世"⑤。这一做法在清初

① 邓汉仪《诗观初集》卷首自序,《四库禁毁书丛刊》集部第 1 册,第 192 页。
② 谢正光、余汝丰《清初人选清初诗汇考》,南京大学出版社 1998 年 12 月第 1 版,第 13 页。
③ 谢正光、余汝丰《清初人选清初诗汇考》,南京大学出版社 1998 年 12 月第 1 版,第 58 页。
④ 谢正光、余汝丰《清初人选清初诗汇考》,南京大学出版社 1998 年 12 月第 1 版,第 58 页。
⑤ 蒋鑨《清诗初集》凡例第十一款,《四库禁毁书丛刊》集部第 3 册,第 355 页。

颇为盛行，也显示出选录女性作品面临的某些阻力。曾灿编选《过日集》，在序言中论及了女性作品传世的问题：

> 徐巨源曰："诗文之传，有幸有不幸焉。幸而出于童子，则传者十九。又幸而出于妇人女子，则一脱口，蔑不传矣。"然今妇人之能诗，传者亦鲜。岂习之者少，抑隐而不出耶？近见栎园老人载其家姬王氏诸句，皆清婉多致，不肯付诸梓人。曰，吾惧他日列狡狯瞿昙后，秽迹女士中也。兹集名媛，另为一卷，而方外附入正集。但名媛诗，叙写情致，多伤流荡。余特以节妇贞女冠其篇首。如方维仪之清深贞静，朱中楣之秀整幽闲，张昊之词格委蛇，吴山之意旨高远。其他亦取性情之正，不背于关雎哀乐之旨者。若媒嫚之词，则竹枝枣竿，已饶有之，何当于风雅也。①

编者在这段文字中提到两点。一是女性受到"内言不出"的伦理观念影响，虽有创作而不肯付梓，自焚其稿、湮没不传者为数不少，更不用说像男性那样，积极向总集编者投赠诗篇。蒋景祁编《瑶华集》，曾嘱尤侗向女弟子张繁索求词作，被张繁婉言辞谢。顾贞立被邹漪选入《诗媛十名家集》，特意交代属名"避秦人"，不欲以真名传世。王端淑《名媛诗纬初编》提及这一情况，称顾贞立"迫于亲命"而隐去名讳，并在"避秦人"条下注曰"或云丁姓某大僚女也"②。王端淑作品同选入《诗媛十名家集》，当知晓"避秦人"真实身份，却亦为之讳去姓名。邹漪曾在《诗媛名家红蕉集》中指出女性传诗之难："即有篇章，半留筐箧。此无它，重闱教者，防妒口于金笼；慎瓜田者，惧多言之玉碎。"③季娴在《闺秀集》自序中抒发了同样的感叹："夫女子何不幸！而锦泊米盐，才湮针线，偶效簪花咏絮，而腐儒瞠目相禁止曰：闺中人，闺中人也。即有良姝自拔常格，亦凤毛麟角，每希觏见，或湮没不传者多矣。"④对于综合性总集编者来说，女性作品"隐而不出"，访求不易而精力有限，数量自然难以尽如人意。

二是女性诗作多抒写闺阁情事，在编者眼中，一些情感细腻、富于女性色彩的作品"多伤流荡"，倘若选录数量过多，或径将其与男性作品混杂，会

---

① 谢正光、余汝丰《清初人选清初诗汇考》，南京大学出版社 1998 年 12 月第 1 版，197—198 页。
② 王端淑《名媛诗纬初编》卷十八，清康熙六年丁未(1667)山阴王氏清音堂刻本，第 9a—9b 页。
③ 邹漪《诗媛名家红蕉集》卷首自序，清初刻本，第 3b 页。
④ 季娴《闺秀集》自序，《四库全书存目丛书》集部第 414 册，第 330 页。

有损总集的教化功能，也就是蒋鑨所说的"似非雅观"①。因此不将其列入
"正集"，而是单独成卷，并以合于"性情之正"的名门贤媛作品置于卷首。
这种将女性作品视为"郑声之流"的看法，曾遭到一些欣赏丽辞的开明文人
的反驳，如晚明俞宪云："前辈论诗，多以缁黄女流为异流。乃其生质之美，
问学之功，多出于凡民俊秀之上者，是岂可以异流目之？"②以"风雅"为正，
排斥流荡靡曼之音，本是古代社会占据主流意识形态的论调。对看重诗歌
政教功能甚于审美价值的选家而言，排斥题系香奁、语涉轻艳的作品，更是
长期形成的共识。陈子龙《皇明诗选》、华淑《明诗选》，欲张风雅之旨，各亦
仅录女性四人。而对遵循正统辙轨的选家来说，对待身处闺阃、易染脂粉
气的女性作者，态度往往更为严苛。

在世人的一般印象里，女子能吟擅诗者稀少，故才女似乎更容易脱颖
而出。专门搜罗女性作品的编者，几乎都能体验到女性立言传世的阻力。
周铭《林下词选序》、宗元鼎《翠楼初集序》就指出女性诗集流传之不易。首
先是艰于搜采。"夫才士诗集，登临缣纾，何愁不遍满人口"，闺秀深居简
出，"凡有清歌，秘沉研匣"，青楼女子"年移岁换，粉黛频销"③，诗随人没；
其次是繁于卷帙。传世的女性诗歌有不少来自小说笔记，驳杂难考，真伪
不明。此外，在兵荒马乱中毁去的女子诗稿亦不可胜数，更不用说还有"女
子无才便是德"观念的阻力。明末清初女性创作作为诗坛之新声，却难以
跨越道德理念与性别秩序的重重门槛，被拘守旧论、排斥新异诗风的编者
拒之门外。钱谦益《列朝诗集》中女诗人所占比重虽为明末清初之最，但编
排上将女性置于"闰集"这一名目，依然含有明显的轻视之意。因此，清初
综合性总集中的女性比例虽已经超轶前代，但总体成就仍然存在为当世编
者低估的倾向。

三　青楼与闺秀的并峙与混融

最早对明末清初女性创作展开筛选、定位与评价的，是参与断代总集
编纂的文人与闺秀。作为一种历史悠久的文献类型，总集的结构与编排形
成了一系列的成规与惯例。在选录数量、作品取舍、作者排序与类例划分
上，都与现实世界的文学格局产生某种映射关系。

总集的编排，有身份、时代、地域、体裁等几种基本形式，若干大型总集

---

① 蒋鑨《清诗初集》凡例第十一款，《四库禁毁书丛刊》集部第 3 册，第 355 页。
② 俞宪《盛明百家诗·童贾集》序，《四库全书存目丛书》集部第 308 册，第 730 页。
③ 刘云份《翠楼集》卷首宗元鼎序，《四库全书存目丛书》集部第 395 册，第 156 页。

中,这几种形式还可交叉应用于不同层级。除了随得随编这一最原始的方式,其余或多或少可见编者的汇聚、整理之功。在综合性总集中,常按照诗人的身份阶层分成若干的类目,并依通行的惯例排列各类的先后,帝王、宗室居首,士大夫次之,闺秀、方外列于卷尾。在这样的次序背后,是一个从文学主流到边缘的区分。它既取决于各个群体间的身份地位与文化权力,也有编者自身意志的影响。在明末清初总集中,"青楼""闺秀"两大群体文学地位的升沉,生动地诠释了女性文学场域在空间层面的对峙与混融。

晚明书坊编者曾经提出"平等"论,不分贵贱、不重品级,将青楼、婢女、闺秀、后妃的作品混杂在一起。总集中等级尊卑观念的淡化,实为市民阶层壮大的反映。在这种开放、活跃的社会环境中,青楼才女一方面凭借自身才华得以进入较高的社会阶层,一方面也不再希望与普通的妓女相提并论,被贴上"青楼"的身份标签。相比清初朱彝尊《明诗综》对女性身份的界定与分类,钱谦益、柳如是共同编纂的《列朝诗集》"香奁"部分,不再细分女性作者为宫人、闺秀、青楼、女道等不同群体。而是简单以"香奁上"、"香奁中"、"香奁下"划分成三个部分,通过取消重流品、分贵贱的身份区分,将青楼提升到和闺秀等量齐观的层级之中。从选诗数量看,作品最多的几位作者依次为王微(六十一首)、景翩翩(五十二首)、呼文如(二十一首)、周文(二十首)、杨宛(十九首),全部都是青楼才女。青楼女性占据的数量优势,在同期的综合性总集中是罕见的。另外,包括闺秀在内的不同身份的女性群体,被综摄于"香奁"这一指代女性、却偏重青楼色彩的标签中,凸显了青楼女性的主体意识。无独有偶,名妓董白归冒襄后,曾集古今闺帏轶事荟为一书,名为《奁艳》①,与之做法如出一辙。因此,《列朝诗集·香奁》部分从编排、取舍到命名,皆显示了钱谦益、柳如是为青楼才女张目的苦心,也反映也明末清初青楼女性获得的空前的文化地位。

另一方面,闺秀才女群体也逐渐壮大,她们开始为自我代言,通过刊刻诗集、编纂总集,扩张文学的领地。季娴《闺秀集》选例开篇即云:"自景德以后,风雅一道,浸遍闺阁,至万历而盛矣,启祯以来,继响不绝。"②闺秀诗人的社会阶层多为官宦、士人家庭。季娴即是一例:"母固大家子,少少攻书传。阿父吏部郎,阿翁大宗伯。三弟管铜符,大弟居木天。阿夫任□政,

---

① 陈维崧《妇人集》,《清代闺秀诗话丛编》本,凤凰出版社 2010 年 4 月第 1 版,第 1 册第 19 页。
② 季娴《闺秀集》卷首《选例》第一款,《四库全书存目丛书》集部第 414 册,第 331 页。

今年三十四。一子秀丰姿,十五登书贤。"①"名父之女、名士之妻、令子之母",几乎代表了绝大多数女诗人的情况。较之青楼诗人而言,闺秀之立言传世,实有极大的优势。

正统文人与闺秀群体参与编纂的女性总集,更多向推尊风雅的主流编选观念靠拢,通过社会品级与道德标准的双重衡量,在闺秀群体与青楼中人之间划出壁垒森严的身份界限。王士禄《燃脂集》其《集例》"区叙"称:"方夫人《宫闺诗史》、《文史》二书,并有正集、邪集之分,虽义存劝惩,实不必然。尼父编诗,《柏舟》与《墙茨》联章,《鸡鸣》与《同车》接简,贞淫并列,美刺自昭,固无事区别也。"②方维仪所纂《宫闺诗史》、《宫闺文史》,皆以人定诗格之高下,存教化劝惩之意,以"昭明彤管,刊落淫哇,览者尚其志焉"③。王士禄虽不立"正集""邪集"等名目,然在《燃脂集》在各时代之中,以身份区分,依次为宫掖、戚畹、闺秀、女冠、尼、妓。在秉持以风雅为宗、以诗教为旨的编纂惯例中,这一次序所显示的文学地位不言自明。汪启淑在《撷芳集》中有过明确的揭示:"是集中稍为分类。盖妇德首重贞节,而缥素岂宜混于袿翟,平康未合厕乎副笄,故特区别,附以无名氏暨仙鬼焉。共成十类。"④十类依次为节妇、贞女、才媛、姬侍、方外、青楼、无名、仙鬼。在女性总集编纂中,身份品级之次序,常与妇德标准相融合,展现了浓厚的儒家伦理观念。

闺秀所纂女性总集,强化了总集中闺秀阶层的主体意识。王端淑在《名媛诗纬初编》凡例中交代选闺秀诗的原因:"以闺阁可否闺阁,举其正也。如桐城方仲贤选《宫闺诗史》,邗上季静映选《闺秀初集》,松陵沈宛君《伊人思》。而后不多概见。予故谬操丹黄,以昭甚盛。"⑤较之方维仪、季娴、沈宜修编纂的几部小型总集,王端淑所纂《名媛诗纬初编》从选源、规模、编排、评点上均表现出构拟一代女性诗史的雄心,试图为女性"举其正",以昭闺阁之盛。全书选录八百多位女诗人。后妃、公主等宫室女子列置卷一,以显其身份之高贵;由元入明女遗民列入"前集";卷三至卷十八为"正集",收"庶民良士之妻"的诗作,占据了全书的主要篇幅。与之对应的

---

① 陆云龙《雨泉龛诗集序》,见汪启淑《撷芳集》卷二十一,清乾隆五十年乙巳(1785)飞鸿堂刻本,第17a页。

② 王士禄《燃脂集例》"区叙"条,《四库全书存目丛书》集部第420册,第736页。

③ 朱彝尊《静志居诗话》卷二十三"方维仪"条,人民文学出版社1990年10月第1版,下册第725页。

④ 汪启淑《撷芳集》凡例第三款,清乾隆五十年乙巳(1785)飞鸿堂刻本,第1b页。

⑤ 王端淑《名媛诗纬初编》卷首凡例第一款,清康熙六年丁未(1667)山阴王氏清音堂刻本,第1a页。

是"闺集"、"艳集"、"外集"分别收"越礼女子"、"歌妓"、"方外",列于最末。在崇正斥变的传统诗学话语中,正和艳蕴含着鲜明的褒贬色彩。王端淑自称"品定诸名媛诗文,必先扬其节烈,然后爱惜才华"①,通过表彰闺壸、推崇淑德嘉行的作品,提升女性创作的地位,彰显"诗媛之关于世教人心如此其重"的社会意义②。因而这部总集实凸显了闺秀群体的身份标识与文化品位。

从编排取舍来看,明末名妓王微在《名媛诗归》、《列朝诗集》中收录作品数量居当代之冠,而《名媛诗纬初编》仅选入十首,其他如柳如是六首、景翩翩二首、顾媚一首,数量在全书中均属较低水平。全书入选数量最多的前二十位女诗人,则全部属于闺秀阶层。《名媛诗纬初编》对青楼诗人边缘化的处理,在编者表彰节烈、黜落艳辞的旗帜之下,可以说是得到了方方面面的贯彻。

不过,一些青楼才女空前提高的社会地位与文学声望,也对传统惯例带来了冲击。因此,编者将柳如是、王微等落藉从良的名妓,置于"正集附"这一类目中,定义为"由风尘反正者",而没有列入青楼诗人专属的"艳集"。此部分共收三十人,薛素素、沈素琼、王微、杨宛、柳如是等明季名妓皆入其列。这一体例的微妙变化,表面看是闺秀对于部分青楼才女的认可,实际上,这与柳如是、董白等名妓将闺秀群体划入"香奁"、"奁艳"名目的举动,在策略上是相似的。将青楼文学群体同化成闺秀的一部分,一面提升了青楼群体的文学地位,一面彰显闺秀的主体意识,通过对比而强化了闺秀群体"正集"的权威。李因早年沦落风尘,而气格醇雅、绝去俚俗,王端淑将其归入"正集",黄斐称其"实闺中之秀也"③。《国朝闺秀香咳集》延续了王端淑的作法,凡例中特加声明:

> 于集中如徐横波、柳隐、董白诸人其初皆桃叶名姬,后为文人内宠,且有身膺封典者,略其前行,取乎晚盖,自当收入集中,不可与青楼一例同观。④

季娴纂《闺秀集》,径以"闺秀"命名以指代女性,将王微、薛素素、柳如

---

① 王端淑《名媛诗纬初编》卷十二"方维仪"条,清康熙六年丁未(1667)山阴王氏清音堂刻本,第6a页。
② 王端淑《名媛诗纬初编》自序,清康熙六年丁未(1667)山阴王氏清音堂刻本,第1b—2a页。
③ 李因《竹笑轩吟草·三集》卷首,辽宁教育出版社2003年3月第1版,第4页。
④ 许夔臣《国朝闺秀香咳集》卷首,清嘉庆九年甲子(1804)刻本,第3a页。

是、景翩翩、马守贞、杨宛、郑无美、赵今燕等风尘女子，纳入"闺秀"这一标签中。开启清代闺秀总集编纂风气之先。于是，随着历史上最后一批也是最为光彩照人的诗妓融入闺秀群体，长期与闺秀并峙的青楼文学进入低谷。同时，闺秀诗人群体不断壮大，成为推动女性诗歌发展的主导力量。清代女性大型总集多以闺秀统称作者群体，便反映出这一阶层在文学格局中占据绝对的主导地位。

四　诗媛八名家、四大才女家族及其他

近年来，一些研究者致力于探究文学家的影响力模型，对于各部分影响因素的权重多有分歧，但不约而同地认可作品的传播是关键性的指标[①]。作为作品的发表与传播平台，一部总集的编排，不仅是各个群体文学地位的角逐之场，亦充斥着各个诗人成就与声望的版面竞赛。总集编者标举心目中的女性名家，最为直接的方式，就是创立"女中七才子"、"诗媛八名家"等并称群体为总集名称，编纂名家选集以显扬于世。女性名家合刻，是晚明集中出现的一种总集类型。早在万历四十六年戊午（1618），就有冒愈昌《秦淮四姬诗》，收金陵名妓马守贞、赵彩姬、朱无暇、郑如英四人作品。明末活跃在书坊刊刻出版的女才子周之标，曾纂《女中七才子兰咳集》，收录冯小青《焚余草》、王修微《闲草选》、《期山草选》、尹韧荣《断香集选》附杜琼枝、刘玄芝《宫词选》、会稽女子《题壁诗》附徐安生传、佘五娘诗。而后又作《女中七才子兰咳二集》，收录吴绡《啸雪庵诗》，浦暎渌《绣香吟草》附周珊珊诗，沈宜修《鹂吹》，王凤娴《焚余诗草》附张引元、张引庆诗，徐媛《络纬吟》，余尊玉《绮窗迭韵》附余席人诗，陆卿子《考槃诗》、《玄芝集》。邹漪在顺治十二年乙未（1655）刻《诗媛八名家集》，则在卷首《选略》中明言为清初女性树立"名家"的企图：

> 刻成，颜曰"名家"，亦犹夫词坛之有欧、苏、韩、柳，举业之推王、唐、瞿、薛，别他选也。[②]

总集编者评骘甲乙，对于诗人声望传播起到推波助澜的作用。而诗人作品与影响力之高下，也有其客观因素，能在时移世易中经历主观性的自

---

① 可参考白寅、杨雨《试论文学作品历史影响力测度模型的构建——兼与王兆鹏先生商榷"唐诗宋词排行榜"的计算模型》，《社会科学》2013 年第 2 期。

② 邹漪《诗媛八名家集》卷首，清顺治十二年乙未（1655）邹氏翠宜斋刻本，第 1a—1b 页。

我抵消而巍然屹立。邹漪刻《诗媛八名家集》所收作者,多为不同编者之间达成共识的当世名家。对这八位女诗人,邹漪有如下评价:

> 是集所载,若王玉映,著书等身,直是一代史才。所刻《吟红》全集,自当单行宇宙。世有识者,定以予为知言。而蕊仙与冰仙,言妙天下。琼圃枝枝是玉,荪檀片片皆香。生瑜生亮,何吴氏之多才也。皆令新篇,不胜选刻,未免珊瑚漏网;二卞藏稿,蒇由搜致,竟尔金玉其音。至虞山柳夫人,尽洗铅华,独标素质,惜不得其全集行世,可谓紫府高闲诗博士、青山遗逸女尚书,卓然名家者矣。若昭阳季静姝之举体温隽,玉洁珠光;矢口幽妍,松苍竹翠,尤粉黛所绝少。①

以上八人中,"玉映"为山阴闺秀王端淑字,王端淑著书等身,所纂《名媛诗纬初编》广征博采,评诗纵横古今,已见其才力学识。《吟红集》各体具备,尤以诸传记见称于世。诗词则长于铺叙而情韵稍逊。邹漪目之为"一代史才",当为公允之论。陈维崧《妇人集》中亦以"意气落落,长于史学"评价王端淑②,与邹漪不谋而合,可见王端淑在当世文人中的一般印象。"蕊仙"和"冰仙"分别为苏州闺秀吴琪、吴绡之字,二人皆以才情胜。吴琪传世诗作较少,王端淑称其诗"灵气飘渺"③,并以唐人王昌龄比之。陈维崧《妇人集》中,对吴琪的评价亦高:"茂苑吴蕊仙才情新婉,当其得意,居然刘令娴矣。"④唯王士禄《宫闺氏籍艺文考略》对其风流情事略有微词。吴绡有《啸雪庵集》行世,诗词如冰雪剔透,而书画琴棋弦管之艺俱精。邹漪称其"真佳人而才子者",王端淑《名媛诗纬初编》赞之为"千古聪明绝代佳人",并许为"吴中女才子第一"⑤,洵非过誉。"二卞"指吴山、卞梦钰母女,陈维崧称"诸女郎能音旨者靡不宗卞"⑥,邓汉仪《诗观初集》收录二人作品,评吴山云:"自海内丧乱,耆旧凋零,岩子以诗名当世垂四十年,古文诗皆秀雅绝俗,书法亦遒逸。"⑦八名家中,季娴才力略逊而以名德重于世,所纂《闺秀集》影响较大。他如柳如是、黄媛介亦广为清初名家推许,名噪一时。这

---

① 邹漪《诗媛八名家集》卷首《选略》第一款,清顺治十二年乙未(1655)邹氏鹭宜斋刻本,第2a—3a页。
② 陈维崧《妇人集》,《清代闺秀诗话丛编》本,凤凰出版社2010年4月第1版,第1册第19页。
③ 王端淑《名媛诗纬初编》卷二十三,清康熙六年丁未(1667)山阴王氏清音堂刻本,第8a页。
④ 陈维崧《妇人集》,《清代闺秀诗话丛编》本,凤凰出版社2010年4月第1版,第1册第27页。
⑤ 王端淑《名媛诗纬初编》卷十三,清康熙六年丁未(1667)山阴王氏清音堂刻本,第1a页。
⑥ 陈维崧《妇人集》,《清代闺秀诗话丛编》本,凤凰出版社2010年4月第1版,第1册第15页。
⑦ 邓汉仪《诗观初集》卷十二,《四库禁毁书丛刊》集部第1册,第640页。

部总集在当时风行海内，以足彰显其选家手眼。

在收录女性作品的大型总集中，根据每个作者的入选数量、评价高低来体现其在编者心目中的不同地位，也是一种具有较强参照性的惯例。王端淑《名媛诗纬初编》中，选录数量从高到低排序依次为：王端淑（四十二首）、徐安吉（二十九首）、徐媛（二十七首）、黄媛介（二十五首）、朱中楣（二十二首）、方孟式（二十一首）、顾媞（二十一首）、方维仪（二十首）、马淑沚（十七首）、沈宜修（十六首）、王炜（十五首）、黄修娟（十五首）、商景兰（十四首）、章有湘（十三首）、沈天孙（十三首）、浦映渌（十三首）、王静淑（十二首）。

入选数量居于全书首位的，是编者王端淑自己的作品，按照总集通例置于最末，反映出总冠名媛的自信。数量位列第二的女诗人徐安吉，为王端淑弟王鼎起妇。此外，顾媞之父顾锡畴，与王端淑之父王思任为莫逆之交。王静淑则为王端淑胞姊。马淑沚为王端淑同乡人，经常一起参与社集活动。揄扬亲故好友，亦是清初总集常态，故而这几人入选数量偏多。其余诸人，徐媛在晚明有"吴门二大家"之誉，诗文流布一时。黄媛介、浦映渌与王端淑同列入邹漪《诗媛十名家集》中。王炜从"诗媛八名家"之一的吴山学诗，有儒者之风。朱中楣以词著称于世。方维仪、方孟式、沈宜修、黄修娟、章有湘，则分别是明末清初家族性女诗人群体桐城方氏、吴江沈氏、寓林黄氏与嘉定侯氏的成员。

吴江沈氏、桐城方氏、寓林黄氏与嘉定侯氏是明末清初四大女诗人家族。吴江沈氏为明末声名显赫的文化世家，汇集了叶绍袁妻沈宜修、女叶小鸾、叶纨纨、沈宜修妹沈媛、沈倩君、沈智瑶、表妹张倩倩、侄女沈宪英，及沈蕙端、沈静专、沈华鬘、李玉照、周兰秀等一众才女。诗词、戏曲、众体皆备。尤以叶小鸾声名最著。尤侗《林下词选》序将叶小鸾视为松陵才女的代表："松陵素称玉台才薮，而叶小鸾之《返生香》，仙姿独秀，虽使漱玉再生，尤当北面，何论余子。"[1]叶绍袁苦心纂《午梦堂全集》，辑录刊行妻女作品，包括《鹂吹》、《愁言》、《返生香》、《窃闻》（含《续窃闻》）、《伊人思》、《彤奁续些》卷上、《彤奁续些》卷下、《秦斋怨》、《屺雁哀》、《百旻草》，以致"海内流传殆遍"[2]。

王端淑与毛奇龄所撰总集，对以商景兰为首的山阴祁氏女诗人群尤为推重。毛奇龄曾与黄运泰共辑《越郡诗选》一书，是书已佚，陈维崧《妇人

[1]　周铭《林下词选》卷首，《四库全书存目丛书补编》第 2 册，第 552 页。
[2]　殷增《松陵诗征前编》卷八，见叶绍袁《午梦堂集》，中华书局 1998 年 11 月第 1 版，第 1141 页。

集》引其《凡例》论及女性部分云:"闺秀则梅市一门,甲于海内。忠敏擅太傅之声,夫人孕京陵之德。闺中顾妇,博学高才,庭下谢家,寻章摘句。楚攘、赵璧,援妇诚以著书,卞客、湘君,乐诸兄之同砚。其他巨室名姝,香奁绣帙,董、陶、徐、郑,咏览颇多。玉映、静因,流传最久,编题姓氏约十二家。闺阁风流莫此为盛,识者以为实录云。"①"梅市"为山阴祁氏女诗人所居地名,"忠敏"为祁彪佳谥号,"夫人"即其妻商景兰,"楚攘"、"赵璧"分别为儿媳张德蕙、朱德蓉字,"卞容"为次女祁德琼号,"湘君"为季女祁德茞字。文中还提及"玉映"、"静因",分别为王端淑与马淑沚的字、号。王端淑《名媛诗纬初编》选录商景兰十五首、祁德渊四首、祁德玉一首、祁德琼十四首、祁德茞八首、张德蕙九首、朱德蓉十二首,虽祁氏女诗人群体人数仅有吴江沈氏一半,但入选作品总数却略胜一筹。身居同里,故而所知甚详,特为表彰。另外,慈溪人魏耕曾与商景兰子祁班孙、祁理孙密谋抗清,以山阴祁氏寓园为据点。魏耕与钱缵曾、朱士稚合编《吴越诗选》"名媛诗"卷,便以商景兰居首,并推之为山阴贤媛之冠②。倚借家族的力量,商景兰在绍兴一地享有较高的威望。

桐城方维仪则被王士禄推为当世冠冕。王士禄《燃脂集》仅存残卷,其高下之分已难见端绪。在《宫闺氏籍艺文考略》当代部分,以方维仪列居首位,并解释道:"若夫人文章风烈特为较著,诚闺阁之灵光,簪笄之硕果。故特取为当代之冠。"③此外,现存残卷中选录作品最多的是晚明名妓王微十五首。而据陈维崧《妇人集》中提及王士禄的"王西樵为予言:畹生词佳者最多,予录二十余篇入《燃脂集》中"④,知数量不止于此。

作为清初女诗人家族的领袖人物,方维仪、顾若璞、商景兰并非仅以才华著称,而是拥有贤媛的头衔,具有多方面的影响力。方维仪祠中匾曰"今之大家"⑤,将其与曹大家并列。顾若璞有"武林闺秀之冠"的称誉⑥。商景兰则"以名德重一时",陈维崧称"当世题目贤媛,以夫人为冠"⑦。这几位贤媛倡导风雅,既符合传统道德标准,又被开明人士所拥护,是世人心目中才德兼备的典范。除此之外,嘉定侯氏女诗人群亦为时人称道,章有湘夫

① 陈维崧《妇人集》,《清代闺秀诗话丛刊》本,凤凰出版社2010年4月第1版,第1册第19页。
② 陈维崧《妇人集》,《清代闺秀诗话丛刊》本,凤凰出版社2010年4月第1版,第1册第18页。
③ 王士禄《宫闺氏籍艺文考略》卷九,载夏剑丞主编《艺文杂志》1936年第6期,第1页。
④ 陈维崧《妇人集》,《清代闺秀诗话丛编》本,凤凰出版社2010年4月第1版,第1册第36页。
⑤ 马其昶《桐城耆旧传》卷十二《姚清芬阁传》,清宣统三年辛亥(1911)刻本,第8b页。
⑥ 王晫《今世说》卷七,《丛书集成初编》第2825册,第81页。
⑦ 陈维崧《妇人集》,《清代闺秀诗话丛编》本,凤凰出版社2010年4月第1版,第1册第19页。

家嘉定侯氏一门忠烈,留下寡妇妯娌夏淑吉、章有渭、宁若生、盛蕴贞组成嘉定侯氏女诗人群,明亡后,共筑岁寒亭唱和终身。所作诗篇多见清中后期编纂的《江苏诗征》,见载于清初总集的诗作数量较少。

陈维崧《妇人集》为纪事体,多对各位作者的成就予以直接评论,褒贬定音,确立选录对象的地位。从全书看,陈维崧评价最高的女性作者当属徐灿,称其"才锋遒丽,生平著小词绝佳,盖南宋以来,闺房之秀,一人而已。其词,娣视淑真,姒蓄清照"。对方维仪亦颇为推重:"文章宏瞻,亚于曹大家矣"①。标举名家,常常要借助于对群体的否定,以突出某些个体。这种模式在总集编者那里尤有说服力。"闺房之秀,一人而已",至少已将徐灿之词,凌驾于《妇人集》中其他女性之上。陈维崧的评价对徐灿词名的确立起到了重要作用,后世文人李调元、吴衡照、陈廷焯、徐乃昌,皆径将徐灿视为清代女词家第一,甚至以为李清照亦有所不及。

较之女性个人诗集序跋中带有较强主观色彩的标举,总集编者接触较多女性文献,常常能俯瞰全局,综合评价各家得失。通过编纂合集、作品取舍、编排体例、成就评论等多种方式,发掘出明末清初重要的诗媛名家。在女性文学格局的形成过程中,起到了不可忽视的作用。

五 女性名家争议与清初诗坛风会

除了客观成就、人情因素与个人好尚之外,编者对女性诗作的评价,也与当时诗坛风气紧密相关。总集编者既各操选政、自树一帜,亦多有相互取资、交流的地方。围绕当世女性作品的评判,编者之间的共时对话、商讨与响应,也推动了清初因承变革的风会转换。

明末吴地最为著名的女诗人当属陆卿子与徐媛,二人居处相近,唱和颇多,"吴中士大夫望风附影,交口而誉之。流传海内,称吴门二大家"②。诗集流传海内,在清初有"诗满国门"之说③,获得了当时文人的广泛关注。季娴在《闺秀集》选例开篇,历数闺秀创作自晚明兴起的历程,并列举若干重要明末才女的名字:"自景德以后,风雅一道,浸遍闺阁,至万历而盛矣,启祯以来,继响不绝。若徐小淑之七言长篇,吴冰蟾、陆卿子之五言,许兰雪之七律,近日李是庵之五律,以迫沈项诸媛、桐城双节,温润和平,皆足以

---

① 陈维崧《妇人集》,《清代闺秀诗话丛编》本,凤凰出版社 2010 年 4 月第 1 版,第 1 册第 15 页。

② 钱谦益《列朝诗集小传·闰集》"范允临妻徐氏",上海古籍出版社 1983 年 10 月新 1 版,下册第 752 页。

③ 邹漪《诗媛八名家集》卷首《选略》,清顺治十二年乙未(1655)邹氏翳宜斋刻本,第 2a 页。

方驾三唐,诚巾帼伟观也,故所选稍滥。"①季娴选诗,主要目的在于个人之娱情,选录评点多出编者喜好。《闺秀集》中入选数量最多的是徐媛三十四首、方维仪二十四首、许景樊二十四首,作品也大多选择拟古、写景之作,偏重于"方驾三唐"的审美趣味。邹漪《诗媛八名家集·吴冰仙诗选》小引,曾回顾吴地文学传统,将徐媛、陆卿子视为苏州才女的代表:"吴中闺秀,旧有陆卿子、徐小淑。陆诗苍翠欲滴,徐诗光华自媚,为女中先达。"②

　　而在徐、陆享有盛名之际,桐城贤媛方维仪却在写给姊方孟式的书信中,对二人激烈批评:"偶尔识字,堆积龌龊,信手成篇。天下原无才人,遂从而称之。始知吴人好名而无学,不独男子然也。"③方维仪所属的桐城方氏是诗礼世家,受到理学氛围的影响,研习经史而学识过人,并遵守内言不出的妇德观念。在其给方以智的书信中道:"余《清芬阁集》,汝勿漫赠人,余甚不欲人之知也。"④方维仪既厌以诗求名,自然鄙视徐媛、陆卿子标榜声气的作风,进而抨击整个吴地不学无术又好尚浮夸的风气。方维仪的批评,可谓一石激起千层浪,引起了诸多清初选家的回应。钱谦益《列朝诗集小传·香奁》就引用了方维仪的评价,并尴尬地补充道:"夫人之訾謷吾吴,亦太甚也!"不过,他又紧接着表示自己私心认同方维仪的说法:"虽然,亦吴人有以招之。余向者固心知之,而未敢言也。"⑤钱谦益对徐、陆二人不以为然,故与方维仪桴鼓相应。《列朝诗集小传·香奁》中评述许景樊诗云:"桐城方夫人采辑诗史,评徐媛之诗,以'好名无学'四字遍消吴中之士女。于许妹之诗,以复漫无简括,不知其何说也。"⑥论及陆卿子,亦有贬抑之意:"晚年名重,应酬牵率,凡与闺秀赠答,不计妍丑,必以胡天胡地为词,不免刻画无盐之诮,世所传《考槃》、《玄芝》二集是也"⑦。《列朝诗集》中选徐媛、陆卿子的作品分别只有二首、八首。

　　许景樊、徐媛、陆卿子诸多拟古之作,痕迹未化,确属平庸。方维仪等

---

① 季娴《闺秀集》选例第一则,《四库全书存目丛书》集部第 414 册,第 331 页。
② 邹漪《诗媛八名家集》,清顺治十二年乙未(1655)邹氏鸳宜斋刻本,第 1b—2a 页。
③ 钱谦益《列朝诗集小传·闺集》"范允临妻徐氏"条,上海古籍出版社 1983 年 10 月新 1 版,下册第 751 页。
④ 方维仪《与密之书》,见江元祚《续玉台文苑》卷二,《四库全书存目丛书》集部第 375 册,第 457 页。
⑤ 钱谦益《列朝诗集小传·闺集》"范允临妻徐氏"条,上海古籍出版社 1983 年 10 月新 1 版,下册第 752 页。
⑥ 钱谦益《列朝诗集小传·闺集》"许妹氏"条,上海古籍出版社 1983 年 10 月新 1 版,下册第 813 页。
⑦ 钱谦益《列朝诗集小传·闺集》"赵宦光妻陆氏"条,上海古籍出版社 1983 年 10 月新 1 版,下册第 751 页。

人之批评,与晚明总集、吴中士大夫与选家季娴之标举,落差如此之大,显然也有编者诗学分歧的因素在内。晚清女史汪端之父曾搜集明季宫闺遗事作《花月沧桑录》①,使汪端得阅柳如是相关史料及遗物,对于钱谦益、柳如是编撰《列朝诗集小传·闰集》的诗学旨趣,提出了自己的看法:"婵娟闰集费搜罗,翠羽兰膏指摘多。"句下有自注云:"河东佐选明诗闰集,于徐小淑、梁小玉、许景樊、小青等多寓讥贬,未为笃论。"②钱谦益在《列朝诗集小传》中,批评明代李、何、王、李及其追随者,于竟陵诗人更是苛责过甚。其旨在于消除明末诗风影响,树立新的诗学观念。矫枉过正而有失公允,亦是诗评家之常态。

因此,围绕徐、陆二人的评价,不仅显示出地域风气的差异,也关联着清初诗坛的风会转换。王端淑《名媛诗纬初编》中,认同方维仪、钱谦益等人的意见,并进一步对徐、陆展开批评。不仅在选录数量上较《闺秀集》少,对二人拟古之作也大多摈弃不录。卷七评陆卿子云:"卿子驱使晋魏,挥斥青莲,经史在其胸中,才华应于腕下,自视非大家作手乎?然所得多属糟粕,无乃形似古人也。春秋责备独恕簪珥乎?"同卷评徐媛云:"学子美而不得其老,则近于板而俚;学长吉而不得其奇,则近于涩而凿。太白丑处,狂语浮蔓;香山丑处,学究打油。襄阳单俭,东野酸寒。非古人一无是处,俱学而不得其佳也。古人不轻易学,况纷纷历下、竟陵乎!一尺之冠、惹地之袖,倏而低就,发窄帖肤,何长短之效颦乎?且用古典处,非凑即尖,其老句多糟粕耳。越人喙长三尺,卒拾吴儿余唾,可感也。范夫人诗名籍籍,特无神境,以其拟古处未能弹丸脱手。"③如王端淑所言,徐媛诗募仿痕迹较重,多有仿杜甫、李贺、李白、白居易、孟郊之句,这种空得形似而未取精髓的诗风,更多是前后七子倡言复古的流弊所致。但随后王端淑又将矛头引向竟陵派,将徐媛列入学竟陵的负面教材。这一言论,显示其所着眼的重心,在于抵制竟陵诗风。王端淑在《名媛诗纬初编》"正集"之开端处曾有一段言论,旗帜鲜明地表达自己的态度:

诗有心,心之所在,运则如烟,入则如发。以浮词掩映,浮景摄合

---

① 事见汪端《自然好学斋诗钞》卷九《题河东君月堤烟柳画卷》诗末自注,清光绪十年甲申(1884)刻《林下雅音集》本,第 16a 页。

② 汪端《自然好学斋诗钞》卷七《前诗意有未尽更题三绝》,清光绪十年甲申(1884)刻《林下雅音集》本,第 13a 页。

③ 王端淑《名媛诗纬初编》卷七,清康熙六年丁未(1667)山阴王氏清音堂刻本,第 1a—1b 页、第 6b—7a 页。

者,均非心也。有宋君子,离却幽渺,矜才任气,诗之心已不复见。历下声起,变为弘壮整练,诗之声律愈振,诗之心愈杳矣。竟陵始寻思理,一抛宿习,而不无矫枉过正。其派一流浅学,以空拳取胜,竟陵独得处,肤浅人共引为捷径,使抱才怀奇之士笑为俭腹、为劣才,俱末学之失。今日起衰救弊之道,在别辟孤异,无蹈历下、竟陵余波可也。海内巨眼,当自有去取。①

王端淑一心提升女性创作的地位,故而以激进的态度表达臧否,将静处闺阁的女性也卷入了因承革变的风潮之中。对于女性诗与诗坛流派的关系,署名钟惺的《名媛诗归》序言曾云:"今之为诗者,未就蛮笺,先言法律,且曰某人学某格,某书习某派……若夫古今名媛,则发乎情,根乎性,未尝拟作,亦不知派,无南皮西昆,而自流其悲雅者也。"②这一说法常为当代学者当作事实依据简单地征引。表面看来,《名媛诗归》的编者是将女性创作隔绝于诗坛流派之外,实际上是正是想借助这一"中立"群体的创作实践,来弘扬钟、谭二人的诗学理念。风行一时、流播海内的女性总集,正是传播诗学观念的有力途径。在清代反竟陵的语境中,此书亦被视为"竟陵流弊"③。

在清初风气下,女性宗法竟陵的诗篇,往往受到有意的排斥。陈维崧《妇人集》引用王士禄评周明英语:"周诗名《粲绣集》凡百余首,是宗竟陵者,亦有一二可录。"④作者宗法竟陵,影响到选家对作品的取舍,显示了总集编者在女性作品接受、传播中的过滤作用。女性虽免于门户之见、宗派之习,但学诗难免有所取法。而当女性作者进入总集选家的视野,也不可避免地被男性纳入到传统诗学的批评框架来审视,并服务于不同的诗学理论。

评断诗人学唐宗宋,或师承某家,在传统诗学批评中随处可见。这一说法,可以追溯到钟嵘《诗品》中大量"其源出于某某"的论断。后世诗评者的滥用,使问题变得复杂。诗人即使自称学某家,亦有口不称心、名不符实者。而总集选家受到多重因素的干扰,更时见南辕北辙的判断。比如广受推重的青楼才女王微,早年与谭元春、钟惺交游,受竟陵诗风影响颇深。而

---

① 王端淑《名媛诗纬初编》卷三小引,清康熙六年丁未(1667)山阴王氏清音堂刻本,第1a页。
② 钟惺《名媛诗归》卷首自序,《四库全书存目丛书》集部第339册,第2页。
③ 永瑢等《四库全书总目》卷一百九十三,中华书局1965年6月第1版,下册第1769页。
④ 陈维崧《妇人集》,《清代闺秀诗话丛编》本,凤凰出版社2010年4月第1版,第1册第37页。

清初总集编者，显然不愿为竟陵派张目，因而更多强调王微与竟陵诗风的不同之处。钱谦益云："不服丈夫胜妇人，昭容一语是天真。王微杨宛为词客，肯与钟谭作后尘？"①钱谦益反过来将王微置于竟陵诗派的对立面，推崇女诗人的天真自然，目的是"直以巾帼愧竟陵也"②。王士禄则评王微诗"有钟退谷之清而不落酸馅"③，亦着眼于王微与钟惺诸人的区别。《燃脂集》中王微《送眉公过夹山漾》一诗评语中，还以其比拟王孟，认为"右丞、襄阳伯仲之间"④。

因此，总集编者对女性诗学家数的揭示，常常受到宗派意识、诗学好尚的影响，不免包含了较多的主观想象的成分。尤其是那些才力出众的作者，往往能做到融铸众家而了无痕迹，并无门径可寻。诸如王端淑《名媛诗纬初编》中评价倪仁吉诗宗法陶渊明，评祁德渊为盛唐气格等等。类似的言论，很容易受学力所囿而成一端之辞，未能予以全面认识。对晚明传入中国的朝鲜女诗人许景樊作品，许多总集编者皆能指出其学温、李之处。王端淑称其诗"直使义山、飞卿焚砚骚坛"⑤。毛先舒在《诗辩坻》一书中论其"诸体略放温、李，而七律独祖七子之风，'层台'、'一柱'，全学于鳞"，认为各体学温、李，而七律学李攀龙。王士禄《燃脂集》亦以许景樊为学李之能手："效李义山体，绮艳中缘理甚异，摹玉溪者此为能手矣。"⑥并在《天坛》下评云："义山。"⑦而《列朝诗集小传》中，柳如是指出许景樊直接袭用曹唐、裴说、王建、黄仲初、王峡公、张光弼等二三流诗人的句子，以示其拟古远未达到成熟的境界，对世人之称许不以为然。因此，从这类讨论女性作品源出于某某的诗学话语，或许并不能说明选录对象的诗法宗尚；其中反映的编者自身对所谓"某某"风格特征的了解和偏好，却是值得更多思考的。

①　钱谦益《钱牧斋全集·牧斋初学集》卷十七《移居诗集·姚叔祥过明发堂共论近代词人，戏作绝句十六首》之十一，上海古籍出版社 2003 年 8 月第 1 版，第 1 册第 606 页。
②　钱谦益《钱牧斋全集·牧斋初学集》卷十七《移居诗集·姚叔祥过明发堂共论近代词人，戏作绝句十六首》之十一，上海古籍出版社 2003 年 8 月第 1 版，第 1 册第 606 页。
③　王士禄《燃脂集》卷二十八《次朱咏白先生韵》，手稿本。
④　王士禄《燃脂集》卷二十八，手稿本。
⑤　王端淑《名媛诗纬初编》卷二十八，清康熙六年丁未(1667)山阴王氏清音堂刻本，第 5a 页。
⑥　王士禄《燃脂集》卷二十六，手稿本。
⑦　王士禄《燃脂集》卷三十一，手稿本。

第二章　两性互动与空间融合

《周易》"家人象"云："男正位乎外，女正位乎内，男女正，天地之大义也。"这种内外分明、男女有别的伦理思想，常常被简单地视作历史事实。直到近年古代女性活动的不断发掘，才发现社会规范与观念难以真正阻隔男女在现实中的联系。空间在许多隐蔽的角落潜流相通，透过性别之外的多重名目，缔结了实际生活中的重叠交错的两性世界。尤其当女性涉足创作，与血缘、亲缘关系之外的男性文人展开现实接触、观念沟通与精神交流，便自然而然地伴随着"越界"的行为。美国学者孙康宜在对中国文学史编撰分期时提出，清初到雍正这一段"主要是文学交流的问题"①。以文学为媒介，在不同阶层、地域、性别的个体之间形成大规模、开放性的社交网络。那么，在两性文学场域的边界，发生了怎样的交往和对话呢？

第一节　清初闺秀与文人的交游网络及文学互动

诗人群体的文学互动，不外乎结社、集会与唱和这些形式。关于女性内部的社交活动，学界已经有所发掘②。在男性占据文化资源的古代社会，女性作品的影响力与认知度，与男性读者的评价息息相关。因而与男性文学的交游关系，对女性文学的意义更为重大，应予以专门探讨。目前这方面的成果，多集中在清代中后期随园女弟子、碧城女弟子等大规模的社团。明清之际，以柳如是为代表的"秦淮八艳"等青楼女子与名士的交游，学界亦多有论及。而清初闺秀与文人之间的唱和往来，尚未见整体上的专门考述。由于女性创作的首个高峰出现在明末清初，又值此际臻于极

---

① 孙康宜《新的文学史可能吗》，《清华大学学报》2005 年第 4 期，第 107 页。
② 相关研究如（美）魏爱莲《十九世纪中国女性的文学关系网络》，《清华大学学报》2008 年第 3 期；崔琇璟《乾嘉之际女性作家的文学交游关系及其意义——以骆绮兰为例》，《苏州大学学报》2010 年第 3 期；宋清秀《十七世纪江南才女文学交游网络及其意义》，《浙江社会科学》2011 年第 1 期。

盛的社集风气波及,故而两性交游空前兴盛。在此背景下,闺秀才媛跨越闺门,与家庭以外的男性展开文学交往,更是值得注意的历史性变化。清初闺秀与文人的交往,事迹分散、关系错综,其所形成的两性文学互动的基本模式,也值得深入的探究。

一 两性文学交往的时代背景

中国历史上的男性文人群体繁多、文学活动此起彼伏,其中却鲜有女性的身影。一个常被提起的原因,是儒家伦理秩序对女性的限制。在古代社会中,男性文人通过"漫游"、"应考"、"出仕"等人生经历获得了广阔的活动空间与交游机会。女性以"足迹不逾闺阁"为准则,便难以同陌生人产生时空的交集。至于和异性交往,更是因其睽违礼教而受到限制。更不用说集会结社等富于公众性的行为了。然而,在被史家认为礼教趋于森严、妇女地位低落的明清时期,两性的文学交往之繁荣却超轶前代,令理学家如章学诚之辈痛心疾首而无能为力。顾起元《客座赘语》卷一述南京世风之变,称正、嘉以前妇女"以深居不露面、治酒浆、工织红为常,珠翠绮罗之事少,而拟饰倡妓、交结蛴嫚、出入施施无异男子者,百不一二见之。"[1]而至晚明时期,由于女性整体文化素养的提高,"风雅一道,浸遍闺阁"[2],女性才华也被视为江南士绅家族竞争力的重要组成部分。以诗文为媒介,女性得以拓展自身影响力,获得了声名通向外界的机会。追求立言不朽的女诗人不满足于既定的规范,不可避免地要对传统社会秩序产生冲击,带来不安定的因素。

这种现状引起了理学人士的忧虑,晚明吕坤在《闺范》序中激烈批评了这一社会风气:"闺门中人竞弃之礼法之外矣! ……乃高之者,弄柔翰、逞骚才,以夸浮士;卑之者,拨俗弦,歌艳语,近于倡家。"[3]在闺秀群体中间,也不乏批评的声音,如黄宗羲夫人叶宝林有诗作成卷,"闻越中闺秀有以诗酒结社者"而蹙眉,直斥"伤风败俗之尤也"[4]。依照研究历史常有的"正论反读"的习惯,但凡批评女性不守妇道之声音逾烈,逾是表明现实社会秩序松动、思想开放到达高峰。因此,女性不再恪守女红、"惟酒食是议",而以倜傥诗才艳称于世,可谓弥漫在晚明社会的一股新风。被王端淑许为"三

---

[1] 顾起龙《客座赘语》卷一"正嘉以前醇厚"条,中华书局 1987 年 4 月第 1 版,第 26 页。
[2] 季娴《闺秀集》卷首《选例》第一款,《四库全书存目丛书》集部第 414 册,第 331 页。
[3] 吕坤《吕坤全集·闺范》,中华书局 2008 年 5 月第 1 版,下册第 1409 页。
[4] 陈维崧《妇人集》,《清代闺秀诗话丛编》本,凤凰出版社 2010 年 4 月第 1 版,第 1 册第 15 页。

吴佳人第一"的苏州女诗人吴绡,时人称其"艳妆浓裹,每遇春花秋月,从女奴十,往来山水,盘礴登眺。旗亭萧寺,挥毫染笔,观者如堵墙,色不一动。"①在开放奢靡的江浙地区,闺秀在公众空间中挥毫逞才的行为,并不罕见。

另一方面,明代中后期的游宦、寄籍之风兴盛,也使女性活动空间有所扩大。才女或随宦四方、或相邀出游,拓展视野胸襟。易代之际,战争造成的地域迁移又进一步促进了人口流动,将闺秀诗人卷入时代的风云变幻中,增加了她们与外界交流的机会。其中才华出众者,便借此而凸显于公众视野中。当涂女诗人吴山在明末定居南京,清军攻占南京后家遭倾毁,曾先后寄居龚鼎孳、汪汝谦、吴伟业寓所,与男性诗人酬唱往来,才华借诸名公揄扬而彰显于世。苏州才女吴琪之夫管勋在兵乱中身死,吴琪投奔管勋生前好友冒襄,寄居名流荟萃的如皋水绘园中,与冒襄姬妾及才女周琼酬唱,成一时盛事。山阴王端淑于易代之际屡经搬迁:"初得徐文长青藤书屋居之,继又寓武林之吴山,与四方名流相倡和,对客挥毫,同堂角麈,所不吝也。"②黄媛介在游人往来的西泠桥头卖画,才名艳传于世,陈维崧曾见其"僦居西泠段桥头,凭一小阁,卖诗画自活。稍给,便不肯作"③。流离失所的际遇,使这些诗媛进入了公众性社交空间,并得到男性士人的援助与礼遇。

"为问孤踪何处侣? 自言数载已无家"④,离乡背井造成的家园失落感,使女诗人常常表现出浓重的思乡情结。吴山《徙倚》云:"自伤蓬迹远,常羡旅鸿归。昨得家人信,青山满蕨薇。"⑤多年流落江淮、寄居他乡的经历,带来了吴山诗作中的深沉情绪。在与吴山经历相似的女诗人笔下,常常可见到类似乡愁的抒写。然而,失却家园所提供的稳定、安逸与精神依托,对诗人来说未必全为不幸。传统秩序所设定的女性生命意义,不外乎持家教子的家庭责任,在宗法制度、乡里评议的约束下,为终身居于闺阁的女性所信奉、实践并一代代延续下去,使她们自我孤立、隔绝在公共领域之外。而这些播迁于城市的才媛,虽然难免漂泊无根的感伤,却也避免了为

① 清代无名氏《研堂见闻杂记》,《台湾文献史料丛刊》第五辑第 98 册,第 57 页。

② 邓汉仪《诗观初集》卷十二,《四库禁毁书丛刊》集部第 1 册,第 651 页。

③ 陈维崧《妇人集》,《清代闺秀诗话丛编》本,凤凰出版社 2010 年 4 月第 1 版,第 1 册第 24—25 页。

④ 刘氏《有女同江避难增感》,见孙桐生《国朝全蜀诗钞》卷六十一,清光绪五年己卯(1879)刻本,第 14b 页。

⑤ 吴山《吴岩子诗》,清顺治十二年乙未(1655)邹氏蕣宜斋刻《诗媛八名家集》本,第 7b 页。

里巷所羁、老死乡里的命运,也更容易受到变动不居的观念吸引,尝试全新的价值追求,展现出自由不羁的气质。因此,明末清初最富于个性、最叛逆的声音出自这些女性的流动人口,便不足为奇了。

在清代之前,两性交游以明末最为繁荣,只是活跃在男性社交空间的,多为"非闺房之闭处,无礼法之拘牵"的青楼女子①。她们常以风雅陪衬的姿态,出现在晚明士人大规模的社集中②。代表性的如万历三十二年(1604)中秋齐王孙朱承彩所办的"金陵大社"。钱谦益《列朝诗集小传》记载了诗社活动的盛况:"万历甲辰中秋,开大社于金陵,胥会海内名士,张幼于辈分赋授简百二十人,秦淮妓女马湘兰以下四十余人,咸相为缉文墨、理弦歌,修容拂拭,以须宴集,若举子之望走锁院焉。承平盛事,白下人至今艳称之。"③作为晚明文人诗酒风流的中心,秦淮一水的歌台舞树在易代巨变中化为废墟,诗妓亦在战乱中销声匿迹。到了易代之际,一面是"廿载江南佳丽尽"④,青楼场所遭兵乱倾毁,诗妓风流云散;一面是"深闺日日绣鸳鸯,忽被干戈出画堂"⑤,战争引起的社会动荡,将闺秀推向外界。顺治年间,冒襄偶遇为清兵所辱而侥幸生还的名妓李澹生,赠诗有"廿载江南佳丽尽,对卿若个不称臣"之语⑥,道出了江南名妓风流云散的结局。文人的兴趣,也逐渐转移到文化水平日渐提高的闺秀群体中来。随着晚明而下江南士族女性教育水平的提高,文人开始注意到闺秀群体的才华。遂在顺康时期相对宽松的社会风气下,形成了闺秀与文人互动的小高峰。

值得注意的是,随着闺秀活动空间的扩大与青楼女子对品行节操的重视,明清之际,青楼女子与闺阁中人的身份界限也趋于模糊。"校书"之称女性源自唐朝鱼玄机,明末普遍用来称呼秦淮名妓通文墨者。而黄媛介、吴山等闺秀亦被称作"校书"。"青琐"这一代称,亦同见于名妓柳如是与闺秀卞梦钰身上。在精神风貌上,二者的差异也在缩小。清初闺阁诗人继承了明末青楼诗人的豪侠之气与林下之风,且步入男性交往圈,与当时文坛

---

① 陈寅恪《柳如是别传》第三章《河东君与"吴江故相"及"云间孝廉"之关系》,上海古籍出版社 1980 年 8 月第 1 版,上册第 75 页。

② 关于名妓与士人社集,可参考何宗美《士女雅集与文学风流——中晚明女子预社现象及影响》一文。该文专门收集了晚明名妓参与文士社集三十四例,称之为"女子预社",载陈洪、乔以钢等主编《中国古代文学与文化的性别审视》论文集,南开大学出版社 2009 年 12 月第 1 版,第 175—页。

③ 钱谦益《列朝诗集小传·丁集》"齐王朱承彩"条,上海古籍出版社 1983 年 10 月新 1 版,第 471 页。

④ 冒襄《巢民诗集》卷四,《续修四库全书》第 1399 册,第 540 页。

⑤ 计六奇《明季南略》卷三"张氏赋诗投江"条,中华书局 1984 年 12 月第 1 版,第 207 页。

⑥ 冒襄《巢民诗集》卷四,《续修四库全书》第 1399 册,第 540 页。

才俊吴伟业、钱谦益、王士禛、毛奇龄均有交往。黄媛介就得到朱彝尊"青绫步障,时时载笔朱门,微嫌近风尘之色"的评价①。吴绡被时人与柳如是相提并论,指其"风流跌荡,则同为天地间一异物也"②。随着名妓审美情趣的雅化与人格的独立,一些人在举止气度乃至道德节操上已与闺秀无别。易代之际女性殉节者就不乏青楼中人,就像全祖望所指出的:"又降而南中、吴中以及淮、扬之歌妓,亦有人焉,此不可以其早岁之失身,而隔之清流者也。"③这一重身份界限的模糊,是晚明商业文化冲击下的四民地位改变与等级僭越频繁的产物,与明代前期淳朴敦厚、贵贱有序的面貌形成了鲜明对照。

　　另一方面,易代之际的江山易主,推动了世家大族的盛衰兴替,也带来了才媛群体的阶层流动。江南士家大族或因反抗遭到重创,或因拒绝与清廷合作而退出权力中心。自小养尊处优的王端淑,在遭遇夫家破败、老父殉国、长姊出家、兄长反目的一连串变故,与寒士之妻吴山、黄媛介,不约而同地走上了"舌耕暂生为,聊握班生笔"的道路④,其《名媛诗纬初编》完成后无力付梓,只得发征刻启事谋求各界资助。黄媛介家道中落,施闰章称其"僦居西陵,所居一楼,与两高峰相对。陷縻侧理,是其经营,终不免卖珠补屋之叹"⑤。"卖珠补屋",是女性卖文维生的美称。其中,成功的例子当推吴山。邓汉仪《诗观》记载:"岩子居湖上三年,诗脍炙人口,钱塘、仁和两令君闻其名,为分俸见存湖上,传为佳话云。"⑥可见吴山通过诗词才华,竟获得杭州官员的接济。吴伟业评其"卖珠补屋花应满,刻烛成篇锦不如",当非虚誉。这些流寓异乡的女性,在生计来源上颇类似于山人寒士群体,其中吴山、黄媛介还直接被称为"女山人"⑦。当她们逾越了传统的"女主内,男主外"的社会分工,也获得了更广阔的视野和更自由的生存空间。社会交往不仅是其必不可少的生存手段,也成为其家庭地位提升而扩大的自主权力。

　　到了康熙年间,才女与男性的社交活动逐渐沉寂。就像陈宝良《中国

---

① 朱彝尊《明诗综》卷八十六,中华书局 2007 年 3 月第 1 版,第 8 册第 4200 页。
② 无名氏《研堂见闻杂记》,《台湾文献史料丛刊》第五辑第 98 册,第 57 页。
③ 全祖望《全祖望集汇校集注·鲒埼亭集外编》卷十二《沈隐传》,上海古籍出版社 2000 年 12 月第 1 版,中册第 975 页。
④ 王端淑《映然子吟红集》卷二《出门难》,日本内阁文库本,第 2a 页。
⑤ 施闰章《施愚山集·学余堂文集》卷十七《黄氏皆令小传》,黄山书社 1992 年 5 月第 1 版,第 1 册第 353 页。
⑥ 邓汉仪《诗观初集》卷十二,《四库禁毁书丛刊》集部第 1 册,第 640 页。
⑦ 见陈宝良《从女山人、女帮闲看晚明妇女的社交网络》,《浙江学刊》2009 年第 5 期。

妇女通史·明代卷》所概括的,晚明妇女自我意识的增强及士大夫女性意识的改变所带来的妇女解放的一线光明,随着清初礼教秩序的重建而化为乌有①。才女或如王端淑、吴琪、吴绡之息心归隐,或如吴山、卞梦钰、周琼之回归家庭。许多世家大族遭到江山鼎革的打击,而刚刚崛起的政治显宦尚未积累起相当的文化资本,诗坛呈现"风雅浸衰"、青黄不接的景象。此外,入清后朝廷屡下禁令打击士人聚党结社,至康熙间文网渐密,各类社事便暂告歇。游离于男外女内之稳固社会结构以外的两性交流,便呈现为明清过渡的历史夹缝中昙花一现的繁荣图景。

二 文学媒介与交游网络的形成

社会秩序的松动、女性观念的变化,为女性走出闺阁提供了条件。而闺秀涉足创作,本身就有立言传世的内在需求。文学的交际功能,也为闺秀突破性别之防,展开社会交往提供了机会。文学在文人与闺秀交往中的媒介作用,主要体现在如下数端:

(一)访求作品

采集、整理女性作品的热潮,兴起自晚明。清初文人延续了晚明社会对才女文化的关注,并更侧重于访求当代闺秀的作品。邹漪"癖耽奁制,薄游吴越,加意网罗"②,相继辑成《诗媛八名家集》、《诗媛名家红蕉集》。王士禄曾撰《征闺秀诗文书》,在三地专门设立投寄处③,还乘舟前往山阴闺秀王端淑住处拜访,向其借抄诗集数十种。华亭(今上海松江)闺秀吴胐能诗擅画,王士禄与魏宪"皆不远千里,邮乞其诗词入选"④。毛奇龄曾编选浙江闺秀诗作而漏选王端淑,王端淑主动寄诗云"王嫱未必无颜色,争奈毛君笔下何"⑤,此后二人往来唱和,结为好友。总集选家对女性作品的访求,不仅促使闺秀声名通向外界,亦常常成为结识闺秀的契机。

(二)指点请教

"女弟子"现象,在清初即已出现。闺秀往往能通过亲友的关系,向文

① 陈宝良《中国妇女通史·明代卷》结束语,杭州出版社 2010 年 11 月第 1 版,第 655 页。
② 邹漪《诗媛名家红蕉集》卷首自序,清初刻本,第 4b 页。
③ 见傅湘龙《王士禄〈然脂集〉考论》,《汉学研究》第 30 卷第 3 期,第 140 页。
④ 雷缙《闺秀诗话》卷五,《清代闺秀诗话丛刊》本,凤凰出版社 2010 年 4 月第 1 版,第 2 册第 1023 页。
⑤ 王蕴章《然脂余韵》卷五,《清代闺秀诗话丛刊》本,凤凰出版社 2010 年 4 月第 1 版,第 1 册第 790 页。

坛名家拜师请教。如女词人张繁"师悔庵(尤侗),亦复不愧其学"①。长洲(今江苏苏州)闺秀吴绡诗歌受知于冯班,严熊为冯班所作挽诗中有"试吟明月空枝句,半是天才半是师"之句,指出吴绡的诗学渊源,下有自注云:"吴夫人冰仙学诗于定翁,曾赋《梨花》诗云:'露下有光翻见影,月明无色但空枝。'真名句也。"②毛奇龄自述与山阴名媛商景兰为通家之交,商景兰常邀其过访寓所,"每出诸闺中诗,属予点定,以故每读夫人诗而为之赏之"③。毛奇龄最欣赏的女弟子徐昭华,即为商景兰的胞姊商景徽之女。

(三)互写序跋

闺秀刊行个人著述,喜邀请文人为之作序跋传记。钱谦益、吴伟业、毛奇龄等文坛领袖的文集中,更是少不了此类文章。钱谦益为吴绡作《许夫人啸雪庵诗序》,为王端淑作《明媛诗纬题词》,为黄媛介作《赠黄皆令序》、《士女黄皆令集序》④。吴伟业为龚静照作《永愁篇序》,为黄媛介作《黄媛介诗序》⑤,为吴绡作《啸雪庵诗集》卷首小引⑥。毛奇龄为王端淑作《闺秀王玉映留箧集序》,为黄媛介作《黄皆令越游草题词》、《梅市诗钞稿书后》,为沈云英作《沈云英传》⑦。陈维崧为徐昭华作《徐昭华诗集序》,为商景徽作《闺秀商嗣音诗序》⑧。此外,还有施闰章《黄氏皆令小传》、黄宗羲《李因传》、魏禧为吴山作《青山集序》⑨,等等。

值得注意的是,一些女性名家,也曾受邀为男性著作撰写序言。如王端淑、黄媛介分别为李渔的两部戏曲《比目鱼》、《意中缘》写序。邹漪《诗媛

---

① 蒋景祁《瑶华集》卷首《刻瑶华集述》,中华书局 1982 年 11 月第 1 版,上册第 7 页。

② 严熊《严白云诗集》卷七《冯定远先生挽词二十章》之十二,《清代诗文集汇编》第 100 册,第 65 页。吴绡号冰仙。

③ 毛奇龄《西河文集·碑记八·祁夫人易服记》,《清代诗文集汇编》第 87 册,第 556 页。

④ 依次见钱谦益《钱牧斋全集·有学集》卷二十,上海古籍出版社 1996 年 1 月第 1 版,第 5 册第 861 页;卷四十七,第 6 册 1556 页;卷二十,第 5 册第 863 页;《钱牧斋全集·初学集》卷三十三,同前,第 2 册第 967 页。按:"明媛诗纬",当作"名媛诗纬"。

⑤ 依次见吴伟业《吴梅村全集》卷三十一,上海古籍出版社 1990 年 12 月第 1 版,第 711 页、第 712 页。

⑥ 该文《吴梅村全集》未收。常熟图书馆藏《啸雪庵诗集》卷首,存署名"宗末梅村伟业"小引一篇,文中如"家人偶视,笑比诸生,共传得妇倾城","与妙制允矣,妍辞余也。昔闻吴猛延致采鸾,今见济尼雅称道韫","庶几东海重庚桃李之歌,不数西昆止载蘼芜之赋"等句,因袭自吴伟业《黄媛介诗序》,或为时人伪托之作。

⑦ 依次见毛奇龄《西河文集》,《清代诗文集汇编》第 87 册,第 241 页、第 469 页、第 487 页。

⑧ 陈维崧《陈维崧集》,上海古籍出版社 2010 年 10 月第 1 版,上册第 285 页、第 351 页。

⑨ 分别见施闰章《施愚山集·学余堂文集》卷十七,黄山书社 1992 年 5 月第 1 版,第 1 册第 353 页;黄宗羲《黄宗羲全集·南雷诗文集·传状类》,浙江古籍出版社 2005 年 1 月第 1 版,第 10 册第 569 页;魏禧《魏叔子文集外编》卷九《青山集序》,中华书局 2003 年 6 月第 1 版,中册第 461 页。

名家红蕉集》卷首存吴琪序言一篇。可见文人中也有借助闺秀才华，提升自家声誉的情况。

（四）诗词酬唱

诗词赠答，是最为普遍的文学交往形式。闺秀的唱和对象，不乏家族以外的男性师友，如吴绡与冯班，吴山与龚鼎孳，皆有较多唱和作品存世。陌生人之间，也能以唱和沟通情感，促成现实中的人际交往。女诗人吴山、卞梦钰寄居杭州期间，吴伟业慕名前往登门拜访，赠《西泠闺咏四首并序》，称赞二人才华风骨。吴山、卞梦钰各作《和吴梅村太史赠诗》答谢。素未谋面者，亦可通过唱和遥相致意，寄予一瓣心香。王士禛自述其曾目睹扬州闺秀季娴、王潞卿和《秋柳诗》之作："后二年余至淮南始见之，盖其流传之速如此。"①而据梁章钜《闽川闺秀诗》记载，当时闺秀和《秋柳诗》者"至数百家"，远在福建的闺秀郑镜蓉亦有和诗四首②。通过诗歌遥和，相隔千里的闺秀与文人，也得以跨越地域空间的距离，实现文学交流。

（五）集会结社

明末清初，正值文人社集之风鼎盛时期。闺秀参与文人社集活动亦所在多有，如王端淑与山阴文人结"同秋社"，吴山参与杭州王汝谦举办的"湖舫诗会"，吴琪、周琼于"水绘园"唱和，吴绡参与"僻园唱和"、"江村唱和"等等。集会活动中，闺秀多处于公众性的社交空间，与文人展开现实中的交流，较之单纯的唱和寄诗，显然又推进了一步。在下两节中，将对闺秀参与文人社集诗会进行更详细深入的讨论。

上述文学互动的形式，在现实中往往多种并存。以文学交流为媒介，可以在不同阶层、地域、性别的个体之间形成繁复的、具有延展性的社交网络。以下就以上文所提及吴山、黄媛介、王端淑、吴绡这几位闺秀诗人，与钱谦益、吴伟业、毛奇龄等文人为例，以实线代表二人有双向的文学互动，绘制关系图如下：

---

① 王士禛《带经堂诗话》卷二十五，人民文学出版社 1963 年 11 月第 1 版，下册第 725 页。

② 梁章钜《闽川闺秀诗话》卷二"郑镜蓉"条，《清代闺秀诗话丛刊》本，凤凰出版社 2010 年 4 月第 1 版，第 1 册第 213 页。

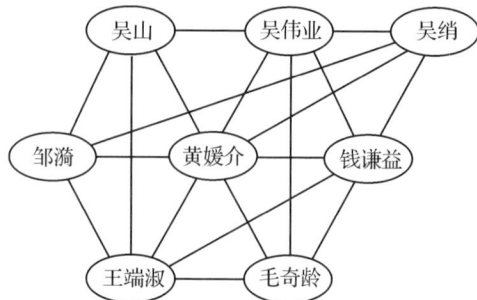

图 1　清初若干闺秀与文人交游关系

　　图中错综复杂的网络,指示了清初两性交游格局之一端。借助与文人群体的多重联结,闺秀声名得以向男性世界不断延伸。与之相比,清中叶的两性文学交往状况大不相同,两大女弟子群体,均以师徒名分维系,各自秉承核心人物袁枚、陈文述的诗学理念,形成众星捧月的辐射状的格局。而清初两性之间的互动,主要由个人私交维系,没有一个中心式的男性人物,呈现出较为松散的非组织的状态,诗学观念也受到多方面的影响。因此,清初女性文学多元化的创作风貌,与此期网络式的两性交游格局也不无关系。

三　两性互动与女性作品的经典化

　　在闺秀与文人的交往中,文学互动既起到了媒介的功能,同时亦是交流的目的,并推动女性作者进入主流视野。孙康宜《明清文人的经典论与女性观》一文,指出明清文人普遍向往女性文本,努力将女性作品经典化,从边缘提升入主流的现象①。女性不能参加科考,并无科举同年的人际关系,其作品多经由男性亲友引介,从闺房传递向外界,得名流揄扬而传世。闺秀的社交网络,无疑是影响其作品经典化的一个重要因素。

　　在此过程中,总集选家的采撷发掘是重要的一环。借刊行总集以表彰同侪,在清代颇为盛行。闺秀别集流传罕秘,更凸显了总集保存、传播女性作品的重要意义。邓汉仪《诗观》中"闺秀"卷的材料,不少便来自编者与闺秀的交往。邓汉仪与吴山之夫卞琳为旧交,邓汉仪至扬州期间,得吴山"以《青山集》见贻"②,并受邀为这部诗集题诗四首。故《诗观》"闺秀"卷录吴山、卞梦钰母女事迹尤详。吴琪、周琼曾寄居冒襄水绘园,与如皋闺秀范姝

---

　　①　孙康宜《文学经典的挑战》,百花洲文艺出版社 2002 年 3 月第 1 版,第 86 页。
　　②　邓汉仪《诗观初集》卷十二"吴山"条,《四库禁毁书丛刊》集部第 1 册,第 640 页。

唱和。邓汉仪与冒襄往来密切，熟悉三位闺秀的事迹，因而所录诸多生平细节与唱和诗篇，均为其他总集所无。毛奇龄与山阴祁氏女诗人群体往来密切，在晚年为《徐都讲诗》作序时，犹回忆起弱冠之年造访商景兰家，受到诸位闺秀殷勤款待的情景："忠敏夫人出己诗，与子妇张楚纕、朱赵璧、女湘君四人诗，合作编摘，请予点定。竞致蜜饵锡粳，牛潼蟹醢诸甘食。"①后黄媛介造访山阴祁氏，与诸闺秀游寓园所作的唱和诗篇，也经毛奇龄亲手编定并作序。这一重长期的交往与了解，使毛奇龄对山阴祁氏女诗人如数家珍，故不吝篇幅，历数其一门风雅的盛况，并认为"闺秀则梅市一门，甲于海内"②。

邹漪在顺治十二年乙未（1655）刻《诗媛八名家集》，入选的八位名家，分别为王端淑、吴琪、吴绡、柳如是、黄媛介、季娴、吴山、卞梦珏。邹漪称自己"与睿子[丁肇圣，王端淑夫]、文玉[许瑶，文玉其字，吴绡夫]、予嘉[管勋，予嘉其字，吴琪夫]、世功[杨×，世功当为其字，名未详，黄媛介夫]，谊称兄弟，稔知诸夫人宏才绝学"③，又与季娴侄李清素有交谊，故而特为表彰。邹漪与众诗媛本人，亦复渊源不浅，曾"寓吴门，熟知蕊仙以能诗名"④，又在游西湖期间，与黄媛介"飞章叠韵，属和遥赓，甚乐也"⑤。也因这一重直接的交往，使邹漪得以搜罗大量诗作。对别集佚失的黄媛介、吴山、吴琪、卞梦珏而言，《诗媛八名家集》便成为留存这几位女诗人作品最多的总集。

作品流传，是女诗人立言传世的必要条件；而创作水准之高下，也有赖于男性世界的甄别、评论。闺秀才女的崛起，源自世绅家庭对于家族文化传承的重视，名父之女、才士之妻、令子之母的身份，是许多女性立言传世的共通条件；而闺秀拓展个人交际的主动性与积极性，则因人而异。上述诗媛名家中，季娴、吴绡皆生长于华族贵胄的环境，享有优越的文化资源。季娴贞静自守，绝少交游，作品题旨较为单一。吴绡则热衷结交名流切磋

---

① 徐昭华《徐都讲诗》卷首毛奇龄序，《四库全书存目丛书》集部第 251 册，第 568—569 页。
② 陈维崧《妇人集》，《清代闺秀诗话丛刊》本，凤凰出版社 2010 年 4 月第 1 版，第 1 册第 19 页。
③ 邹漪《诗媛八名家集》卷首《选略》第三款，清顺治十二年乙未（1655）邹氏鹥宜斋刻本，第 2a 页。
④ 吴琪《吴蕊仙诗选》卷首小引，清顺治十二年乙未（1655）邹氏鹥宜斋刻《诗媛八名家集》本，第 1a 页。
⑤ 黄媛介《黄皆令诗选》卷首小引，清顺治十二年乙未（1655）邹氏鹥宜斋刻《诗媛八名家集》本，第 1a 页。

诗词,眼界宽阔,有"吴中女才子第一"之誉①。自晚明"风雅一道,浸遍闺阁"②,闺秀诗人便积极通过亲友,向外界拓展自身影响力。王端淑为明末名士王思任之女,但成婚不久即遭遇父亲殉国、长姊出家的变故,穷困潦倒,只能卖文维生。王端淑不顾兄长的反对,频繁出入于公众社交空间,因而才华为文人群体所熟知,经诗坛宗主钱谦益、吴伟业、王士禛等一言而定身价,使海内望风而从。钱谦益曾向王端淑征求诗画为柳如是长姑祝寿,对王端淑的才华推崇备至,径呼为"王大家",又赞其《吟红集》云:"采莲溪畔如花女,齐唱《吟红》绝妙词。"③邹漪选王端淑诗入《诗媛八名家集》,列于首位,并言其"所刻《吟红全集》,自当单行宇宙。世有识者,定以予为知言"④,赋予其傲视诸家的地位。

对一些出身清门、缺少家族助力的女诗人而言,进入文人的社交空间,有助于她们跨越阶层之限,受到文坛名流的赏识。吴山、卞梦钰母女寄居杭州,参与"湖舫诗会"这一具有公众性的文学活动,即为二人声名鹊起的契机。邓汉仪记载:"岩子居湖上三年,诗脍炙人口,钱塘、仁和两令君闻其名,为分俸见存湖上,传为佳话云。"⑤顺治六年己丑(1649)夏,吴伟业曾慕名前往吴山、卞梦钰在西湖附近的寓所拜访。又据董以宁《卞玄文过毗陵寓吴氏水阁,因次梅村韵》一诗可知,卞梦钰还曾受邀寄居吴伟业的寓所,与当地文人唱酬。吴伟业所作《西泠闺咏四首并序》,对吴山、卞梦钰的诗作大加赞赏,誉为"紫府高闲诗博士,青山遗逸女尚书"⑥。远近文人闻之,一时赓和甚盛,如李天植《西泠闺咏次吴骏公韵》、王昊《题西泠闺咏次韵为吴岩子、卞玄文赋》等⑦。

交游对象遍及大江南北的闺秀黄媛介,更不乏文坛名流赏识。黄媛介

---

① 王端淑《名媛诗纬初编》卷十三,清康熙六年丁未(1667)山阴王氏清音堂刻本,第1a页。

② 季娴《闺秀集》卷首《选例》第一款,《四库全书存目丛书》集部第414册,第331页。

③ 钱谦益《钱牧斋全集·有学集》卷十一《山阴王大家玉映以小影属题,敬赋今体十章奉赠》之二,上海古籍出版社1996年1月第1版,第5册第532页。

④ 邹漪《诗媛八名家集》卷首《选略》第四款,清顺治十二年乙未(1655)邹氏鹥宜斋刻《诗媛八名家集》本,第2a页。

⑤ 邓汉仪《诗观初集》卷十二,同前,第640页。据徐树敏、钱岳《众香词·射集》收吴山顺治五年(1648)所作《前调·戊子广陵七夕》自述:"昨岁秣陵此夕……今年萍寄隋宫。"(台北富之江出版社1997年1月第1版,第14页),知吴山该年尚未抵达杭州。又,吴山《吴岩子诗》中有顺治八年(1651)所作《辛卯夏,寓梁溪,积雨侵人,瓶兰甚香,即事有赋》一诗,知该年诗人已离开杭州。故邓汉仪所称"三年",当指顺治五年戊子(1648)至顺治八年辛卯(1651)之间。

⑥ 吴伟业《吴梅村全集》卷五《西泠闺咏四首并序》之二,上海古籍出版社1990年12月第1版,上册第149页。

⑦ 分别见李天植《李介节先生全集·唇园诗续集》,《四库未收书辑刊》第七辑第19册,第546页;王昊《硕园诗稿》卷五,《清代诗文集汇编》第102册,第33页。

在顺治年间往来杭州、嘉兴一带，卖画维生，"好事者传其笔墨，一时士大夫如吴祭酒梅村皆称异之"①。钱谦益将其诗与柳如是、王微相提并论；吴伟业目之为"无双才子扫眉娘"②；张岱《赠黄皆令女校书》更赞道，"未闻书画与诗文，一个名媛工四绝"、"右军书法眉山文，诗则青莲画摩诘"③，对其诗、文、书、画俱工的卓越才情予以肯定。黄媛介的诗篇，甚至藉由公卿内子传入宫禁，"故宫人亦啧啧知有皆令诗"④。黄媛介终身穷困潦倒，乃至无力刊刻诗集，作品却流播甚广，与其频繁参与男性文学活动不无关系。现存百余篇作品，大多凭借文人的交口相传与广泛转载，而得以流传后世。

梁乙真在《清代妇女文学史》中曾总结道："有清一代，二百余年间，其妇女文学之所以超迈前古者，要亦在倡导之有人耳。西河渔洋，树之于前；随园碧城，崛起于后。"⑤清初女性名家辈出，与男性诗人大家云集的格局可谓相互映照。王士禛所奖掖过的女性作者，就包括了纪映淮、倪仁吉、郑镜蓉、朱中楣、黄媛介、王潞卿，其对闺秀创作的影响力，实不在袁枚之下。对闺秀诗人而言，清代初年是历史上首次突破闺阁限制，与男性展开大量文学互动的时期，不仅展开长期为青楼才女所占据的文学互动，更深入到了前所未至的男性世界。而清初文人奖掖闺秀诗人的风气，亦被后世延续下来。使得清代各个时期的女性文学，不断被发掘出代表性的女性名家，为深居闺中的女诗人群体，带来了更多立言传世的机会。

四　两性情感认同与文学观念的传递

男外女内的长期空间离析，很自然地形成了两性文学观念的差异。一般认为，女性的创作空间不离于闺阁，诗学旨趣亦独立于诗坛的流派之外。倘若注意到闺秀与文人的交往关系，实际也不尽然。尤其是那些可见度较高的女诗人与作品，常常与诗坛主流的倾向保持一致。清代女性文学史的面貌，很难脱离男性的影响而单独讨论。这一重影响，正是通过两性间的文学互动实现的。

首先，文学交往推动了两性情感的沟通，有助于消除隔阂、形成价值认

---

① 施闰章《施愚山集·学余堂文集》卷十七《黄氏皆令小传》，黄山书社 1992 年 5 月第 1 版，第 1 册第 353 页。

② 吴伟业《吴梅村全集》卷六《题鸳湖闺咏四首》之一，上海古籍出版社 1990 年 12 月第 1 版，上册第 169 页。

③ 张岱《张岱诗文集》卷三《赠黄皆令女校书》，上海古籍出版社 1991 年 1 月第 1 版，第 51 页。

④ 黄媛介《黄皆令诗选》卷首邹漪小引，清顺治十二年乙未（1655）邹氏鹭宜斋刻《诗媛八名家集》本，第 1b 页。

⑤ 梁乙真《清代妇女文学史》，民国十六年（1927）中华书局排印本，第 215 页。

同。闺秀与文人的交游,不仅限于文采风流,相互应和;亦有心灵与情绪的共振。尤其在易代乱离之际,"青山憔悴卿怜我,红粉飘零我忆卿"之感①,更是所在多有。王士祯《观黄皆令、吴岩子、卞篆生书扇,各题一诗》,咏诸位闺秀才情卓越而身世飘零,有"今日贞元摇落客,不将巧语忆秋娘"之句②,抒发感同身受之悲。进入男性社交空间的女性亦接通了时代主题,表达与文人之间的同病相怜与同气相求。周琼为避乱而寄居水绘园,诗赠冒襄曰:"赠药为怜司马病,解衣应念少陵贫。惭非骏骨逢知己,羞把蛾眉奉路人。听雨不堪孤馆夜,感今追昔倍沾巾。"③感谢其殷勤款待,颇有知己之遇,同时也钦佩于冒襄不仕清廷的坚守。这种世乱身危下的情感共鸣,迥别于青楼女子与文人唱酬中的迎合色彩与旖旎情调,而以平等的文学交流,进一步推动了两性生命体验的交互感通。山东遗民董樵游浙江金华,慕倪仁吉才名而登门拜访。二人相见投机,不免惺惺相惜,倪仁吉平生爱竹,遂制方竹杖相赠,以气节勉之。陈维崧得知此事,赋《方竹杖歌》,讴歌二人的高风雅怀、莫逆于心,传为一段佳话。

其次,文学交往使女性浸染了文人的精神风貌。活跃在社交空间的女性,欲与男性展开对话,首先要进入一个共通的文化语境。较之闺阁女伴之间的斗草、女红等日常活动,参与男性的文学活动,自然更多会受到文人习性的影响。女性走出闺阁,在全新的生命体验中重新定义自身,与空间转换相伴而生的角色变化,便发生在此期众多的交游女性身上。闺秀黄媛介曾以"美人"称呼吴山,可见其给予女性的印象。而在男性眼中,吴山的谈吐气质却近似于"士大夫"④。王端淑在公众空间中展示才情,与男性同场竞声、唱和互答,"对客挥毫,同堂角尘,所不吝也"⑤,亦毫无扭捏之态。通过日常交流中的耳濡目染,女性很容易效仿男性文人之间的社交行为。吴山曾以"金陵吴公子"署名⑥,投笺拜访叶绍袁,与柳如是以"弟"自称,男装拜访钱谦益的做法如出一辙。这些案例,均显示出进入男性社交圈的闺秀,有意识地在精神风貌与社交方式上效法着男性。而两性互动带来的文

---

① 吴伟业《吴梅村全集》卷六《琴河感旧四首并序》之三,上海古籍出版社 1990 年 12 月第 1 版,上册第 159 页。

② 王士祯《王士祯全集·渔洋集外诗》,齐鲁书社 2007 年 6 月第 1 版,第 1 册第 542 页。

③ 周琼《赠冒巢民》,见王豫《江苏诗征》卷一百七十,清道光元年辛巳(1821)焦山海西庵诗征阁刻本,第 1b 页。

④ 魏禧《魏叔子文集外编》卷九《青山集序》,《魏叔子文集》本,中华书局 2003 年 6 月第 1 版,中册第 461 页。

⑤ 邓汉仪《诗观初集》卷十二"王端淑"条,《四库禁毁书丛刊》集部第 1 册,第 651 页。

⑥ 叶绍袁《午梦堂集·天寥年谱别记》,中华书局 1998 年 11 月第 1 版,下册第 890 页。

化差异的弥合,也促使闺秀自觉突破性别的界限,"僭越"到男性士人专属的生存姿态。

男性化的举止言行,不仅有助于女性融入文人群体,实现平等交流,还能规避两性交游中的不利因素。传统妇德对女性的言行举止的严厉规训,目的在于防范男女私情、维护家族利益。受到道德束缚的闺秀,无法像名妓那样以风流婉媚的女性仪态从容周旋于男性群体中,她们只能有意识地淡化自身性别特征,来回避无谓的纠葛。周琼在丧夫后前往如皋投奔冒襄,时人称"郡中人士有以诗寄赠者,羽步即依韵和答,诗俱慷慨英俊,无闺帏脂粉态"①,落落大方、不拘小节的名士作派,将女性角色的规矩束缚一扫而空,也避免了好事者的言语侵扰。因此,女性主动切换自我的性别身份,模仿男性的风度气质,实为适应不同交往空间的结果。

再次,通过作品的切磋讨论,也带来文学观念的潜移默化。毛奇龄在诗学上宗唐而斥宋,徐昭华不喜读唐以后诗,读毛奇龄后则"恼然若有会"②,其诗取法唐人,受到毛奇龄赏识而收为弟子,并引以为得意门生:"吾门虽多才,以诗无如徐都讲者。"③还亲自选《徐都讲诗》一卷,附于自己的《西河集》中。吴绡之诗与冯班相似,皆取径齐梁晚唐,颇多绮艳之思。二人交情深厚,时常在一起探讨诗学问题。沈德潜《清诗别裁集》中称:"《冯定远文集》中有《与高阳夫人论古诗乐府源流》,即谓素公也。定远听持论,少可多否,而推许夫人,则夫人之诗格可知矣。"④

主导康熙诗坛的王士祯,大力倡导神韵说,对闺秀诗的发掘品评,也贯彻了这一诗学理念。纪映淮小字阿男,曾作《秋柳》诗,有"栖鸦流水点秋光,爱此萧疏雁几行"之句,极为王士祯激赏,所作《秦淮杂诗》云:"栖鸦流水空萧瑟,不见题诗纪阿男。"⑤其余如倪仁吉、王潆卿等受到推许的闺秀,诗歌创作皆符合王士祯清空醇雅的审美倾向。后来袁枚继承了这一传统,将实践了性灵诗的女弟子席佩兰,推尊为"本朝第一"⑥。因此,那些交游广阔、契合男性诗学理念的闺秀名家,更容易获得文人认可而被纳入诗史的脉络中。而闭处深闺、未能紧随诗坛风向的闺秀作品,往往遭到文学主流的忽略与遗忘。

---

① 邓汉仪《诗观初集》卷十二,《四库禁毁书丛刊》集部第 1 册,第 636 页。周琼字羽步。
② 毛奇龄《西河文集·碑记三·传是斋受业记》,《清代诗文集汇编》第 87 册,第 517 页。
③ 恽珠《国朝闺秀正始集》卷三"徐昭华"条,清道光十一年辛卯(1831)红香馆刻本,第 12a 页。
④ 沈德潜《清诗别裁集》卷三十一"吴绡"条,中华书局 1975 年 11 月第 1 版,下册第 564 页。
⑤ 王士祯《池北偶谈》卷十一,中华书局 1982 年 1 月第 1 版,上册第 246—247 页。
⑥ 袁枚《随园诗话·补遗》卷十,人民文学出版社 1982 年 9 月第 2 版,上册第 835 页。

总体来说,在清初闺秀与文人的交往与互动中,女性一般处在崇拜、接受与认同的位置,而男性总是扮演着欣赏、发掘与引导的角色,这种类似师生的模式,源于男性在文学领域内根深蒂固的先发优势。因此,两性文学空间的融合,便更多地表现为主流文化对女性作者的批判、规范与型塑。这正是作为边缘群体的女诗人,试图在诗学空间内别辟异境时所面临的困境。

第二节 集会、结社与闺阁之外的社交空间

一 清初闺秀与文人社集考述

集会与结社,是文人群体展开的有组织的唱和活动。笔者所见闺秀与文人的结社,仅有顺治年间王端淑与张岱、王雨谦等山阴文人结"同秋社"①,是规模较大的正式社团。而闺秀参与文人集会,在清初颇为常见。试举数例如下:

(一)王端淑与山阴文人雅集

王端淑除参与"同秋社"外,还多次出现在山阴文人的宴饮社集中。从其《吟红集》卷十《睿子同诸子社集草堂,予与一真师姊次韵》《秋日同诸子社集邢淇瞻先生今是园,阅其所著〈鸳鸯扇词记〉,限"衣"字,代睿子》《八月十三日社集张毅孺草堂,迟宗子不至,代睿子作》、卷十一《重九前三日社集马玉起草堂,赋得"采菊东篱下",代睿子》等作品②,可知王端淑时常代替丈夫丁肇圣(睿子其字)作诗,同与会者进行文学互动。

(二)"湖舫诗会"

顺治六年己丑(1649)清明前二日,当涂女诗人吴山携其女卜梦钰参与西湖湖舫"不系园"之上举行的诗歌雅集。这场集会由居于杭州的新安富商汪汝谦作东,与会者还包括沈奕琛、李长顺、阳岳、王民、徐必升、沈彝琼、赵陛、汪度、姚孙森,以及僧人释普醇、释圆生。众人乘舫游湖,以"雨丝风片,烟波画船"为韵,各赋五律八首,共计一百一十二首,后被沈弈琛辑成《湖舫诗》一卷。

---

① 王端淑《吟红集》卷首,有四十七位文士联合为王端淑作《小引》一篇,署名"同秋社盟弟",可知王端淑也参与了"同秋社"结盟。见日本内阁文库本,第2a—2b页。

② 依次见王端淑《吟红集》,日本内阁文库本,第2b页、第3a页、第3b页、第6a页。

（三）"鸳宜斋唱和"

顺治十二年乙未（1655）前后，邹漪刻《诗媛八名家集》，召集众诗媛于鸳宜斋赋诗。现存诗篇有黄媛介《题邹流绮鸳宜斋，斋额故漳海黄石斋先生书赠》、吴琪《题邹流绮鸳宜斋，和黄皆令韵》、吴绡《题邹流绮鸳宜斋，次黄皆令韵》、瞿珍《题邹流绮鸳宜斋》等①。

（四）"水绘园唱和"

顺治十六年己亥（1659）冬②，苏州闺秀周琼、吴琪先后寄居如皋水绘园，过着"岭上白云朝入画，樽前红烛夜谈兵"的生活③，并与主人冒襄、冒丹书及园中宾客邓林梓、范廷瓒等唱酬。部分唱和诗文，被冒襄编入《同人集》中。

（五）"红豆花唱和"

顺治十八年辛丑（1661）五月，钱谦益于虞山（今江苏常熟）胎仙阁设宴，与诸弟子观赏红豆花，并赋十绝句，向与会者索和诗。闺秀吴绡因与冯班相交莫逆，亦同受邀参与此次宴集。吴绡《啸雪庵诗集》中有《奉和牧翁钱宫保红豆花原韵十首》④，即为此次集会所作。

（六）"僻园唱和"

康熙六年丁未（1667），南京佟国器召宋琬、顾景星于僻园宴饮作诗，远近文人闻而相和，这些作品后来被佟国器结集为《僻园唱和集》。吴绡《啸雪庵诗集》中有《丁未冬客寓秦淮偶作》一诗，知该年吴绡客寓南京，可能就在此期间受邀游僻园，参与唱和。吴绡集中《春游僻园和荔裳宋观察韵》、《和宋荔裳观察游佟汇白中丞僻园原韵》与《再和春游僻园原韵》⑤，即为和宋琬所作。

---

　　①　分别见黄媛介《黄皆令诗选》，清顺治十二年乙未（1655）邹氏鸳宜斋刻《诗媛八名家集》本，第2a页；吴琪《吴蕊仙诗选》，同前，第19a页；吴绡《吴冰仙诗选》，同前，第12a页；王端淑《名媛诗纬初编》卷二十一，清康熙六年丁未（1667）山阴王氏清音堂刻本，第11b页。

　　②　周琼《题匿峰庐一律，并赠巢民先生三绝》之二"借烛分光旧结邻"句下自注云："亥冬［顺治十六年，1659］过访时，尊蕊太夫人，尊阃夫人，子舍、姚茝两夫人，如君、湘逸皆在，此来皆作古人矣。"其三又云"负笈相从共绛仙"，句下注："谓吴蕊仙。"可知周琼、吴琪（蕊仙其字）寄居冒襄水绘园的时间为顺治十六年己亥（1659）前后。见冒襄《同人集》卷八，《四库全书存目丛书》集部第385册，第337页。

　　③　周琼《赠吴蕊仙》，见邓汉仪《诗观初集》卷十二，《四库禁毁书丛刊》集部第1册，第633页。

　　④　吴绡《啸雪庵诗集·二集》，《四库未收书辑刊》第7辑第23册，第135页。

　　⑤　吴绡《啸雪庵诗集·二集》，《四库未收书辑刊》第7辑第23册，第117页。

（七）"中秋唱和词会"

康熙二十六年丁卯（1687）八月十五日，梁溪（今江苏无锡）词人群体举行《贺新郎》"月"字韵唱和。闺秀顾贞立参与了此次盛会，作品被收录在《中秋唱和词》中。

此外，还有一些闺秀诗人留下了唱和的作品，但不能确定是否亲临了集会现场。如王端淑有《和吴梅村太史褉饮韵》二首①，所和原诗，当为顺治十年（1653）吴伟业所作《癸巳春日褉饮社集虎丘即事四首》中的前二首②。这次虎丘社集，主体为"同声社"与"慎交社"成员，历时二日。第一日以"慎交社"为主，"以大（舟监）十馀，横亘中流，舟可容数十席，中列娟优"③，次日以"同声社"为主，设席于虎丘山顶，四方来客约五百人，场面甚为壮观。又，闺秀吴绡的《满江红·和曹顾庵年伯》、《前调·读曹太史原词，再和端阳之作》、《前调·乞叙》、《前调·述怀》四首④，均和曹尔堪《满江红》"状"字韵，应可视为参与"江村唱和"的作品。

二 西湖"不系园"社交圈

在旅游风气极盛的明末，往来在名湖大泽之上的湖舫，不仅是游人休闲观景的交通工具，也是士人诗酒雅集的典型社交空间。巫仁恕《晚明的旅游活动与消费文化——以江南为讨论中心》中指出，随着晚明旅游消费文化的兴盛，作为旅游工具的舟楫也呈现出商品化的特征⑤。在"风俗华丽，已入骨髓"的杭州⑥，士族商贾尤喜建造湖舫，彰显与众不同的身份与品味。游人如梭的西湖，便为湖舫争奇斗艳之场。厉鹗《湖船录》所载"不系园"、"星萍社"、"藕花社"、"洗妆台"、"少年船"、"浮梅槛"等著名游船，均诞生于明清之际。

其中"浮梅槛"的建造者黄汝亨，虽名不见传于后世，但在当时的杭州一带却有举足轻重的影响力，被士人誉为海内文宗。黄汝亨之媳顾若璞才情卓著，时人目为"武林闺秀之冠"，顾若璞为其子黄灿所造"读书船"，亦在当地成为一桩佳话。寄居杭州的徽商汪汝谦，与黄汝亨有数十年的交谊。

---

① 王端淑《王玉映诗选》，清顺治十二年乙未（1655）邹氏鹥宜斋刻《诗媛八名家集》本，第19a页。
② 吴伟业《吴梅村全集》卷六，上海古籍出版社1990年12月第1版，上册第174页。
③ 无名氏《研堂见闻杂记》，《台湾文献史料丛刊》第五辑第98册，第41页。
④ 吴绡《啸雪庵诗余》，清光绪刻《小檀栾室汇刻闺秀词》本（第七集），第1a—2a页。
⑤ 巫仁恕《晚明的旅游活动与消费文化——以江南为讨论中心》，台湾"中央研究院"近代史研究所集刊，2003年9月，第87页。
⑥ 叶权《贤博编》，中华书局1987年8月第1版，第9页。

汪汝谦轻财好客,主持风雅,更有"湖山主人"之目。建成于明末天启三年(1623)的"不系园",便堪称西湖之上最负盛名的湖舫之一。

汪汝谦自述"不系园"之建造,实为"名士来宾"。黄汝亨为其作"不系园约款",立下"十二宜"、"九忌"之名目。而用舫者的资格,须具"名流、高僧、知己、美人"四类。在汪汝谦《不系园集》中提及姓名的来访者,就有官员曹药、徐天麟、王乳山太史、吴廷简太史,名士张岱、李渔、陈继儒、施闰章、钱谦益、祁彪佳,知交文人黄汝亨、吴孔嘉、冯云将等,堪称名流荟萃。

"不系园"作为西湖之畔风雅社集的重要据点,也少不了女性的身影。名妓与歌姬,始终是"不系园"社集中必不可少的点缀①。最为学界所熟知的,莫过于张岱在《陶庵梦忆》卷四"不系园"条,记载自己在崇祯七年甲戌十月携名妓楚生至"不系园"看红叶,到苏堤附近的定香桥,与几位文士一起观剧,姬人"用北调说《金瓶梅》一剧,使人绝倒"一事②。而明末名妓王微、王玉烟,则是这座湖舫的常客。《不系园集》收录王微《寄题不系园》一首云:

> 湖上选名园,何如湖上船。新花摇灼灼,初月戴娟娟。艒系光能直,帘钩影乍圆。春泓千障晓,梦借一溪烟。虚阁延清入,低栏隐幕连。何时同啸咏,暂系净居前。

在这里发生的文人闺秀集会,则以吴山、卞梦钰母女参与的"湖舫诗会"影响最大,后文有专节论述。吴山、卞梦钰流寓杭州期间,可能经由龚鼎孳介绍,得到地主汪汝谦的盛情款待,并为其提供西湖之畔的居所。顺治六年夏,吴伟业慕名来到吴山、卞梦钰居所造访,对二人诗才称赞有加:"紫府高闲诗博士,青山遗逸女尚书。卖珠补屋花应满,刻烛成篇锦不如。"③经过吴伟业的称赏,吴山、卞梦钰声名日盛,连当时的钱塘县令张谯明也为之分俸资助。此事在邓汉仪《诗观》中有记载,邓与吴山之夫卞琳为旧交,所言颇足征信。其后文人宗元鼎、董以宁、周星之辈客寓西湖,均慕

---

① 据吴建国、傅湘龙《汪然明与晚明才姝交游考论》,汪汝谦结交女性主要有名妓王微、杨云友、林天素、柳如是;闺秀吴山、卞梦钰、黄媛介。见《中国文学研究》2010 年第 4 期。此外,笔者考察《汪然明集》及明末清初女性诗文作品,可知其交往的女性尚有段翩若、孙雁来、吕姬、王玉烟、梁夷素、胡茂生、张宛等。

② 张岱撰,夏咸淳、程维荣校注《陶庵梦忆·西湖梦寻》,上海古籍出版社 2009 年版,第 45 页。

③ 吴伟业《吴梅村全集》卷五《西泠闺咏四首并序》之二,上海古籍出版社 1990 年 12 月第 1 版,上册第 149 页。

名而作诗相和①。寄居杭州期间,卞梦钰还结识文人顾景星,与之产生一段情缘。顾景星自述"戊子、己丑两岁间予客西湖,其尊人楚玉、母氏岩子笔墨偕隐",顾景星向吴山夫妻求聘,而"人事错迁,遂以不果"。多年以后卞梦钰离世,顾景星仍有"当年共指团圆月,未下温家玉镜台"之遗恨。

另一位闺秀黄媛介,则是"不系园"的常客。黄媛介,生卒年不详,字皆令,浙江秀水(今嘉兴)人,同郡杨世功妻。清兵攻陷嘉兴之际,遭乱被劫。之后长期漂泊转徙,靠卖文鬻画、当闺塾师维持生活。邹漪《黄皆令诗小引》称其:"布衣蔬食,性玄淡,耻事繁饰。不苟言笑。吴中闺阁争置为师。"②晚年赴京,途经天津时一子溺死,后又遭丧女之痛,愤懑南归,"过江宁,值佟夫人贤而文,留养疴于僻园,半岁卒"③。王端淑赞其:"皆令倚马自命,落纸如烟,三吴八越啧啧称赏,宜矣。"④黄媛介交游广泛,与文人邹漪、钱谦益、吴伟业、朱彝尊、施闰章等均有唱和。而其之所以频繁参加不系园社集,只因贫穷困顿,仰赖汪汝谦的资助。《国朝杭郡诗辑》载"汪然明先生时时招至不系园与闺人辈饮集,每周急焉"。依靠卖文维生的处境,也在一定程度上影响了作品的艺术价值,使集中留下了诸如《汪夫人招集湖舫即席和韵》、《七夕汪夫人湖舫谯席即席和韵》等大量应酬之作。

顺治十一年甲午(1655)夏日,名妓张宛遭遇纷扰,至杭州寻汪汝谦求助,遂居西湖避迹不出。汪汝谦称:"予一日拉同人雅集不系园,致使声名益噪,游人多向予问津。"⑤是年六月十九日,汪汝谦与张宛唱酬,引起一时轰动,施闰章、李渔、李明睿等三十四人均留下和诗⑥,收入《梦香楼集》,这其中也包含了闺秀黄媛介的和作。

汪然明《松溪集》称:"昔逢王[王修微]杨[杨云友]林[林天素]梁[梁喻微]诸女史,今遇吴岩子、元文、黄皆令、王端淑诸闺阁。"名妓、闺秀混杂,凸

---

① 又据《本事诗》所录宗元鼎《和卞玄文百柳园对雪即看小锟妹学画》和董以宁《卞玄文过毗陵寓吴氏水阁因次梅村韵》两首和作,知吴山母女曾短暂地寄居过吴梅村府上。

② 黄媛介《黄皆令诗》卷首,清顺治十二年乙未(1655)邹氏鸳宜斋刻《诗媛八名家集》本,第1a—1b页。按:黄媛介所撰《南华馆古文诗集》、《越游草》、《湖上草》、《如石阁漫草》、《离隐词》均佚,现存毛奇龄《黄皆令越游草题词》,邹漪《诗媛八名家集》收录《黄皆令诗》一卷,诗六十三首,词九首。

③ 施闰章《施愚山集·学余堂文集》卷十七《黄氏皆令小传》,黄山书社1992年5月第1版,第1册第353页。

④ 王端淑《名媛诗纬初编》卷九,清康熙六年丁未(1667)山阴王氏清音堂刻本,第19b页。

⑤ 汪汝谦《春星堂诗集·梦香楼集》卷首序,清光绪十二年丙戌(1886)刻《丛睦汪氏遗书》本,第11b页。

⑥ 曾澳《江西诗征》卷六十五《国朝》载:"明睿,字太虚,南昌人,明天启进士,官中允。顺治初擢礼部侍郎,以事去官,归结亭艺水,榜曰沧浪,一时极声乐之盛。年九十卒。"

显了"不系园"作为社交空间的融合性。借助汪汝谦这一媒介,女诗人得以互通声气,闺阁雅集外,形成了一种跨越亲缘、地缘的公众性社交圈。

吴山寄居西湖期间,和黄媛介共同居处数月,结下深厚友谊。《梅村诗话》亦云:"吴岩子偕其女下元文皆有诗名。媛介相得甚。"王端淑知晓吴山才名,曾作诗相和,其《吴岩子征和,起句原韵》二首,言吴山"榻占西湖第一楼""坐占西湖第一舟",即分别指吴山所居之西湖"片石居",与汪汝谦之湖舫"不系园"。又《次吴岩子韵》中有"远抹修眉画碧湖,遗山写谱入苏图"之句,"碧湖"指西湖,因而这些唱和诗作均作于吴山寄居杭州期间。从王端淑《为龚汝黄题黄皆令画》、《寄皆令梅花楼》二诗可知①,王端淑与黄媛介之间也有互动。黄媛介曾受到南京佟国器夫人的款待,寄居"僻园"中,而吴绡亦曾参与"僻园唱和"。吴绡集中有《金陵元宵美人灯诗,步鸳湖黄皆令韵二首》②,知其与黄媛介曾有交集。王端淑、黄媛介还与才媛赵东玮③、陶固生等④,参与胡紫霞举办的"上元社集"⑤。这些闺秀来自不同地域,可谓素昧平生,但她们都频繁出入于男性的社交空间,极易彼此闻名,并经因缘际会而缔结友谊,形成跨地域的女性社交圈。因此,深入文人的交游网络,不仅为闺秀开启了更为广阔的人生格局,对女性群体内部交游网络的结成,也起到了推动作用。

三 如皋"水绘园"唱和

相比游人如织的西湖之上的湖舫,园林是相对私密的社交空间。园林的营设,常取郊外依山傍水的僻静之地,使"游览者忘其城市"⑥,故为寄身托隐的极佳去处。园中不惜财力精心设计的亭台池沼景观,不仅可以供主人日常悠游赏玩,亦可招致天下宾客,充当雅集和题咏的对象。因此,遍布苏、松、浙等处的私家园林,成为文人士大夫最常见的宴集聚会之所。明末清初如皋名士冒襄之水绘园,便集结了当世名流。据范方《水绘园记》描述

---

① 本段所引王端淑诗,依次见其《吟红集》卷九,同前,第 2a 页、第 12a 页;《名媛诗纬初编》卷四十二,同前,第 16b 页、第 14b 页。
② 吴绡《啸雪庵诗集·二集》《四库未收书辑刊》第 7 辑第 23 册,第 116 页。
③ 赵东玮,法名智琦,字梵慧,山阴人,赵之蔺女,后居悠然堂,遂号悠然子。
④ 陶固生,本名陶履坦,号稽散子,会稽人,陶文简女。
⑤ 关于这场社集,从黄媛介《乙未上元,吴夫人紫霞招同王玉隐、玉映、赵东玮、陶固生诸社姊集浮翠轩,迟祁修嫣、张婉仙不至,拈得元字》、王端淑《上元夕浮翠吴夫人招同黄皆令、陶固生、赵东玮、家玉映社集,拈得元字》、胡紫霞《上元雅集同黄皆令、王玉隐、玉映、赵东玮、陶固生咏》,诸人诗作可以推出参与者的名单。祁修嫣,本名祁德琼,字昭华。一字下客,号修嫣。浙江山阴人,明祁彪佳三女,有《未焚集》存世。
⑥ 祁彪佳《祁彪佳集·越州园亭记》,中华书局 1960 年 1 月第 1 版,第 188 页。

云:"皋城东北隅有地一区,涧溪曲折,巨木千章。中杂嘉葩修竹,亭榭相望,栏槛相错,广可二十亩。叠石为山,峻岭深壑,蓊蔚菁葱,常迷游人屐。即吾皋所艳传为水绘园者也。"①冒襄入清后隐退不仕,在家中广结宾客,不以政治态度划分敌友。将依山环水,幅员广阔的"水绘园",打造成一个诗酒风流的享乐中心,征歌逐舞,宴请无虚日:

> 海内贤士大夫未有不过从,数数盘桓不忍去者。负贩之交,通门之子,云集于是,常数年不归,主人日为之致饩,不少倦。名贤题咏水绘,积至充栋。四十载宾朋之盛,甲于大江南北。②

水绘园中的唱和群体,涵盖了遗民逸老、寒士草民与新朝显贵。值得注意的,是吴琪、周琼两位才女,曾寄居水绘园中,与冒襄及园中宾客诗歌唱酬。这段往事,在时人邓汉仪《诗观初集》及陈维崧《妇人集》中均有提及,却未言其详③。《然脂余韵》所收冒襄为女诗人堵霞作序一篇,作于康熙二十六年丁卯(1687)吴元音、堵霞夫妇访冒辟疆之时。冒襄在此序文中,回忆二十年前旧事,交代了二才女前往如皋的始末:

> 忆四十年前,余闺中得秦淮董姬小宛,放手作古押衙者,为虞山先生。故与柳夫人最昵。又合肥先生之徐夫人(按:顾媚),与姬至戚齐名。故诗画坛坫,改称女邾莒。嗣吴、周二才女,乃以失偶涉江觅缘,后遂缁衣托钵,咸栖水绘,与小姬吴湘逸(吴扣扣,名湄兰)、吴门姬人蔡女萝(蔡含)、金晓珠(金玥)后先读书课画,最为二十年不可再得之盛事。④

上文所称"吴周二才女",即指吴琪与周琼。首先从相关文献中勾绎二人生平如下:

---

① 范方《默镜居文集》卷四,清乾隆刻本,第 14a 页。

② 邓林梓《匡峰庐记》,见《同人集》卷三,《四库全书存目丛书》集部第 385 册,第 89 页。

③ 陈维崧《妇人集》载周琼"居如皋冒先生深翠山房八月,吟咏颇多",见《清代闺秀诗话丛编》本,凤凰出版社 2010 年 4 月第 1 版,第 1 册第 27 页。又《齐天乐·重游水绘园有感》词末注:"吴门吴蕊仙曾客此园,归死梁溪,故后段及之。"陈维崧《陈维崧集·迦陵词全集》卷二十一,上海古籍出版社 2010 年 12 月第 1 版,下册第 1048 页。

④ 王蕴章《然脂余韵》卷四,《清代闺秀诗话丛刊》本,凤凰出版社 2010 年 4 月第 1 版,第 1 册第 760 页。按:该文冒襄《巢民文集》未收。

吴琪,约明万历末年至清康熙前期在世①,字蕊仙,又字莺期,江苏长洲(今苏州)人。孝廉吴好古女,同邑管勋妻。夫死后,寄居如皋。晚栖息禅寂,名上鉴,号辉宗。后归卒于江苏梁溪(今无锡)。工诗能文,尤精于绘事,陈维崧称其"才情新婉,当其得意,居然刘令娴矣"②。邹漪《诗媛八名家集》收录《吴蕊仙诗》一卷,计诗九十九首,词十首。

周琼,明末清初在世,字羽步,又字飞卿,江苏松陵(今吴江)人。陈维崧称其"诗才清俊,作人萧散,不以世务经怀,傀俄有名士态"③。一生数嫁,皆不如意,晚年出家,号性道人。著有《惜红亭词》。

根据冒襄《六十年师友诗文同人集》中收录的吴琪《奉寄巢民先生兼为补寿》、周琼《题匿峰庐一律并赠巢民先生三绝》二诗,结合吴、周二才女生平,可考证出吴琪客居如皋时间当在顺治十六年己亥(1659)左右。

吴、周二人前往水绘园,当为兵乱中避难而不得已之举。吴琪之夫管勋任职于洪承畴军帐,死于甲申之难,家产离散。吴琪自此"支离困顿于荆榛豺虎之间"④,后"河南太守朱公曾慕名而迎致为客,以不乐喧杂,拂衣而去"⑤。周琼早年为一富人妾,后嫁一士人,士人为缙绅所陷入狱,"自度不能脱,乃命羽步往江北避其锋"⑥。冒襄称二才女"涉江觅缘",似有托付终身之意。从冒襄诗作来看,其笔下不乏对二人"转从觉后思前梦,鬓影裙拖无与伦"之仪态欣赏,也夹杂着"负我幽冥憾蕊仙""谁是同期双凤凰"的真情流露。据邓汉仪《诗观》记载,吴琪因"浪游江北"为其中表姊妹夏渟作书规劝,而"愤抱病归"⑦。后"驻如皋之洗钵池,为栖禅计"⑧,可知冒襄虽服膺二女之才艺超群,却也严守男女之防。

与吴琪、周琼酬唱的女性,除了冒襄姬妾宫婉兰,还有一位如皋诗媛范

---

① 吴琪生卒年不详。据现存文献,知其活动于万历四十六年戊午(1629)至清康熙十七年戊午(1678)之间。邹漪所辑《吴蕊仙诗》刊定于清顺治十二年乙未(1655),集中收《三九初度花下感吟》,此时吴琪当至少二十七岁,则其生年下限为万历四十六年戊午(1629)。清康熙十七年戊午(1678)刊刻的邓汉仪《诗观初集》"夏渟"条载"壬子[康熙十一年,1672]季春值蕊仙初度"时,表妹夏渟作画相寄并致书劝其归家,吴琪收信后抱病归梁溪,不久病卒(见《四库禁毁书丛刊》集部第1册,第633页)。故吴琪当卒于康熙十一年壬子(1672)之后不久,最迟不超过康熙十七年戊午(1678)。

② 陈维崧《妇人集》,《清代闺秀诗话丛编》本,凤凰出版社2010年4月第1版,第1册第27页。

③ 陈维崧《妇人集》,《清代闺秀诗话丛编》本,凤凰出版社2010年4月第1版,第1册第27页。

④ 抱阳生《甲申朝事小纪》,卷二。

⑤ 邓汉仪《诗观初集》卷十二,《四库禁毁书丛刊》集部第1册,第633页。

⑥ 邓汉仪《诗观初集》卷十二,《四库禁毁书丛刊》集部第1册,第636页。

⑦ 邓汉仪《诗观初集》卷十二"夏渟"条,《四库禁毁书丛刊》集部第1册,第659页。

⑧ 邓汉仪《诗观初集》卷十二,《四库禁毁书丛刊》集部第1册,第633页。

妹。范姝为诗人范献重之侄女,邓汉仪《诗观》称其"喜与名媛之能诗者相结,周羽步、吴蕊仙先后客稚皋,皆与洛仙称莫逆交"①。吴琪《春日范献重招集笏圃看玉兰次韵同洛仙赋》,周琼《赠范洛仙》、《赠苏贞仙》、《赠吴湘逸》、《留别吴蕊仙》,均作于这一时期。周琼离开后,范姝写下《怀周羽步》、《癸卯[康熙二年,1663]暮春,雨夜挑灯偶检残帙,忽得羽步诗、湄兰画,潸然涕下因赋》、《周羽步近事感赋》等追忆之作,诗中所载花丛论诗、连宵题咏、吹箫赏画的情形,便是三位才女聚会时的记录。

吴、周二才女寄居水绘园期间,与往来于水绘园中的男性文人时有过从。冒襄诸人于康熙年间重遇周琼时,邓林梓和诗有"徐娘旧日艳神仙,尘外重来谢自然"之语,可以想见周琼当年风姿。除《同人集》外,其余散见唱和之作还有:冒丹书《松陵周羽步以吴蕊仙画梅扇寄余内人,代赋一绝》②,冒襄《赠羽步诗用与蕊仙倡和原韵》,范廷瓒《春日访吴蕊仙女师步绣霞堂原韵》等③。后来寄居如皋水绘园八年(顺治十五年至康熙四年)的文人陈维崧,耳闻目睹冒襄数位红颜知己的才情与胆识,在与冒褒、冒丹书合著的《妇人集》中作了如实记述。

吴绮序《同人集》云:"盖闻百年之运,藉声气为盛衰;一人之身,视交游为进退。"一个人对知己好友的选择,可以在很大程度上体现出其人的观念与志趣。女诗人与男性的交游,不仅限于文采风流,相互应和;亦有观念上的潜移默化与精神上的深层契合。周琼以侠女自命,诗亦直抒怀抱,刚直率性一如其人。邓汉仪称"郡中人士有以诗寄赠者,羽步即依韵和答,诗俱慷慨英俊,无闺帏脂粉态"④。在与冒襄的交往中,不仅对其接济关照感激万分,还为其不仕清廷的气节而赞赏有加。如《水绘庵即事和冒巢民》一诗,便述清廷开科取士、招纳贤才后,许多退隐山林的士人经不起诱惑而投诚,而冒襄仍能坚守于水绘园,全心经营其恬淡精致的遗民生活,使周琼叹慕不已。其另赋诗赠冒襄曰:"赠药为怜司马病,解衣应念少陵贫。惭非骏骨逢知己,羞把蛾眉奉路人。听雨不堪孤馆夜,感今追昔倍沾巾。"⑤感谢居处水绘园所受到的殷勤款待,并颇有知己之遇。入清以来,清廷恩威并施的手段、人情趋炎附势的凉薄,令士人一面承受着忍辱偷生的舆论压力,一面又徘徊于进退去取的选择。而女诗人漂泊无依、辗转迁徙的命运,与

---

① 邓汉仪《诗观初集》卷十二,《四库禁毁书丛刊》集部第1册,第637页。
② 徐釚《本事诗》卷十一,《四库禁毁书丛刊》集部第94册,第659页。
③ 冒襄《巢民诗集》卷四,《续修四库全书》第1399册,第542页。
④ 邓汉仪《诗观初集》卷十二,《四库禁毁书丛刊》集部第1册,第636页。
⑤ 王豫《江苏诗征》卷一百七十,清道光元年辛巳(1821)焦山海西庵诗征阁刻本,第1b页。

此时栖身草野、前途未卜的文人同病相怜。种种际遇,遂使文人才女在清初严酷的政治环境下,得以同气相求而心有戚戚焉。

四　山阴"同秋社"

明清之际参与结社最多的女性,当属王端淑。王端淑,字玉映,号映然子,山阴(今浙江绍兴)人。明礼部右侍郎王思任之女,诸生丁肇圣妻。清兵入关后从北京潜回山阴老家,一年后迁居杭州吴山。与钱谦益、毛奇龄、张岱、李渔、孟称舜、王士禄、陈维崧、汪汝谦、邹漪等文人均有交往。王端淑自述其"自髫年以逮白首,社窗诸友不下百余人,皆各承先世遗泽,殚精文雅,胸罗武库,学富三冬"①,而其成就实得"切磋之益"②。

不仅如此,身为人妻的王端淑,几乎是以独立、平等的身份出入男性社交圈,才华光芒盖过了夫婿丁肇圣。钱谦益就径直称以"王大家夫妇"、"王玉映夫妇"称呼二人,一语道破王端淑在家庭中的核心地位。甚至在丁肇圣的知交圈子,也多由王端淑出头露面、代拟诗文。《吟红集》中大量的拟代诗,表明这对夫妇至少在社交上,已呈现"女主外"的格局。《中秋盟集记》一文,是王端淑为丁肇圣撰写的:

> 慨自己庚以来,人心浇薄,倾险过半。即平昔可以寄心腹可以托孤息,皆易其本来面目。予甚畏之,乃闭户不敢外交。一日小童持刺来,有吴下顾子者谒予,予辞以疾。彼往返舟四,不得已抉杖会焉。一见倾盖如萧相国之遇韩淮阴也。……辛巳中秋日,忽携友十几人语予曰,子昨年愿为布衣之交,余未许焉。今余自尧舜禹故都,览中条之胜。诹龙门,登华岳,下潼关,……以上诸子俱可以同患难,共死生,寄心齐,托六尺。立朝可为辅弼,循良在野,亦不失为山林隐。特睿子嘱予代记,以为一时盛集。③

据上文交代,"中秋之盟"订于崇祯十四年辛巳(1641),此时丁圣肇年仅二十岁。王端淑在文中还列举了结盟者的姓名、籍贯与评价,包括:福建丁胤甲、江右朱议汈、山西张茂和、关中阎瑞凤、苏州顾咸正、池州郭士豪、四川蒲日华、山右张道澄、江右陈鸿达、南京顾起凤、杭州吴存诚、湖北何敦

---

① 王端淑《映然子吟红集》卷十七《代同社窗序齿录序》,日本内阁文库本,第13b页。
② 王端淑《映然子吟红集》卷十七《代同社窗序齿录序》,日本内阁文库本,第13b页。
③ 王端淑《映然子吟红集》卷十七,日本内阁文库本,第1a—1b页。

季、越朱兆宣、中州刘懿、吴人顾廷玮、山阴丁肇圣。以上结盟者的地域、身份差距较大,其中还包括一位明宗室朱议汋。从文中"立朝可为辅弼,循良在野,亦不失为山林隐"的自我定位,联系明末江浙地区党社活动臻于高潮的背景,中秋之盟的性质,可能不仅是切磋风雅的文学社团,而且包含了显著的政治色彩。诗人着力强调包括友道在内的传统人伦在乱世面临的考验,以凸显出其与男性盟友间非比寻常的信任。由于王端淑自称"代为记录",还不能断定其本人是否被视为正式成员。

从《名媛诗纬初编》所收"商盟姊"、"倪盟姊"、"孙妙音"等诸多女性社友来看,王端淑的交游圈之广,在明清之际女性中当无出其右者。其中规模最大的社团,当属"同秋社"。在《吟红集》卷首,有四十七位文士自居"同秋社盟弟",联名为王端淑作《小引》。成员依次为:曾益、张岱、杜肇勋、吴应芳、诸彦侨、王缄三、王登三、张弘、王雨谦、赵美新、王楫、邢锡祯、李时灿、陆士慎、李玮、刘明系、诸朗、杨选、张弧、钱其恒、蔡瑜、徐斗芳、吴庆祯、姜廷幹、吴沛、孙承明、许宏、陶澓、叶绍高、陈昌、成绘、茹铉、朱曾蚕、马胤璜、诸胤诜、蔡球、章觉士、商相盘、俞嘉谟、裘繡、严汝霖、陈善孜、张恭孙、徐衍、吴道新、丁圣化、丁从龙。

上述成员中,张岱、曾益、杜肇勋与王思任素来相识。王雨谦则是祁豸佳、陈洪绶主盟的"云门十子"之一。同秋社具体活动难以考究,社员诸朗曾汇刊唱和作品,名为《同秋集》①。王端淑、王静淑、高幽贞诸才女时常串唱,王端淑《吟红集》卷十《人日社饮代睿子》、《睿子同诸子社集草堂,予与一真师姊次韵》、《秋日同诸子社集邢淇瞻先生今是园,阅其所著〈鸳鸯扇词记〉,限衣字,代睿子》、《八月十三日社集张毅孺草堂,迟宗子不至,代睿子作》、卷十一《重九前三日社集马玉起草堂,赋得采菊东篱下代睿子》数首,即是应同秋社雅集而作。而《名媛诗纬》卷十五"马淑祉"、卷十七"王碧兰"(俞嘉谟妾)均附《同秋集》诗评,可见同秋社成员的妻妾也偶尔参与集会。

《小引》高度赞扬王端淑压倒须眉的成就,末尾署名"同秋社盟弟"②,因此王端淑也是正式结盟者。关于"同社",吴振棫《养吉斋丛录》记录云:"盟社盛于明季,江南之苏、松,浙江之杭、嘉、湖为尤甚。国初尚沿此习。顺治十七年,从给事中杨雍建请禁同社、同盟名目。"③处在山阴这一反清

---

① 王端淑《名媛诗纬初编》卷十三"高幽贞"条。诸朗,字良月,诸大绶孙。高幽贞曾担负选录王端淑诗歌入《名媛诗纬初编》之任,但卷四十一诗题阙失,仅仅只有署名。
② 王端淑《映然子吟红集》卷首,日本内阁文库本,第2a—2b页。
③ 吴振棫《养吉斋丛录》,北京古籍出版社1983年12月第1版,第268页。

活动的一大据点,王端淑与文士在家中结"同秋社",很可能包含着对清廷同仇敌忾的意味。"通海案"发生后,这类行为便被严厉禁止。因此,对这一成员间密切交流形成的封闭性团体,目前仍未见有更多的活动记录流传于世。

第三节　风景与人事:"湖舫诗会"的文学对话

在舟游盛行的明清江浙地区,湖舫不仅是必要的交通工具,亦是文学活动得以展开的场所。与方位分明的园林相比,湖舫的特征在于其流动性与开放性。以浮动的空间坐标,映照着特定时间的多元文化形态。

在本章第一节中,已经介绍了西湖"不系园"与明末清初才女的深刻渊源。在"不系园"上举行的大大小小的士女社集中,发生在顺治六年己丑(1649)五月的"湖舫诗会"是较为正式的一次。这场宴集由"不系园"主人汪汝谦发起,成员包括来自南京、扬州、徐州、绍兴、桐城、贵州的十几位背景、身份各异的男性文人,还有二位闺秀诗人吴山、卞梦钰。每位作者各赋五律八首,总计一百一十二首,结集成了一部总集《湖舫诗》。

作为诗人交流的场所、创作的氛围与书写的对象,"不系园"与《湖舫诗》之间,形成了一个"相互定义"的文本世界。以下就以《湖舫诗》为中心,探讨"不系园"这一西湖之上的实体空间与文化符号,以及承载的不同群体的生活理想与情感形态。明清鼎革的时代背景之下,湖舫被赋予的文化诠释又经历了怎样的变异、改写,从而展现其独特的历史文化价值。

一　创作现场及相关人物概述

从外观来看,"不系园"可以视为晚明商业资本和士大夫文化品位交融的产物。该船建成于天启三年癸亥(1623),是一座"长六丈二尺,广五之一"大型楼船,展现着主人汪汝谦的雄厚财力。汪汝谦描述其空间格局云:

> 入门数武,堪贮百壶,次进方丈,足布两席。曲藏斗室,可供卧吟。侧掩壁厨,俾收醉墨。出转而为廊,廊升为台,台上张幔,花晨月夕,如乘彩霞。……陈眉公先生题曰不系园,佳名胜事,异日西湖一段佳话。

> 岂必垒石凿沼，围丘壑而私之曰：我园我园也哉！①

以园命名，源于该船内部结构精巧曲折，借鉴了园林的布局特点。二楼以布幔围成的设计，尤具匠心。西湖水域多桥，一般的楼船身形庞大，便于观景，却不便出入，正所谓"巨舰高张，有碍幽遐之讨"，较之文人轻舟一叶、寻幽访胜之野趣，不免相形见绌。因此汪汝谦于二楼设幔，在通过桥洞时暂时收起，出入内外湖后张开，使其既具楼船的华丽恢宏，又不逊色于小舟的灵动与高情雅趣。这一设计广受赞誉，诸如"栏幔巧卷舒，烟波恣出入。穿花不碍红，排柳动移碧"的题诗，便极写其伸缩灵动之态。"不系园"在汪汝谦提升自身文化身份的努力中，确为重要的一笔。好友赠诗云："不系名倾西子湖，相逢尽把主人呼。"②该句道出了"不系园"在当地享有的盛名。

晚明时期湖舫众多，"不系园"是千帆竞艳中胜出的一座。到了顺治年间，却成为硕果仅存的一叶孤舟。这一时期，战火波及大江南北，邻近的苏州、常熟、扬州、嘉定、昆山、江阴、泾县、舟山、无锡、嘉兴、海宁和金华等地惨遭屠城，而杭州则因潞王率众开城迎降而暂得安宁③。于是在汪汝谦所经营的乱世浮舟之上，云集着萍水相逢的异乡之客。《湖船录序》的记载，可以印证当时的形势：

> 江南佳丽，西湖实出广陵、平江之上。至若高昌妖乱，法云、山光诸寺为墟；淮张割据，虎邱亦遭城筑。独西湖自开辟以来，并无血瀑魂风之警，画舫笙歌，不震不动，是固浮家泛宅之徒，所能不视为福地者。

这一重宁静，为《湖舫诗》创造了疏隔于动乱大环境的风雅空间。李长顺从动乱中来此"福地"，不禁感叹"同事皆劳人，此乡称净土"。"不系园"的主人汪汝谦，在明末游历福建数年，恰逢战事爆发，一路目睹兵乱而归心迫切，于顺治年间返回杭州。在其主持之下，湖舫又重新演绎了动荡时局下的最后奢华。

---

① 汪汝谦《春星堂诗集》卷一《不系园记》，清光绪十二年丙戌（1886）刻《丛睦汪氏遗书》本，第2a—2b页。

② 汪汝谦《春星堂诗集》卷一，清光绪十二年丙戌（1886）刻《丛睦汪氏遗书》本，第10b页。

③ 张道《临安旬制纪》卷二记载："及诣营，请弗杀人，贝勒许之。杭州之免屠燹，王之惠也。"《中国野史集成》第33册，第208页。

《湖舫诗》作者共计十三人。集中出现次序为：沈奕琛、李长顺、汪汝谦、吴山、卞玄文、阳岳、王民、释普醇、徐必升、释圆生、沈彝琮、赵陛、汪度、姚孙森。其中，身份事迹可考者八人。首先对众人生平及顺治六年己丑(1649)前后的大致行迹作一清理，按照年龄辈份排列如下：

汪汝谦(1577—1655)，字然明，号松溪道人，歙县(今安徽歙县)人，侨居杭州缸儿巷。制画舫"不系园"、"随喜庵"、"雨丝"、"风片"等于西湖之上，并建白苏阁、葺湖心放鹤二亭，延纳四方名流社集，轻财好施，时人有"湖山主人"之目。明崇祯十五年壬午(1642)前后避乱福建，约顺治四年丁亥(1647)后归杭州①，与冯云将等订"孤山五老会"。

吴山，约万历末年至康熙前期在世②，字岩子，当涂(今安徽当涂)人，太平县丞卞琳妻。顺治四年丁亥(1647)，吴山母女随龚鼎孳、顾湄夫妇离开南京，乘船游扬州、虎丘等地。顺治六年己丑(1649)，吴山寄居杭州，受汪汝谦款待。其居所正临西湖，王端淑赠诗有"榻占西湖第一楼"之称③。

姚孙森(1600—1651)，字绳先，号珠树，桐城(今安徽桐城)人。明天启四年甲子(1624)副贡，顺治初年，以明经署浙江龙泉训导。

沈奕琛(1613—？)，字石友，普安(今贵州普安)人，侨居江苏高邮。崇祯九年丙子(1636)举人，顺治中任直隶唐山县令，后历任户部广西、广东、福建、天津等司主事、员外、郎中等职。迁卫辉知府，晋河南兴屯副使。因公左迁粤东盐课司提举。后升直隶广平知府，卒于官。《浙江通志》载沈奕琛顺治五年戊子(1643)任"北关监督"。作为集会主盟、执牛耳的沈亦琛，可能在仕宦浙江期间，以官员身份主持此次诗会，并撰写序言。

徐必升，字扶九，贵阳(今贵州贵阳)人，与沈奕琛同为崇祯九年丙子(1636)举人。因乡里未靖，随父徐卿伯避居江宁。明亡后不求仕进，自号五溪山樵，以诗酒自放终。

王民，字式之，江宁(今江苏南京)人。《遗民诗》卷十称其"官中书，家素封，座客常满。甲申后放情音乐，往往寄兴少年场，黄金随手散去。年八十余，值行粟帛养老礼，曰：'我年才七十耳。'坚拒不受，没于朝天宫

<hr />

① 汪汝谦《春星堂诗集》卷一《小传》，清光绪十二年丙戌(1886)刻《丛睦汪氏遗书》本，第13b页。

② 吴山生卒年未能确考。邓汉仪《诗观初集》卷十二载"予与楚玉交，辛亥[康熙十年，1671]客维扬，岩子以《青山集》见贻，予成四截句题上，岩子览之喜甚，因论次其诗，付之剞氏。"又《众香词·射集》"吴山"条载《青山集》汇次成书时吴山"是年六十余"(台北富之江出版社1997年1月第1版，第13页)。推其生年大致在万历三十九年辛亥(1611)以前。

③ 王端淑《映然子吟红集》卷九，日本内阁文库本，第12a页。

道院"①。

卞梦钰(1632—1665),字玄文,号篆生,吴山长女。生于南京,随母寄居杭州。顾景星曾欲求为妻而不果,吴山爱女甚,"谓必得贵且才者字之始称快,而择配维艰",致使卞梦钰虽诗名益著而"年益长矣"②。父卞琳死后,卞梦钰与母吴山客居扬州,为扬州刘师峻聘娶。婚后操劳而无暇事吟咏,不久即病故。所撰《绣阁遗稿》已佚,邹漪《诗媛八名家集》收《卞梦钰诗》一卷,诗三十首。

释普淳,杭州僧人。为汪汝谦舟中常客。

释圆生,南康(江西赣州)人,著《叠华斋稿》,《诗观初集》卷五收录《西湖闲步》一诗③。

其余四人,只能从《湖舫集》中得知其姓名籍贯。

《湖舫诗》集中的排序与上述齿序排列不同,列举卷首的是唱和主盟者沈奕琛,其次为李长顺,再次为东道主汪汝谦,女诗人吴山、卞梦钰分列第四、五位。因此,这些诗人有可能是按照重要性排列的,这也反映出吴山母女在诗会中的参与程度。

吴山母女可能是通过龚鼎孳的介绍,与地主汪汝谦相识。龚鼎孳曾受邀参与汪汝谦举办的湖舫大会,二人在明末即有往来。吴山夫妇定居南京期间,与龚鼎孳、顾媚夫妇集会频繁,私交甚笃。南京陷落后,吴山母女便随龚鼎孳夫妇一道转徙各地。邓汉仪记载:

> 丁亥[顺治四年,1647]春,乃携诗囊、书箧,附龚奉常孝升舟出关,与徐夫人智珠登金焦、游虎阜已,乃之明圣湖,纵览孤山、葛岭之胜,诗篇益富。④

此段游历,在龚鼎孳诗集中可以找到多处印证。如《出关即事和岩子》中有"青溪烟柳满前湾,人度重城似玉关(原注云:时门禁甚严)"、"书画舫因彤管重"、"为倩六朝金粉手,开窗约略镜中山"等句,均是同吴山诸人出金陵时所作。此后同舟游赏,一路唱和诗篇颇多。据徐树敏《众香词·射集》收吴山《前调·戊子[顺治五年,1648]广陵七夕》自述"昨岁秣陵此夕

① 卓尔堪《遗民诗》,《四库禁毁书丛刊》集部第 21 册,第 660—661 页。
② 邓汉仪《诗观初集》卷十二,《四库禁毁书丛刊》集部第 1 册,第 642 页。
③ 邓汉仪《诗观初集》卷五,《四库禁毁书丛刊》集部第 1 册,第 384 页。
④ 邓汉仪《诗观初集》卷十二,《四库禁毁书丛刊》集部第 1 册,第 640 页。

……今年萍寄隋宫"①。知顺治五年戊子(1648)，吴山尚未抵达杭州。又根据龚鼎孳的《为善持君初度和吴岩子》记载，顺治五年戊子(1648)冬日，吴山曾与顾湄在西湖之上度三十寿辰②，因此吴山卜居西湖，应始于顺治五年戊子(1648)冬。邓汉仪记载："岩子居湖上三年，诗脍炙人口，钱塘、仁和两令君闻其名，为分俸见存湖上，传为佳话云。"③这一叙述在《吴岩子诗》中可以找到旁证。该集中有《辛卯[顺治八年，1651]夏，寓梁溪，积雨侵人，瓶兰甚香，即事有赋》一诗，据诗名可知，顺治八年辛卯(1651)夏，诗人已离开杭州。从顺治五年戊子(1648)冬到辛卯[顺治八年，1651]夏，这样寓居在西湖的时间，正如邓汉仪所称，恰好为三年。

吴山母女寄居杭州期间，山阴才女王端淑作《吴岩子征和》，称其"榻占西湖第一楼"、"坐占西湖第一舟"④。"坐占西湖第一舟"，指的自然就是汪汝谦的湖舫"不系园"。至于"西湖第一楼"之所在，可以从诸人诗文中推断。吴山《春日湖上移家片石居》诗，中有"门外闲维范蠡船"之句。"范蠡船"指的就是商人身份的汪然明所置湖舫，在《湖舫诗》中，吴山也曾以"范蠡船"指代"不系园"。故该诗应作于吴山母女下榻杭州之时，而所居处紧临西湖之畔。又"片石居"的环境景况，在时人张岱《西湖梦寻》曾有提及：

> 由昭庆缘湖而西，为餐香阁，今名片石居。阆阁精庐，皆韵人别墅。其临湖一带，则酒楼茶馆，轩爽面湖，非惟心胸开涤，亦觉日月清朗。⑤

吴山母女所在的"片石居"地处吴山，这里名流往来，十分热闹，才女王端淑亦曾在此"对客挥毫"⑥。闺秀而居处于公众性的场所，在明清之际并不罕见。如吴琪、周琼寄居冒襄"水绘园"，黄媛介倚西湖一阁楼卖文为生，时人皆不以为异。据方士颖《不系园燕集》中"藏舟何处泊？半在北山岑"之句⑦，知"不系园"常年泊于北山。而吴山、卜梦钰的出现，也使"不系园"诗会活跃起来。游客聚集之地，推动了女性诗名的传播。这些萍水相逢的

---

① 徐树敏《众香词·射集》，台北富之江出版社 1997 年 1 月第 1 版，第 14 页。
② 孟森《横波夫人考》，《心史丛刊·二集》，中华书局 2006 年 4 月第 1 版，第 120 页。
③ 邓汉仪《诗观初集》卷十二，《四库禁毁书丛刊》集部第 1 册，第 640 页。
④ 王端淑《映然子吟红集》卷九，日本内阁文库本，第 12a 页。
⑤ 张岱《陶庵梦忆·西湖梦寻》，上海古籍出版社 2009 年 4 月第 1 版，第 161 页。
⑥ 邓汉仪《诗观初集》初集卷十二，《四库禁毁书丛刊》集部第 1 册，第 651 页。
⑦ 汪汝谦《春星堂诗集》卷一，清光绪十二年丙戌(1886)刻《丛睦汪氏遗书》本，第 7a 页。

诗侣,难以做到同声相应、同气相求,却也避免了一般宴集诗的千篇一律、众口同声之弊,为明清之际中下层士人社集的状态,提供了一例鲜活的图景。

二 湖舫诗会的多重话语维度

湖舫诗会当日,细雨濛濛。众人从北山出发,登上"不系园"①,观西湖景色,宴饮赋诗,从清晨至黄昏,席间宴饮赋诗。以女诗人吴山手书"雨、丝、风、片、烟、波、画、船"为韵脚,各作五律八首②。按照《湖舫诗》中"征诗刻烛催"、"题因借锦联"等句的描述,这次赋诗活动应该是一场限定时间的现场创作。一百多首作品,"拈双联以抒烂漫之锦,集八韵而霏慷慨之辞"。好像一场纸上的行旅,刻画出了不同视野、色调的西湖风景序列。以下就其中所包含的不同面向进行考察。

(一)政治立场

顺治六年己丑(1649),是许多士人命运转关的时刻。这一年,江南大部分地区已为清军所控制,而山西、江西、广东、广西等地震动全国的抗清斗争也相继失败。南明虽大势已去,反清势力仍潜流暗涌。进退去取之间,一生的前途、生计与荣誉仍未可料。在"湖舫诗会"众成员的自我形象刻画中,已隐曲流露出不同的生存选择。

诗会主盟者沈奕琛,此际任"北关监督"一职。沈奕琛序中"役惭星使,迹类波臣"一句,便是其对自身地位的指陈。"星使""波臣"之喻,写自己虽肩负帝王使命,行迹却与长居本地的地方官没什么不同,显示出仕清者所面临的徘徊两端的政治形势。东道主汪汝谦次子汪继昌,为顺治六年己丑(1649)进士,官湖广按察司,汪汝谦曾积极为其子谋求功名,在立场上自然也是倾向于清政府。此外,时任浙江龙泉训导的姚孙森亦归顺清廷,以闲职终老。汪汝谦《湖舫诗》中有"匡时宁献策,屏迹避操戈。欣此招携日,平湖共狎鹅"之句,点出了这次诗会的用意。

与东道主立场不同的李长顺、徐必升、王民诸人,入清后选择不仕,此际或许正是被朝廷招携的对象。从李长顺"招隐书易通,游子贫难倦"、"避世封长剑,乘流狎短蓑",徐必升"食愁弹铗老,耕傍北山阿",可见其政治立

---

① 不系园常年泊于北山,张遂辰《登不系园作》"为园肯系北山偏"。卷一,第5a页。方士翊《不系园燕集》:"藏舟何处泊,半在北山岑"。卷一,第7a页。

② 沈奕琛《湖舫诗》,台北新文丰出版公司《丛书集成续编》第116册,第544页。按:本节所录湖舫诗会诗作,皆出自沈奕琛《湖舫诗》,下文不再赘注。

场的自我表白。王民"鼓枻劳渔父,栽花忆郭驼"更隐含着对政局的批评。这一重进退出处之异,形成了主客之间情感基调的昂扬与悲愁之别。

> 湖山叠万里,风华生八面。(沈奕琛)
> 芳辰欣结伴,画舫欲凌空。(汪汝谦)
> 终日踏波光,闲情殆欲遍。(姚孙森)
>
> 惊心凭梦稳,拙计哭途穷。(李长顺)
> 悲风摇古壁,短褐坐青毡。(徐必升)
> 折柳事已非,种花心自苦。(王民)

仕清者虽然不得不背负思想包袱,但因生计得托,进取有望,因而较多书写西湖的山光水色与宴游的声情享受,对于节气时序的感知也较为平和从容,皆视此番胜会为湖山胜游,流连忘返。而那些以遗民自居、立场迥异的士人,显然难以认同湖舫享乐空间赖以支撑的价值体系,切身的亡国之痛固然不宜长歌痛哭,却也悲愁难抑。而前途茫茫,价值失落的悲凄,更加啃噬着他们的灵魂。其情绪的起伏,便体现为诗中的冷暖交织、歌哭并奏,为《湖舫诗》带来了一抹异色。

(二)文学世代

《湖舫诗》作者的年龄跨度较大,年纪最长的汪汝谦与最幼的卞梦钰差了六十余岁。一般来讲,古代诗人的心路历程,常为少年时意气发扬,表现出对国计民生的关注与强烈的入世抱负;中年以后阅世渐深,开始认同隐逸思想;老年勘破世事,愈珍惜平淡生活。而湖舫诗会的年龄差,也成为促成题旨分歧的重要因素。

"湖舫诗会"的东道主汪汝谦在此际已迈入古稀之年。他同李太虚、冯云将、顾林调、张卿子订五老会,志在呼朋引伴,优游林泉。而任浙江龙泉训导的姚孙森,亦失却奋发进取之心,而多悠游恬退之意。其"努力持竿去,清时有钓波"、"梦绕江东久,西湖尚系船"的诗句,皆有倚西湖终老之意,与汪然明的人生追求可谓不谋而合。群体认同的背后,也隐含着不同时期文学观念的差异。见证了人世沧桑的汪汝谦,其思想形态与文学创作已然深深植根于晚明趣味,于清初主持社集,不过意在延续晚明诗酒风流的盛况,因此对现实疾苦不仅缺少体验,更不免有回避的倾向。而王民、徐必升等士人,成长于易代之际时危事非的环境中,触目是"倚榜见鸠形,流民谁能画"(徐必升),"车马堤尘日,江山问杜鹃"(王民)的景象。其心忧天下的家国情怀,便汇入了时代的洪钟大吕之中。清初对明末文学的反思热潮,便反映了文学观念的递变。

而吴山与卞梦钰的差异,也反映出明末清初女性文学嬗递之一端。卞梦钰成长于崇祯末年,虽经鼎革之乱,却得母亲与友人的庇护,静心于吟风弄月。参与"湖舫诗会"的女诗人正值芳龄十八,在西湖声色的体验中,表现出鲜明的少女心性,如"蓬居多暇日,坐卧每迟迟"、"幽怀惬佳境,吟思渺无边"。在其视野之下,周遭风景充满了诗意葱茏的氤氲,"竹摇杯底绿,花傍笔端红"、"花幽非一香,鸟静能千啭"诸句,皆涌动着青春明媚的色泽。在描述"游客泛杯欢,湖光笑人苦"的情景之后,亦不忘提醒谈论国事的宾客们"且忘山海忧,毋问莺花怒",与吴山心忧家国的士大夫精神体现出分野。总体来说,卞梦钰的作品题旨单纯,没有吴山诗中那么多筋骨有力的思绪转折,亦缺乏宏大的视野与气象。

吴山与卞梦钰,分属于不同的文学世代。清初女性创作复杂多绪的形态,正是由经历、观念有别的数代人共同形成的。以顺治元年甲申(1644)为时间节点作切面观察,此时晚明女性文学的代表吴江沈氏及徐媛、陆卿子等已经谢世。这一年,恰好也是康熙时期"蕉园诗社"中钱凤纶的生年。在老一辈诗人、四十岁以上的方维仪、顾若璞、商景兰、李因等笔下,山雨欲来的时代氛围使得她们的视野突破了闺阁视域,表现不同程度地"向外"转的倾向。而年轻诗媛王端淑、黄媛介、吴绡、吴琪等逸出生活常轨的经历,获得了足迹视野的空前拓展,广泛的两性接触带来了诗歌创作、唱和的极盛局面,呈现不拘一格、多姿多彩的创作风貌。她们承接易代之际诗歌主题之变并推动诗境进一步深化,在因革承变、新旧交织渗透的时代氛围之下呈现多元化的创作特征,并进一步深化诗境、打开作品的时空维度。而卞梦钰、祁德渊、徐昭华这些主要成长于入清以后的女诗人,缺少对易代动乱的直接体验,也难以传承向外开拓的胸怀视野,于是在她们身上,更明显地体现出闺阁题材的回归。到康熙时期,静处深闺的女诗人实践着温柔敦厚的礼教要求与清新雅正的诗学宗尚,使得诗歌朝着家庭题材的狭深方向发展。诗境的深化要借助女诗人丰富的人生体验,当历史记忆逐渐撤退,诗人的视野变化也是无可避免的。从吴山到卞梦钰,正是明末清初女性文学视野在不同方向展开的代表。

(三)地域因缘

地域身份的差别,造成了《湖舫诗》的另一重显著的话语分歧。在本地人的眼中，西湖风景"习居时异睹"，没有多少视觉与心理上的冲击。而外地人对西湖拥有"陌生化"的视角，当他们进入到这一重空间中，便会与既往的生命体验产生对话，重新审视自身。盛名之下的西湖，凝聚着众人的美好想象，"注我十年思，莫谓寻常见。"（吴山）"坐卧西子湖，耳目不容懈。"（卞梦钰）"清梦二十年，佳人许一见。"（王民）这些诗人的表白，仿佛是头一回目睹心仪已久的佳人，注目于纷至沓来的景色，充满了新鲜的感受。清明前夕的烟雨，更映衬出西湖的空濛美感。"美人避繁春，洗妆数日雨"——绵绵细雨似乎洗去了战火硝烟的痕迹，呈现在游客面前的湖山更加空明澄澈。这一重烟水空濛的静谧风光，在避乱前来的外籍游客眼中，无疑是战乱中难得的桃源净土。面对山容水色，便发出的"同事皆劳人，此乡称净土"之叹。

然而，对于本地游人而言，西湖之上的这一重宁静安详，却是五季而下"未有之衰"。就像李际期《湖舫诗序》指出的："我等适复来此，荒凉刺目，所谓其民富完安乐者安在？而陌上之缓缓归，与夫钱唐乐国者，皆不可计也。则是唐季以来，西泠未有之衰，而我等适遭之。"其所称之"衰"，当非指风景凋零，建筑破败。同许多杀戮惨烈的城市相比，清兵驻防杭州，对西湖造成的破坏还是相对较少的。而《湖舫诗》所涉西湖景致的文字，也证明了湖上柳绿花红的嫣然春景一如往昔。令长居此地的人们倍感差距的，当是人事之衰：

> 到处萧条色，湖山更可怜。堤无拾翠伴，湖绝听歌船。亭榭伤今日，云烟类昔年。得君来领略，传诵有诗笺。

"不系园"作为一个送往迎来的社交场所，积淀了晚明繁华场的深刻记忆。汪然明曾比较明清之际西湖的变化："三十年前虎林王谢子弟多好夜游看花，选妓微歌，集于六桥……沧桑后，且变为饮马之池。"可见兵乱之后，世人皆从太平盛世的幻梦醒来，游事消歇，繁华不再。对此，陈寅恪指出："然明身值此际，举明末启祯与清初顺治两时代之湖舫嬉游相比论，其盛衰其兴亡之感，自较他人为深。"以湖居为生涯的汪汝谦，与其说有感时伤世的家国情怀，倒不如说是留恋"当年多画桨，罗袜每凌波"的繁华生活。这一重共同的历史记忆，在《湖舫诗》的序言中也得到了共鸣。杭州僧人释普淳笔下，亦不乏"忆昔竞笙歌，繁华倏已变"、"戏滤随当世，豪华见昔贤"的回忆。时移境迁，巍峨华丽的"不系园"，在清初凄凉萧条的背景中，难免显得不合时宜，使得汪汝谦"得君来领略，传诵有诗笺"的高情雅趣，多少有了几分固执的意味。

（四）亲疏关系

湖舫诗的作者，对"不系园"空间的亲疏程度，也影响着对宴会主题的把握。有"湖山主人"之目的汪汝谦，在诗会中扮演着热情好客的主人翁身份："芳辰欣结伴，画舫欲凌空。徙席犹沾雨，凭高可御风。""莫言兴欲归，况值花将谢。"作为凝聚湖舫诗作者的纽带，他的诗作中也时时处处流露对友情的重视："却喜忘年友，时征绝妙辞"、"只合重交情，何须论贵贱"。汪汝谦的好友赵升，是诸作者中兴致较高的一位，试举其诗云：

> 游情春最胜，胜最擅湖中。况乃当寒食，何由竞暖风。芜平沈岸碧，花落涨波红。兴至歌遄发，凭余酒力雄。（赵升）

在湖舫宴饮中，赵升饮酒作歌、意兴遄飞，带动了诗会的活跃气氛。赵升诗中尚有"欣此鸥盟订，期同山石坚"之句，知其还乘机与在座若干作者订下鸥盟。而"鱼鸟解依人，湖山欣托主"、"丝竹咽清商，茗香涤华宴"的描述，皆流露出赵升对汪汝谦召集诗会的拥护。这一文化空间的认同感，使其创作洋溢着轻松自如的喜悦情调。

在关系紧密的稳定小团体中，诗人之间的思想旨趣易形成默契，由此带来的弊端，是宴集作品的题旨大同小异，缺少变化。相比之下，那些视湖舫为陌生空间的客人，很难快速地融入这一重氛围，也因此而不受环境的规约，使创作获得了更大的自由度。在旅居西湖的游客笔下，就时有漂泊异乡之感：

> 游子逢嘉节，怀家溯远湄。天心终黯淡，酒力敢衰危。桥断连芳草，山孤集子规。昔人凭吊处，我亦泪如丝。（王民）

清明这一祭奠祖先的节日，触动了王民游子思乡的情绪。而阴雨的天气，更使诗人的视野与心境变得灰暗。在宴集中，诗人自称其"酒力衰危"，恐怕更多是兴致不佳，无心饮酒而已。"芳草"、"子规"的印象，亦饱含落寞痛楚。于是在众人下船入山寻访碑石、凭吊古人的时候，诗人不禁感伤落泪。身在群体之中，而心境实离群索居。这种深刻的孤独感，或许与诗人的遭际有关，但其与"不系园"空间的疏离，却是毋庸置疑的。

三　空间书写、话语融合与情感认同

《湖舫诗》中诸位作者的话语共同体,实由政治、地域、年龄与亲疏等多重因素联结而成。作者作为话语主体,通过多重的身份角色,与其所处的空间产生千丝万缕的网络关系。在这一过程中,作者之间形成的情感与意义的协同与差异,映射着湖舫空间不同的身份、阶层、文化脉络的拉锯、调协。倘若简单地抽绎其中某一个因素,便容易将作者对所处空间复杂微妙的心灵感知,简单粗暴地归结为背景与意义间的因果之链。比如汪汝谦、沈奕琛、姚孙森等与王民、徐必升、李长顺等政治立场迥异,但是,这二类人群却不乏情感共鸣、重叠之处。汪汝谦诗中的兴亡沧桑之感,自然不能视为故国之思的信号;王民等人对宴集活动的赞美附和,也不应理解为一种漠不关心的政治姿态。过分附会政治因素,便易沦入"怨刺说"的思维定式,生出种种曲解之辞。

同样,在既往的女性研究中,背景亦常成为一个宏大的诠释前提,缺少对空间的准确定位与细致分析。只能强调性别身份,努力发掘女性作品与男性的区别,仿佛非此不足以彰显研究的特殊价值。事实上,清代闺秀文化与士文化之间并不存在一个泾渭分明的界限。吴山、卞梦钰虽身为女性,但其在《湖舫诗》的作品里展示的,更多是与男性话语的融合,而非分裂。这一融合,正是通过性别以外的其他维度展开的。

社集诗会,关注的是作品的交流与情感的认同。文学作为一种交往媒介,一方面受到具体场域的规约而左右了情感认同的呈现方式,另一方面则能够突破日常交往的行为语境,在不同场域之间形成共同话语。一次宴集,一部总集,固然难以归结出一个笼罩所有人的主题,却始终存在着求同存异的努力。宴集诗的一般文本结构,大抵包含了如下几个方面:A. 描写聚会场面。B. 刻画集会风景。C. 渗透时代背景。D. 抒发个人感受。由于A 和 B 常常占据主要部分,使得宴集诗的社交意义大于情感抒发,为评诗者引以为弊病。夏勇《清诗总集研究》中分析《湖舫诗》作品,认为这些作者均存在回避社会现实与政治话题的取向。其实,这本是宴集诗的共同特征。《湖舫诗》的作者身处乱世,因而在其诗作中往往有更多个性化情感的呈现。明清易代的氛围与奔波流离的境遇,构成了欢欣氛围之后沉重的背景色。种种因素,使 C、D 的比重有所增加,而 D 正是形成艺术个性的关键。

作为一时一地的书写,这些作品的情感旨趣,自然深受湖舫创作空间的影响。从《湖舫诗》的若干描述中,可以想见"不系园"所提供的高雅精致

的创作氛围。"座压罗黛低"的气魄,凸显着游船的规格排场,而"船中满书画"的布置,亦展示着主人的高风雅怀。仕清官员沈奕琛与商人汪汝谦,一为主盟者,一为东道主。各自拥有社会地位与经济资本,为湖舫这一文学场域奠定了远离政局、及时行乐的情感基调。因此,《湖舫诗》全集中主导性的声部,是欣赏西湖美景、领略闲适意趣,并契合"不系园"所蕴含的"有水有山情不系,非园非圃澹忘归"、"到处吾园无住著,歌声只在水西东"的情感内涵①,这也是汪汝谦等人召集诗会的初衷。从释圆生"移樽开舫社,分俸给花钱",吴山"赋借司马卖"、"慷慨偿诗债"的自述来看,他们在此次聚会中的角色类似于"山人清客",在获得润笔之资的同时也交出了创作的自由,不得不附和主人大作应景文章。另一方面,远道而来的诗人们虽有着各自的坎坷遭遇,更难以忘却美景之外的战火硝烟,但在聚集了不同身份立场的陌生人群中,并不适宜大放悲声、表达泣血枕戈之志。当他们乘坐着精美奢华的湖舫,在眼前宁静空濛的湖光山色中杯盏言欢、切磋诗艺,易代之际的生存感受与进退出处的观念分歧,便被掩盖在主导性的声部之下。

李长顺、王民、徐必升诸人属于"不系园"的平民宾客,在湖舫的权力场中自是弱势群体。然而,他们掌握着文化资本,诗歌造诣高过汪汝谦诸人。"不系园"宴饮空间,固然会左右诗人的表达,但同时也受到诗人禀赋、气质与性格的磁场扭曲,从而为笔下的西湖风景带来显著异变:

> 晚峰青更薄,莺语到樽空。官渡人饲马,女墙树挂弓。惊心凭梦稳,拙计哭途穷。无限登临思,难堪花信风。(李长顺)
> 清梦二十年,佳人许一见。敛眉违清欢,含情依良宴。云气压孤城,夕阳沉古殿。念彼浣纱人,勋名逐花片。(王民)
> 倾国成湖名,桃花开画面。遥怜绝代人,飞作落英片。衫湿白香山,墨畔米颠砚。乾坤浮镜中,令我须眉变。(徐必升)

在上述诗篇中,作者采择的均是西湖常见的意象,却用"薄"、"空"、"违"、"压"、"沉"、"变"等富于隐喻暗示意味的字眼,传达了不同的空间感知。酒席间的酬祚,使漂泊游方的诗人暂时展开了欢颜,西湖落英缤纷的唯美画面,也令他们放慢了欣赏的节奏。但精致幽雅的宴饮氛围,并不能

---

① 汪汝谦《春星堂诗集》卷一《不系园成》,清光绪十二年丙戌(1886)刻《丛睦汪氏遗书》本,第1a—1b页。

压制诗人内心深处的悲凉。将风景组织成一个个意象化断片的过程中,诗人以不同触觉对细节的筛选与忽略,影响了整体画面的色调、冷暖与气息。毕竟没有诗人能抛开思维方式与观看视野的前见,对周遭一切作全景式的铺叙。作者心绪的微妙差异,终究会反映在空间的感应中,使得其笔下"柳寒"、"黯淡"、"桥断"、"山孤"、"寒波"、"奇寒"、"苍凉"、"凉云"、"钟冷"、"悲风"的苍凉色调,与"林香"、"柳绿"、"花红"、"暖风"、"春衫"、"高寒"的嫣然之景共时并存。凭借时气的感知、物态的状写、情绪的渗透、体式的运用,在湖舫这一开放性的空间中,与西湖山水相应和,创造出多重意味的风景。

相比那些富于遗民情怀的作品,吴山的《湖舫诗》八首,不再直抒胸臆,而是充满了对空间中不同话语的妥协、融合与迁回、变异,展现其内心深邃幽隐的境界。如其四云:

> 注我十年思,莫谓寻常见。游客两朝人,明湖古今面。月伴孤山亲,云续断桥倩。珍重泛花情,都是春光片。

首句"注我十年思",吴山向这群陌生人传达着异乡之客的身份认同,湖舫上的不少游客是平生第一次来到杭州,描述对西湖的印象,便成为与会者共通的创作语境。"莫谓寻常见",也暗示了她即将点出的、本次湖舫游览的特殊情境,那便是众人刚刚亲历的明清鼎革之变,吴山没有直接揭示这一事实,而以"游客两朝人,明湖古今面"一句,隐含在对西湖空间的状写之中。通过冷静客观的陈述,由眼前湖山进入到明清之际共通的生存体验。诗人接着收回正题,转向眼前的风景,提醒着友人莫要辜负短暂的春光,"珍重泛花情"云云,与其他文人所作"鸥夷何代事?珍重五湖船"、"答歌樵牧外,逃醉白苏边"等等意见达成默契。这位深谙锤炼技巧的女诗人,在字句的起伏顿挫中实现了意义的转折回环。思绪转折间,却并非作者一个人的自言自语,诗人的声音潜伏在每一字句下面,与读者形成了深层而有效的情感交流。

在湖舫诗会上,吴山虽是女性身份,却不再如青楼诗人那样征妙舞、理弦歌,充当男性的陪衬与点缀。不仅以敏锐的观察力融入了男性群体的共同语境,也凭借鲜明的艺术个性形成了独立的声部,为《湖舫诗》一集注入了独特的人生况味。其湖舫之作的独特面目,在对西湖空间的剪裁、组织与变异中展现得淋漓尽致。如"花寒不放香,月瘦未见补"、"万山公瀑布,千树斗春枝"、"柳倦丝无绪,莺嫌雨不梭"等句中,作者设身处地代入了西湖的花与月、山与树、柳与莺,用符合人之常情的逻辑线索,将这些毫无生命的景物联结在一起,塑造了一个新奇幽异的西湖空间。这种句法,在艺术上颇近于顿挫深沉的宋调,以筋骨思理见长。当时隐匿草野、不仕清廷的遗民,便多宗宋者。清初诗人倡言学宋,一方面为纠正明代一味摹拟唐音之弊端,一方面也因家国沦亡的动荡环境催生的忧患意识,远离雍容典雅的唐音,而与理性思考的宋诗精神的契合。吴山以遗民自居,或许学宋亦是有意为之。《湖舫诗》八首,大多炼语奇崛,且于连贯转折颇显用心,力求拔出常格,而见胸次之不凡:

> 塔挂云枝断,桥分月两天。雨多春值贱,花尽客生怜。
> 花性同林异,春情百草公。六桥莺燕寂,无语对东风。

作为明清之际进入公众交往空间的女性代表,吴山一方面获得了与深闺女子迥然不同的观看视野,一方面也受制于更为繁杂的场景与人际关系。作者脑海中的潜在读者出现在真实世界,无疑将女诗人的注意力抽离常见的私人情绪表达,转而将对他者的关怀诉诸诗歌的对话功能之中。通过不同人群之间的情感共鸣,形成了多声部的合唱。

因此,"湖舫诗会"的意义,在于女性通过地域背景、文学世代、亲疏关系等多重维度的对话,消解了性别身份带来的话语差异,最终融入男性的文学交往空间之中。明清之际女性创作融入时代风云际会,即源于这一重文学空间与身份转换。《湖舫诗》中的众声喧哗而又相对统一的面貌,反映出作者对分布在空间中的政治、文化、阶层等不同权力场域的拉锯、调协,形成独特的空间感知。在此背景下,"不系园"所蕴含的女性主体意识,也通过在场者对文化空间性别意涵的阐释得到了更为隐曲的呈现。

四 "不系园"中的女性意涵——钱谦益《留题湖舫》解读

从《湖舫诗》文本的意象结构来看,闺秀性别身份在与男性文人的文学交流中已经淡化。然而,倘若深究"不系园"的文化积淀,便可以发现这座湖舫实蕴含了浓重的女性色彩。其在明末清初的不同境遇,亦反映出士人女性观念的变化。

明清之际关于不系园的题咏中,钱谦益《留题湖舫二首》颇为耐人寻味,其一云:

> 园以舟为世所稀,舟名不系了无依。诸天宫殿随身是,大地烟波瞥眼非。净扫波心邀月驾,平铺水面展云衣。主人欲悟虚舟理,只在

红妆与翠微。①

解读钱谦益诗作的意涵，无疑要从书写对象——"不系园"入手。这一独一无二的命名，出自晚明著名的山人陈继儒。陈继儒以笔墨谋生，游走于士大夫、商人与政客间，亦不排斥世俗享乐，成为雅俗融合的中介。陈继儒援引庄子"不系之舟"的文化论述，将园林这一形态从静止的空间转变成游动的世界，面对可供卧游的永恒西湖美景，浮家以安顿身心，无疑契合了汪汝谦的理想生活姿态，也提升了汪汝谦游船的文化品格。汪汝谦显然对此命名甚为满意，他曾不无自得地解释道："陈眉公先生题曰不系园，佳名胜事，异日西湖一段佳话。"②所谓"西湖一段佳话"并非自夸，在汪汝谦《不系园集》收录的题咏中，时时可见时人对"不系园"这一文化符号的诠释与应和：

> 湖山扩为园，扁舟撮其胜。几榻恣卧游，触目总佳境。（胡潜《不系园四绝》）
> 山才供磊石，湖即当浮沤。（吴孔嘉《寄题十二韵》）

"不系园"从设计到命名，都深深契合晚明文人的审美品位与景观生活。人在船中，观西湖画图；而观者的人生，也成为一种审美对象。湖舫的特殊造型，亦体现出晚明闲赏文化与造物工巧的极致。然而，钱谦益此诗旨意却不在此。"大地烟波瞥眼非"一句，笔锋陡转，宛如棒喝，告诉沉迷声色的人们：种种西湖的繁华已成为过眼云烟。事实上，清初战火之余，"不系园"虽活跃在西湖之上，但在"静扫波心""平铺水面"的平静表象之下，其所承载的晚明自由闲适的精神内核，却一去不复返。田汝诚就以"板荡凄凉"来形容易代之际的西湖印象。面对新的政局与生存环境，汪汝谦本人也不得不为家族而殚精竭虑——"犹耽谶集西湖舫，转念家无负郭田"③、"标格层为名士赏，应羞争啄在群鸡"，他时时叮嘱儿子效力清廷，维持家业。为了在新朝站稳脚跟，维持荣华富贵，"不系园"也被官员政要借为接待的工具。这些变化，从汪汝谦《次儿去粤西，三年不通音信，入夏焦劳成

---

① 钱谦益《钱牧斋全集·有学集》卷三，上海古籍出版社 1996 年版，第 4 册第 88 页。
② 汪汝谦《春星堂诗集》卷一《不系园记》，清光绪十二年丙戌（1886）刻《丛睦汪氏遗书》本，第 2a—2b 页。
③ 汪汝谦《春星堂诗集》卷五《冬日感怀，因诵少陵"刘向传经心事违"之句，聊拟八章，示玉立、继昌存家语中》八首之一、之四，清光绪十二年丙戌（1886）刻《丛睦汪氏遗书》本，第 9a、9b 页。

疾,伏枕浹旬,得诗八章,自嘲并示儿》八首之五"画舫无权逐浪浮"句下自注云:"余家不系园乱后重新,每为差役不能自主。"①可以得到佐证。

"主人欲悟虚舟理,只在红妆与翠微"一句,钱谦益直指"不系园"的命名,并以"红妆与翠微"两个关键词,揭示了这座湖舫的精神实质。公众空间的崛起,是晚明市民社会的特征②,而画舫笙歌、夜夜风流的湖舫社交空间,更是晚明商业化社会的象征。汪汝谦友人陈继儒曾云:

> 知有西湖便当有佳人才子,有佳人才子便当有筋咏翰墨,有筋咏翰墨便当有寓公客卿……四方客至,又有二三女校书。③

诞生于明末尚物赏物的语境之中"不系园",往来的尽是"名流、高僧、知己、美人",记载了"当年多画桨,罗袜每临波。堪叹采莲曲,翻闻奏凯歌"的繁华末世图景,传达着肯定世俗生活、张扬个人享乐的市民文化精神。作为晚明女性文化的载体,湖舫也是青楼才女赖以展现价值的空间,王微写给汪汝谦的《寄题不系园》一诗就表达企慕之心,柳如是亦曾向汪汝谦借湖舫与友人出游。而自青楼文化摧毁于易代之际,湖舫的繁华遂成为回不去的旧梦:

> 湖上堤边舣櫂时,菱花镜里去迟迟。分将小艇迎桃叶,遍采新歌谱竹枝。杨柳风流烟草在,杜鹃春恨夕阳知。凭栏莫漫多回首,水色山光自古悲。

钱谦益《留题湖舫》的第二首,追述"不系园"选妓征歌、诗酒风流的图景,以"杨柳风流"与"杜鹃春恨"同时并举。而后者的存在,意味着"不系园"所承载的价值体系的崩塌毁灭,这些逝去的繁华,最终都化入一片悲凉的时空中。

通过对湖舫的重新定义,这二首诗也展现出针砭时弊的微言大义。明清更替,经世思想复兴,社会重新纳入儒道为主流的惯性运行中。这一重风向的转变,就突出地体现为对晚明市民社会中物欲横流、闲赏奢靡之现

---

① 汪汝谦《春星堂诗集》卷五,清光绪十二年丙戌(1886)刻《丛睦汪氏遗书》本,第11a页。
② 相关研究可参考王鸿泰《流动与互动——由明清间城市生活的特性探测公众场域的开展》,台湾大学历史所博士学位论文,1998年。
③ 汪汝谦《春星堂诗集》卷二《绮咏》陈继儒序,清光绪十二年丙戌(1886)刻《丛睦汪氏遗书》本,第1b页。

象的反思。而汪汝谦的生活态度与诗文旨趣，早已深深根植于晚明趣味：

> 然明之为文也，未尝不搜元于执戟，骋博于中垒，但以闲情微辞多出入于笔端，论者遂以花间、香奁目之。（王志道《闽游诗序》）
>
> 然明先生，处明万历之末，国势日蹙，可忧者多矣。而澹定冲和，流连诗酒，志意有余。所交游若陈眉公、董思白、黄贞父，皆著人名德，相从湖山觞咏之会，穷极欢娱。岂其沉冥衰叔之世，和光同尘，于时事有不屑意者耶！不然则是其志广意闳，游心万物之表，其量之所及，固远也。传流数百年，而世泽且未有涯，岂无自而然哉！世会之升降，系乎人心。使贤者怀轻世肆志之意，极所处之艰虞，而与人相适，与时相忘，此亦足征世变矣。（《丛睦汪氏遗书》卷首郭嵩焘序）

这二段文字，包含了世人对汪汝谦委婉的批评。身处晚明国势日蹙、内忧外患的环境中，不论是诗作多"闲情微辞"，还是志趣在于"流连诗酒"，都是令有识之心痛心疾首的。汪汝谦既以选妓征歌、穷极欢娱为生活内容，其自抒己志的诗文被指类似于"香奁"、"花间"，便不足为奇。"香奁"、"花间"这两类题材都肇始于"男子作闺音"的代言之作，作为一种饱受世人诟病的文学风格，其罪名最终落到女性身上。批评者对男性"脂粉气"的贬抑，常常直接地表现为对女性特质的批判。尤其在清初哀叹纪纲不振、阳衰阴盛的社会氛围中，晚明文学颓废、阴柔的女性化气质，便常常与亡国联系在一起，成为有识之士大加挞伐的对象。

汪汝谦晚年被清廷赐予"风雅典型"的牌匾，这一荣誉也反面印证了他的孤独与不合时宜——"然明荫藉高华，宾从萃止，征歌胜狎，主诗酒之盟。微然明，湖山寥落，几无主人矣。"就像钱谦益所写墓志铭里暗示的，尽管汪然明致力于延续晚明风雅，却难以扭转湖山寥落的大势。除了"桥低船不碍，寺古径常通"等偶尔提到的诗句，通观《湖舫诗》全篇，几乎很难再找到与此前类似的，关于"不系园"的礼赞。显然，这座画舫的精深华妙之处，已经淡出众人的视线；它在明末获得的交口称赞与情感认同，也没能在这群陌生的游客中延续下来。吴山"舟借范蠡船"、沈奕琛"鸱夷何代事，珍重五湖船"通过对吴越历史经验的回溯，找到范蠡西施游五湖的意象，契合了众人在易代之际乘舟游湖境遇与心理。

因此，湖舫诗会虽有闺秀参与，却不再具有显著的女性色彩。性别意义在家国话语中削弱。汪汝谦在八十岁所作感怀诗里，回顾自己"每逢按剑无男子，犹喜谈诗遇女郎"的经历，注云：

　　　　昔逢王（王微）、杨（杨云友）、林（林天素）、梁（梁喻微）诸女史，今
　　遇吴岩子（吴山）、元文（卞梦钰）、黄皆令（黄媛介）、王端淑诸闺阁。①

　　明清嬗递之际对"不系园"的不同阐释，亦反映出晚明青楼文化的没落
与闺秀文化的崛起。当男性文人因女性气质而受到批判，闺阁才女却纷纷
打破世人加诸女性的一贯印象，以男性化姿态顺应了社会对阳刚气质的呼
唤。"闺阁"所隐含的社会秩序的稳定性，被舟车颠簸与山川跋涉的生活打
破；性别界限与身份差异带来的文学异趣，也在频繁的迁移交流中消融瓦
解。在《湖舫诗》的文本中，便表现为两性生存体验的大同小异，情感基调
的息息相通乃至诗学观念上的殊途同归。湖舫作为文学空间的开放性与
融合性，由此可见一斑。

---

　　① 汪汝谦《春星堂诗集》卷五《松溪集》，清光绪十二年丙戌（1886）刻《丛睦汪氏遗书》本，
第 14b 页。

第三章　性别跨越与身份拓展

空间不仅是生存的具体场域，也为作者提供了展示自我的位置与前台。置身于闺阁的"规定情境"之中，女性如何扮演文学角色，迸发才情诗意的火花？如果说，女性通过文学媒介实现社会交往，与当时文坛产生了多维度的联系。那么身份角色的变换，则促使女性在性别这一维度，与男性世界形成了深层的交互。明末清初女性作品的空前影响力与感染力，正体现在对全新生命情境与角色类型的探索，及对历史、家国的沉思。施淑仪《清代闺阁诗人征略》易顺鼎序称："其最著者，若培远堂之母教，不愧儒宗；蕴真轩之诗才，足称女杰；沈云英、毕韬文之勇略，真兼孝女奇才；纪阿男、黄皆令之生平，俨然宿儒遗老；徐昭华共推都讲，卞篆生亦作塾师。"①获得多重角色，意味着获得了更多展示的前台，女性藉此跨越性别界限，创造出更广阔的自我实现的意义与价值。

第一节　闺隐：身份选择与价值认同

在中国古代社会，隐与仕，是知识阶层最基本的两种人生选择。从周秦至清末，见于文献的隐士数量不下万人，言行可考者数以千计②。隐逸作为一种广泛而复杂的文化现象，则涵盖了更广阔的社会群体。在长期的历史积淀中，隐士形象经过了各种塑造、附会与阐释；隐逸空间从岩穴、山林而及于城市、宫阙；更衍生出朝隐、市隐、中隐、吏隐等诸多名目，使隐的外延内涵如滚雪球一样扩展变化。这一过程中，隐的界限固然不断模糊，但主动选择不仕，始终是隐士身份的关键所在。因此历来隐者，皆为男性。女性既无仕的资格，隐便无从谈起。不过，在男性主导的隐士世界当中，实际上也不乏女性的身影。如接舆妻、老莱子妻、于陵子妻、黔娄妻、王孺仲

---

① 施淑仪《清代闺阁诗人征略》卷首，上海书店 1987 年 5 月第 1 版，第 1 页。
② 蒋星煜《中国隐士与中国文化》，上海三联书店 1988 年 2 月第 1 版，第 1 页。

妻、孟光等,便是著名的例子。明清之际,则较为集中地出现了一批女性"隐者",使传统的隐逸文化呈现出一些特殊的光色。这一现象,不妨称之为"闺隐"。

陈寅恪在《柳如是别传》中,曾指出明季才女喜用"隐"字以为名,"如黄媛介之'离隐',张宛仙之'香隐',皆是其例。"①除此以外,尚有商有湘号"橘隐",夏淑吉号"龙隐",王静淑号"隐禅子",赵昭号"德隐",等等。以隐为名,在这一时期男性中同样常见。此种风气,盖因明末清初的特殊历史氛围所致。置身于政局动荡、家国覆亡的环境下,才女也卷入时代风潮,将避乱保身、抗节归隐视为理想出路。与夫偕隐者如陆卿子、毕著、张学典、庞蕙纕、谢秀孙、陈敬娘、李怀、章有渭、马淑禧、商景徽、王端淑、徐安吉、毕著、王炜、钱敬淑;女伴同隐者如夏淑吉、章有湘、赵昭;孤身隐居如李因、香隐、刘淑;皆以才华见称于世。这些女性不仅是隐逸文化的参与者,亦是具有自觉意识的书写者,留下了丰富的作品,为我们考察女性的隐逸行为与心态提供了珍贵的一手材料。

一 "女逸民":知识女性的自我身份意识

从历史看,匿迹山林的女性,常常以"逸妻"的身份出现在文献记载中,她们只不过是男性的附庸。虽然史家塑造的接舆妻、老莱子妻等"逸妻",莫不在归隐的抉择中起到举足轻重的作用,有时候甚至比她们的丈夫表现得更加态度决绝。但这不过是助成丈夫的"贤妻"形象的一种表现方式,而并没有与男性隐士等量齐观的文化地位。又因她们大多未曾留下具体作品,其对于隐逸的认知和归隐心态,后人无从得到真切的了解。到了晚明,情况发生了变化。陈继儒曾评价宋代蒲芝:"身隐能文,不尤胜辟纑妇耶?"②认为蒲芝身为隐者而兼有才华,胜过了像辟纑妇那样只字不传的逸妻。这一评语虽为古人而发,却恰恰反映出明清之际女性的新风,即"身隐能文"。

明清之际女性的隐逸行迹之所以昭显于世,要归功于才女文化的勃兴。才女们一旦凭借诗文立言传世,便获得了向公众展现自我意识的机会。这一特殊群体主动袒露的隐逸思想及其实践,尤其引人瞩目。晚明之前,见于载籍的女性,无非是贤妻良母、贞女烈妇,其余或入僧道、文艺类

① 陈寅恪《柳如是别传》第二章《河东君最初姓氏名字之推测及其附带问题》,上海古籍出版社 1980 年 8 月第 1 版,上册第 34 页。
② 陈继儒《古文品外录》卷二十,《四库全书存目丛书》集部第 351 册,第 705 页。

目,从未有过"隐逸"这一类属的女性形象。而自晚明而下才女们的表现,则突破传统藩篱,甚至模糊了与男性的某些界限。以隐自号,可见一端倪。晚明才女梁小玉著《古今女史》,划分女性为八类,第三即为"隐史"①;劝夫归隐的杨朴妻,在张氏《咏古》诗中被标举为"女中陶潜"②;陈结璘被清中叶才女归懋仪推许为"数椽老屋东皋住,始信闺中有逸民"③。较有代表性的,是山阴(今浙江绍兴)名媛王端淑。王端淑(1621—?),字玉映,号映然子,明礼部右侍郎王思任之女,诸生丁肇圣妻。所撰女性总集《名媛诗纬初编》,致力于挖掘历史上的女性榜样。"曹妙清"条评云:

> 山川灵秀之气结为异人,不特巾帼中多伟杰英华之士,即蛾眉中亦不乏人。或美者夺花月之光,慧者参经史之乘,此已奇矣。又有女侠剑仙,于陵妇、伯鸾妻,中多隐君子焉。④

又"张妙净"条云:

> 凡人处流离颠沛之时,即当百事灰心,视财帛为粪土,目家国为仇敌,方是达者。若恋恋死守,必至丧身亡躯。如妙净当元末明初之际,能避迹三吴,逍遥虎阜,与铁老吟咏唱和,为后世美谈,至今称为有明"女逸民",呜呼尚哉!⑤

"隐君子"、"女逸民"等美称,皆摆脱正统史家"逸妻"的定位,赋予了这些女性独立的身份标识。对前代女性隐逸身份的标榜,也折射出当下女性立身处世的思考。标举"女逸民"的王端淑,自身亦耽"隐癖"⑥。王端淑《吟红集》中《访映然子隐居代真姊作》、《秋夜忆映然子弟妇代步孟姑作》二诗,是少见的代人赠己之作。作者借他人之口,来标榜自己的高隐情怀,"羡君高隐鹿门留,一片闲云接秋"云云⑦,不无自得之意。女诗人蔡音度

① 梁小玉《古今女史自序》,见胡文楷《历代妇女著作考》,上海古籍出版社 2008 年 8 月第 2 版,第 99 页。梁小玉,字玉姬,号琅嬛女史,钱塘(今浙江杭州)人。
② 许夔臣《国朝闺秀香咳集》卷一,清嘉庆九年甲子(1804)刻本,第 5b 页。
③ 归懋仪《绣余续草》卷一《题陈宝月夫人诗画便面二首》之二,清道光十二年壬辰(1832)刻本,第 4b 页。陈结璘(一作陈璘),生活在明末清初,字宝月,号修兰,常熟(今江苏常熟)人。
④ 王端淑《名媛诗纬初编》卷二,清康熙六年丁未(1667)山阴王氏清音堂刻本,第 1b 页。
⑤ 王端淑《名媛诗纬初编》卷二,清康熙六年丁未(1667)山阴王氏清音堂刻本,第 2b 页。
⑥ 王端淑《映然子吟红集》卷九,日本内阁文库本,第 2b 页。
⑦ 王端淑《映然子吟红集》卷十,日本内阁文库本,第 5a 页。

赠王端淑云："禹穴探奇迹,鹿门身自闲。幸登高士径,喜会玉真颜。怜我羞同蔡,知君本是班。甘心贫到骨,天道自循环。"王端淑将该诗收录在《名媛诗纬初编》中,评价云："赠予诗温厚谦和,为余长身价多矣。"①作为明末清初最著名的才女之一,王端淑显然很乐于以安贫乐道的隐者形象立足于社会,将隐视为一种"长身价"的身份标签。

女性以隐自命,是求名意识的体现。许多学者都关注到明清才女的立言渴望与求名焦虑。孙康宜论及王端淑云,"既然身为女性,本来就与人间仕途无缘,故自然不可能有踌躇徘徊于仕与隐之间的问题。但值得玩味的是,她的诗却时常流露出一种有志难伸、怀才不遇的情怀。"②这种怀才不遇之感,根源于女性所受的角色束缚。随着晚明女性知识水平的普遍提高,她们的自我意识也不断觉醒,越来越不甘心于传统规范限定的贤媛角色,渴望获得更有意义的文化身份与生存空间。而隐者这一高标独立、洒脱自由的精神形象,正契合女性原本不涉仕途、不求功名的现实处境,因而成为才女们竞相标榜的角色标签,也在情理之中。

当然,隐逸而求名,其实是一种悖论。隐士既属恬退避世的生存选择,本质上便与世俗声名形成了对立。严格说来,真正的隐士是息影山林、销声匿迹的人物,这种人不会被世间知道,故而是看不见的。但事实上,隐士只要自述心迹,便或多或少包含了求名意识,因而在隐之名与实之间,有着内在的矛盾。

就明清之际的才女们而言,形成这种内在矛盾的原因是有迹可循的。首先,这些女性浸淫诗书,受到传统隐逸文化的熏陶,又身处晚明追求个性解放的社会思潮中,因而渴望突破性别限阈而获得文化身份。她们通过诗文言志,积极参与文人活动,以彰显"闺隐"的新形象,究其实,她们是通过"闺隐"这一途径获得社会认同。苏州陆卿子与丈夫赵宦光偕隐寒山,时人称"卿子工于词章翰墨,流布一时,名声籍甚,以为高人逸妻,如灵真伴侣,不可梯接也"③,陆卿子虽以隐者自居,却依然热衷于与名流往来唱和,因而声名大噪。

其次,在当时社会,许多女性的生活自由度和独立能力,并不足以支撑

---

① 蔡音度《上元后二日过访丁司李夫人王玉映偕隐处》,见王端淑《名媛诗纬初编》卷十三,清康熙六年丁未(1667)山阴王氏清音堂刻本,第16a页。

② 孙康宜《性别与声音——末代才女的乱离诗》,见《文学经典的挑战》,百花洲文艺出版社2002年3月第1版,第356页。

③ 钱谦益《列朝诗集小传·闺集》"赵宦光妻陆氏",上海古籍出版社1983年10月新1版,第751页。

她们成为真正的隐者，那些无法摆脱世俗生活的女性，只能通过诗文表露心迹。如吴绡"始知真隐意，何必入桃源"①，吴山"出处不在迹，隐然惟寓心"②，黄媛介"世亦何须遂考槃，求心不必下柴关"③。这些才女对隐逸的态度，趋向于身在闹市、心超然于权势之外的"心隐"，将隐逸视为俗世生活中的心灵超越。正如男性鼓吹"市隐""朝隐""中隐"，固多曲学假隐之辈，闺中才女也不乏以隐自饰者。黄媛介曾陷战乱而得全身而退，其清白受到时人质疑，作《离隐歌》而自辩，序云："古有朝隐、市隐、渔隐、樵隐，予殆以离索之怀成其肥遁之志焉，将还省母爱作长歌，题曰：离隐。"④黄媛介创"离隐"这一名目，实以"肥遁之志"来诠释其飘零离索的现实境遇。

还有一个重要原因，在明清鼎革这样一个特殊时代，注重华夷之辨、忠孝名节的读书人，多有遁迹山林、不仕新朝之举。在某些情况下，女性以隐者自命，也是表达政治立场的一种方式。江西闺秀刘淑为将门之女，曾"毁尽钗环纾国难"⑤，起兵抗清失败而辗转藏匿。经历五年流离在外，诗人于江西武功山辟"莲庵"而隐居。刘淑《自谶》三首自序中，诉说了自己的隐逸情结："余十年淡泊，有心于山林久矣。若如倚树悲吟，梦回击剑。遁迹疏狂，扣天自诉，往往不得其门而入。……汉节即归，犹龙可隐。方将吟啸其间，白云红日与俱升焉。"⑥刘淑以英雄自期，然而报国无门，只能借归隐之志，来展现忠于故国、矢志不降的气节。隐逸书写的背后，实寄寓了强烈的自我意识与济世情怀。

因此，这一时期的知识女性，之所以积极步踵隐逸风潮，以隐逸身份来自我标识，未必是真正忘怀于尘世、息影于山林。而是借助隐者身份，来突破固有的闺媛形象，寻求更广阔的社会认同，从而实现她们不断增长的才名渴望与价值追求。

二　隐逸实践与女性身份空间的拓展

通过隐士的称谓，女性赋予自我新的社会身份。与之相应的是，在隐

---

① 吴绡《啸雪庵新集·百泉杂题·啸台》，《四库未收书辑刊》第7辑第23册，第109页。

② 吴山《吴岩子诗·早春峻度理葺涉园读书荐隐斋》，清顺治十二年乙未(1655)邹氏鸎宜斋刻《诗媛八名家集》本，第6a页。

③ 黄媛介《黄皆令诗·写怀》，清顺治十二年乙未(1655)邹氏鸎宜斋刻《诗媛八名家集》本，第16a页。

④ 周铭《林下词选》卷十一，《续修四库全书》1729册，第630页。

⑤ 刘淑《个山集》卷二《军事未毕家人劝我以归》十二首之一，《刘铎、刘淑父女诗文》本，人民教育出版社1999年5月第1版，第247页。

⑥ 刘淑《个山集》卷四，《刘铎、刘淑父女诗文》本，人民教育出版社1999年5月第1版，第299页。

逸的角色实践中,女性展现了隐逸生涯中的独立价值,拓展了生存空间,不再是依附于男性的、寂寂无名的"逸妻"形象。正如高彦颐所云,传统中国妇女并未恪守"三从"制度,而是通过多种方式,"极有创造地开辟了一个生存空间,这是给予她们意义、安慰和尊严的空间"①。

以隐逸著称于世的苏州才女陆卿子,与丈夫赵宦光共筑寒山别业,二人手辟荒秽,疏泉架壑,身体力行地将隐逸理想付诸实践:"构小宛堂,藏书其中,所置若椀几坐,皆修然绝俗。"②陆卿子生活的晚明时期,审美化的生活态度渗透到各种文化层面,人们着意于彰显隐逸生活的文化品位,喜在幽雅绝俗的物质环境中,从事著书立说、酬唱优游之类的风雅韵事。清人袁栋《偕隐》记曰:

> 明吴郡范畏白(允临)博览,能持善书,隐于天平山。其夫人徐小淑亦能诗,畴赵凡夫(宦光)吟咏著述,隐于寒山,亦有才妇曰陆卿子,居相近,时相唱和。徐有《络纬吟》,陆有《玄芝》、《考槃》二集,俱为时传诵。同志偕隐,才媛蝉联,诚隐居之乐事云。③

陆卿子热衷于作诗,与附近才女徐媛时相过从,切磋唱酬,时人评价陆卿子"学殖优于凡夫(赵宦光)远甚"④,其才华与声名皆盖过了丈夫,俨然成为这桩偕隐佳话中的主角。

陆卿子的情况并非个例。明清之际女性隐者,多拥有潜心钻研的志业,而不再仅限于烧灯剪烛、充当男性隐士的配角。其生存状态,与身边男性文人的界限已趋于模糊。会稽(今浙江绍兴)名媛商景徽,为明吏部尚书商周祚次女,上虞(今浙江绍兴)征士徐咸清妻,博学工诗,入清后与徐咸清"夫妻偕隐,合著小学一书"⑤。萧山(今杭州萧山)人沈云英入清后"隐居教授里中,兼以书法训后学"⑥,转向佣书课塾、传道授业的生涯。族中名士沈兆阳,便从沈云英受《春秋左氏传》。

隐逸女性潜迹山野,不乏游心书画,卓然名家者。华亭(今上海松江)

---

① 高彦颐《闺塾师:十七世纪中国的妇女与文化》,江苏人民出版社 2005 年 1 月第 1 版,第 9 页。
② 见《(同治)苏州府志》卷四十五《第宅园林》,《中国地方志辑成》江苏府县志辑,第 349 页.
③ 袁栋《书隐丛说》卷十四,《四库全书存目丛书》子部第 116 册,第 578 页。
④ 钱谦益《列朝诗集小传·闰集》"赵宦光妻陆氏",上海古籍出版社 1983 年 10 月新 1 版,第 751 页。
⑤ 徐鼒《小腆纪传》卷六十"仲商夫人"条,中华书局 1957 年 7 月第 1 版,第 687 页。
⑥ 汪有典《史外》卷三十一《两女将军传》,《四库禁毁书丛刊》史部第 20 册,第 653 页。

闺秀李怀通晓戏曲，其夫曹尔垓入清后不仕，被时人称作"高风真隐"。在隐居生涯中，李怀不仅照顾丈夫的日常起居，同时也致力书画，"梬沐之外，亦点染云林，花花草草无不合法度"①。杭州才女李因（1610—1685），出身贫寒，嫁光禄寺少卿葛征奇为侧室。南京陷落后，葛征奇殉节。李因自此失去了依靠，只能隐居会稽（今浙江绍兴）乡野破庐中，以卖画维持生计，陈维崧评其作山水花鸟"幽淡欲绝"②。李因画作苍古静逸的风格，与其长期避世山居的生活不无关系。

　　寄意玄虚、耽禅悟道的形象，也与脱迹尘俗的隐者身份时有重合。嘉善（今浙江嘉善）闺秀陆观莲自号"雨发道人"，余南史《雨发道人别传》述其与夫殳丹生偕隐于震泽西村的景象，"草屋萧萧，烟火时绝"、"则雨发诗成，山夫击节而歌，林鸟山鹤一时惊起"③，展现了陆观莲超越凡俗的志趣。陆卿子的孙女赵昭，则深受家族隐逸传统的影响，自小便"性好烟霞，常葛衫椎髻，自拟道民"④，后值夫家遭难，遂入空门，更号"德隐"，结庵于洞庭西山中。

　　就文学领域而言，"闺隐"现象，使明清之际诞生了一批隐逸诗人。文人吴本泰为李因《竹笑轩吟草》作序，曾指出闺秀诗的一般特征："夫香奁取其芳艳，金荃悦其霍靡，大都粉泽胜而气格卑，闺阁近而林泉远。"⑤然而明清之际，"闺阁"与"林泉"的结合，无疑令女性创作打破了这一陈规。偕隐泉石，赋诗自娱，便形成了闺秀中的高士风流，才女中的林下风度。上虞（今浙江绍兴）闺秀徐安吉为王端淑弟妻，王端淑在《名媛诗纬初编》中称徐安吉随夫"偕隐唱和，酒□茶爱，琴弈山水之暇，无非韵事"⑥。极赞其诗妙韵天然，并引《明诗存》之评价云："闺秀诗难其有高士风流，中间天然妙韵，似不从齿牙笔墨得之，三复不释，唯有怪叹而已。"⑦隐逸实践影响了诗人与作品的气格风貌，同时也极大地拓展了才女的书写空间。女性诗集中以隐为题者，就有陆卿子《考槃集》与《玄芝集》、张学象《隐集》、殳默《闺隐集》、黄荃《蕉隐居诗》、汪纫《香隐集》等。这些作品，展现了"闺隐"带来的

　　①　徐树敏、钱岳《众香词·乐集》，台北富之江出版社 1997 年 1 月第 1 版，第 26 页。
　　②　陈维崧《妇人集》，《清代闺秀诗话丛编》本，凤凰出版社 2010 年 4 月第 1 版，第 1 册第 30 页。
　　③　汪启淑《撷芳集》卷三十二，清乾隆五十年乙巳（1785）飞鸿堂刻本，第 2a 页。
　　④　沈季友《檇李诗系》卷三十五，《景印文渊阁四库全书》第 1475 册，第 842 页。
　　⑤　李因《竹笑轩吟草》卷首吴本泰序，辽宁教育出版社 2003 年 3 月第 1 版，第 2 页。
　　⑥　王端淑《名媛诗纬初编》卷十一"倪仁吉"条，清康熙六年丁未（1667）山阴王氏清音堂刻本，第 17b 页。
　　⑦　王端淑《名媛诗纬初编》卷十六"徐安吉"条，清康熙六年丁未（1667）山阴王氏清音堂刻本，第 1b 页。

诗境之变。女英雄刘淑抗清失败之后的隐逸书写,就上接了达则兼济、穷则独善的古代隐士精神,凭借诗歌的自我塑造,刘淑在英雄、侠女的形象之外,又多了一重隐士风范。

明清之际的江浙女性,在隐居生涯中从容扮演多样角色。个体在社会中扮演的角色越多,其施展才能的空间便越宽阔,也更容易平衡单一角色可能带来的心理挫折。隐逸女性,较之传统的贞女、贤妻、寡妇角色而言,无疑拥有更为丰富的生命体验,实现了更高的自我价值,也为长期受男性主导的隐逸文化,带来了不一样的色调。

三 闺与隐:女性角色的常态与新变

随夫归隐的女性,虽然拓展了身份空间,却并未背离社会对贤妻良母的基本要求,也没能动摇传统的性别秩序。不过,在传统的女内男外的角色分工中,女性虽然在家庭中起到主导性作用,但其职责仅限于女工针指、中馈琐事;而男性主外,主导了整个家庭价值取向。故而历史上的"逸妻",常常是依附于隐士而存在的。随着晚明以来士族女性文化素养的提高,知识女性濡染了安贫乐道、淡泊心志的隐逸精神,便将其内化为精神层面的自觉选择,从而展现出新的风貌。《名媛诗归》托名钟惺编撰,论作诗"其体好逸"、"其地喜净"、"其境取幽","然之数者,本有克胜女子者也"①。认为闺阁女子贞静自守,体气清华,出语自然清新脱俗。到了清初,"灵秀之气"、"清淑之气"钟于闺阁的话语,更风行一时。易代之际的"闺隐"现象,显然促进了这一风尚的转变。

这些女性对隐逸的体认与践行,还体现在对整个家庭价值取向的干预。尤其当她们从女、妻成长为姑,主持家政时,往往能凭自己在家族事务中所起的决定性因素,影响家人进退出处的航向。有"武林闺秀之冠"之称的杭州贤媛顾若璞,其夫科举屡败而憾恨病死,她日课二子以期子承父志,却遭遇明清鼎革之变。入清后,顾若璞召集二子及长孙黄敬修,郑重表达归隐的意愿,并将所居"西园"更名"偕隐园",赋诗十章以明其志。黄敬修在顾若璞《卧月轩稿》卷四《附长孙敬修和诗》的小序中说,"幸卵翼之得所,嗟头角之未成,敢不敬奉徽音,自甘败类","赋十章而次韵,景或复陈,言惟一致"②,表达了对祖母的尊重与景从。此后四十余年,以顾若璞为首,寓林黄氏一家吟咏自娱,以一门风雅见称于世,正如黄敬修所谓:"林下清风,

---

① 钟惺《名媛诗归》卷首自序,《四库全书存目丛书》集部第339册,第2页。
② 顾若璞《卧月轩稿》卷四,清顺治八年辛卯(1651)黄灿、黄炜卧月轩刻本,第11a页。

奏椎歌诗,葛天高唱,可谓迥出笄流,芳越千古者矣。"①在承平之世,女性通常充当贤内助的角色,鼓励男性追求个人功名与家族荣耀;但在时局动荡之际,面临出处选择之时,这些女性更多地选择隐逸,乃至对丈夫的仕隐起到关键性的影响。清代女诗人徐淑英在《女诫论》一文中,举到战国时黔娄之妻,议论便与以往有所不同,强调了女性在隐逸中的主导性:

> 大凡君子得闻其隐行,多赖有贤内助。若鲁黔娄之生平守正,不有其妻,不几死而移乎!况谥不在貌,其愿在于昭其隐,不以衣食不足为康,而以仁义清介为康。曾子曰:"斯人也,而有斯妇!"吾曰:"无斯妇也,不见斯人!"②

徐淑英将隐士夫妻的地位倒置过来,认为是女性的隐行,成就了男性的隐名。也提醒世人注意到,男性获得隐士的光环,实有赖于妻子在幕后的默默付出。隐逸生活看起来超尘脱俗,但实际上则必须面对日常生活的种种困扰。作为操持家政的女性,经受的生活压力其实比男性有过之而无不及。她们有的还要与丈夫分担门祚衰败后的身份焦虑,以及进退维谷的取舍犹疑。那些坚守气节但潦倒窘迫的隐士,往往离不开妻子的生活照拂和精神支持。清初遗民方中履述其几度受到征召,多有犹豫而终保晚节,皆有赖于妻子张莹的规劝:"余自隐遁以来,遇世凉薄,有所难堪,尚不能不感愤。君则慰我勉我,其识其论,类非世俗女子所及。嗟乎!富贵不动其心,穷约不易其守,学士大夫犹难之,况于闺阁?"③丈夫对妻子的赞美,正是由衷地感到从妻子那里得到不仅是生活上的依赖,更有精神上的慰藉。

隐逸意味着放弃外部世界的奔竞之途,男性在家庭格局中的位置也必然发生微妙变化,女性对家庭生活的影响随之增大。对于她们来说,这未必不是一件好事:她们有可能按照自己对夫妻生活的理想状态来经营家庭。女性本来就与仕途经济无涉,琴瑟相和的家庭氛围、声气相通的夫妻感情才是她们最向往的生活。王慧"夫妇鹿门双隐迹"、钟韫"鹿门归计好

---

① 顾若璞《卧月轩稿》卷四,清顺治八年辛卯(1651)黄灿、黄炜卧月轩刻本,第10b页。
② 胡文楷、王秀琴《历代名媛文苑简编》卷上,民国三十六年(1947)商务印书馆初版,第9页。
③ 方中履《汗青阁文集·下》卷六《亡妻行略》,清光绪十四年丁亥(1888)刻《桐城方氏七代遗书》本,第35a页。

栖迟"①、徐灿"从此果醒麟阁梦,便应同老鹿门山"等表白②,皆将夫妻偕隐为理想的生活规划。朝鲜徐氏拟《次归去来辞》,更企慕于"与夫子而偕隐,双垂白发莫相疑"的美满爱情③。在女性笔下,隐士的精神原乡,转向了和美的家庭空间。罗时进指出明清家族园林的精神指向是隐逸,举家耕读或寄情园林的行为常常"隐含着某种与现有体制的背离态度"④。仕隐之区分,从价值空间角度说,体现为男子所眷恋之"国",与女性所代表的"家"的不同。而女性的传统家庭角色,一旦与隐逸生活相叠合,其在家庭中的主导作用就更加凸显了;才女们则于传统闺阁身份中获得了更能体现自身价值取向和精神追求的机会,这是明清之际"闺隐"才女不同于传统逸妻之处。

当社会形势与个人信奉的理念相悖,当时代不能提供足够施展抱负的机会,隐逸这一身份选择,便为那些游离在政局之外的家庭,提供了另一个获取安慰与尊严的价值空间。在两性共同构筑的隐逸天地里,内外之别也在一定程度上消解了,女性得以自如穿梭于不同的身份角色,男性亦能有闲暇回归情感人伦、皈依自然。毕竟,"女主内"固然是对女性的束缚,而"男主外"同样是加诸男性的负担。在这样一个特定的历史时期,性别角色出现的变化,女性所获得的自主性和主导性,是漫长的封建社会中少见的暖色。

隐逸是中国古代士人阶层特有的文化现象,与士隐相对的"闺隐",反映了女性对隐逸这一行为模式,以及其所代表的社会身份和价值体系的认同。明清之际才女对隐逸的积极参与,展示了女性自我价值拓展的崭新途径。发掘明清时代知识女性对隐逸的身份追求,也为重新看待隐逸文化提供了新的维度。清代出现大量的女作家,对士大夫文学传统进行了全面深入的继承。隐逸精神在女性中的传承,以及两性对待隐逸态度的微妙差异,值得深入探讨,无疑有助于对传统文化的全面认识,也有助于对古代女性文学的多维考察。

---

① 吴颢、吴振棫《国朝杭郡诗辑》卷三十,清同治十三年甲戌(1874)钱塘丁氏刻本,第 3a 页。

② 徐灿《拙政园诗集》,《〈浮云集〉〈拙政园诗馀〉〈拙政园诗集〉》本,黑龙江大学出版社 2010 年 10 月第 1 版,第 332 页。

③ 徐氏《令寿阁稿》,见张伯伟主编《朝鲜时代女性诗文集全编》,凤凰传媒出版集团 2011 年 8 月第 1 版,上册第 664 页。

④ 罗时进《地域·家族·文学——清代江南诗文研究》上编《清代江南私家园林与家族文学发展》,上海古籍出版社 2010 年 12 月第 1 版,第 123 页。

第二节　"女遗民"：政治立场的自我书写

一　遗民文献与遗民叙事中的女性

遗民之称，一般用于易代之际忠于前朝而耻事新朝者。作为明清文学研究中的重要对象，清初的明遗民是一个数量空前、涵盖广泛的复杂群体。有关遗民的名称定义、事迹搜集与意义阐述，在清初即已进行，而流传下来的文献极少。在清末相似的历史环境中，又掀起一轮明遗民话语建构与文献整理的热潮。迄今可见的遗民文献有十余种，为明遗民研究划出了基本的疆界。在这些总集中，不乏以女性之身而位列遗民者，值得予以特殊的关注。试从诸家文献中搜罗如下：

孙静庵《明遗民录》卷四十八收录女性共十人，包括毕韬文（毕著，字韬文）、刘淑英（按：刘淑）、香娘、隐隐（沈素瑸）、草衣道人（王微）、文鸯、沈云英、商夫人（商景兰）、仲商夫人（商景徽）。

朝鲜佚名撰《皇明遗民传》收录十六人，包括丁仙窈（丁孺人）、李夫人（巩永固女）、潘夫人、岑太君、沈云英、屈氏、崔回姐、崔柔姐、崔紧姐、陈元淑、曹静照、黄修娟、龚鼎孳妻、彭夫人、萧夫人。

谢正光《明遗民传记索引》在上述二十五人基础上，又参考《续表忠记》、《南疆绎史摭遗》、《前明忠义别传》、《荟蕞编》、《清诗纪事初编》等史料，新增入铁娘子、陈舜英、薛琼三人。

上述文献关于女性遗民的部分，至少有如下问题值得探讨：第一，编者筛选对象的标准是什么？在事迹提炼与叙述中，又是如何体现这一标准的？第二，诸家关于女性遗民的标准是否合理，有多少商议的空间？搞清这些问题的同时，也是界定本文讨论对象的过程。

《明遗民录》、《皇明遗民传》皆未对选录女性作出说明[1]，谢正光论及遗民选录标准云："明遗民者，殆生于明而拒仕于清，举凡著仕第或未著仕籍，曾应试或未及应试于明，无论僧道、闺阁，或以事功，或以学术，或以文

---

[1]　孙卫国《朝鲜〈皇明遗民传〉的作者及其成书》考证《皇明遗民传统》作者为成海应，据其集中有"得妇人女子之为皇明守志者若干人，而三夫人尤其烈者，今得赵夫人事而异之。当下城之初，虽闺中之处子，亦有宗周之思，皇朝之泽浩博如此乎？"之语。见《汉学研究》2002年第1期。

艺、或以家世,其有一事足记、而能直接或间接表现其政治原则与立场者也。"①可知编者界定的关键,在于"政治原则与立场",即忠于明室而拒仕于清。女性虽无出仕机会,仍可以通过事功、学术、文艺、家世等途径,直接或间接凸显其政治立场。对上文所列女性逐一考察,按照事迹,大致可分为如下类型:

第一,反抗清廷、拒绝征召封诰等政治行动,即谢正光所谓"事功"。如刘淑、毕著、岑太君、沈云英曾参加抗清军事斗争,入清后归隐;秦良玉曾率兵击退张献忠,立功后拒绝清廷征召。龚鼎孳降清后,其原配童氏拒受清廷一品夫人的封诰。对于女性来说,这些行动无疑是其政治立场最有力的反映。

第二,协助、规劝男性亲人保存志节。如青楼名妓王微归名士许誉卿后,力劝其保身全节。阎若璩之母丁仙窈,王克承妻萧氏皆嘱其子守义弗仕,黄修娟劝夫沈羽文罢弃举业。商景兰率领遗民大家庭祸福与共,支持二子祁理孙、祁班孙的复明活动。无论劝夫、训子,皆是女性主动干预家庭成员的出处抉择,可视为女性政治立场的间接表现。

第三,国变后赴死之烈女。一类是徐烈母、王烈母(顾炎武母)、钱元淑、彭夫人(彭而述妻王氏)。这些女性往往明确表现出为国家颠覆而就死的目的,如顾炎武继母王氏绝食殉国,弥留之际再三嘱咐顾炎武不要出仕,莫为异国臣子。崇祯帝后自尽后,山阴人钱元淑痛哭绝粒而殁,为时人所称②。不过,殉国者虽与遗民志节相近,而一死一生,不宜混淆入遗民的队伍。另一类沈隐③、文莺并非殉国者。如妓沈隐殉夫而死,未直接表达其政治态度。而文莺为李长祥妻黄氏侍女,城溃后愿代黄氏赴死,只能作为"义仆"的形象,其义行纯为报主,而非出于对明朝的忠诚。

第四,与夫偕隐。如潘叔旸女于明亡后作绝命诗四章,自尽未遂,与丈夫乔可聘闭门偕隐,知其子补诸生后,作诗自愧。山阴名媛商景徽与夫徐咸清偕隐著书终老。由于隐逸动机往往较为复杂,因此隐逸与遗民间具有模糊性,需综合家庭身世、仕途判断。

第五,为尼。如曹静照、沈隐与尼涵光。全祖望《沈隐传》称其为扬州姬,夫职方殉节后,主者欲收香娘于下,香娘不从而削发为尼。自述:"相公

---

① 谢正光《明遗民传记索引·叙例》第一款,上海古籍出版社 1992 年 5 月第 1 版,第 10 页。

② 事见王端淑《名媛诗纬初编》卷四,清康熙六年丁未(1667)山阴王氏清音堂刻本,第 16a 页。王端淑与钱敬淑同乡,故所记始末较详。

③ 沈隐,《明遗民录》作沈隐隐,一名沈素瑶。

每饭不忘故君,妾亦何忍负之。必欲见辱,有死不能。"①邹氏因夫不知书而弃去,削发为尼,名涵光。

第六,宫人。其中李夫人(巩永固女)被俘后拒事二姓、不从清人,后被放归。而屈氏、崔回姐、柔姐等,只剩下明朝遗留下来的臣民这一字面的意义,与遗民的精神内核差距更远。

因此,上述女性事迹中,第一、第二、第四类基本符合谢正光对女性遗民的认知,其余似觉勉强。《明遗民传记索引》在选录实践上,之所以未贯彻作者所称的标准,盖因作者初衷在于汇集历代遗民文献,以便读者观察遗民观念之变迁,故而重在兼收并蓄而略于甄别涤汰。

以上文献在一定程度上代表了社会对遗民身份的认同与接受。总集的编撰工作不仅包含材料史实的复制,也是一个意义赋予的过程。对清初女性遗民的认定、筛选与诠释中,也不可避免地要受到这两个时段特殊视域的影响。

在此过程中,清末政治话语对清初历史记忆的重塑,是一个重要环节,对此学界已有阐发。夏晓虹《历史记忆的重构——晚清"男降女不降"释义》一文,就揭示了晚清对明季女英杰的话语塑造。在清末民初救亡思潮的影响下,妇女与家国的关系被提到空前的高度,明季爱国女性的事迹,也相应地引发了时人的重视:"秦汉以降,妇女以奇节著闻者,彪炳于史册,然卒未有为民族殉身者。惟明季妇女,其志尤坚。"②清末男性从史料中发掘身赴国难、视死如归的女英杰典范,目的在于激励"二万万女同胞,更有缴'男降女不降'之遗绪,而同心协力,共捣黄龙者"。这一时期诞生的闺秀总集,亦不免受此种风气波及,表现出对女性政治话语的浓厚兴趣。《清代闺阁诗人征略》编者自述全书以沈云英、刘淑英、毕著开端,便"寓崇拜女豪杰之微意"③。

在民族危亡之秋激发的危机意识,使得晚清人士对明季女性的阐释焦点,集中在女性的民族意识与政治情怀,并直接推动了女性遗民的发掘。《小黛轩论诗诗》的作者,称赞清初归隐的女诗人纪映淮"流水栖鸦句有神,阿男犹是女遗民"。而毕著、沈云英的事迹,也经过稗官野史的渲染改编,增加了二人拒绝清廷征召的细节,以突出其忠于明室的遗民身份。类似的

---

① 全祖望《全祖望集汇校集注·鲒埼亭集外编》卷十二《沈隐传》,上海古籍出版社 2000 年 12 月第 1 版,中册第 975 页。

② 《警钟日报》"史谭"栏《妇女不降》,1904 年 7 月 13 日。

③ 施淑仪《清代闺阁诗人征略》卷首《例言》,上海书店 1987 年 5 月第 1 版,第 6 页。

改动,还发现在一些女性诗作中,清末流传的杜氏女绝命诗云:"不忍将身配满奴,亲携酒饭祭亡夫。今朝武定城头死,留得清风故国都。"①据明末沈宜修《伊人思》、清初王端淑《名媛诗纬初编》记载,杜氏妇为明初人,在洪武帝宫廷政变中罹难,而此诗中"满奴"应作"象奴",在清末被篡改,一字之差,意义迥别。时人之所以努力将女性节烈与民族危难联系在一起,使历史事实服从于政治话语,不得不归结为清末剧烈的社会转型中造成的急端思维。对此现象,夏晓虹总结道:

> 于是,晚清对于明季殉难妇女的叙述,也一律赋予'为民族殉身'的至高意义。不屈而死的女子与'降志辱身'的男子形成鲜明反差,更成为晚清谈论明季史事者特有的思路。②

这一思路,是晚清人士特有的吗?显然,在明末清初,已有"夫降妻不降"的话语③。而从清初到清末的事迹演变中,附加在女性身上的政治意图并未产生本质的变化。以烈女求死的从容反衬男子的懦弱,实际上也是明季史家的惯用手法。

明室颠覆、异族入侵,为明季文人的心灵带来了巨大的震撼。随着死国者日增,生与死的抉择,成为明清之际不断讨论的中心议题④。其中女性自尽者,亦数量空前。著名女诗人方维仪之姊方孟式就随夫自尽,《明诗综》记载:"方孟式,如耀桐城人,大理卿大镇之女,嫁山东布政使张秉文,济南城溃,同夫殉节。"⑤此外,仅昆山一地女子,在顺治二年乙酉(1645)秋间就有四百余人投水自尽。

观此期女性自尽的动机,大多为保全贞节。明代节烈风气极浓,而政府对于以身相殉之"烈"的标榜又胜于冰霜侍翁姑之"节"。因而易代之际烈女纷出的氛围有着深厚的历史渊源与社会基础。江干女子"与其辱而

---

① 见小横香室主人《清朝野史大观》卷八《清人轶事》"杜妇遗诗"条,上海书店 1981 年 6 月影印民国二十五年(1936)排印本,第 104 页。

② 夏晓虹《历史记忆的重构——晚清"男降女不降"释义》,见陈平原、王德威、商伟主编《晚明与晚清:历史传承与文化创新》论文集,第 259 页。

③ 刘献廷《广阳杂记》卷一"霍山黄鼎"条,载霍山黄鼎归降清廷,"其妻独不降,拥众数万盘踞山中,与官兵抗,屡为其败",见中华书局 1957 年 7 月第 1 版,第 36 页。

④ 何冠彪《生与死:明季士大夫的抉择》中统计明季殉国人数,得出为历朝之冠的结论。见台湾联经出版事业股份有限公司 2005 年 12 月第 1 版,第 17 页。

⑤ 朱彝尊《明诗综》卷八十六,中华书局 2007 年 3 月第 1 版,第 8 册第 4200 页。

生,不如洁身死"之语①,明示义不受辱之念。顺治三年丙戌(1646),清军下浙江,林鼎新妻刘氏闻兵至而自缢,留所临《黄庭经》卷末遗诗云:"生有命,死有命。生兮妾身危,死兮妾心定。"②知其早存必死之志。

同时,受到晚明情教的影响,殉节中亦不乏殉情的成分。顺治七年庚寅(1650)广东被围,李氏之夫投珠江自沉,李氏被囚而题诗自缢,诗云:"恨绝当时步不前,追随夫婿越江边。双双共入桃花水,化作鸳鸯亦是仙。"③平阳女子被掠,乘隙以柳枝自经,义无反顾地追随丈夫于地下,并题诗许愿:"楼前记取孤身死,愿作来生并蒂花。"④这些绝命诗表明了促使女性殉国的情感因素。

但在明季史家的笔下,女性的节烈观念同国家大义划上了等号,抵制异族侮辱肉体,常常被阐释为对山河入侵的抵抗,并常常与苟且偷生的男性对比,形成了"女胜于男"的价值评判。计六奇《明季北略》,于殉难臣民后加入不少女子的事迹,并称:"人惟贪生念重,故临事张惶,若烈妇存一必死之志,则虽刀锯在前,鼎镬在后,处之泰然,岂与优柔呴嚅者等哉!"⑤显然欲以烈妇的言行,加剧易代之际对失节持论苛严的言论氛围。计六奇收录的女性事迹中,最引发轰动的是杜小英的《绝命诗》。杜小英在顺治十一年甲午(1654)吴三桂叛乱中为清兵所掳,献给一位曹姓将领,杜小英施计投河,留下《绝命诗》十首,诗中将女性全节之死,上升到国家大义:"图史当年强解亲,杀身自古欲成仁。簪缨虽愧奇男子,犹胜王朝共事臣。"⑥计六奇评其诗云:"读前数章,想见贞节女子;读至卒章'杀身'、'犹胜'等语,则非闺秀口角,俨与文山争烈矣!"⑦同清末爱国人士一样,女性的自我牺牲也被视为一种激励男性反抗的力量,寄托着唤醒士人的诉求。本被视为红颜祸水的女性,得到了清初文人的宽恕谅解,化受害女子或其鬼魂为英雄,"塑造出了形形色色身赴国难的奇女子、守节殉国的烈女烈妇、以勇武洗雪国耻的女战士与侠女"⑧。

在历史上,当男性无力完成保家卫国的任务时,女性的能力便获得男

---

① 见曾燠《江西诗征》卷八十五,《续修四库全书》第1689册,第768页。

② 见王端淑《名媛诗纬初编》卷十二,清康熙六年丁未(1667)山阴王氏清音堂刻本,第24b页。

③ 恽珠《国朝闺秀正始续集》卷一,清道光十六年丙申(1836)红香馆刻本,第9b页。

④ 恽珠《国朝闺秀正始集》附录,清道光十一年辛卯(1831)红香馆刻本,第2b页。

⑤ 计六奇《明季北略》卷二十一下"烈女"条,中华书局1984年6月第1版,第574页。

⑥ 谈迁《北游录·纪闻·上》"辰州杜烈女诗并序"条,中华书局1960年4月第1版,第339页。

⑦ 计六奇《明季南略》卷十四"贞女诗十首"条,中华书局1984年12月第1版,第445页。

⑧ 李惠仪《祸水、薄命、女英雄——作为明亡表征之清代文学女性群像》,胡晓真主编《世变与维新:晚明与晚清的文学艺术》,台湾"中央研究院"中国文哲研究所2001年,第301页。

性世界的盛赞,被放大为疗救社会的力量。对此,归庄曾将闺阁人才济济视为衰世的表征:"嗟乎! 衰世之人才乃多钟于闺阁耶?"男性文人力图发掘女子优胜于男子之处,然而,这种"甘拜下风"并未改变两性格局中的男性主体性地位。因为,男性文人们尽管高呼"女胜于男",他们仍然是公共话语的主导者,号召女性守护国家利益,也是他们眼中属于男性的任务。

揭示清初与清末相似的舆论环境,并不意味着认同女性的表现,全然是被男性话语塑造的幻象。从古至今,社会不断调整着对两性的角色要求,但女性始终是自己人生剧本的编写者。秦蓁在《女子关系天下计——论明清时代男性在女性面前的惭愧意识》一文指出:"在山河变色的时候,女性的坚执,竟教男人们——这些在历史中惯扮英雄豪杰的男人——相形之下黯然失色。在明清,这几成公论。"①通过这些跨越了闺阁空间、僭越到男性世界的角色扮演,女性凸显了自我在历史维度上的重要意义。因此,女性与家国的结缘,既受到历史、文化、政治等外部力量的推动,亦是女性自我建构、阐释的过程。它为我们带来了一系列思考的方向:女性如何看待明末清初的政治变局与国族危机,她们为何要积极界定自身的遗民身份,又诉诸怎样的文学表现? 这些问题,只有从她们自身的作品入手才能窥探一二。

二 从家到国:女性角色的延伸

对于生长于世家大族的闺阁才女而言,家族所赋予的"名父之女、名士之妻、令子之母"的身份,为其提供了审视外部世界的基本视角。女性与王朝政权的关系,亦由此而展开。

女性在少年时代的心智成长与观念形塑过程中,对政治立场影响最大的,莫过于家族背景与家风濡染。尤其是父女关系,不论在才华的培养与发掘,还是志趣、情感的紧密联结,乃至理想、信念的潜移默化,均对女性突破传统贤妻良母角色,起到了更为积极的作用。资质出众的才女,常常被父亲视若珍宝。王思任欣赏女儿王端淑,就有"生有八男,不易一女"之语②。易代之际建立功勋的女性,刘淑、沈云英、毕著等,都是将门之后,通过言传身教、耳提面命,使家国情怀根植于心。刘淑的英雄心性,七岁时便为其父刘铎所识。刘铎被冤而死,临终绝笔"知汝百年能不负,铜肝铁胆颇

---

① 见熊月之、熊秉真主编《明清以来江南社会与文化论集》,上海社会科学院出版社 2004 年 5 月第 1 版,第 59 页。

② 陈维崧《妇人集》,《清代闺秀诗话丛编》本,凤凰出版社 2010 年 4 月第 1 版,第 1 册第 19 页。

如余"，认为女儿"异日必为女中英"①。这一预言，根植在刘淑的深层心理，激励了一生的气节与坚持。而刘淑也未辜负父亲的期待，在易代之际毁钗纾难、施展抱负。学界曾有人认为刘淑是弹词《天雨花》的作者，这一结论未必属实，却自有其根由。从女性眼光出发的《天雨花》，正是通过深度刻画父女关系，表现身为女儿的小说作者对明清之际国族危难的态度②。曼素恩曾指出，"在所谓历史小说中，由女性——尤其是女儿的角色——在风雨飘摇的危机中暂时取代缺席的男性，以延续家国命脉于不坠，几乎成为一种不可改易的成规"③。《天雨花》中，左仪贞对象征着家族权力的世代传承的"盘龙剑"的渴望、占有与使用，便显示出女性对自我在晚明乱世中扮演新角色的深沉期待。

作为曾经募兵抗清的女英雄，刘淑的事迹在当时并非绝无仅有的案例。而《个山集》之传世，却如沧海遗珍，刘淑的内心世界借以完整呈现于后世。在四百多首诗词中，作者时时以忠于明室的遗民自居，努力继承父亲的价值系统，时刻不忘反清斗争。另一个著名的女英雄毕著，则留下了一首自叙之作《纪事》，用朴实无华的文字，对自己的军事行动进行了阐释：

> 吾父矢报国，战死于蓟邱。父马为贼乘，父尸为贼收。父仇不能报，有愧秦女休。乘贼不及防，夜进千貔貅。杀贼血滹滹，手握仇人头。贼众自相杀，尸横满坑沟。父体舆榇归，薄葬荒山陬。相期智勇士，慨焉赋同仇。蛾贼一扫清，国家固金瓯。④

毕著其人其事，在清初诸总集中语焉不详。乾隆时期，沈德潜编《国朝诗别裁集》，采用的是从其兄长处所阅毕著诗集的第一手材料⑤。诗中频

---

① 刘铎《幼女七岁，随母于患难，了无怖容。闻我不归，辄悲号欲死，是异日必为女中英，须带之南还，馀无所嘱》，《刘铎、刘淑父女诗文》本，人民教育出版社 1999 年 5 月第 1 版，第 213 页。

② 见胡晓真《才女彻夜未眠——近代中国女性叙事的兴起》第五章《父与女——女性文学想象中的晚明变局与世代传承》，北京大学出版社 2008 年 9 月第 1 版，第 185—217 页。

③ 曼素恩《缀珍录——十八世纪及其前后的中国妇女》，江苏人民出版社 2005 年 1 月第 1 版，第 151 页。

④ 沈德潜《清诗别裁集》卷三十一，中华书局 1975 年 11 月第 1 版，下册第 564 页。

⑤ 沈德潜称："韬文诗稿向见于家来远兄处，序中有云：'梨花枪万人无敌，铁胎弓五石能开。'又云：'入军营而杀贼，虎穴深探；夺父尸以还山，龙潭妥葬。'又云：'室中椎髻，何殊孺仲之妻，陇上携锄，可并庞公之偶。'时异其人，钞异五言古、七言绝二章，来远兄没，毕诗遍索不得矣。存此旧录，聊以见其生平。"见《清诗别裁集》卷三十一，中华书局 1975 年 11 月第 1 版，下册第 564 页。

频出现的"贼"或指清兵①,因而对这一违碍之语的替换,便显示了沈德潜保存易代之际历史记忆的苦心。诗首叙其父守蓟邱,战死疆场。毕著力排众议,率众突袭贼营,斩其魁首,夺回其父遗体。这一举措,在历史上不乏前例。"秦女休"这一典故,便是孝女为父复仇的故事原型。如果说,为父报仇是毕著采取军事行动的最初动因,那么此诗开头对其父"矢报国"的强调,篇末"国家固金瓯"的期许,便将其"孝女"个人行为,上升到家国大义的层面。在遵循"子报父仇"的伦理秩序下,"孝女"与"女将军"的形象完美结合,体现了由家到国、化孝为忠的话语变通。

身世与家庭,不仅决定了女诗人自身的归属感,也是世人鉴定女性遗民身份的重要依据。沈德潜在《国朝诗别裁集》中点评侯怀风深沉悲壮《感昔》一诗,就揭示道:"此感思陵失国时事,降将倒戈,虎臣战没,而君王因之殉社稷矣!忠臣之女,宜有是诗。"②"忠臣之女"的身份标签,是后世读者理解其诗情感基调的关键。嘉定侯氏一门忠烈,在抗清斗争中,侯怀风父、兄皆殉国。联系其覆巢之下的处境,诸如"成败百年流电疾,苍梧遗恨不堪攀"之感慨,便非无病呻吟。

这一重判断也基于一个事实——那些对明朝怀有强烈情感的作品,往往出自在战乱中遭受重创的家族,她们亲历王朝覆灭带来的切肤之痛,因而将故国之思融入身世之感。商景兰写《春日寓山观梅》一诗,当园梅悠然绽开、岸柳悄然舒展,一派争春气象来临之际,作者却兴起"物在人亡动昔愁"之感。这种感伤情绪,与《悼亡》诗称颂夫婿"成千古"、"原大节"③,《哭父》诗愤慨"国耻臣心切,亲恩子难报"的情感如出一辙④。自祁彪佳殉国之后,商景兰独力抚孤持家,支持祁理孙、祁班孙兄弟的秘密复明活动,慈溪魏耕、归安钱缵曾、山阴朱士稚、秀水朱彝尊、番禺屈大均均与祁氏兄弟过从甚密,以山阴祁氏梅墅为密筹据点,造成了清初的曾撼动半壁江山的"通海案"⑤。事败后,祁氏兄弟一流放、一郁郁而终。商景兰入清后的创

---

① 清俞樾《茶香室丛钞·茶香室三钞》卷十五"毕著诗不应入国朝诗选"条云:"国朝礼亲王《啸亭续录》云:沈归愚选《国朝诗别裁》纯皇帝命内廷词臣删定,然如闺秀毕著《纪事诗》,乃崇德癸未饶余亲王伐明,自蓟州入边,其父战死。故诗有蓟邱语,非流寇难也。当其时海宇未一,不妨属辞愤激,归愚选入,已失检点。内廷诸公,仍其纰缪。此与商辂续纲目,滁州之战书明太祖为贼兵同一笑柄。"中华书局1995年2月第1版,第3册第1212页。
② 沈德潜《清诗别裁集》卷三十一,中华书局1975年11月第1版,下册第565页。
③ 商景兰《锦囊集》,《祁彪佳集》附编,中华书局1960年2月第1版,第260页。
④ 商景兰《锦囊集》,《祁彪佳集》附编,中华书局1960年2月第1版,第264页。
⑤ 可参考何龄修《关于魏耕通海案的几个问题》(《文史哲》,1993年第2期),谢国桢《记清初通海案》(《明清之际党社运动考》,中华书局1982年版,第279页)。

作,始终未能走出故国沧丧、夫婿殒身的伤痛,在古稀之年犹忆一生"濒死者数矣"①。将这些女诗人与朱中楣、徐灿等丈夫入仕新朝的女诗人作比较,在后者笔下,故国之思常常以含蓄深隐而富于艺术化的形式呈现;而前者却直诉枕戈泣血之志,表现出鲜明的政治立场。王端淑之父王思任在明亡后绝食而死,孟称舜《丁夫人传》称王端淑"集成名曰《吟红》,志悲也"②,丈夫丁肇圣诠释道:

> 先帝变兴,煤峰泣血。予遂携家南归。内子更多长沙三闾之句。……集曰吟红,不忘一十七载黍离之墨迹也。③

国祚更移,异族入主,彻底颠覆了王端淑平日养尊处优的生活,《苦难行》真实记录了其在甲申前后生活境遇之陡变:从"甲申以前民庶丰,忆吾犹在花锦丛。莺啭帘栊日影横,慵妆倦起香帏中",到"一自西陵渡兵马,书史飘零千金舍"。诗人还家后遭遇父亲自尽、兄长失和,长姊出家,只能卖文维生,开始坎坷的生活。所著《吟红集》之"红",便是朱明之隐喻。这一手法在清初非常普遍,类似的还有诸如借用"楚汉"、"胡"字眼,强调华夷之别,"红"、"朱"、"落花"的隐喻则饱含强烈悼明意味④。这套特殊的语汇系统,将刻骨铭心的历史记忆,凝结在某些指代性质的字眼中:

> 歌罢伤心泪几行,江山旋逐楚声亡。贞心甘向秋霜剑,不欲含情学汉妆。——朱德蓉《咏虞姬》
> 我怀朱明时,乱山似凝碧。——朱德蓉《哭修嫣》⑤
> 几时荆汉拥旌旗,人识征南白接□。——章有湘《怀四叔父》⑥
> 一夕胡笳落花飞。——刘淑《秋泛为访童夫人答赠》⑦
> 补天应有重光日,暂向穷途哭落花。——刘淑《自叹》十五首

---

① 商景兰《〈琴楼遗稿〉序》,《祁彪佳集》附编,中华书局1960年2月第1版,第289页。
② 王端淑《名媛诗纬初编》卷首孟称舜《丁夫人传》,清康熙六年丁未(1667)山阴王氏清音堂刻本,第2b页。
③ 王端淑《映然子吟红集》卷首丁肇圣序,日本内阁文库本,第1b页。
④ 朱则杰《清诗考证》第四辑《特殊意象类》,人民文学出版社2012年5月第1版,第805页。
⑤ 见《祁彪佳集》附编,中华书局1960年1月第1版,第296页、第294页。
⑥ 见邹漪《诗媛名家红蕉集》卷上,清初刻本,第18b页。
⑦ 刘淑《个山集》卷五、卷三,《刘铎、刘淑父女诗文》本,人民教育出版社1999年5月第1版,第333页。

之七①

　　红香暖日流云散，青冢黄昏泣露寒。——龚静照《落花和韵》②

　　"楚汉"、"朱明"、"胡笳"、"落花"等，皆是明遗民表达政治立场的特殊语汇，而"青冢"、"虞姬"对汉室的忠诚，更是明清之际女性笔下频繁出现的隐喻。上段引诗的作者，有着相似的遭际。朱德蓉为山阴祁班孙妻，是商景兰率领的遗民大家庭中的一员。章有湘夫家嘉定侯氏一门忠烈，留下寡妇姊娌夏淑吉、章有渭、宁若生、盛蕴贞组成嘉定侯氏女诗人群，明亡后，共筑岁寒亭唱和终身。龚静照父龚廷祥为南中书舍人，明亡投水而死。龚静照作《鹃红集》以悲其父。这些进入遗民语汇系统的女诗人，皆以哀顽楚声蕴其情志，使个人不幸与国家沦丧之痛相互生发。

　　因此，在家国同构的社会中，国之颠覆即伴随着家的倾毁，将个人悲痛与集体创伤联结在一起。女性所处的闺阁，亦无法置身事外。她们便以遗民自居，通过相似的艺术手段达成集体共识，形成了一个心领神会的语义场。并用富于艺术性的表现，超越了个体椎心泣血的记忆，进入更为深广的遗民文学情境。

三 "青山自属女遗民"：遗民情境的呈现

　　明末遗民不仅数量超轶前代，亦成为文化生产中的精英。当遗民成为一种群体的选择，便凝聚成一种强大的力量，跨越性别、阶层、党派，形成不同领域的话语权威。它不仅为仕途中断的人们提供了理念支持，亦使变节降清的士人不得不面临着道德自谴。身为贰臣之妻的女诗人，也可以在诗作中流露出故国心态，为丈夫承担着失节带来的灵魂拷问。对于处于边缘的女性群体来说，以遗民自许，也是建构自我身份和权力的有效资源。出身低微的李因、王微、柳如是，便因操守气节而获得世人称道。明末与柳如是齐名的诗妓王微③，曾力助许誉卿保全节操。钱谦益《列朝诗集小传》赞曰："颍川（按：指许誉卿）在谏垣，当政乱国危之日，多所建白，抗节罢免，修微有助焉。乱后，相依兵刃间，间关播迁，誓死相殉。居三载而卒，颍川君

---

① 刘淑《个山集》卷五、卷三，《刘铎、刘淑父女诗文》本，人民教育出版社 1999 年 5 月第 1 版，第 305 页。

② 见汪启淑《撷芳集》卷二十五，清乾隆五十年乙巳(1785)飞鸿堂刻本，第 3a 页。

③ 王微(1600—1647)，字修微，号草衣道人。广陵（今江苏扬州）名妓，早年从钟惺、谭元春游。先嫁吴兴茅元仪，后为华亭东林名士许誉卿侧室。色艺双绝，尤工诗词。曾布衣竹杖，游历江楚，著有《樾馆诗》。

哭之恸。"①时人王端淑极赏之,在《名媛诗纬初编》中将其列入"由风尘中反正者",并称:"修微不特声诗超越,品行亦属一流。"②

在"不系园"社集中名噪一时的女诗人吴山,是一位明确将自己定义为"女遗民"的作者。邓汉仪题其《青山集》曰:"江湖萍梗乱离身,破砚单衫相对贫,今日一灯花雨外,青山自署女遗民。"③吴山出身寒微,其夫卜琳在明末任当涂县令,入清后辗转漂泊,生活困顿。而其诗作却融入了士大夫心忧天下的精神,颠覆了世人对女性创作的印象。魏禧为吴山所作《青山集序》中评论道:

> 天下女子,能诗者不乏人。夫人于典亡盛衰之大故,篇什留连,不一而足,有《国风》讽刺、《小雅》怨诽之义,予读之,低徊泣下。然楚玉一贫书生,夫人非有象服六珈之遇,而往往若此,则真吾所不解也。④

吴山的平民姿态,使其缺少刘淑那样欲以一己之力匡就时艰的英雄情结,也没有商景兰、顾贞立这些望族名媛的身份顾虑。穷苦困顿的生活磨炼了诗人的意志,人世艰辛的体尝赋予其博大的胸襟。如果说,那些忠臣之后、覆巢完卵的女性,常常女性专注于亡国带来的家族仇恨,吴山"非有象服六珈之遇",缺少休戚相关的利害关系,因而更容易延伸到对整体命运的关怀,将传统士大夫精神内化成自身信念坚持,创造更为高远辽阔的诗境。对遗民身份的自我界定,在其诗歌中亦得到充分的演绎,使其作品充分展现出人格力量。《清明》云:

> 而今何处觅桃源,风雨清明且闭门。春草萋萋归不得,江南多少未招魂。⑤

邓汉仪评曰"如此诗便极浑极悲"⑥。顺治初年,清军屠城的惨烈图景犹历历在目。宁若生《同荆隐集玉璜闺中次韵》:"十年往事不堪论,凭仗清

---

① 钱谦益《列朝诗集小传·闰集·香奁·中》"草衣道人王微"条,上海古籍出版社1983年10月新1版,下册第760页。

② 王端淑《名媛诗纬初编》卷十九,清康熙六年丁未(1667)山阴王氏清音堂刻本,第11b页。

③ 邓汉仪《诗观初集》卷十二,《四库禁毁书丛刊》集部第1册,第640页。

④ 魏禧《魏叔子文集外编》卷九《青山集序》,《魏叔子文集》本,中华书局2003年6月第1版,中册第461页。

⑤ 见邓汉仪《诗观初集》卷十二,《四库禁毁书丛刊》集部第1册,第641页。

⑥ 见邓汉仪《诗观初集》卷十二,《四库禁毁书丛刊》集部第1册,第641页。

搏减泪痕。独有云和楼上月,天涯还照几人存?"①诗中"十年往事"之隐语,即是清兵入关后两大暴行之一的"嘉定三屠"。经历浩劫带来的沉重历史记忆,凝结成清初诗人感同身受的时代氛围,在清明这一特殊时节赋诗所蕴含的深广哀愁,无须明言即能为时人所领会。

李惠仪指出:"遗民情怀与时代使命造就了中国女性文学传统中罕见的高瞻远瞩、特立独行之精神。"②遗民不仅是世人认知的身份标签,亦是一种自我暗示,一种理想信念。遗民作为公众话语的主导者,以个体对国家利益的忠诚为评判标准。这必然使认同遗民身份的女性,在创作中追寻政治寄托、历史关怀与道德沉思,使作品汇入的时代的洪钟大吕中。吴山《中秋》一诗,视野跳出一己得失,向西湖投入深沉的历史喟叹与悲悯情怀:

> 最爱寒光好处圆,今宵何事转凄然。两宫昔日繁华地,百代清秋水月天。凫雁不关离黍恨,湖山宁受后人怜。聊乘一叶中流放,风露依稀咽管弦。③

诗人以圆满象征的中秋这一时间点,在兵乱后游事消歇的西湖上,借一轮凄清的满月,来映照山河的残缺破碎与人事的萧条。并由情入理,从一时的朝代更替,放眼至千古兴衰,使得弥漫全诗的禾黍之悲与家国之感,笼罩了更寥廓的悲凉与更深沉的感慨。与吴山遭际相似的嘉兴女诗人黄媛介,亦借诗词抒发遗民情怀,代表作《丙戌[顺治三年,1646]清明》其二云:

> 倚柱空怀漆室忧,人家依旧有红楼。思将细雨应同发,泪与飞花总不收。折柳已成新伏腊,禁烟原是古春秋。白云亲舍常凝望,一寸心当万斛愁。④

开篇援引春秋鲁穆公时期,漆室有少女倚柱而啸,忧国忧民的典故。黄媛介借以表达自己的家国情怀。"空怀"与"依旧"二句形成对照,弱质女

---

① 陈去病《五石脂》,《丹午笔记》《吴城日记》《五石脂》本,江苏古籍出版社 1999 年 8 月第 1 版,第 289 页。

② 李惠仪《明清之际的女子诗词与性别界限》,见(加)方秀洁、(美)魏爱莲主编《跨越闺门——明清女性作家论》第六章,北京大学出版社 2014 年 2 月第 1 版,第 174 页。

③ 见邓汉仪《诗观初集》卷十二,《四库禁毁书丛刊》集部第 1 册,第 641 页。

④ 黄媛介《黄皆令诗》,清顺治十二年乙未(1655)邹氏鸳宜斋刻《诗媛八名家集》本,第 5b 页。

子徒怀家国之忧,而新朝显贵只知歌舞享乐,通过两个虚词展现了意脉与情绪的跌宕起伏。"已成"与"原是"又是一组对比,点出风习依旧而山河改易,并以细雨落花之描写烘托了愁绪之深广。立足现实,女诗人虽具有远大胸襟、不凡抱负,却只能困于性别围限的无可奈何。

因此,当女性认同遗民群体的文化身份,亦进入了相应的意义空间。——"不降其志,不辱其身"的忠义气节与坚忍品质,使遗民群体背负崇高的道德使命,并通过政治实践、生活选择与话语表达呈现于世。被排除于政治外的女性,便通过文学话语实现角色转换。书写一己遭际到展现家国关怀,奏响出传统闺阁中罕见的高瞻远瞩的新声。

四 大节与人情:生存空间的界定

遗民,不仅是一种政治态度、情感状态,亦是一种生存空间的自我辨识。在新朝、故国间确立自我的位置与价值,关系着遗民的身份认同。而遗民生存意义的阐发,常常要在与其他群体的比较中展开。明清之际的生存选择,无非仕、隐、死三途,如何看待变节之仕与殉节之死,遂成为明清之际遗民群体的首要议题。

对于仕清的失节群体,遗民的言论往往较为严苛,展现出强烈的道德优越感。方中履入清后隐居不仕,某一日为刊刻诗集而接受了官员捐助,其妻张莹即赠诗讽曰:"始信文章是神物,令君遽肯见公卿。"[1]身为摈纷华、尚节操的隐士,倘若不能回避交往公卿,便会遭到趋炎附势之诮。掌管遗民大家庭的商景兰常以"忠孝门"自勉,敦诫子孙后辈克勤克俭,以风烈之后规范言行,更作《绝交诗》,以鸟之族类为喻,"论交各有类,同类观其心。应求不相合,何如行路人",述不愿同苟且求富贵者为伍之志。这样的思想走入极端,便呈现为闭门谢客,息交绝游。赵园《明清之际士大夫研究》"遗民生存方式"一章,便历数了清初某些偏执的遗民拒绝当权者作客的表现。

与遗民相映照的另一类群体是殉国者。他们与遗民立场相同,却以死全节,以激烈方式摆脱新朝的控制。对这些殉国事迹的保存与阐扬,成为许多遗民自觉的使命承担。作为劫后余生者,他们一方面要借表彰殉国展现不与新朝合作的立场,一方面要透过生死抉择反思自我的生存意义。而以精英自许的女性,也积极参与了这一建构。王端淑《吟红集》中的《管文

---

① 方中履《汗青阁文集·下》卷六,清光绪十四年丁亥(1888)刻《桐城方氏七代遗书》本,第35b页。

忠公绍宁传》《黄忠节公端伯传》《凌侍御公駧传》《袁部院公继咸传》、
《唐忠愍公自彩传》《金陵乞丐传》等国变后赴死的人物传述,渗透了忠君
守节的正统观念与伦理话语,被学界视为"遗民写作"①。而其强烈的伦理
观念,亦体现在其汇总有明一代女性诗文总集《名媛诗纬初编》中。是书卷
二十一录有宋娟、汉阳女子、素娇、吴芳华、湘江女子、吕林英、秦影娘,卷二
十三有姑苏女子、衣氏、王菊枝、叶子眉、赵雪华诸人作品,在哀叹其人之悲
惨遭遇的同时,又希冀其能矢志节烈,认为"陷身缄书,以冀蔡琰之归,徒增
丑耳"②,指责汪源仙屈身事敌是"偷生苟免,世所最鄙"③,藉以发抒"凡士
气不振,而乾坤贞烈之气多钟于妇人"的深沉感喟④。邹漪在《启祯野乘》
中论及王端淑云:

> 乙酉[顺治二年,1645]以来,妇以兵而受辱者甚多,以兵而□者亦
> 不少。特闺门之秀,隐而弗彰,近在吾乡尚有逸者,况稍远乎? 越中诸
> 烈,皆本之王玉映。玉映表章节义,与予千里同心,此固李易安所掩面
> 而避席,苏若兰之敛手而执鞭者也。彼世之人,语及节义,非缄嘿不
> 言,即诋诃相及,视玉映何如哉!⑤

在生死与政治立场发生冲突时,鼓励舍生取义,牺牲生命坚守民族立
场的倾向,也渗透到女性群体中,甚至形成了极端的言论。在当时兴起的
"虞姬"题材中,"虞姬"以死全节的意义被大书特书,受到时人的广泛认同。
朱德蓉《咏虞姬》、李因《吊虞姬》、吴胐《咏虞姬》,均以虞姬作为女子气节的
榜样而自我激励。宫女叶子眉逃出战乱,途经灵璧石谒,感而且愧:"文章

---

① 美国学者魏爱莲(Ellen Widmer)认为《吟红集》里面大量的诗文都属于 Ming-Loyalist
writing,即遗民写作。唐新梅《〈吟红集〉与王端淑的遗民写作》则从王端淑书写的男性遗民传记中
透视其对遗民史的思考及自身的遗民心态,认为"明末清初浙江山阴女史王端淑是一个应该录入
遗民史册的女子"贺云翔、彭有琴主编《女性考古与女性遗产》,南京大学出版社 2011 年 7 月
第 1 版。
② 王端淑《名媛诗纬》卷二十一"吕林英"条,清康熙六年丁未(1667)山阴王氏清音堂刻本,
第 7b 页。
③ 王端淑《名媛诗纬初编》卷二十一"汪源仙"条,清康熙六年丁未(1667)山阴王氏清音堂刻
本,第 5a 页。
④ 王端淑《名媛诗纬初编》卷二十一"汪源仙"条,清康熙六年丁未(1667)山阴王氏清音堂刻
本,第 3a 页。
⑤ 邹漪《启祯野乘》二集卷八"陶烈妇传"条,《四库禁毁书丛刊》史部第 41 册,第 235 页。

漫说夸机女,羞见虞姬舞袖长。"①不仅申明其主动殉国之志,甚至将偷生变节之耻也纳入分内之事。刘淑耳听目见诸多烈女事迹,自叹"奈何历乱逐风波,古今尽是偷生客"②。如何看待那些离场的人们,并且在意别人如何看待自身对死者的态度,构成了明清之际最大的话语暴力。忍死偷生,成为明季遗民难以回避的敏感话题。

表彰节义,是为了赋予死者价值。但舍生取义,终究是一种迫于无奈的选择。倘若男性为避免出仕而死,能够带来实际的反抗意义;鼓励女性赴死,未免过于严苛。当"男主外,女主内"的社会分工将女性的才华压制在闺阁之内,也免除了女性承担社会责任的义务。明清之际底层民众留下的绝命诗中,就不乏"江山更局听苍天,红颜无辜实可怜"的呼声③,福建仙居赵氏诗云:"鼓鼙满地不堪闻,天道人伦那足云。听得睢阳空有舌,裙钗只合吊湘君。"④更是站在女性的立场上,对男性当权者进行愤怒的指责。

而此期自觉表彰节义的精英女性,站在明政权的立场上进行价值评判。营造了个人服从政权、儿女情怀让位于家国大义的氛围。在这样的背景下,女性常常需要不断对自己的偷生作出解释。商景兰曾云:

> 余七十二岁嫠妇也,濒死者数矣。乙酉岁,中丞公殉节,余不敢从死,以儿女子皆幼也。辛丑岁,次儿以才受祸,破家亡身,余不即死者,恐以不孝名贻儿子也。未亡人不幸至此。且老,乌能文,又乌能以文文人耶⑤。

商景兰所面临的第一次生死选择,是其夫祁彪佳投水自尽之际。顺治二年(1645),清兵攻陷南京,经黄道周、王东里诸贤达举荐,祁彪佳拟担任少司马,总督苏、松一带民众抗清。未及就任,清兵即已进逼杭州。苦于回天乏术,祁彪佳于六月初六日自沉于寓山水池。临死前,祁彪佳将家中田产账簿转交商景兰,嘱其抚养子女、支撑门户。这一惊心动魄的时刻,死最大限度地凸显着生,引人思考生命自身的意义。商景兰作于此际的《悼亡》

---

① 叶子眉《灵璧观虞姬石碣》,见王豫《江苏诗征》卷一百七十七,清道光元年辛巳(1821)焦山海西庵诗征阁刻本,第8b页。

② 刘淑《个山集》卷五《为杨了玉死烈歌》,《刘铎、刘淑父女诗文》本,人民教育出版社1999年5月第1版,第345页。

③ 计六奇《明季南略》卷三"张氏赋诗投江"条,中华书局1984年12月第1版,第207页。

④ 恽珠《国朝闺秀正始集》卷一《题衣诗》,清道光十一年辛卯(1831)红香馆刻本,第24a页。

⑤ 商景兰《琴楼遗稿序》,《祁彪佳集》附编,中华书局1960年2月第1版,第289页。

诗里,对这一问题进行了深入的探索。其一云:

> 公自成千古,吾犹恋一生。君臣原大节,儿女亦人情。折槛生前事,遗碑死后名。存亡虽异路,贞白本相成。①

祁彪佳迫于清廷压力而自沉寓山水池,是一时的重大事件,商景兰此刻的言行,自然引发世人的瞩目,如何表达内心哀痛以及自己的进退去取,是诗人不得不字斟句酌的。全诗多用强烈的对照而铿锵有力,前二联将死与生、国与家并举,末句在对比中达到统一,指出生与死、为国与为家,是相辅相成的。从女性家庭责任感出发,作者指出男女两性相异的社会分工和意义的殊途同归:"公自成千古"、"君臣原大节"是祁彪佳所践行的道路;而"儿女亦人情"、"贞白本相成"则是身为女性的商景兰所应追寻的价值。问题便不在死与生孰是孰非,而在于承认两者都有存在的理由,不可分离。商景兰的观念在当时具有一定代表性,因而受到认同。

而颇有意味的,是王端淑所撰《祁忠敏公世培》,条列祁彪佳十条不可与死的理由,一向评价严苛的王端淑,对祁彪佳之死也不免有叹惋之情:

> 忠敏之死,有十不可焉。翩翩公子,一也;少年科甲,二也;给假完亲,三也;建节吴地,四也;风流倜傥,五也;琴瑟和合,六也;吟咏不辍,七也;子幼未婚,八也;家亦微裕,九也;于情于理,十也。②

祁彪佳少年得志、家境殷实。文采风流,与商景兰伉俪相重,一生未尝娶妾媵。且祁氏一门才姝,长女德渊、三女德琼、季女德茝,子祁理孙妇张德蕙、祁班孙妇朱德蓉,平素相从商景兰,"或对雪联吟,或看花索句"③,有"望之若十二瑶台"之誉④。祁彪佳之赴死为时人所不谅解,反过来证明了商景兰承担的不幸。《悼亡》诗中欲语还休、隐隐透出的怨意,已经预示了她后半生创作的感情基调。从收录在《锦囊集》里的商景兰入清后的诗作来看,在诗人的内心深处,家族的荣耀与清名,并不足以抵偿人生的苦难与缺失。茕然独居数十年的生涯中,萦绕终身的,依然是"谁知共结烟霞志,

---

① 商景兰《锦囊集》,《祁彪佳集》附编,中华书局 1960 年 2 月第 1 版,第 260 页。
② 王端淑《吟红集》卷二十一,日本内阁文库本,第 6b 页。
③ 商景兰《〈未焚集〉序》,《祁彪佳集》,中华书局 1960 年 2 月第 1 版,第 297 页。
④ 朱彝尊《静志居诗话》卷二十三,人民文学出版社 2006 年版,第 727 页。

总付千秋别鹤情"的遗憾。

　　葛征奇、李因夫妇的际遇与祁彪佳、商景兰相似。杨德建评李因诗作曰："今博观《竹笑轩三集》成于悲悯忧思者,若不沾沾于一己之穷通得失。实以巾帼而深忠爱之情,因时寄兴,往往动秋风禾黍之哀鸣焉。"①然而,对于葛征奇殉国的选择,李因却非完全认同。在事隔多年之后的追忆中,李因提及自己与葛征奇在舟中的一场对话:

　　　　风雨寒宵,穷年暮景,追想兵火之变,同家禄勋避乱,小舟往来芦苇间。禄勋有言,惟以死报国。余云杀身成仁,无救于时。对泣唏嘘,万感交集。由今思昔,正所谓痛定思痛耳。②

　　"杀身成仁,无救于时",可谓是李因的洞见。然而在彼时极端的语境中,站在个体与家庭立场的声音,注定要被淹没在国家话语的洪流中。家国巨变破坏了李因与葛征奇宛如神仙眷属的幸福生活,粉碎了二人偕隐深山的梦想。尽管诗人常以彤管、丹心、战血等红色意象抒发报国热情,然而随着时间流逝,诗人渐渐消磨了当年的慷慨豪气。尤其到了干戈渐平、天下初定的康熙时期,兴亡更替、循环无端的思考开始占据了李因的心境。诗人感叹着"歌残千年亡国恨,留与今人佐酒觞"、"世事循环黑甜梦,人性翻覆汝南评",时有今是昨非之觉,如梦如幻之感一闪而过:"遥思光禄前朝事,唤醒邯郸梦里人。"③一个时代的盲点,常常只有在它之后才能被认定,对死节热潮的反思亦是如此。处在当下的人们,既不能看清诸行无常的人生,更无法知悉社会的未来走向。当明亡清兴成为定局,血泪斑斑的历史记忆随着时间的推移淡化,社会在新兴旧替的进程中改换了语境,曾经的忠贞与坚守在现实中如何找到支点,并不仅仅是李因一个人的疑惑。

第三节　性别跨越与"非女子之本色"

　　很多研究者都注意到明末清初的知识女性,喜以一种男性化的姿态呈

---

①　李因《竹笑轩吟草·三集》后跋,辽宁教育出版社 2003 年 3 月第 1 版,第 102 页。
②　李因《竹笑轩吟草·三集·忆昔十二首》自序,辽宁教育出版社 2003 年 3 月第 1 版,第 67 页。
③　李因《竹笑轩吟草·三集·玉兰》、《中秋有感》、《岁暮记愁》六首之二,辽宁教育出版社 2003 年 3 月第 1 版,第 60 页、第 61 页、第 83 页。

现于世。尤其在弹词、戏曲的研究著作中,这一现象已经引起了学界的重视。实际上,自晚明而下,才女的男性化已成为一种长期而普遍的现象,反映在各类文体、各个阶层、各民族中,值得我们进行专门的探究。

才女"男性化"的内在动力,是明代中后期商品经济发展、女子教育发达、人性解放思潮等诸多因素造成的女性自我意识的觉醒。这一股潜滋暗长的生命力量,促使女性通过不同角色逾越空间的区隔,将个体价值导向更广阔的领域。孙康宜《文学经典的挑战》曾提及明清女诗人"纷纷表现出一种文人化的倾向,那就是一种生活艺术化的表现及对俗世的超越"①,列举的表现包括女扮男装,"书痴"的普遍增多,并认为其最重要的表现是对男性文人所树立的"清"的理想的认同。其后鲍震培《清代女作家弹词小说论稿》中提及明清才女文人化现象时,便援用了孙康宜的这一结论,并引证了更多实例②。

孙康宜所指出的才女"文人化",与"男性化"的概念有共通区间,却不能彼此涵盖。文人是一个宽泛的、具有包容性的身份群体,并无性别专指,而"文人化"也并不排斥文化传统中的女性质素,甚至在一定程度上表现出女性化、阴柔的倾向③。各种涉足传统文学创作的社会群体,普遍要经历一个向"文人"所代表的社会主流价值类化的过程,女性亦不例外。与之相比,"男性化"则更强调其中的性别特质的冲突、转化之处,隐含着对社会性别秩序的偏离与僭越,是才女文化中的特殊现象。因此,孙康宜指出的、才女效仿文人的艺术化生活方式,亦可视为"男性化"的表现。而"愿为大儒,不愿为班左"的林以宁,及戎装上阵的花木兰、毕著等,便非"文人化"所能涵括。

在清代女性各类体裁的作品中,学界已然指出的"闺词雄音"、"拟男"戏曲等现象,皆是男性化心理的典型文学表现。对此,研究者常持一种批判的态度。如胡明在《关于中国古代的妇女文学》中给出犀利的批评:"一批又一批的女性发下誓愿,立定气志,努力学习男人文学坛坫正统的诗文辞赋,亦步亦趋,追踪她们理解的文学正统(从内容情志到气象格调),刻意把自己作品的精神面貌弄得与男人的感情世界一模一样,精致地制造出一

① 孙康宜《文学经典的挑战》第三章《性别与声音》,第 306 页。
② 鲍震培《清代女作家弹词小说论稿》第一章《明清妇女观的渐变与才女文化的繁荣》,天津社会科学院出版社 2002 年 1 月第 1 版,第 53—54 页。
③ 龚鹏程《中国文人阶层史论》曾以"文学性社会"的共同体来形容宋元明清社会的状况,在此背景下,文人吸纳商人、妓女、庶民等身份群体而不断壮大,并融合了女人气、侠士气及伎艺人的性格。

片假性情,以求文化心理上的满足,以求传统艺文权威界的承认。隐遮、阻抑了自己内心真实的感情波澜,丢弃了女性自我的角色心理和艺术品位,结果作品大多苍白乏力,气格平庸,无论在审美情趣或人文思想上均几无可取。这既是模拟的文学的悲哀,又是迷失了自我的教训。"与之观点类似的是王力坚,认为"闺词雄音"是女性"义无反顾地自我贬损,企图通过'伪男性',来换取文学的'伪突破'";而王钧《繁华梦》、吴藻《乔影》及何佩珠《梨花梦》等戏曲作品的"拟男"创作所体现出的性别意识,亦是从外在形貌举止到内在精神理念的"彻头彻尾的他者化"①,是本质上的自我迷失,褒贬之意不言自明。

　　说到底,"闺词雄音""拟男"创作,皆是女性用文学想象弥补现实差距的产物。它与现实世界当然有重合之处,却无法形成对应的关系。作品是那样的高于生活,以至于它并不能反映生活。女性也许在文本中以极端化的姿态出现,但在现实中她们可能更多地持一种调和的态度。一种笼统的理论化陈述,意味着简化的事实和粗暴的因果关系,在复杂生动的个案面前,往往不攻自破。因此,本文试图结合女性在现实世界和文学作品中的联系,从生活形态、社会理想与文学风格这几个角度切入,力求展现男性化现象的多重表现与心态,以便对其作出更合理的评价与定位。

一　"非女子之本色"

　　才女男性化的现象,并非仅仅是当代学者的共识。早在明末清初的男性文人笔下,对此已经有所发掘。一些诗评家们,常常在女性作品中读解出符合多重角色心理,而唯独没有属于闺阁中人的特征:

　　　　予(钱谦益)曰:"草衣(王微)之诗近于侠。"河东曰:"皆令(黄媛介)之诗近于僧。"夫侠与僧,非女子之本色也。此两言者,世所未喻也。②

　　　　清越澹远,嶔崎历落。读之者,但见如高人、如逸民、如宿衲、如羁臣孤客,求一闺阁相,了不可得。盖香奁粉黛,一洗尽矣。③

---

① 王力坚《清代才媛之文化考察》第二章《拟男戏曲——他者化现象及前因后果》,文津出版社有限公司 2006 年 6 月第 1 版,第 89 页。
② 钱谦益《钱牧斋全集·初学集》卷三十三《士女黄皆令集序》,上海古籍出版社 2003 年 8 月第 1 版,第 2 册第 967 页。
③ 卞梦钰《卞玄文诗选》卷首,清顺治十二年乙未(1655)邹氏鹭宜斋刻《诗媛八名家集》本,第 1a—1b 页。

　　所谓"非女子之本色"、无"闺阁相",是钱谦益、邹漪就王微、黄媛介、吴山作品所体现出的气质风貌而言的。不论潇洒澹荡的名士风度、纵侠使气的豪杰气概,还是诗歌主旨、风格与表现手法的男性化,其共同特征,似乎便是对性别角色的背离。换句话说,在男性文人眼中,才女所扮演的形象已经脱离了社会对女性的基本认知,即钱谦益所点出的"非女子之本色"。

　　那么,什么才是真正的闺阁本色呢? 从现代人的视野来看,所谓的"女子之本色",理所当然地解释为女性的特质。正如英雄气、侠气等等"非女子之本色"的概念,常常被归类为属于男性的特质。然而,所谓的男性气概与女性气质的自然属性,在实践中从未有过准确的描述。雷金庆《男性特质论——中国的社会与性别》用"文武"来概括中国古代的社会性别模式,他发现,尽管中国崇尚过现代社会所谓的男性气概,但它一直不占主导地位。由才子、文人所代表的温和而理性的文人传统,抵消了由"英雄"、"好汉"所代表的男子气概。男性气概只属于少数优秀的男人,正如女子本色仅在少数的女性那样。同样,传统的"阴阳"模式也无法界定性别的特质,因为"男人和女人当然是不同的,但他们不像昼夜、天地、阴阳、生死那么不同。……男女各种特点都有平均的差异,但是那些特点的变异范围却表现出大量的重叠。"①因此,把男女看成两个独特类别的观念,一定出自非自然的原因。

　　实际上,在古代社会的性别话语中,极少对男性和女性进行本体意义上的探索,因而甚少像西方人那样,深入辨析两性特质的异同,而是更多地从伦理秩序着眼,讨论作为女性该演绎的角色、功能和所处的位置。女性特质与女性遵守的德、容、言、工的性别规范混为一谈,家内被视为女性的领地,家外则是男性展现的舞台,二者在理论上被划出了清晰的分界。在第五章中,将针对女性的家内空间,对闺阁特质作出专门的探讨。这一时期女性身上表现的男性气概,根源于其扮演的并非传统意义上的闺秀,而是侠、僧、高人、逸民、宿衲、羁臣孤客这些本属于男性的角色。由此引起的角色冲突,才是这些男性诗人讨论的核心问题。

　　因此,钱谦益等男性诗人指出的"非女子之本色",意味着明清之际女性社会角色的变化。这一时期的政治动荡,在家国同构的社会中,更引发了社会的失序。性别秩序的些许变化,与传统闺阁规范形成了冲突。精英家庭对女性不事女红针指的宽容,就是一个显例。

---

　　①　盖尔·卢宾《女人交易——性的"政治经济学"初探》,见王政、杜芳琴主编《社会性别研究选译》,生活·读书·新知三联书店1998年8月第1版,第42页。

　　女性表现出的性别僭越，也有被男性文人放大的一面。"以僭越的方式争取以男性身份为标识的名士声誉""全身心认同并恪守男权社会的一切行为模式与规范"等结论①，放在任何一个女性的个案中，都未免以偏概全。倘若戏曲创作将才女面临的角色冲突进行了戏剧化的集中，那么在现实中，男性化只是女性拓展生活形态之一端。吴山与男性交往时，"相对如士大夫"；而与闺秀黄媛介唱和时，却被称为"美人"；在家人面前，她更是一位贤良的妻子与慈爱的母亲。拥有诗人、女史、闺塾师多重身份的王端淑，更自由穿梭于不同角色。这些才女的男性化，并不是以贬抑女性特质为前提。所谓"丢弃了女性自我的角色心理和艺术品位"云云，显然是对女性复杂多元的生存样态的忽略而得出的结论。

　　而这一层"策略性"的忽略，在才女创作问世之际的第一批读者那里已经形成。书写闺阁情态的作品被视为脂粉香奁而遭到冷落，而符合男性审美趣味的部分则率先被发掘阐扬。这一倾向本是古代社会阳性崇拜的反映，在明末清初的历史条件与话语情境中得到发扬光大②。上节所引邹漪对吴山的评价中，相比"闺阁相"、"香奁粉黛"之类的女性特征所遭遇的贬抑态度；类似高人、逸民、宿衲与羁臣孤客的部分，显然契合了男性角色心理与品味，因而受到邹漪的激赏。这一评价倾向，在当时男性中颇为常见，如邓汉仪论周琼《赠冒巢民》一诗："居然以司马、少陵自况矣，世奈何犹以红粉目羽步哉。"③又如吴国辅为王端淑作序，称"其状乃如妇人女子，而作魁梧奇伟之文，见魁梧奇伟之志者，非映然子其谁"④。契合了男性审美期待的作品，自然容易赢得文人集体性的共鸣；作品风格与闺秀身份的反差，也为读者带来了新奇的感受。类似言论的盛行，反映了清初文人对女性创作的鉴赏倾向与心理定式。

　　经由情感共鸣、言行仿效与作品探讨，两性文学空间的界限也趋于模糊了。闺秀在与文人的交流中达成了认同，也经由对方的评价而重新定义着自身。当文人不断将男性世界的审美理念投射到女性身上，其所营造的批评标准，显然会模塑女性的行为，使她们按照男性所鼓励的模样来表现自己。那些深入文人世界的诗媛名家，不仅以不似闺阁中人为荣，还有意

　　① 王力坚《清代才媛之文化考察》第一章《女性词学——空前的繁荣及边缘的状态》，文津出版社有限公司 2006 年 6 月第 1 版，第 44—45 页。
　　② 黄卫总《国难与士人的性别焦虑——从明亡之后有关贞节烈女的话语说起》，见王瑷玲主编《明清文学与思想中之主体意识与社会》，台湾"中央研究院"文哲研究所 2004 年 12 月，下册第 385 页。
　　③ 见王豫《江苏诗征》卷一百七十，清道光元年辛巳(1821)焦山海西庵诗征阁刻本，第 1b 页。
　　④ 王端淑《吟红集》卷首，日本内阁文库本，第 4a 页。

识地用男性制定的条框,来约束女性的创作。吴绡在《女君子行》中,指出"脂粉轻薄之辞"非女子之言,并赋予闺秀以"君子"的身份标签①。从吴山学诗的江苏太仓闺秀王炜,被顾媚誉为"笄帏中道学宿儒,不当以香奁目之"②。王端淑则在对闺秀诗歌的评点中强调"女子不可作绮语艳辞,予已言之再四矣"③。在晚清的沈善宝、吴藻等闺秀名家笔下,这种批评观念得到延续,形成了独特的"反闺阁"的现象。

才女男性化之目的,在于通过"反闺阁",来刷新颠覆社会对性别角色的刻板印象。英雄气与豪侠气被视为男性的专利,而脂粉气、闺阁气成为轻视女性的理由。当女性在对男性身份的僭越中反观自身,体验到实际的自我概念与理想的自我概念不一致时,便强烈地意识到女性生存空间的压抑。贤妻良母的角色定位,限制了她们的社会分工与人生选择。倡义勤王的英雄刘淑,依然被认为一介女流而受到轻视,总结自己失败的原因,感叹"非关剑不利,自恨非男儿"④。潘氏《夜坐读〈周南〉》一诗云:"临文徒愧无经济,只把《关雎》仔细看。"⑤就道出了身受桎梏无从选择的无奈。李因心忧天下,铁骨铮铮,却终报国无门,"此生独恨非男子,壮气空令岁月磨"一句⑥,便是李因对自己的定位。心志高远的王微,在《樾馆诗自叙》曾发出这样的感慨:"生非丈夫,不能扫除天下,犹事一室。"⑦对女性的身份充满了无奈。吴中女子吴如如《绝句》语气粗豪狂怪,反叛的色彩更为浓烈:"老天仇我意何似,不付须眉付妆次。几回拔剑欲狂呼,要削佳人两个字!"⑧

如此频繁显现的性别牢骚,揭示了才女拟男的根源。性别的僭越,不仅寄予与男性平等对话的意图,也契合了女性追求完整人格、消解性别弱势的渴望。它既是对男性优秀品质的广泛继承,也是对自身闺阁传统不利因素的有意规避,是身为深闺弱质却"不甘示弱"的表现,藉此而与"千古英雄并垂不朽"⑨,从而在时代中彰显女性风骨:或勇担重任,投身前线;或临危不惧,慷慨就义;或不慕荣华,守节终老。不仅追求学识才华,潇洒脱俗

---

① 吴绡《啸雪庵诗集·二集》,《四库未收书辑刊》第7辑第23册,第137页。

② 邹漪《诗媛名家红蕉集》卷上"王炜"条,清初刻本,第11b页。

③ 王端淑《名媛诗纬初编》卷五"李玉英"条,清康熙六年丁未(1667)山阴王氏清音堂刻本,第4a页。

④ 刘淑《个山集》卷一《感怀》二首之一,《刘铎、刘淑父女诗文》本,人民教育出版社1999年5月第1版,第231页。

⑤ 钟惺《名媛诗归》卷二十五,《四库全书存目丛书》集部339册,第290页。

⑥ 李因《竹笑轩吟草·三集》,辽宁教育出版社2003年3月第1版,第79页。

⑦ 胡文楷《历代妇女著作考》,上海古籍出版社2008年8月第2版,第852页。

⑧ 王端淑《名媛诗纬初编》卷十一,清康熙六年丁未(1667)山阴王氏清音堂刻本,第28a页。

⑨ 王端淑《映然子吟红集》卷首吴国辅序,日本内阁文库本,第4a页。

的名士风度,在进与退、穷与达的价值观念上,也力追古代男性士人的光辉传统。在整个清代女性文学的历史中,这种英雄气概与性别牢骚从未停息。

圆满的人格,是人类永恒的追求。古人虽以空间划定男女之分,亦强调其和合的一面,崇尚阴中之阳,阳中之阴,推崇刚柔并济的性别角色。因此,对男性气质的濡染,不仅是明清才女与男性主流价值观念的互动,亦是女性逾越闺阁限制、拓展身份空间的重要途径。而当时社会对这些女性的鼓励态度,亦促成了女性"男性化"更深层次的表达。接下来可以看到,女性之"男性化",实涵盖了多种模式与生命形态。不论是名士风、侠士骨与英雄志,皆是女性意图突破闺阁空间,实现全方位僭越之一端。其诉诸于文学作品,便形成了为时人与后世所惊异的"非女子之本色"的风貌。

二　"男性化"之多重面向

晚明时期,以文化培养为重心的家庭教育,将男性的生活方式与文化习性渗入深闺之中,缩小了两性知识水平的差异。个人心性与晚明文化氛围的相互激荡生发,便在传统贤媛而外,为女性生命形态与价值空间开辟出多重面向。

(一)名士风与侠风

首先,随着传统士大夫文化的耳濡目染,在才女群体中形成了一种卓然出尘的名士风度。时人用以形容王端淑的"家有名士,乃在香奁"之语①,亦可以作为一时风气的概括。明末闺阁的物质环境已呈现"书斋化"的面貌。季娴论述自己的闺中生活云:"今有元衣子,貌若姑射仙,寂寂澹容与,一甍对雨泉。左手持贝书,右手把汉笺,万卷牙签插,案头缃帙连。淡然却荣势,日日手一编。"②与世隔绝的生活方式,使得闺秀能在安逸舒适的环境中,潜心研、读、写作,练习书画与琴艺。这些被牙签书轴围绕的才女们,以生花妙笔与博洽学问,赋予这一段静处深闺的人生旅程以意义。杭州女诗人梁瑛性喜梅花,所居书房四壁书古今人梅花诗数千首,人目为"女逋仙"。才女受到男性文化传统的深刻熏陶,便自然地表现出种种男性化的习性风调。

名士风度源于魏晋竹林名士,代表了"越名教而任自然"的放旷思想,

---

① 王端淑《映然子吟红集》卷首王绍美序,日本内阁文库本,第 8a—8b 页。

② 陆云龙《雨泉甓诗集序》,见汪启淑《撷芳集》卷二十一,清乾隆五十年乙巳(1785)飞鸿堂刻本,第 17a 页。

其挣脱儒家的"名教",回归本性自在生活的内涵,与晚明以来的人性思潮暗合。明清之际的女诗人,在行为上越是和名士一致,便意味着离传统的伦理纲常越远。或言行不羁而内心散漫,如"诗才清俊,作人萧散,不以世务经怀,傀俄有名士态"的周羽步①。或博雅好艺而超凡脱俗,如吴琪"性不喜尘俗,惊才艳采,旷志高襟,轻钱刀若土壤,尤博及古今书,兼善丝桐。每当月朗风和,与二三闺友鼓流水之清音,奏高山之绝调,真天人也。"②或惊才绝艳而孤标傲世,就像柳如是《题墨竹》之自我写照:"不肯开花不肯妍,萧萧影落砚池边。一枝片叶休轻看,曾住名山傲七贤。"③如此种种,皆与劳瘁心力于家庭琐屑的贤媛形成了对照,展现出名士化、艺术化的生活态度。

当女性以男性士人为标本,模塑自我言行与内心气质,便会形诸外在的表现。"着男子服",便是女性具有标志意义的僭越方式。它不仅是古代叙事作品创造的一系列丰富的文学想象,亦是明清女性中实际存在的现象:

> (王端淑)喜为丈夫妆,常剪纸为旗,以母为帅,列婶为兵将,自行队伍中拔帜为戏。父(王思任)见而笑曰:"汝曷不为女状元乎?"④

> 崇祯庚辰(十年,1640)冬,扁舟访宗伯。幅巾弓模,着男子服。口便给,神情洒落,有林下风。⑤

> 忆昔先清献公制府淮南,时吾女德音(徐德音)生甫数岁,每长者故人至,辄效男子长揖,衣绮亦称之,一切填耳钗钿之属弗御也。及遇宾傧赋诗,先公呼之侍侧,即能作五七言韵语,而意殊便给。先公绝怜爱之,谓若生男如是,当不误改金根,惜乎为女子也。⑥

---

① 陈维崧《妇人集》,《清代闺秀诗话丛编》本,凤凰出版社 2010 年 4 月第 1 版,第 1 册第 27 页。
② 吴琪《吴蕊仙诗》卷首邹漪小引,清顺治十二年乙未(1655)邹氏鹥宜斋刻《诗媛八名家集》本,第 1b 页。
③ 柳如是《柳如是诗文集》附编二《诗文补辑》,上海古籍出版社 2000 年 10 月第 1 版,第 220 页。
④ 王端淑《名媛诗纬初编》卷首王猷定《王端淑传》,清康熙六年丁未(1667)山阴王氏清音堂刻本,第 1a—1b 页。
⑤ 顾苓《河东君传》,见柳如是《柳如是诗文集》附编一《传记》,上海古籍出版社 2000 年 10 月第 1 版,第 225 页。
⑥ 徐德音《绿净轩诗钞》卷首徐旭龄序,见胡晓明、彭国忠编《江南女性别集初编》,黄山书社 2008 年 8 月第 1 版,上册第 6 页。

服饰代表一种社会位置,不同的衣着包含了既定的陈规相符的言行举止。女性着男子服,多少包含了追求自由、离经叛道的意味。从时人的记录可以看出,当女性借用衣着打扮这种无声的语言,向他人突出自己的角色身份时,叙述者采用的是容许、鼓励与惊喜的正面口吻。因此,在一种行为出现的背后,显然存在着一种能得到周遭认同的社会氛围①。这种服饰的性别僭越,或许源自晚明市民文化的渗透。晚明服饰风尚注重标新立异,常常逾越等级名分。甚至出现男性着女子装之"服妖"、"乱象"②,与女性着男子服,构成了明清性别跨越的两端。

与角色转换并行的,是女性生存空间的变化。明末清初女性社交机会、活动范围皆有所增加。尤其是与男性的交往,一方面制约着女性举止言行的选择,一方面也通过接触男性拓展视野,增进对外部社会的了解。从上文所引案例看,女性易装,往往与男性有关。柳如是着男子服拜访钱谦益,正是通过有意识地扫除性别特征来破除男女之防,实现与对方的平等交往。而儒士服所暗含的文化内涵,也助其融入士大夫的文化氛围之中。乾隆时期女诗人沈纕《题柳蘼芜小影》其一云:"云鬟雾鬓竟何如,却卸红妆换翠裾。若个书生原不帻,风流应胜老尚书。"③对柳如是倜傥不羁的中性形象企慕不已。从容出入于名士圈的柳如是,在钱谦益社集中着儒士服,言语间关注天下事,皆有助于获得交往对象的认同。叶绍袁在《午梦堂集》记载道:"内人病甚,余忧心如焚,忽童子持笺外入,兼一画扇云:'金陵吴公子遣使致送。'余沉思白下无吴公子与交者,开函启椟,则书'姑溪野女吴山彤管',脂痕柔黄,墨兰烂然可想。"④无论像吴山以"公子"自称,还是柳如是、顾湄等以"弟"自称,皆反映出深入到男性社交圈的才女们,有意识地将自己扮演成男性文人的角色。而从时人对这些公众女性的印象来看,她们的角色扮演颇为成功:

夫人(吴山)吐词温文,出入经史,相对如士大夫。⑤

---

① 鲍震培在《清代女性弹词小说论稿》中,将明清广泛出现的换装现象,归纳为如下数端:首先是明季文人的自伤自悼与对烈女面前的惭愧意识,形成了推崇女英雄的言论氛围;其次是"边缘文人"的女性化心态,在才子佳人小说中将女性士人化;再次是才女文化的兴盛,使知识女性表现得儒雅化。

② 陈宝良《明代社会生活史》,中国社会科学出版社 2004 年 3 月第 1 版,第 46 页。

③ 沈纕《翡翠楼集》,清乾隆五十四年己酉(1789)刻《吴中女士诗钞》本,第 15a 页。

④ 叶绍袁《午梦堂集》,中华书局 1998 年版,第 890 页。

⑤ 魏禧《魏叔子文集外编》卷九《青山集序》,《魏叔子文集》本,中华书局 2003 年 6 月第 1 版,中册第 461 页。

（王端淑）与四方名流相倡和，对客挥毫，同堂角尘，所不吝也"①。

如果说，才女从小接受的文化教育，培养了她们男性化的习性与审美理念。明末清初的动荡氛围，则进一步将女性从深闺推向前台。她们不再被动地接受旁观者的位置，开始在广阔的外部世界中，寻绎、想象与实践着那些属于男性领域的角色。

在历史上，每逢动乱之世，士风与侠行常相融合，晚明尤是一个鼓吹侠义、重塑侠客形象的时代。邹之麟、冯梦龙、秦淮寓客等小说类书编纂者，着力于女侠的收集与塑造，将世人对英雄侠客的崇拜心态投射于女性。现实社会中的女侠风范，则较早展现在晚明青楼名妓身上。她们的生活情趣与审美理想受到文人的浸染，本自气息相近；身处商业环境，又善于投其所好、引领风尚，遂形成一股豪宕自负、纵侠使气之风。马湘兰、薛素素、李香君等，皆以性情豪侠见称于世。这股风潮也刮入闺阁群体。闺人受战火波及，亦受侠风影响，增加了粗犷刚硬的男性气质。吴山《自遣》云：

> 一自知春不喜春，因春一味媚无伦。天生侠骨从来傲，耻听人间称美人。②

"侠骨"于女性而言，代表了一反女性柔弱的形象，追求自由率性、抗争传统的理想。这样傲骨铮铮的自我写心，在当时并不乏同调。周羽步有诗云"每怜侠骨惭红粉，肯字蛾眉理艳妆"③。与吴山语气几乎一致。这一精神风貌的转换，也外显于文学作品中。董如兰的词作，便被认为是"闺阁中之有侠气者，杂之稼轩集中正复难辨"④。

（二）社会理想与文学风格

男子主外，首重政治、经济等国家事务。《礼记·内则》中的"男不言内，女不言外"，指男性不要讨论家庭琐事，女性不要过问社会大事。然而，历史上卓有才干的女性干涉政治并非个例。明末知识女性在经史词章中陶冶性情、增长见识的同时，也接受了士精神的熏陶，展现出心忧天下的家

---

① 邓汉仪《诗观初集》卷十二，《四库禁毁书丛刊》集部第 1 册，第 651 页。
② 吴山《吴岩子诗》，清顺治十二年乙未（1655）邹氏鸳宜斋刻《诗媛八名家集》本，第 10a—10b 页。
③ 周琼《答人》，见王豫《江苏诗征》卷一百七十一，清道光元年辛巳（1821）焦山海西庵诗征阁刻本，第 2a 页。
④ 周铭《林下词选》卷十一，《四库全书存目丛书补编》第 2 册，第 631 页。

国情怀。以顾若璞为首的寓林黄氏家族女诗人群,除了举行斗草、女红、吟咏诗词之类的日常活动,亦时常关注国家政局,在家庭聚会中议论时事,可见其一门家风:

> (顾若璞文)多经济大篇,有西京气格,常与妇人宴坐,则讲究河漕、屯田、马政、边备诸大计,副笄中乃有此人,亦一奇也①。
> 连璧慷慨好大略,常于酒间与灿论天下大事,以屯田法坏为恨。②

顾若璞二位儿媳丁如玉、张姒音,均才识过人。张姒音曾作《讨逆贼李自成檄》,词义激烈。连璧为丁如玉字,其夫为顾若璞长子黄灿。丁如玉与丈夫在席间讨论政局,出谋划策,将明末屯田法坏引为恨事。对于这一议题,桐城贤媛方维仪亦有关注:

> 辞家万里戍,关路隔风烟。赋重无余饷,边荒不种田。小兵知有死,贪吏尚求钱。倚赖君王福,何时唱凯旋。③

此诗分析明末边防松弛与社会民生凋敝、官吏腐化的时局关系。首句以征人远赴边关直接切入主题,二、三联各以鲜明的对比,反映出边地荒芜,军饷严重不足,而军中贪吏依然勒索盘剥的现实。"小兵知有死"照应首句,写出士卒万里迢迢来守卫国家的牺牲精神,并与"贪吏尚求钱"形成强烈对照,显示出这一问题的严峻。士兵把最后的希望寄托在君主身上,也只是心理安慰罢了。作为桐城方氏女诗人群体的代表人物,方维仪亦引领了闺阁女子关注政局的风气。其侄方以智称姑母"有丈夫志,常自恨不为男子得树事业于世"④,还时常为此"孤帏起长吁",对国计民生的关切也形诸于诗。

明末女性社会理想的集体表达,与当时内忧外患的危颓之势有关。一些拥有非凡素养与抱负的知识女性,早已从朝野上下的乱象中,预感到山雨欲来的氛围,柳如是"回首鸾龙今不守,崔巍真欲失戎刀"咏叹崇祯八年

---

① 王士禛《池北偶谈》卷十五《谈艺五》"妇人经济"条,中华书局 1982 年 1 月第 1 版,上册第 353 页。
② 陈维崧《妇人集》,《清代闺秀诗话丛编》本,凤凰出版社 2010 年 4 月第 1 版,第 1 册第 21 页。
③ 朱彝尊《明诗综》卷八十六,中华书局 2007 年 3 月第 1 版,第 8 册第 4178 页。
④ 方以智《浮山集·文集前编》卷二《稽古堂二集》卷上《清芬阁集跋》,《续修四库全书》第 1398 册,第 185 页。

乙亥(1635)凤阳皇陵失守事①,《赠友人》论"即今天下多纷纷,天子非常待颜驷"②,号召有识之士为国效力。李因游历河北后,日益忧心,作《虏警》以抒济世之志。清兵犯山东,李因在震惊中写下了慷慨激烈的《闻豫鲁寇警》一诗:"万姓流亡白骨寒,惊闻豫鲁半凋残。徒怀报国惭彤管,洒血征袍羡木兰。"③王端淑作于明亡后的《读今古舆图次韵》组诗,用史家的冷静眼光,回顾了崇祯时期的政局得失。"众象辉辉帝象孤,人心久失事难图。风流不展回天手,空识铜驼在林芜"一诗,指出崇祯即位后虽励精图治,不断反省,六下罪己诏,但受制诸臣,已无力挽回败局④。彼时闺阁中人忧心国事、议论政局的风气可想而知。

清军入主中原之际,面对空前的民族危难,一些无力杀敌的女子,纷纷写下诗歌,表达报效国家的愿望,如方维仪《从军行》、章有渭《赋得从军》等等。一些女子则挺身而出,直接、间接参与反清斗争,《红楼梦》中提及的"姽婳将军"林四娘,"夫降妻不降"的黄鼎妻,事迹均广为人知。沈曾植《跋投笔集》:"明季固多奇女子,沈云英、毕著,武烈久著闻于世。黔有丁国祥,皖有黄夫人,浙海有阮姑娘,其事其人,皆卓荦可传。而黄、阮皆与柳如是通声气。蒙叟通海,盖若柳主之者,异哉!"刘淑江西起兵在当时引起的社会反响,从女诗人吴黄《闻刘节妇淑英倡义勤王》一诗的描述可见一斑:

> 天纲竟坠地,倡义满方隅。白面谭兵有,红妆殉国无。王章还有女,吕母本无夫。我亦髡髦者,深闺愧执殳。⑤

而刘淑集中有《闻闺秀秦氏起兵》、《徽女助饷秦氏兴兵》,为秦良玉起兵欢欣鼓舞。这些女性的时事,通过诗篇的应和,实现更广泛的群体认同。

明末清初女性独特的人生经历,造成了文学创作中阳性风格的展现——"劲骨天成,又恰遇劫馀时候。经几多涛惊浪怒,风狂雨骤。侠概自夸巾帼,高怀肯让须眉。"⑥这句词正是易代之际女性风貌的自我阐释。钱谦益曾说:"夫诗文之道,萌折于灵心,蛰启于世运,而苗长于学问。三者相

---

① 柳如是《柳如是诗文集·戊寅草·赠友人》,上海古籍出版社 2000 年 10 月第 1 版,第 68 页。
② 柳如是《柳如是诗文集·戊寅草》,上海古籍出版社 2000 年 10 月第 1 版,第 68 页。
③ 李因《竹笑轩吟草》,辽宁教育出版社 2003 年 3 月第 1 版,第 22 页。
④ 王端淑《映然子吟红集》卷十三《读今古舆图次韵》八首之六,日本内阁文库本,第 9b 页。
⑤ 郭麐《樗园销夏录》卷下,《续修四库全书》第 1179 册,第 666 页。
⑥ 陈结璘《满江红·甲寅春日雪窗书怀》,见徐树敏《众香词·礼集》,台北富之江出版社 1997 年 1 月第 1 版,第 11 页。

植，如灯之有炷有油有火，有焰发焉。"①明清之际的女诗人适逢灵心、学问、世运的三者之会，她们开始像男性作家那样直接用文学表现社会、干预生活：

> ［李因］沉郁抗壮，一往情深，有烈丈夫之所难为者。②
>
> 柳子［柳如是］遂一起青琐之中，不谋而与我辈之诗，竟深有合者，是岂非难哉？是岂非难哉？③
>
> 修微诗类薛涛，词类李易安，无类粉黛儿，即须眉男子，皆当愧煞。④
>
> 而其状乃如妇人女子，而作魁梧奇伟之文，见魁梧奇伟之志者，非映然子［王端淑］其谁。⑤

文学风格的男性化，不仅表现在慷慨情怀与铮铮风骨，亦包括了内在理性精神的浮现。明清之际，"诗史"精神的提倡，与女诗人空前高涨的社会责任感契合，形成文学史上女诗人记录动乱、见证历史的高峰。"报国有心无剑术，空将时事锁眉头"的李因⑥，是明末女性记录时事的代表人物。明亡以前，李因随葛征奇行舟山野孤村间，已见识了民间疾苦，有"蓬窗愁欲炽，无计恤民穷"之叹⑦。崇祯年间，清兵不断在关外屯兵，国势危在旦夕，李因诗中也出现了慷慨激昂之音："扼腕时事，义愤激烈，为须眉所不逮。"⑧单就其涉及时事的诗作数量之大，范围之广，在女诗人中已罕有相敌者；且立场鲜明，无隐约其辞之语，无全身避祸之意，可谓侠骨铮铮。

这一时期，悲悯时事、有诗史之誉的杜甫诗歌，成为女诗人效仿的典范。她们将目光延展到周遭的景象，以宏大的篇幅糅合了一己遭遇与社会

---

① 钱谦益《钱牧斋全集·初学集》卷七十一《徐霞客传》，上海古籍出版社 2003 年 8 月第 1 版，第 3 册第 1594 页。

② 李因《竹笑轩吟草·三集》卷首朱嘉徵序，辽宁教育出版社 2003 年 3 月第 1 版，第 49 页。

③ 柳如是《柳如是诗文集·戊寅草》卷首陈子龙序，上海古籍出版社 2000 年 10 月第 1 版，第 13—14 页。

④ 陈继儒《微道人生圹记》，陈继儒《晚香堂集》卷五，明崇祯刻本，《四库禁毁书丛刊》第 66 册，北京出版社 1999 年版，第 614 页。

⑤ 王端淑《映然子吟红集》卷首吴国辅序，日本内阁文库本，第 4a 页。

⑥ 李因《竹笑轩吟草·三集·病起夜坐口占》三首之三，辽宁教育出版社 2003 年 3 月第 1 版，第 78 页。

⑦ 李因《竹笑轩吟草·舟发溧县道中同家禄勋咏》八首之二，辽宁教育出版社 2003 年 3 月第 1 版，第 26 页。

⑧ 李因《竹笑轩吟草》卷首葛征奇序，辽宁教育出版社 2003 年 3 月第 1 版，第 5 页。

苦难，展现深切的悲悯情怀，同时以耿直之笔采拾遗事，锋芒毕露。方维仪《旅夜闻寇》一诗颇有杜甫风范："蟋蟀吟秋户，凉风起暮山。衰年逢世乱，故国几时还。盗贼侵南甸，军书下北关。生民涂炭尽，积血染刀环。"①沈德潜赞云："如读杜老伤时之作，闺阁中乃有此人！"②

逃亡中的女诗人在饱尝颠沛流离同时，更深刻地体察到兵荒马乱中的百姓疾苦，与之相应，在艺术手法上也体现出普遍的学杜倾向。王端淑《虞美人》虚拟了一场深山老林中与虞姬的对白，赞扬虞姬捐躯报主的义举，对于问答体的形式的借用，可见杜甫《三吏》《三别》的影响。刘淑《风景殊》诗无论在字面、立意上均与《自京赴奉先县咏怀五百字》相似。起笔先以交代环境，引入"秋稻尚未结。老幼病颠绵，琴书瘦无力。割肉不盈杯，典衣不供夕"的饥荒，并写作者归家，故庐荒凉，路遇公差催逼，寻访四邻而杳无人烟，满目肃杀凄惨的景象。作者为战争中无辜百姓的不幸境遇沉痛控诉，"欲叩阎罗关，守者需酒食"一句讽刺尤其尖锐。诗末"宿雾裹日光，寒雨穿天隙。南北雁不征，长河潮信灭。星汉似浮沉，天恐遭灰劫。此景莫须有，徒然生哽咽"的环境描写，亦烘托出当时山河破碎，满目疮痍的景象③。

李因抒发忧生情怀的《忆昔》十二首，不论在精神旨趣或艺术手法上都流露出效法杜甫的痕迹，这组诗以时间为序，广泛记录明室颠覆前后的社会景象，清兵入侵"庙算迷司马，边尘叹总戎。逃亡千里散，杀掠百城空"的宏观视野，李自成入京"铁骑驱京国，勤王谁枕戈"、"白骨城中满，红颜马上多"的时事记录，逃亡途中"林荒啼野鸟，水乱跃游鱼"的细节描绘，均远远超出了前代闺阁诗封闭的格局，开拓了女性诗的新境界④。苍生之悯、故国之思、战乱之痛融为一体，成就了女性诗的博大深沉的一面。

当明末清初的女诗人们纷纷走出狭窄的天空，摆脱传统女性内敛沉默、柔顺谦卑，在男性化的风潮中追求完整的人格，其生存模式与情感倾向也随之变化了。在凝结着生命思考的艺术创造中，交织着个体意义的深刻追问与真实鲜活的情感世界。只是，在不具备角色变革之社会基础的历史条件下，"自恨弱质非男子，闺阁沉埋愧此生"的强烈生命意识只能成为女性痛苦的源泉。尤其在承平之世，思考的时间为女性家庭职责所消磨，而

① 汪启淑《撷芳集》卷一，清乾隆五十年乙巳(1785)飞鸿堂刻本，第 8b—9a 页。
② 沈德潜《明诗别裁集》卷十二，上海古籍出版社 1979 年 1 月第 1 版，第 335 页。
③ 刘淑《个山集》卷一《风景殊》，《刘铎、刘淑父女诗文》本，人民教育出版社 1999 年 5 月第 1 版，第 241 页。
④ 李因《竹笑轩吟草·三集》，辽宁教育出版社 2003 年 3 月第 1 版，第 67 页。

个体的欲望亦为生存空间的局促所掩盖。女性不得不向正常的角色定位与生活轨道回归。激烈尖锐的性别矛盾与生命痛苦,遂成为清代女性创作中不断回响的主旋律。

三 侠女、英雄、逸士:刘淑的自我形象指涉

刘淑(1620—?),号个山人,江西吉安市安福县人。明扬州太守刘铎女,适同邑王蔼,年二十一而寡。与明清之际才媛王端淑、夏淑吉、祁德渊同为忠烈之后、"覆巢遗卵",经历了社稷沦丧的怆痛。刘淑通兵法、剑术,顺治三年丙戌(1646),在江西起兵抗清,失败后隐于山间,抑郁而终。其传奇的人生经历,凸显为诗词中强烈的自我意识。刘淑在《筑芳女诗序》中自云:"诗非女子能也。女子或能诗,则根乎性情,发乎自然,或浓或淡,或奇或拙,不知其为而为……其侠也击剑风生,其烈也投岩岳笑,其贞也挈峨嵋而补天,其死也撼崑石而填海,斯其振遒响于孤云,挽清节于断石者乎?"① 在她心目中,诗歌是真情真性的流露,因此诗中的主观色彩极为浓厚。一部《个山集》,处处可以观察到刘淑对自我形象的指涉。全集纵横恣肆的诗风,展示着诗人独立不迁的个性。而侠女、英雄与隐士的多重主体风貌,则成为明清之际女性"男性化"现象的代表。

在《古意》四首之四中,刘淑对"侠女"形象进行了理想化的创造。她以夸张语气塑造了一个吸风饮露、顶天立地的奇女子,实为自我精神世界的画像:

> 水荇自含饴,奇女自天赴。力能起万户,气欲卷云雾。两脚踏辘轳,双眼截秋露。肩将负泰山,足如章亥步。其首自飞蓬,靓装惟缟素。

开篇一系列饱含力度的比喻,渲染出"奇女"逼人的气势。末句"首如飞蓬"的描写,不仅照应了女子身份,还以不修边幅的细节反衬其非同寻常的气魄,使这位惊世女侠的形象更为立体。虽然现实中的刘淑"螺黛月眉弯",免不了与闺中人一样胭脂油粉、梳妆打扮,但她更乐于在诗中表现自己"生平不使剑离身,鬼国仙窝任屈伸"、"浓卧青山枕佩刀"的一面。对于将门出身、通晓剑术的女诗人而言,佩剑使刀或已成为生活中的习惯。诗

① 刘淑《个山集》,《刘铎、刘淑父女诗文》本,人民教育出版社 1999 年 5 月第 1 版,第 371 页。按:本节所引刘淑诗文,皆出自《刘铎、刘淑父女诗文》本《个山集》,下文篇目不再赘注。

中塑造的超凡能力与高洁情操的侠女形象,与刘淑本人的精神气质形成了深层的对应。较之粗豪的男性英雄而言,"女侠"还别具一番清冷超拔之美,如其《山中小筑》所描述的:

> 锦车女子剑光寒,画割终南一半山。十载为得仇人首,衣冰餐雪住世间。

刘淑没有具体地形容侠女的眉眼外貌,而是遗形取神,以吸风饮露、不食人间烟火的"神女",作为心中理想人格的化身。从其"世乱身闲惭骨侠,痴心翘首望天涯"之类的自述,知诗人之"侠"不在貌而在骨。而支撑其铮铮侠骨的,是一种心忧天下、不拘小节的"大我"情怀。对于侠女的衣着,诗人唯饰以"靓装缟素"、"衣冰餐雪"的纯白妆扮。她所强调的是侠女背负山岳、挥斥天地的强大能力,与胸中弥漫着的复仇奇气。这股内在的生命力量,或源自其性情禀赋与少年时代特殊的经历。

刘淑天赋胆识,幼年时期就在无情的政治争斗体验了世态炎凉。她在《启葬父太仆公刘公祭文》中云:"父以刚烈受珰祸,于时儿从母京师。虽仅七龄,父之惨,儿实亲觌也。"其父刘铎为魏忠贤党羽所构陷,至死不屈,从容就义,妻女在京营救无果,"天高路远,谁为昭雪?生平知交摇手闭户而已。"在此艰难情势中,刘淑天性中的英雄气概已露端倪。刘铎《幼女七岁,随母于患难,了无怖容。闻我不归,辄悲号欲死,是异日必为女中英,须带之南还,馀无所嘱》一诗中云:"知汝百年能不负,铜肝铁胆颇如余。"这首诗是刘铎临刑前的绝笔,其对女诗人而言自有非凡的意义。"铜肝铁胆"四字,既是父亲对刘淑个性的慧眼识察,亦包含着家风传承、血脉延续的深沉期许,成为女诗人铭记终身的精神期许。

次年,崇祯帝对此案给予平反昭雪,刘淑与母方得以扶柩南还,出于对崇祯帝的感恩戴德,刘淑对明室之忠肝义胆,一如其父。遂国难当头之际挺身而出:"正值时危国事非,少年欲尽改征衣。黑貂若不辞秦去,那得绯袍相赵归。"诗人不仅期望身为男子,还渴望像古往今来的伟丈夫做出惊天动地的事业。无奈"寇军偏比官军盛",在清军的攻势下,明朝山河一如败絮乱云,顺治三年丙戌(1646)年江西吉安陷,刘淑"毁尽钗环纾国难",举义师抗清。这一事件在当时社会引起了震动,清初女诗人吴黄有《闻刘节妇淑英倡义勤王》诗,对刘淑倾慕不已,赞之云:"天纲竟坠地,倡义满方隅。白面谭兵有,红妆殉国无。王章还有女,吕母本无夫。我亦髫龀者,深闺愧执殳。"然而,豪情壮志终究抵不过现实的磨折。在投奔长沙何腾蛟途中,刘淑遇永新守卫张先璧,张无心抗清,却欲纳刘淑为妾,刘淑严辞拒绝,坚贞不屈,终被放归。起兵受挫的经历,沉重打击了诗人的报国之心,也迫使其为避祸开始了辗转藏匿的生活。经历五年流离在外,诗人归江西武功山,辟"莲庵"而隐居。自此,诗人澄清天下的伟志只能形诸于诗中:

> 山河破碎胡摧裂,一臂欲将宇宙肩。(《写怀》)
> 生平意气扫羌胡,百炼犹思击唾壶。(《寺中题壁》二十二首之十二)
> 如今欲试屠龙手,先斩楼兰定贺兰。(《有感》二首之二)

刘淑血液中流淌着英雄气概,其诗也多写英雄之志,"愧补齐坛之风雪,聊寄漆室之悲操耳"。她主张诗可以"怨",集中回荡的一股悲凉豪宕的奇气,与二百年后的秋瑾遥相呼应。然而,随着抗清局势一步步走向失败,诗人闲居山中,只能空自嗟叹而已。"年来摇落西风下,纵负雄才只自伤"的悲慨,渐渐取代了意气风发的豪情。诗人阅尽炎凉,逐渐清醒,书写壮志难酬的悲愤,遂成为后期作品的主题。

刘淑自言"不作宛转歌,且敲铁板啸",通过诗歌主题、意象与男性的全面靠拢,将性别淡化的倾向书写得淋漓尽致。其笔下屡见不鲜的典故如唾壶、屠龙、夷齐、刀剑……对女性诗歌的惯用意象进行了大幅置换。她还全面继承了男性爱国诗歌的传统,《哭洪父》《秋风歌》学诗、骚,《幽居穷壑次杜公悲歌》七首、《倚剑效杜公曲江三章章五句》效杜甫,其诗作还可看到陆游、辛弃疾、文天祥这些爱国诗人的影子。诗人擅长篇,喜用组诗,多者达五十首,以雄豪气势驾驭之,展现波澜壮阔的宏大境界,抒发明朝覆亡、异族入侵、山河飘零的特殊时代际遇下愤怒壮烈的心声。《个山集》藏匿民间近三百年,到清末,其生平事迹及作品方被发掘出来。在国家存亡的危急关头,这位"民族女英"的特殊经历终于得到了人们的激赏与共鸣,被树立为女界的榜样与救亡图存的号召。民国时期王仁照评云:

> 有明之亡,纪纲先弛,下陵上替,兵悍将骄。虽萃千百忠臣义士、烈妇贞女赴之以死,莫能挽社稷之沉沦,拯生民于涂炭也。淑姑以一女子,欲提一旅以靖国难,事虽不成,志足悲矣。

刘淑的悲剧,正是女性觉醒了的人生理想与既定社会秩序冲突的缩影。社会剥夺了女性参政的权利,却不能阻止其社会责任感与忧世情怀的浮现。明末山雨欲来的危颓之势,激发了古代女性社会理想爆发的第一个高峰,涌现出大量拥有非凡的素养与抱负的女子。在当时与刘淑遥相呼应的,还有徽州女子出资支援闺秀秦氏起兵的举动。她们在空前的动乱浩劫中,不约而同地走上了前线。其军事、政治才能固令人刮目相看,更为震撼的是知其不可为而为之的悲壮精神。她们以强烈的自我意识与豪放的英杰之气,向政治世界跨出了闺阁女子所能到达的最远距离。

身处乱世的女诗人,恒有林泉之思,刘淑也不能例外。江西起兵的失败,使刘淑的英雄志向归于破灭。报国无门的诗人在家人劝说下,已动归心。《军事未毕,家人劝我以归》组诗十二首中,流露了诗人进退去取之际的徘徊与不甘,经过复杂的思想斗争,最终决定归田,其十二云:

> 墓前宿草念先人,想到家山亦怆神。闻道桃花源尚在,武陵我欲问渔津。[1]

抗清失败后,刘淑携全家离乡避难,最后潜归江西安福故里,效仿先贤陶渊明隐逸终老。隐于山间,寄形山水,难以消释诗人不凡心性与独特身世经历凝结成的勃郁怨气。诗人笔下的隐士形象依旧潇洒不羁、飞扬跳脱。《奇桂铬》中"箕踞穷谷,悲愤之馀,散发顾影,与水天咏啸",《口占寄又坡叔》八首之五中"近日生涯只放颠,被风吹散发垂肩",均与魏晋士人的萧散风流别无二致。

如果说在刘淑身上,代表了女性强烈的生命意识对固有秩序的突破,其遁迹山林的冷寂结局,也反映了这一代女性从觉醒到幻灭的历程。刘淑是至情至性之人,入世甚深,虽多禅悟之语而终难释怀。从散财募兵的一腔热血到遭受打击、沦落他乡以躲避清廷,对时局徒然挂怀,诗人将其羞愧、悔恨与愤懑不平的心路历程在诗中发泄得淋漓尽致。虽多乐观旷达之句,亦非真正破除我执,而更近似于永不服输的倔强:"浮生好与天公博,赢得青山自凿泉。"无论现实处境多沮丧,心高气傲的诗人也绝不愿低头。在《野菊》一诗中,为隐者所钟爱的菊花,也被刘淑人格化,印上了自己孤傲不屈的身影:

> 满目荣华事,坚然色不移。霜骄迎素日,骨瘦傲秋飔。平野飘仙

---

① 刘淑《个山集》,《刘铎、刘淑父女诗文》本,人民教育出版社 1999 年 5 月第 1 版,第 249 页。

客,群峰簇锦儿。相将期隐迹,垂袖一题诗。①

　　刘淑的隐逸情怀,迥异于寻常才女闺房之内的出世缅想,而是在艰难现实的磨砺中,上接了儒家安贫乐道的精神,从而深入到隐逸文化的实质。刘淑募兵时已散尽家财,之后生计艰难可以想象,诗人屡遭粮食短缺,只能亲自耕作,甚至向僧人借米。不食周粟的前贤伯夷、叔齐,成为诗人的精神支柱。"衡门自笑无他物,闲煮空山一簇云"、"而今不作和羹想,长啸空山咀白云",餐霞咀云以疗饥的自嘲之语,与李因"抟雪炊炉煮月团"可谓同一机杼。与顺治年间交游广泛的诗媛名家相比,刘淑晚年也称得上是甘于寂寞、绝少知音的隐士。

　　无论是侠女、英雄,还是隐士,刘淑创作中体现出的特殊风貌,均汇入了明清之际女性的洪钟大吕之中。而刘淑诗中关于多重主体形象的自我指涉,也折射出向闺外世界所能达到的最深广的价值探索,作为此期将才女的"性别淡化"与角色叛逆表达到极致的突出案例,奇女子刘淑的研究还有待学界予以更多重视。

四　王端淑的"拟男"角色诗

　　作为明末清初声名最著的才女之一,王端淑在现实中拥有诸多成功的身份。她是明末名士王思任最宠爱的女儿,获得"生有八男,不易一女"的评价②。她是一位在外谋生、承担了家庭责任的妻子和母亲,依靠卖文为生,正如其自称的"舌耕暂为生,聊握班生笔"③。她也是一位淹通经史、能文擅诗的才女,曾有传言称清廷欲征召其入宫,"延入禁中教诸妃主,映然子力辞之"④。她以隐士、遗民自居,又长于史才,《吟红集》中有二十多篇为男性写作的传记。尤为引人注目的是,王端淑还留下了大量拟代诗,数量之多在明末清初女诗人中几乎无人企及。透过所拟的对象,王端淑在一生中可谓扮演了极为丰富多样的角色。

　　拟代诗的创作由来已久。在明代中后期掀起拟古风潮中,涌现了不少出自闺秀之手的拟代之作。如:许景樊《弄潮儿》、《效李义山体》,俞汝舟妻《贾客乐》,李淑媛《采莲曲》,景翩翩《桃叶歌》,吴胐《美女篇》,项兰贞《宫人

---

①　刘淑《个山集》,《刘铎、刘淑父女诗文》本,人民教育出版社 1999 年 5 月第 1 版,第 225—226 页。
②　陈维崧《妇人集》,《清代闺秀诗话丛编》本,凤凰出版社 2010 年 4 月第 1 版,第 1 册第 19 页。
③　王端淑《映然子吟红集》卷二《出门难》,日本内阁文库本,第 2a 页。
④　陶元藻《越画见闻》卷下"王端淑"条,上海书店《丛书集成续编》第 38 册,第 634 页。

怨》、《明妃怨》,桑贞白《贫女吟》,方维仪《征妇怨》,陆卿子《拟陶诗》、《拟李白古风》、《闺思为嫂氏作》、《邯郸才人嫁为厮养卒妇》,徐媛《邯郸才人嫁为厮养妇》、《中山孺子妾歌》、《山神吟》、《闺思代弟妇董》、《代闽娘闺思四首》、《代姬人春怨》、《宫词四首》、《宫怨六首》、《秋夜效李长吉》,顾若璞《宫词》,倪仁吉《宫意图诗》,叶小鸾《山中思拟骚体》,等等。这些作品,大多为拟乐府诗,或者模拟名家诗风体制。而像张云英《代张太常弃妾》,徐媛《题山水图代外作二首》、《代外子寄怀都中故人》这类拟代身边人物,尤其是男性的诗歌,则较为少见。

这类作品,蒋寅《古典诗学的现代阐释》中称之为"角色诗",并指出:"角色诗中绝大多数作品都存在着性别转换的现象,而且都是男转女,也就是说男性作者充作女性角色。"①男性作者以女性口吻写作,在历史上形成了"男子作闺音"的传统。与之相对的,是女性代男子之作的绝无仅有。因此,王端淑集中独树一帜的"拟男"之作,无疑有助于探究女性拟代诗中的性别角色转换。

这些作品数量大致有四十多首,绝大部分是代替丈夫丁肇圣而作。从《代睿子上陈唯公八韵》、《拟古月临松代睿子寿吴期生先生》、《咏玄鹤代睿子寿朱仲唯表弟》、《送茹仔公北上代睿子咏》、《代睿子寿杜功王表淑》、《代睿子赠邗上周允公》、《贺陈逸之新婚代睿子》等标题来看,这些诗作往往出于交际应酬的需要,而王端淑则充当了丈夫的"捉刀人"。《代睿子悼西侄》一诗题下小序,还交待该诗为丈夫嘱托其代作。可见丁肇圣在需要创作诗篇时,请王端淑代笔,已形成夫妻二人的共识。王端淑以笔耕为生,其性质接近当时的山人清客群体。拟代之作,也是山人混迹于官宦名流的一项基本功。同为闺塾师的黄媛介,所作《内朝诗代朱夫人赋》就被朱夫人传至宫禁。王端淑的拟代之作亦业务娴熟、信手拈来,广泛涉及了诗、词、赋、文章等多种体制。只是除了丈夫之外,通过卖文转让了姓名权的作品,已难一一探究。王端淑诸集中,仅找到《述忠纪略序(代)》、《为龚汝黄题黄皆令画》,或为代其他男性而作。考虑到历史上女性"拟男"现象的罕见,重要的或许并不是研究王端淑的"拟男"到底有哪些对象,而是探寻是什么使"拟男"成为可能。从这一点来看,王端淑的诗篇,无疑为清初女性身份与活动空间的拓展,提供了鲜活的案例。

王端淑与丁肇圣的秦晋之盟,早在二人刚出生不久即以缔结。丁肇圣之父为王思任知交,天启七年(1627)在与阉党斗争中被害,留下妻李氏与

---

① 蒋寅《古典诗学的现代阐释》第八章《角色诗》,中华书局 2003 年 3 月第 1 版,第 160 页。

儿丁肇圣相依为命。面对故友家眷,王思任仗义执言:"人存,吾以论南北;人亡,不敢效炎凉"①,仍然坚持履行婚约。崇祯十七年癸未(1643),丁肇圣任浙江衢州府推官,携王端淑归家葬母。不久明室颠覆,王端淑遭遇老父王思任殉国、长姊王静淑被迫出家、兄弟疏远的局面。面对家境萧条、朝不保夕,王端淑只能凭借才学,外出谋生,在漫长的生涯中,与丈夫共同承担家庭生计。丁肇圣自小耽于游冶,不屑仕进,鼎革后更解官不仕,以放达混沌自命。王端淑《酒僻散人传》,即为丈夫形象个性的写真。追求自由的丁肇圣,对拥有一个博学多识的妻子也颇为自豪,常常携其一同参与友人的社集活动,为其施展才华留置了宽阔的空间。王端淑《甲午马日,王泰然将军、吴奉璋别驾、李枚臣明府、孙天印中翰、赵我法参戎枉过草堂,睿子出余集,请教阅意,留饮。泰然以春灯雪月颁令,我法遂拈首句,各读一律,代睿子咏》一诗,写的是顺治十一年甲午(1654)在家中的一次宴饮。丁肇圣向朋友推荐妻子的作品,而在场的王端淑也同客人一起赋诗切磋。《中秋盟集序(代)》,是王端淑为丁肇圣与十几位男性官员文人结中秋之盟时的代笔,《同窗社齿录序(代)》,则是为王端淑夫妇均参与的"同秋社"而作。在这些活动中,丁肇圣不仅主动将王端淑带入自己的交游圈,还让她全权代表自己发声,给予较高的话语权。钱谦益曾以"王大家夫妇"称呼丁肇圣、王端淑夫妇,无形中点出了才学上女胜于男的家庭格局。而在女主内、男主外的社会环境下,以女子之身,在外界的各种场合直接发表意见,显然容易惹人非议。通过丁肇圣的名义来抒写,有助于确立丈夫在家庭对外关系的主导关系。而诸多拟代诗的产生,也使王端淑经历了一次次"角色扮演"的过程。

这一过程中,首要的任务是角色心态的揣摩。比如赠亲寄友的拟代诗篇中,王端淑所面对的读者,是与丁肇圣熟悉的友人。为求口吻逼肖,作者常常要将自己代入丁肇圣在社会所处的位置,从男性的角度去看待这些复杂的人事。《代夫子赠钱子方兼呈周又元》云:

> 去冬滞虎林,运薄厄阳九。栖窘岁已终,兵临夺鸡狗。余本儒门儿,况兼挈家口。身心两彷徨,无策止束手。子方维扬归,真余肉骨友。解囊无愠色,知余不责负。买舟江上回,敢避风雪走。青衫破一襟,两袖将露肘。画卷置舆中,携粮不满斗。暂居萧然山,笔不落人后。居停天下贤,杜门唯孝母。竟读渠文章,爱知高尚久。窗轩为余

---

① 王思任《赠孺人丁母李氏墓志铭》,见其《文饭小品》,岳麓书社 1989 年 5 月第 1 版,第 479 页。

开,从容拂尘垢。岂悦今人称,古昔亦希有。援余春风中,融合发桃柳。何能报二君,木瓜乏琼玖。①

　　诗中屡屡出现的"余",是王端淑所扮演的那个男性主人公的出场。作者用"青衫破一襟,两袖将露肘"的细节形容自己,塑造了一个携家带口、深陷困境的儒家子弟的形象。钱子方、周又元是丁肇圣的朋友,大约在壬辰暮冬,丁肇圣夫妇寓居杭州,遭到兵匪劫掠。恰钱子方从扬州归来,慷慨资助,为丁肇圣夫妇买舟回返家乡。回到萧山后,又得周又元留二人暂住,还邀其参与府上的文学活动,故而作此诗答谢二人。王端淑的另一首诗歌《感遇诗呈周又元》,也同此事有关:"薄游长铗敢轻弹,憔悴梨花自少欢。来燕共嗟王谢异,好风如护客途安。钟敲夜半羁魂断,香炉灯前花信寒。愧我投林非国士,感君不作布衣看。"观诗中以"非国士""不作布衣看"指涉自己,应该也是为丁肇圣代笔之作。在这些具有社交功能的代言诗作中,王端淑完全是站在丁肇圣的立场上,以其身份、心境、口吻和语气来言情述事。

　　其次,成功的角色扮演,还有赖于对规定情境的领悟。许多拟代诗篇是现场创作,产生于王端淑夫妇所参与的社集活动中。如《睿子同诸子社集草堂,予与一真师姊次韵》、《人日社饮代睿子》、《秋日同诸子社集邢淇瞻先生今是园,阅其所著〈鸳鸯扇词记〉,限"衣"字,代睿子》、《八月十三日社集张毅孺草堂,迟宗子不至,代睿子作》、《重九前三日社集马玉起草堂,赋得"采菊东篱下",代睿子》等作品②,上述诗题中,邢淇瞻先生今是园、张毅孺草堂、马玉起草堂均在山阴。而这几位乡里文人应是王端淑夫妇切磋诗词的社友。如《人日社饮代睿子》:"词坛云集晋兼唐,吹漾晴丝百和香。剪彩生花争艳咏,倾尊浮绿映春阳。鸠音疑唤明晨雨,梅倦犹含昨夜霜。漏永灯微醒醉后,怅然悔不傍文光。"③就是典型的宴饮聚会时的逞才斗诗。在这样的创作场合中,不仅作者视角是被限定的,环境、氛围与情绪都没有多少自由发挥的空间。而对"博极群书,湛深理学"的王端淑而言④,平生积累的深厚学识无疑派上了用场。《宝剑歌为李席玉寿代睿子咏》一诗,采用"柏梁体"一韵到底的形式:

　　① 王端淑《名媛诗纬初编》卷四十二,清康熙六年丁未(1667)山阴王氏清音堂刻本,第11a—11b页。
　　② 依次见王端淑《吟红集》,日本内阁文库本,第2b页、第3a页、第3b页、第6a页。
　　③ 王端淑《吟红集》卷九,日本内阁文库本,第13a页。
　　④ 王端淑《名媛诗纬初编》卷四十二,清康熙六年丁未(1667)山阴王氏清音堂刻本,第1a页。

欧冶铸剑燀神工，赤厪破锡若耶铜。煌耀宇宙日月曚，岱岳失翠小穹窿。龙文列星环玲珑，铮铮清响惊双鸿。经纬纬度断青虹，张华识气牛斗通。抚摩为佩跨花骢，绮席狂歌舞大风。飞廉鼓扇抱丰隆，灵沙鼎铛出大洪。其铿铄铄烟云蒙，惊人诗句倚崆峒。惜女埋钩姬光惫，黄蛇鞭电术袁公。崑奴空精举飞翀，运奇夜至楚王宫。圣人持此除元凶，上方神器配彤弓。斩蛇亭长逐鹿翁，画影腾空驱烟峰。冯欢赋鱼国士供，刻舟不与愚夫从。昆吾后成格飞熊，天子诸侯两剑镕。莫照春坊抟玉锋，西噀白帝冷芙蓉。太阿刈葵士之穷，汎蟠不作屠狗功。湛卢辟间尘寰中，十年未试隐孤松。睿子兰友人中龙，长吟击缶书生雄。古今渊博听者聪，出言温温礼貌恭。天潢屈注僻诗筒，太白长吉安所宗。汲汲求仕鄙俗傭，孙山久淹尚飘蓬。傲岸澹冷如秋容，琴书潇洒困新丰。鉴湖春水偏溶溶，嫦娥下凡广寒空。蟾蜍老秋桂枝红，知君探取最高丛。桃花三月仙源淙，予鼓美筑抚丝桐。漫歌宝剑祝冈崇，君寿剑古天地同①。

这首长诗辞喻丰博、华丽整饬，就其所载的社交功能而言是恰如其分的。诗人围绕宝剑展开铺叙与想象，以典故堆砌来掩饰情感的空虚，以词藻铺排来渲染祝寿的氛围。此类体制，在王端淑自作诗篇亦屡见不鲜，《小青》《悲愤行》皆为七言歌行，句句用韵，而艺术感染力较之代拟之作更强，而"春容博大、严谨整饬"的风格始终如一②。一般说来，闺秀群体较少创作应制诗，而王端淑所处的文化场域，与一般的男性文士几乎无二。借用丁肇圣的名义写下的大量应酬交际诗篇，均反映其胜任了男性之间社交表达。

假借他人声口的拟代之作，未必不比抒写自我情怀的作品动人。这是源于角色扮演中，常有自我情感的移植。尽管在一些诗作中，自我必须服务于拟代对象，但像《雨中桃花代睿子》《代睿子怀玉尺弟》这些较为私人化、功能性不强的诗篇，仍然可以寄寓诗人与拟代对象共通的情感经验。《代睿子怀友》一篇，为怀念曾在淇园社集的乡里诗友而作，这段往事同样是王端淑所熟悉的，故写来流畅自然，不乏真切细腻的情思抒发：

---

① 王端淑《映然子吟红集》卷三，《清代闺阁诗集萃编》第 1 册，中华书局 2015 年 1 月第 1 版，第 71 页。
② 王端淑《名媛诗纬初编》卷四十二，清康熙六年丁未(1667)山阴王氏清音堂刻本，第 1a 页。

　　春断诗人迹,淇园每错寻。海棠仍不语,鹦鹉杳新音。艳色红初堕,空香绿已森。清宵闻杜宇,或也忆山阴。①

　　王端淑所代言的角色,展现了多样的面目。然而,躲在面具背后的女诗人,是怎样的个性情感呢? 从其自我抒写的传世诗篇来看,诗人性格坦率、疾恶如仇,情绪较为外露,时有急躁冲动之处,故长篇多纵横使气,而短篇则不够凝练。在《桃源忆故人》一词的序言中,王端淑透露了一则角色扮演的"幕后花絮":

　　余自春来寒热失序,病中睿子携《桃源忆故人》词一章属和。草率次韵,殊闺中本色,大方见之,未免脂粉气也。②

　　在王端淑心目中,这一次"扮演"似乎并不成功,不仅因为身体抱恙而颇有草率之处,更流露了面具之下的作者的"闺中本色"。大量男性情境的体验、男性口吻的模仿,使得王端淑对女性习焉不察的"闺中本色",产生了一种陌生化的视角。甚至无法直视闺人的习性特征,以"脂粉气"为憾事。

　　对男性诗风模拟得惟妙惟肖的王端淑,也是明清之际偏离"闺中本色"最远的女性之一。女诗人自己实则期望以史家的身份树立于世。王端淑在《名媛诗纬初编》卷末收自己诗作时,引用了丁步孟的评价来形容自己:"才学识三长者可以作史,故惟曹昭一人可与玉映比伦,今人罕见其俦。"如此才识与志向,自然对"雕虫篆刻"的闺阁情思不以为然。作为明清才女"男性化"的代表人物之一,王端淑对于闺阁的反思,或许与其长期浸淫男性文化语境、为男性代言写心的生命历程有着内在的因果联系。通过大量的拟代诗作,王端淑获得了与男性相似的施展才华的舞台,也因所饰角色的情感内化,影响了自我的价值观念和审美趣味。如果除去《吟红集》、《名媛诗纬初编》中收录的拟代之作,王端淑的诗文数量几乎要减去一半。拥有超越普通女性的眼界格局,却始终受制于女性身份,不得不通过拟代来拓展诗歌格局。其"恨非男子相,继述听诸昆"的感叹,实反映了才女群体普遍的生命情境。

---

　　① 王端淑《吟红集》卷五,日本内阁文库本,第11a 页。
　　② 王端淑《映然子吟红集》卷十五,《清代闺阁诗集萃编》第1 册,中华书局2015 年1 月第1 版,第126 页。

第四章　历史记忆与空间想象

　　女诗人在文本中展开的旅行，不仅大于四壁之内的闺阁，也超越了地理层面的风物体验。《文化地理学》这部经典论著中曾有"文学协助创造了地方"的结论。在浩瀚的闺外世界中，是否能够创建女性文学的地标？答案是肯定的，只是盘亘其上的，是每个诗人都无法回避的强大文学传统。它所凝结的历史记忆，透过一草一木的兴感生发，使世人呼吸领会、无处逃遁；它所缔造的典故、意象与抒情程式，更压迫着诗人的自由，考验其才识胆力。穿梭在中国古代文学地图之中，便免不了要进入男性所积淀的话语系统，与之展开对话。当她们凭借共通的主题凝聚着群体的记忆和憧憬，历史的图景也藉此焕发了新的光彩；当她们随着想象进入未知的空间，更是一种自我与外在世界相接的重新发现。在这场心灵的旅程中，文学文本不仅汇聚成相似的结构与情境，也召唤着古今生命体验的交互感通；她们创造了地方，地方也同样照亮了她们自己。

第一节　闺阁之外的女性地景

一　女性足迹的拓展

　　在中国古代文学的版图上，女性的身影似乎被定格在闺阁之中。或困于家计，或限于环境，在柴米油盐的单调生活、庭园池台逼仄的视角中消耗光阴。唐代女诗人张窈窕"若教不向深闺种，春过门前争得知"之句，正道出女诗人拘于方寸的真实处境。顾起元称明朝正、嘉以前妇女"以深居不露面、治酒浆、工织纴为常，珠翠绮罗之事少，而拟饰倡妓、交结姑媪、出入施施无异男子者，百不一二见之。"[1]身在斗室而借读书吟咏心游四海的"卧游"，恐怕是大多数女性实现精神超越的最好方式。

---

　①　顾起元《客座赘语》卷一"正嘉以前醇厚"条，中华书局 1987 年 4 月第 1 版，第 26 页。

明代中后期开始,女性增加了走出闺门的机会。高彦颐《"空间"与家——论明末清初妇女的生活空间》一文的第四、五、六部分,举出了王凤娴的从宦游、沈宜修的赏心游、黄媛介的谋生游这三个例子。除此之外,诸如出嫁、流放、逃难等经历,也为女性带来人生中的偶然旅行。以地景为媒介,女性得以打破与男性生命体验的隔膜。走入金陵,便触发了深沉的人生叹喟与苍茫旷远的宇宙意识;寓居村野,便引动了隐逸情怀与桃源理想。对许多女性名家来说,个体移动能量越大,其作品质量与传播度也往往越高。

长篇小说《红楼梦》中第五十一回,述薛宝琴随宦去过大江南北,写下《怀古绝句十首》。其中前五篇为《赤壁怀古》、《交趾怀古》、《钟山怀古》、《淮阴怀古》、《广陵怀古》。后五篇《桃叶渡怀古》、《青冢怀古》、《马嵬怀古》、《蒲东寺怀古》、《梅花观怀古》较为特别,分别写王献之姜桃叶、王昭君、杨贵妃、张莺莺、杜丽娘的故事。《桃叶渡怀古》缅怀桃叶渡留下的风流韵事,《青冢怀古》是从昭君之立场而喊出的女性控诉,《马嵬怀古》与女色亡国的男性谬论大唱反调,体现出女性之间的同情与理解,《蒲东寺怀古》与《梅花观怀古》都是将虚构的爱情故事信以为真,对恋情表示深挚同情,渗透了强烈的女性意识。在莫砺锋《论〈红楼梦〉诗词的女性意识》一文中,这些作品被视为对男性咏史传统的反叛。不过,作者紧接着又下了这样的论断:"因为宝琴的人生经历在清代女诗人中几乎是绝无仅有的,所以在清代女性诗词中很难找到类似《怀古绝句十首》的作品。"①事实果真如此吗?

首先,随宦的经历,恰恰是清代女性最常见的旅行机会。且不说明末已有李因从宦葛征奇十五年,"偕与溯太湖,渡金焦,涉黄河,泛济水,达幽燕"②,奚囊索句,分阄角韵;清初徐灿更是伴陈之璘远赴京师,流配东北,患难与共。林以宁自述自己十五岁那年就跟随父亲出行,"宦关西,遂渡伊洛,临盱眙,涉淮泗,登熊耳大华之巅,旷观宇宙,可谓胜游"③。到清中叶钱浣清、徐德音手里,怀古诗词所涉地域进一步扩大。沈咏南《征诗咏滇南四景》小序中更是颇为自得地写道:"偶忆幼时,随先君宦游京师滇黔,所过名山大川,指不胜屈。"④随宦而走过大江南北,在清代女诗人群体中屡见

---

① 见张宏生主编《明清文学与性别研究》,江苏古籍出版社 2002 年 10 月第 1 版,第 644—645 页。

② 李因《竹笑轩吟草》卷首葛征奇序,辽宁教育出版社 2003 年 3 月第 1 版,第 4 页。

③ 林以宁《墨庄诗钞》,清初刻本,第 4a 页。

④ 吴颢、吴振棫《国朝杭郡诗辑》卷三十,清同治十三年甲戌(1874)钱塘丁氏刻本,第 19a 页。沈咏南,字佩仪,浙江德清人,大约生活在清康熙年间。

不鲜。薛宝琴的经历,亦在一定程度上反映了社会现实。

其次,咏怀古迹类型的作品,在清代女性创作中也勃然而兴,成为一大题材。除了清初徐灿那些为世传诵的怀古词名篇,还有陈蕴莲《赤壁怀古》、何承徽《咏怀古迹八首》、包兰瑛《怀古十首》等。其中,那些富于女性色彩的历史遗迹,尤其为女诗人所青睐。较为重要的作品有章有湘《马嵬坡》、纪映淮《桃叶渡》、钱孟钿《杨太真墓》二首与《华清宫怀古二首》、季兰韵《虞山怀古迹联句》。组诗如王韧佩《怀古二十首》①,所咏女性从息夫人、西施、虞姬、卓文君、赵飞燕、张丽华,直到明代冯小青、陈圆圆、李香君等共计二十人。

相比清代女诗人的创作,《红楼梦》中的《怀古绝句十首》可视为男性的代言之作,它与中国古代士人常见的"男子作闺音"的代言体有很大不同。后者文本中的女性常以思妇怨妇的形象出现,以获得男人的感情为生活的重心,塑造了父权话语下的女性假象,并深刻地影响了世人对女性创作的基本看法。就像孟悦、戴锦华所说的:"再没有哪种角度比男性如何想象女性,如何塑造和虚构女性更能体现性别关系之历史文化内涵的了。"②而前者虽借薛宝琴之口,却显示出迥异于一般闺阁女性的视野与见识,代表了清代社会的女性新观念。莫励锋在文中声称:"林黛玉等人的诗词是当时最富有女性意识的文本,然而它们真正的作者却是男性作家曹雪芹。但如果我们从数量相当巨大的清代女性文学作品里找不到有力的反证,那么只能承认男性作家不能为女性写作的观点是偏颇的。"③然而,在清代女诗人的作品中,显然能举出富于女性意识的大量反证,且这类作品在晚明以前是很少见的。这不得不令人感慨,作者塑造的《红楼梦》中的才女群像,即使没有真实的人物原型,也至少与清代女诗人的生活面貌形成了某种奇妙的契合。而小说中作者代女性人物写作的声气各异的诗篇,如果不是来自作者所亲历的几位才女的真实创作,也至少受到了清代闺秀文学的影响。将女性研究与男性传统相互参照,为我们指出了一个有意义的研究方向。

二　女性历史的发掘

在才女走出闺阁、寻幽访胜的历程中,对留存着女性遗迹的名胜景观,

---

① 王纫佩,字韵珊,江西婺源人。著有《佩珊珊室诗存》。

② 孟悦、戴锦华《浮出历史地表——现代妇女文学研究》,中国人民大学出版社 2004 年 7 月第 1 版,第 233 页。

③ 见张宏生主编《明清文学与性别研究》,江苏古籍出版社 2002 年 10 月第 1 版,第 652 页。

往往有着天然的兴趣。尤其是那些青史留名、声名满天下的女性人物,实际上已经逾越传统贤媛的生存空间。由于女性主体话语的缺失,她们真实的模样,已因男性的重重书写变得模糊难辨;她们的功过,也有待不同角度的反思与评说。吴绮的金陵怀古组诗,就常常引入女性的意象,《乌衣巷》中的咏絮才女谢道蕴,《桃叶渡》中的晋王献之妾桃叶,《石头城》中的"吾来却忆卢家事,两桨还应送莫愁",《秦淮河》中的"却把残樽吊丽华",皆在金陵浓重的历史氛围中,铭刻了关于女性的记忆。同为女性的理解怜惜,使作者移情于吟咏对象,在穿越到古人情境的时候,也藉此重新认识自我。

铭刻在历史废墟上的关于具体人事的记忆,是君主、英雄与文人等不同群体的功绩与逸事的见证,它的存在,是这些历史人物生命的延续,不断引发世人景仰、缅怀与惺惺相惜的情绪。而留存在那些遗迹中的女性形象,大多以弱者的姿态出现。她们无力主宰自己的命运,常常不由自主地卷入历史的漩涡之中,不得不承担某些政治事件的责任与骂名。这一现状,使得清代女性的怀古诗,充满了为女性正名的翻案色彩。比如徐灿那首为世传诵的名篇《青玉案·吊古》,其下阕就富于深意:

> 鲸波碧浸横江锁,故垒萧萧芦荻浦。烟水不知人事错。戈船千里,降帆一片,莫怨莲花步。[1]

词中化用刘禹锡《西塞山怀古》诗意,将晋武帝时大将王濬率军东下破吴、齐东昏侯凿金为莲花帖地,这两处相隔二百多年的不同历史空间,拼接在一起,在转折对比中凸显出独特的历史观。而"莫怨莲花步"这一委曲深沉的结句,也触动了男性文学传统中的一个经典议题——女性祸水论。

女性作为亡国祸水的形象,大概可以溯源到史家对妹喜、妲己、褒姒这三位美女的评述。虽然她们未必像西施那样身负使命,但这些女性都是弱小国家进贡给征服者的贡品,也是明显的事实[2]。君主宠幸她们,导致朝纲大乱,国事日非,而这些女性便成为史家口诛笔伐的罪魁祸首。《诗经·大雅·瞻卬》中的"哲夫成城,哲妇倾城",《史记·周本纪》中引述的"牝鸡司晨,惟家之索",这些广为后人征引的经典文本,便将女性视为祸乱的根

---

[1] 徐灿《拙政园诗集》,《〈浮云集〉〈拙政园诗馀〉〈拙政园诗集〉》本,黑龙江大学出版社 2010 年 10 月第 1 版,第 289—290 页。

[2] 胡元翎《拂去尘埃——传统女性角色的文化巡礼》,河北人民出版社 2001 年 8 月第 1 版,第 56 页。

源,彰显了男性话语强权下的女性观念。

随着晚明而下社会女性观念的变化,对于这种偏颇的言论,也出现了质疑的声音。如清人徐芳的辩驳:"天下美妇人多矣,岂尽亡人之国者?吕稚、贾南风,一老一短黑,以乱天下有余也。使遇文王、太公,姒虽美,宫中一姬耳。"①徐芳认为,祸国的根本,并不在于女性"倾国倾城"的容貌,因为吕稚、贾南风并非美女,却能左右国政,而褒姒虽美,遇到明君也难以兴风作浪。这一观点有力地驳斥了女性祸水论,但仍然站在男性视角立论,秉持着传统史家对女性参与政治的排斥心理。在女性立场上发声的徐灿《姑苏怀古》,便肯定女性功绩并追究男性的责任:

> 百花洲畔半蒿莱,霸气千秋郁未灰。璧槛夜累遍寇入,笙歌春沸美人来。剑分薛石依稀在,帆压香波次第开。巾帼越王堪一笑,只凭脂粉沼苏台。②

徐灿自小生长在虎丘之畔,熟悉在家乡所发生的种种故事与传说。在明末清初政局更替的背景下,吴越争霸的史事不禁浮上心头。据明王鏊《姑苏志》,百花洲在西城下胥、盘二门之间,传说吴王夫差常携西施在此间泛舟游乐。高启《百花洲》云:"吴王在时百花开,画船载乐洲边来。吴王去后百花落,歌吹无闻洲寂寞。"到明清之际,这里已经一派萧条冷落。荒草丛生的废墟,在诗人笔下却幻化出昔日吴宫歌舞升平的景象。吴王因安逸殆政致令敌军轻易进攻,背负复国使命的西施,凭借美色就轻而易举瓦解吴国,既凸显了女人的力量,亦讽刺了吴王的昏庸无能。此诗借古鉴今,令人联想到南明福王的荒淫逸乐、不问政事而终令清军一举攻陷。计六奇《明季南略·朝政浊乱昏淫》曾述南明君臣昏聩之情状,其文云:"时上深居禁中,惟渔幼女、饮火酒、杂伶官演戏为乐。修兴宁宫,建慈禧殿,大工繁费,宴赏赐皆不以节,国用匮乏。……边警日逼,而主不知,小人弃时射利,识者已知不堪旦夕矣。"在南明弘光朝廷建立之初,急于谋求功名的徐灿之夫陈之遴就满怀希望地前往南京,投奔新政权。女诗人作《送素庵之白下》送行,在频频叮嘱中流露出深深的担忧。然而不久,徐灿夫妇很快对南明政权失望,果不其然,政权成立之次年即随清军挥兵南下而灭亡。陈之遴

① 徐芳《悬榻编》卷一《褒姒论》,《四库禁毁书丛刊》集部第 86 册,第 23 页。
② 徐灿《拙政园诗集》,《〈浮云集〉〈拙政园诗馀〉〈拙政园诗集〉》本,黑龙江大学出版社 2010年 10 月第 1 版,第 334 页。

跟随众臣在南明大殿上投降,种种屈辱与国破之痛交织心头,徐灿入清之后的词作,便常常看到类似《姑苏怀古》这样,反思南朝覆灭的作品。

　　建立在历史叙述上的价值评判,受制于不同时期的文化背景。对明末清初的女性而言,她们在历史事件的重新评介中,看到的更多是政治波澜中女性的无奈。《红楼梦》中宝琴所写《青冢怀古》:"黑水茫茫咽不流,冰弦拨尽曲中愁。汉家制度诚堪叹,樗栎应惭万古羞。"在突出明妃怨恨的同时,表达了对汉家制度的不满,这一议论却非作者的独创。在明末清初,同情明妃、抨击当权者的话语十分流行。顾若璞《昭君》描写昭君塞外生活的辛苦,衬出汉家诸将的无能。诗句惊挺,讽刺意味浓厚:"李卫边功竟若何,翻劳红粉渡交河"、"昭阳女伴无多少,寄语将军夜枕戈"①。被卷入和亲的女子,不过是以联姻换取安定环境的政治策略中的一环。从政治工具的角度来说,与美人计并无本质的区别。随着明妃与昭君题材的兴盛,明清之际,绵延两千年的昭君主题在女性手中发生了变化。"青冢莫生殊域恨,明妃犹是为和亲"②、"不因命薄身多恨,青冢啼鹃怨汉家"③、"可怜金屋谁为主,魂与王嫱泣暮笳"④,这些作者在昭君题材的丰富意蕴中,不约而同地淡化了画工误人和红颜薄命的部分,而凸显了女性国破家亡中的凄凉遭遇,及对"汉室"的怨恨情绪。去国离家,漂泊异地的女诗人们,对昭君的遭遇感同身受,她们更关注自身的命运,试图站在女性的立场对当局者进行激烈的控诉。崇祯十五年壬午(1642),广陵女子为寇所掠,次年逃归,家园已没于战火,愤而题壁,指责朝堂之上高官厚禄而无所作为的男性:"将军空自拥旌旗,万里中原胡马嘶。总使终生能系颈,不教千载泣明妃。"⑤在对历史人物含沙射影的评述中,诗人锋芒直指造成自己不幸遭遇的祸首。被排斥于权力以外的女性,其命运与国家休戚相关,因而为观照社会引入另一种视角。女性无法介入政治的决策,也无力扭转家国的覆亡。当她们失去男性的庇护,唯有通晓大义,保守节操,承担江山鼎革带来的不幸,并以微弱的声音对异族铁蹄与男权社会进行双重抗争。

---

　　① 顾若璞《卧月轩稿》卷三,清顺治八年辛卯(1651)黄灿、黄炜卧月轩刻本,第1a页。
　　② 王素音《琉璃河馆题壁》,褚人获《坚瓠集》甲集卷一"琉璃河馆壁诗"条,《清代笔记小说大观》本,上海古籍出版社2007年10月第1版,第1册第628页。
　　③ 见王端淑《名媛诗纬初编》卷二十三赵雪华《沐水旗题壁》,清康熙六年丁未(1667)山阴王氏清音堂刻本,第12a页。
　　④ 见王端淑《名媛诗纬初编》卷十五山西节妇《清风店题壁》,清康熙六年丁未(1667)山阴王氏清音堂刻本,第25a页。
　　⑤ 查继佐《罪惟录》卷二十八《闺懿列传·文词》,浙江古籍出版社1986年5月第1版,第4册第2590页。

《红楼梦》作者借宝钗之口称："做诗不论何题,只要善翻古人之意……即如前人咏昭君之诗甚多……二诗俱能各出己见,不与人同。"咏古重在翻新,女性意欲解构男性建立的话语,为女性正名,必须努力"违返定说更高一层",重建女性的历史记忆。商景兰《西施山怀古》就展示了鲜明的女性立场,指出西施的功绩遭到湮没:

> 土城已作一荒丘,人去山存水自流。身事繁华终霸越,名垂史册不封侯。须眉多少羞巾帼,松柏参差对敌雠。凭吊芳魂传往什,愁云黯淡送归舟。①

西施在传统文化中被视为越王复国的政治棋子,而在女诗人笔下,却为其树立了光辉的主体形象,认为其帮助越国打败吴国的不朽功绩,足以令许多无能的男子羞愧。然而,被排斥于仕途外的女性,哪怕成就霸业,终究是"名垂史册不封侯",得不到应有的历史地位。在徐灿写西施的咏史诗中,表达了同样的意思,诗人称赞"西子千秋人,兰心岂狐媚"、"杨娥北入吴,颇与庆卿类",认为西施的智慧与胆识,不输只身入秦的壮士荆轲。然而功成之后,却没有好结局——可以说是"鸟尽弓亦藏,今古同一喟"。这些才女虽然见识视野超出一般男子,却没有干预政治的机会,只能将眼光投向历史中弱势的女性,深深同情那些女性人物,并将感同身受的愤懑,延伸向一切才高命蹇的人们。

明清之际才女通过咏古书写,努力扩张历史上女性的生存价值,从而在男性占领的广阔政治舞台上,发掘出女性的光采。在男性文人看来,无论是因为建立功业而受到世人称颂的西施,还是因美色招致亡国的祸水红颜,都是政治的牺牲品罢了。鲁迅对此就有尖锐的论断:"我一向不相信昭君出塞会安汉,木兰从军就可以保隋;也不信妲己亡殷,西施沼吴,杨妃乱唐的那些古老的话。我以为在男权社会里,女人是决不会有这种大力量的,兴亡的责任,都应该男的负。"②这一说法,实际上完全剥夺了女性的政治权利,也自然不用承担相应的义务。正因这种根深蒂固的观念,在熟稔的历史中永远是男性话语为主导,即使是卓有功勋的女子,也难以被奉为女性的榜样。

因此,当才女们踏上这些埋藏着女性记忆的地方,她们似乎抽离了当

---

① 商景兰《锦囊集》,《祁彪佳集》附编,中华书局 1960 年 2 月第 1 版,第 273 页。
② 鲁迅《鲁迅全集》第一卷,人民文学出版社 1981 年版,第 499 页。

下的空间,全然沉浸在遥远的历史情境中,与那些女性感同身受。实际上,她们仍然是用当下的意识来映照过去,借助对过去的重新评判,实现对自我的定位。传统知识领域狭隘,出仕途径单一,将读书人驱赶到词章之学的道路。生前价值没有得到体认,死后留传成了最低与最高的期望。而女性的身后之名,更是无人标举。在积极树立女性功业的背后,是才女对"名"的执着。如果说,唐代女诗人鱼玄机的"自恨罗衣掩诗句,举头空羡榜中名",还是男性中心文化下的微弱声音,到了商景兰的时代,对女性功业的称扬、对"须眉多少羞巾帼"、"名垂史册不封侯"的不平已经成为颇具规模的合唱。在新人辈出的清代初年女诗人中,我们时时能听到这样的呼喊。柴静仪《黄天荡咏梁氏》称扬梁红玉云:

> 玉面云鬟拂战尘,芙蓉小队簇江滨。不操井臼操桴鼓,谁信英雄是美人。①

这些被放逐在不同空间中的女性记忆,被踏足于该地的才女们一一唤醒,尘封已久的故事便展现出别样的面目。清中叶而下,新的吟咏对象被不断发掘。如葛秀英评王昭君:"他年重画麒麟阁,应让娥眉第一功"。徐德音评王昭君:"六奇枉说汉谋臣,此日和戎是妇人。若使边庭无牧马,蛾眉也合画麒麟。"②论西施云:"鱼肠枉说出奇兵,微步能教霸业倾。莫道十年生聚力,屧声已伏鼓鼙声。"吴永和赞谢道韫云:"闺中负才辨,意气亦飞扬。不独过其兄,解围舒小郎。"赞花木兰曰:"征戍十二年,弯弓作男儿。代父尚非难,难于人不知。"③清代初年寄寓鲜明家国意识的虞姬题材,在女性笔下的论述焦点也发生了转移。较有代表性的是吴永和《咏古四首·虞姬》一诗:"大王真英雄,姬亦奇女子。惜哉太史公,不纪美人死!"④吴永和显然不是像易代之际男性的虞姬书写那样,突出她不事二主的忠贞品质,而是显现出一种对女性声名功业的执着渴望。作者质问太史公为什么记载了"真英雄",却不记"奇女子"? 沈德潜在《清诗别裁集》中评价道:"虞兮之死,史笔无暇及此。然一经拈出,真见心思。"⑤周月贞的《咏史》其一

---

① 胡孝思《本朝名媛诗钞》卷六,清乾隆三十一年丙戌(1766)凌云阁刻本,第3a页。

② 徐德音《绿净轩诗钞》卷一,见《江南女性别集初编》,黄山书社2008年8月第1版,上册第12页。

③ 吴永和《苔窗拾稿》卷一,清雍正三年乙巳(1725)刻本,第12a页。

④ 吴永和《苔窗拾稿》卷一,雍正三年乙巳(1725)刻本,第12a页。

⑤ 沈德潜《清诗别裁集》卷三十一,中华书局1975年11月第1版,下册第568页。

讨论同样的话题，与吴永和相反，周月贞并不介怀于虞姬事迹的存没，而指出其"伏剑若非能报主，美人名姓等飘蓬"①。指出虞姬若不是为项羽牺牲，她的名字恐怕像大多女性一样飘散在历史的烽烟里了。这一嗟叹无疑蕴含了更为深刻的女性意识，就像作者所说，即使虞姬像吴永和所期望的那样载入史册，也终究是依附于男性而扬名，女性独立的生存价值与历史功勋在哪里呢？

古代的女性典范，既是女诗人称扬的对象，也是女诗人理想化了的自我。这一主题，也映照着现实社会中阳衰阴盛的观念变化。在承载了巨大社会容量的小说文本中，我们可以读解出当时社会阅读市场对女性的心理期待和角色需求。魏崇新考察明清小说中两性角色的演变，认为"从元末至清代后期数百年间小说的发展史，我们就会发现一个十分有趣的现象：小说对男女两性人物的描写经历了一个两性倒错双向逆反的过程，即从以描写男性为主到以描写女性为主，从赞美男性到肯定女性，从男性阳刚的衰退到女性阴柔的增长的过程。"②这是一个极富新意的发现。早期的小说《三国演义》、《水浒传》、《西游记》等，或视女性为政治工具，或被贬为淫娃荡妇而置于男性的对立面，莫不从男权道德出发，极力宣扬女性"祸水"论。《金瓶梅》虽然没有摆脱这种观念的影响，却开始把女性作为主要人物来塑造，正视女性的情感与需求。降及清代，从才子佳人小说中的才女崇拜，到《红楼梦》中对传统男性意识的全面颠覆，《醒世姻缘传》女尊男卑的夫妻关系，《镜花缘》中的女儿国和武则天开女科的幻想。在这些女性为主体的小说序列中，一面是男性形象从英雄落入凡俗，阳刚之气逐渐消解殆尽；一面是女性笔墨的饱满丰富，形象的光彩照人，女性意识与人生价值的逐渐觉醒。即使在以男性为视点的《儒林外史》、《荡寇志》、《儿女英雄传》中，女性也不再成为男主的附庸。小说文本中女性声音的凸显，实与清代才女群体的呼声形成了某种微妙的共振。

尽管用世情怀难以找到实现的土壤，但清代女诗人仍能从历史的尘埃里，打捞起各种闪光之处，恢复在男性文学传统中受到挤压的女性价值空间。纵然是微弱的一点声响，也好过万马齐喑的寂静。城墙、废墟均不足道，重要的是诗人并不仅作为观察者、叙事者而存在，而是历史记忆的参与者与创造者。当她们在闺外的世界里，寻找到属于女性的场所，赋予它们

① 见汪启淑《撷芳集》卷三十九，清乾隆五十年乙巳(1785)飞鸿堂刻本，第1a页。
② 魏崇新《一阴一阳之谓道——明清小说中两性角色的演变》，见张宏生主编《明清文学与性别研究》，江苏古籍出版社2002年10月第1版，第1页。

从未被阐释过的意义,便从古人那里,找到证实自己存在价值的有力证明,也通过这些女英雄人物的书写,揭示了她们意欲伸展个人抱负的愿望。

第二节　随宦女眷的怀古之旅

巫仁恕《清代士大夫的旅游活动与论述——以江南为讨论中心》一文指出,明清之际到清前期,带有悲凉和感伤色彩的游记非常多,而且往往透过旅游中所见到的古迹与古物来反映、呈现一种"怀古"的风气①。这种风气也蔓延到女性的笔下。相比随夫偕隐,恬寂于山林的闺媛;入仕清朝的降臣之妻,拥有更复杂的人生经历与情感体验。其特殊的身份地位,赋予其超越普通人的见识,随夫远宦的生涯,也为其带来了俯仰古今的机会。正是这些卷入宦海风波的女性,谱写了明末清初最为深沉隐曲的文学篇章。

一　怀古:宦海忧思的寄托

在变节仕清丈夫、同朝为官的士大夫群体中,也少不了酬唱往来的文学互动,由此形成了命妇阶层的才女群体。如徐灿、朱中楣、吴绡、柳如是、顾媚之间,便多有宴饮酬酢的唱和。这些女性不仅随同丈夫转徙各地,亦一同体验着宦海的沉浮,行旅怀古之作便成为她们诗作中最为出色的部分。行旅中寓家国之思,又以吴绡、徐灿与朱中楣为代表人物。

吴绡(?—1671),字素公,一字冰仙、片霞,长州(今江苏苏州)人。通判吴好古女,常熟许瑶妻。诗人吴伟业之从妹。王端淑誉其为"吴中女才子第一"②。存世著作有《啸雪庵集》四卷、《吴冰仙诗》一卷,收录于邹漪《诗媛八名家集》中,含诗八十三首、词四首。

徐灿,万历末年至康熙中期在世,字湘苹,一字明深,吴县(今江苏苏州)人。光禄丞徐子懋女,大学士海宁陈之璘继室。晚明著名女诗人徐媛为其祖姑。有《拙政园诗集》二卷、《拙政园诗余》三卷存世。

朱中楣(1622—1672),字懿则,一字远山,江西南昌人,明宗室辅国中尉朱议汶次女,吉水少司马李元鼎妻,礼部尚书马振裕母。有《石园随草》、《倡和初集》、《随草诗余》、《随草续编》、《亦园嗣响》,收录于李元鼎《石园全

---

① 见台湾"中央研究院"《"中央研究院"近代史研究所集刊》第五十期,第235—285页。
② 王端淑《名媛诗纬初编》卷十三,清康熙六年丁未(1667)山阴王氏清音堂刻本,第1a页。

集》中；《镜阁新声》一卷，收录于徐乃昌《小檀栾室汇刻闺秀词》第一集。

处在波谲云诡的政治局势中，她们难免被祸福难测的忧虑包围。吴绡之夫许瑶于顺治九年壬辰登第，到顺治十八年辛丑（1661），许瑶就以奏销案罢归，此后郁郁而终。朱中楣为明宗室之女，丈夫李元鼎被清廷举用为太仆寺卿，一面是社稷颠覆、家族沦亡，一面却随夫入京，屈身事敌。不仅处境尴尬，还屡遭祸端，时有归隐之愿。随宦京都的十余年间，在"患难频经，忧怀莫展"中度过。丈夫李元鼎于顺治二年乙酉（1645）、顺治九年壬辰（1652）两次因事被牵连入狱，举家陷入危难险急的境地，朱中楣甚至对子李振裕交代遗言，有赴死之念。后得脱罪，夫妇于顺治十四年丁酉（1657）冬南还故里归隐。

徐灿、陈之遴夫妇的宦途更是经历大起大落，极为坎坷。陈之遴降清后虽接连升迁，却于顺治九年壬辰（1652）以后陷党争漩涡，屡遭弹劾与大案牵累而危机重重，终于顺治十三年（1656）被发配至盛京，徐灿随夫同行，半年后赦还。不料顺治十六年（1659）降罪更严重，举家流放盛京。自此，徐灿远戍塞外十二年，经历丈夫与三子相继丧亡，直到暮年方蒙恩赦还。

这些才媛与身边男性共同面对仕途的荣辱，承受命运的波澜，体尝了人情冷暖与世态炎凉。她们本自禀赋过人，经过宦海历练，更展现出卓越才识。徐灿晚年孤身塞外苦寒中，从未放弃谋求返乡的努力。《清史稿·列女传》记载康熙十年（1671），徐灿借康熙帝巡行盛京之际跪道自陈之事：

> （徐灿）跪道旁自陈，上问："宁有冤乎？"徐曰："先臣唯知思过，岂敢言冤？伏惟圣上覆载之仁，许先臣归骨。"上即命还葬。

此番自陈，徐灿终于把握机会返回故里，扭转了全家人老死塞外的命运。面对帝王"人疏鸣冤，我独引咎"，显示了从容与坚毅的气魄。家人闻皆叹服之，赞其卓识过人。

朱中楣出身天潢贵胄，识见机警，颇受夫与子的敬重。李元鼎的仕途，多得朱中楣从旁襄助。朱中楣还亲自为李元鼎拟写奏书文字，面临危局时，则能不乱方寸，筹谋布局。李元鼎《石园随草序》称："每闲居，相对私与扬扢。凡朝政之得失，人才之贤否，与夫古今治乱兴亡之故，仕宦升沉显晦之数，未尝不若烛照而数计。"而出身"延陵华胄"的吴绡，见识与胆略亦非寻常女子可及。清代无名氏的《研堂见闻杂记》，还记录了一则详细事迹：

> 常熟许文玉之室吴氏，能诗书，负倜傥不羁之才。文玉名瑶，大司

成石门公之次子。壬辰进士,为关右监司,以奏销罢归。时里中有朱姓者,富豪也,适许之家人病死,有喉之者,以为此朱所使也。于是吴氏从二百家人至其家,风卷而缚其主,归系死者足,榜笞无数。朱之族子名元裕者,进士,哭诉于县公,挟其舆至许处,得勉强脱之归。而吴夫人恚甚,詈文玉曰:"若无一筹耶? 吾当终扼其吭耳。"于是扬扬至吴门。时祖大将军镇吴,先以名简投副都统;夫人入,而握手甚欢。次日,始一牒控之祖大将军,而朱姓者银铛就缚,万金风尽。朱乃愬之总督郎公、复愬之京口刘大将军,吴夫人更以其间媒孽之于刘,复费万金不止矣。总督郎公之牒,下之苏松道臣;吴夫人轻舟就讯,亦不知其事若何。①

邓之诚据此论吴绡"而把持官府,则实有之"②。在丈夫许瑶处理问题一筹莫展的时候,吴绡却挺身而出,指责丈夫的懦弱无策,并亲至苏州寻找权贵,平息风波,其强悍心性与政治手腕可见一斑。

如此胸襟气度,见于作品中,便展现出超越一般闺秀诗的大气格局。这些才媛多有俯视古今,超越政局的兴亡之叹。在世人的眼中,这样的诗歌风格,与丈夫仕清身份未免有矛盾之处。陈焯《啸雪庵诗序》便观察到吴绡与丈夫的不同价值选择:"顾念兰陵柄用方始,行参大政,润色升平,兴朝郊庙乐章,必由手定。夫人谊系唱随,亦应谱安世之歌,被诸管弦。如唐山夫人者,名载义熙,例有弗合。然读乙酉以后诸什,大都畔牢结轕,引中清商,寄志神仙,嘲讥幻梦。度夫人静观世变,固有不得其平者。"③被公认为清初女性词第一人的徐灿,则以含蓄深隐的家国之思引发时人的共鸣,诸如"故国茫茫,扁舟何许,夕阳一片江流去。碧云犹叠旧河山,月痕休到深深处"这类传诵一时的名句,显示出诗人虽享荣华富贵,内心却常怀忧罹委屈,时时流露混乱时局中无处安身的惆怅,即谭献所谓"兴亡之感,相国(陈之璘)愧之"。面对究心于仕途的丈夫,她们只能致力书写遗民情境,以诗人身份承受着丈夫变节所带来的道德自谴。

同时,她们也经历了长期漂泊不定的随宦生活。如朱中楣"浮湘泛蠡,涉长江,济黄流,往来于齐鲁燕赵之间,又复寄托淮海,去而复返,真不免津梁为疲"。舟车劳顿的行旅生活,本易引起心理的不适;对清王朝缺少认

---

① 无名氏《研堂见闻杂记》,《台湾文献史料丛刊》第五辑第 98 册,第 197 页。
② 邓之诚《清诗纪事初编》,上海古籍出版社 1965 年 11 月第 1 版,第 340 页。
③ 吴绡《啸雪庵诗集》,《四库未收书辑刊》第 7 辑第 23 册,第 109 页。

同,更令她们常怀山河易主的悲凄。"山川如旧冠裳改,城北城南起暮笳","满目河山牵旧恨,茫茫何处藏舟壑"①,这样旅况萧条、漂泊无根的感受,时时形诸笔端。徐灿则两度随陈之遴流放至东北,在边塞异域的极寒环境中度过了后半生。《太子河》一诗作于盛京戍所:

> 易水荆卿去,辽河太子来。当时风色异,千载水声哀。夕照斜荒渡,寒烟断古台。燕秦俱寂寞,缅想重徘徊②。

诗人目睹太子河的风色水声而将思绪转向遥远的时空,切换到燕太子丹被秦将追杀逃亡于此的画面,又收回到夕阳斜照的荒凉景象。在古今融合的时间延宕中拉长了诗歌空间的纵深感,投射了诗人羁栖绝域的生命情绪。诗篇结构曲折变换正与诗意之幽咽吞吐相应。朱中楣的身世之感,表达更为隐曲,《孟冬感怀》云:

> 为客他乡已六年,几经沧海变桑田。清霜凛凛凋残叶,澹月溶溶罩晚烟。怨逐漏声悲汉阙,愁随梦影到吴川。白云归尽人千里,怅望关河泪黯然。③

李元鼎称朱中楣词"或伤故国之黍离,或怀王孙之芳草,或叹时序之变迁,或感行旅之飘零"。委婉含蓄的故国之思,便常常寄寓于行旅怀古的作品中。经历诸多宦海波涛,跌宕起伏,人生的沧桑感受与这一层兴亡之叹相融合。为诗篇带来了不逊色于男性的情感容量与深度。出于对清廷的顾忌,她们的作品不能直接表达对丈夫出仕新朝的不满,也不能像遗民诗人那样直面明亡的政治评判。因其身份、处境之复杂,在表达现实情感的时候,借古伤今便成为她们最青睐的方式。

二 都城:亡国记忆的召唤

诗评者总是不厌其烦地指出,山川阅历对个人诗风转变的关键作用,对足不逾户的闺秀诗人而言,这一点似乎更值得强调。邓汉仪《天下名家

---

① 徐灿《拙政园诗余》卷下《满江红·将至京寄素庵》,第 295 页。

② 徐灿《拙政园诗集》卷上,《浮云集 拙政园诗馀 拙政园诗集》本,黑龙江大学出版社 2010 年 10 月第 1 版,第 328 页。

③ 朱中楣《石园随草》,《石园全集》附编,《四库全书存目丛书》集部第 196 册,第 86 页。

诗观》述吴绡"诗多题咏花鸟之作,而自其从官河朔来,则进于苍凉沈壮,无复玉台绮丽之习"①,认为吴绡顺治十五年随宦河北的经历,促成了诗境的变化。较之山川风物,对诗人心境影响更为深刻的,还是那些凝结了浓厚历史文化意味的景观。如吴绡途径"黄粱一梦"故迹所作《邯郸篇》,便回顾开元盛世到天宝之乱的变局,发出古今一梦的嗟叹,并流露出"孤吟志在此,恐为他人嗤"的无人理解的寂寥②。因此,不论怀古题材出于何人之手,兴亡之感总是生发在特定的地点。走入南京,便令人触动亡陈的回忆;而身处扬州,便无法回避隋朝的意象。徐灿《广陵怀古》云:

> 六朝烟草总茫茫,占得风流独不亡。夜永笙歌沉月观,春深花鸟吊雷塘。清淮一水长通洛,垂柳千条尚姓杨。莫向迷楼悲泯灭,李花零乱落霓裳。③

"杨柳"、"李花"不仅是城市的象征,也成为王朝的符号。它们裹挟着自然感兴与历史的忧伤刻入作者的心灵,使人在感物兴情的同时,牵引着更为深广的空间场域来进入胸怀。

在明末,金陵尤其拥有独特的气质。它是南方士大夫重要的政治舞台,也是充满了繁华记忆的享乐之都。江山鼎革之际,旧院与秦淮的欢乐转眼成空。就像吴绡在《丁未冬客寓秦淮偶作》中形容的:"白羽犹然飞画槛,红牙无复拍歌船。"经历过这样落差的人们,极易引发朝代崩解的断裂与空幻之感。每个诗人在此地经历与过去诗人的遇合,展开一场深沉而有意义的时空体验。就像朱中楣《宗伯年嫂招集沧浪亭观女郎演秣陵春》一诗所嗟叹的,"兴亡瞬息成今古,谁吊荒陵过白门"④,"兴亡"无疑是"秣陵"二字带给世人根深蒂固的印象。

吴绡的金陵怀古诗八首,是集中反映诗人兴亡之思的代表作品。该组诗作于诗人晚年重游南京之时。题目很长,实可视为一篇序文:

> 先司成自詹事移南雍,兰陵以贵游子弟,有文誉于一时。余年始二十余,从良人于公署。司成私宅有红莲碧沼,夏日清晏闲然无尘。

---

① 邓汉仪《诗观初集》卷十二,《四库禁毁书丛刊》集部第 1 册,第 654 页。

② 吴绡《啸雪庵新集·邯郸篇》,《四库未收书辑刊》第 7 辑第 23 册,第 97 页。

③ 徐灿《拙政园诗集》,《〈浮云集〉〈拙政园诗馀〉〈拙政园诗集〉》本,黑龙江大学出版社 2010 年 10 月第 1 版,第 333 页。

④ 见曾燠《江西诗征》卷八十五,《续修四库全书》第 1689 册,第 763 页。

笔墨相赏,亦不辜当年风月也。沼中莲开,并头客以为余夫妇之瑞,作百韵诗为贺。瞬目三十年,恍如一梦。高门鬼瞰,茕然孤身,梗泛萍流,复来此土。追寻往迹,步步恨惜。自赤乌开国,江马南迁,李唐纳土,迄于有明,兴亡之感,可叹者多矣。余一女子,盖不足云也。聊成数律,读者其知吾志。①

题目中交代了两个重要的信息。第一,"余年始二十余,从良人于公署"以下,透露了这组诗篇的创作时间与缘起。吴绡二十余岁时,曾随丈夫许瑶移居南京,三十年后形单影只,重游故地。"高门鬼瞰,茕然孤身,梗泛萍流,复来此土。追寻往迹,步步恨惜"的自白,是因为此时丈夫许瑶已逝。据吴绡《啸雪庵诗集》中《甲辰中秋祭咏》一诗,许瑶应卒于康熙三年甲辰(1664),吴绡又有《丁未冬客寓秦淮偶作》之作,中有"多少梗萍羁旅恨,青灯闲咏不成眠"之咏叹②,情旨与上述序文相似。因此,吴绡此番重游南京,不会早于康熙三年甲辰(1664),很可能就在康熙六年丁未(1667)左右。

第二,"自赤乌开国,江马南迁"以下,交代这组诗篇的主旨。当诗人提笔书写金陵,首先面临的压力,不是自然景观的状写描摹,而是始自三国、迄于明代的兴亡变幻中,笼罩金陵上空的一个强大的文学传统——"自赤乌开国,江马南迁,李唐纳土,迄于有明,兴亡之感,可叹者多矣。"袁枚《随园诗话》中曾论及"金陵怀古诗,最难出色",实非虚言。面对南京的王城气象与无数才人骚客的题咏,吴绡虽谦称"余一女子,盖不足云也",实际上却流露出比肩前人的自信。八首诗依次歌咏国学、钟山、清溪、鸡笼山、乌衣巷、秦淮河等地,全篇并未局促于一己情绪,而是展露出俯仰古今的雄心与大气。吴绡自言"聊成数律,读者其知吾志",其情其志,便汇聚于前人屡屡道过的"兴亡之感"。第一首《国学》述自己笄年从宦寓于南雍,而今"重来曲沼寻荒径,无复池莲照眼红",照应了小序中"追寻往迹,步步恨惜"的情绪。第二首《钟山》,便开启了笼罩全篇的怀古模式:

此中王气属何人,陵谷空悲万事新。四世称尊如过隙,百年江表亦穷尘。可怜老树迷归雀,犹有荒芜卧石麟。身谢国亡都一种,伯图帝业定谁真。③

---

① 吴绡《啸雪庵诗集》,《四库未收书辑刊》第7辑第23册,第124页。
② 见吴绡《啸雪庵诗集》,《四库未收书辑刊》第7辑第23册,第122页。
③ 吴绡《啸雪庵诗集》,《四库未收书辑刊》第7辑第23册,第124—125页。

　　作者站在一个俯视的位置鸟瞰钟山,总括兴亡变幻的历史烟云,建构起历史男性怀古诗中常见的宏大叙事。《钟山》"万事"、"四世"、"百年"等等扩张性词汇构成的巨大时空视界中,诗人仿佛使用了广角镜加长镜头,在虚化的背景中找不到清晰具体的画面支撑点。将这首《钟山》视为组诗中的颔联,其意义便凸显出来。在第一首《国学》用血肉丰满的细节和切身情感,展现充分个人化的回忆后。第二首《钟山》视线从个体荡开,接入了辽阔遥远的历史时空。作为本首总结的"身谢国亡都一种,伯图帝业定谁真",实可视为统摄全篇的主旨。其后的六首作品,便在各种具体的境象中,重复着这座城市亡国的记忆:

　　　　旧愁有恨无人解,更咏亡陈壁月诗。(《清溪》)
　　　　隋室平陈六代休,古牌无字草悠悠。(《石头城》)
　　　　赏心亭下闲游处,却把残樽吊丽华。(《秦淮河》)①

　　屡屡提及的兴亡符号,打开了历史记忆的甬道,带来了全篇浓重的沧桑变幻的氛围。南京本是一个亡国概率极高的城市,之所以要借用亡陈的故实,正因陈朝建都于南京,而明初洪武、建文两朝与明末弘光王朝皆建都于南京。陈为隋所亡,明则为清所灭。身处同样的空间,难免掀起无穷感慨。无怪乎诸如《秣陵春》、《桃花扇》等抒发兴亡之叹的戏曲,皆不约而同地以南京为背景,建造缅怀旧朝的遗民情境。从幽深的历史深处召唤而来的亡国记忆,携着岁月的沧桑,透过桥梁向现实世界蔓延,席卷了每一个画面。怀旧伤今的主题,就在一场不动声色的"闲游"后和盘推出。诗中关于明末、清初与隋陈空间意象的叠合,为繁华如昔的南京增添了一种亡国情怀的底色。

　　地景,因诗人情感的笼罩而产生了意义。吴绡面对金陵怀古诗传统的大气手眼与从容应对,亦因之先有一段包笼古今、俯仰宇宙的胸怀气度,存于心内。人凝视景观的过程,亦伴随着自我的心灵洗礼与生命成长。当女诗人提笔诉怀古幽情,透过语言所指的地点向传统文化致意,那些冻结在废墟中的悲欢歌哭的历史气息,便在心灵中获得了适宜的温度,滋长复活了。

―――――――――――

　　① 吴绡《啸雪庵诗集》,《四库未收书辑刊》第7辑第23册,第124—125页。

三 人与地:心灵映射与成长

在古往今来由诗歌语言绘制的风景长廊中,一类地景经由诗人的采撷以后,跃入世人眼中的,是它清晰生动的模样,就像王维笔下的辋川、柳宗元笔下的永州,给人以单纯的风景体验;另一类地景则恰好相反,它被诗人堆满了文学与历史的回忆,罩上了永久的想象与象征的面纱。比如一座见证了朝代更迭的都城,人们身处其中,对吊古伤怀的热情远远大于了寻幽探胜。宋代诗人方回曾云:"诗人于四方风土,皆能言之。至于长安、洛阳、邺都、金陵,帝王建都之地,则多见怀古之作,而述今者较少。"相比那些单纯的自然景观,荒坟剩墟、残山剩水中保存的历史断片与熟悉情感,更容易触动诗人幽深的遐想。于是在金陵这样的城市中,地方的本来面目被忽略了,风景成为了联系诗人与过去的媒介。

作为"江南佳丽地,金陵帝王州",这个虎踞龙盘的城市,充满了等待回忆的传说与故事。它的一草一木,一砖一瓦,都在引动诗人的怀古幽思。就像宇文所安在所说的:"一个好的故事,一个人的传说,或一个城市的意象会比事实活得更久。"①那些留下情感的诗人虽已逝去,但废墟、南朝、石头与钟山,这些简单的地景负载了一代又一代积淀下来的意蕴,构成了金陵的印象;一条河流,一座亭宇,都令人联想到浮沉其间的人物历史。于是,当女诗人在现实与想象的交融中书写金陵,也带来了一次次与典故相遇造成的视境中断。《石头城》就是典型的案例:

> 隋室平陈六代休,古牌无字草悠悠。纷纭故迹随风尽,寂寞空城见水流。百战曾闻烧铁锁。一隅争得似金瓯。吾来却忆卢家事,两桨还应送莫愁。②

诗人在亡陈史迹与当下之景中切换,在回环往复的时空结构中,又嵌入了那些在历史链条上层层积累的意象。使它与过去的那些诗作,呈现出似曾相识的风景与情绪。"寂寞空城见水流",很难让人不忆起"潮打空城寂寞回"。"百战曾闻烧铁锁"又似乎是"千寻铁锁沉江底"的另一种表达。尾句论莫愁的转折语气,如果联想到李商隐那句异曲同工的"如何四季为

---

① 宇文所安《人·地·金陵怀古》,见乐黛云、陈珏主编《北美中国古典文学研究名家十年文选》,江苏人民出版社 1996 年 5 月第 1 版,第 140 页。
② 吴绡《啸雪庵诗集》《四库未收书辑刊》第 7 辑第 23 册,第 124—125 页。

天子,不及卢家有莫愁",作者的意图便昭然若揭。在相互回应的典故中,浮现出一个个联想场景。换个角度来说,这种"隔"亦带来了曲涧层峦的韵味,仿佛室内的屏风、园林中的借景,在一览无余的空间中呈现重重叠叠的延展。无论空间意象的借景、隔景与分景,都是通过组织、创造与延展空间,投射着作者的情感流动与心灵结构。那些熟悉典事的运用,无不在时空交叠间展现了回旋往复的意趣。于是,平平无奇的风景也有了象征意义与感情色彩。

在这首《石头城》中,历史在金陵城的各种空间意象中回返当下,进入诗作现场。迫使诗人用一种交叠呈现、回环往复的方式完成情志表达。在这些累积的固有意象面前,对前人文本的吸收与转化,成为怀古诗中最有力的存在;至于吟咏对象本身的样子,反而不重要了。显然,诗史降至明清,没人能逃脱金陵怀古诗的意象窠臼,即使是最有创造力的那些作者。李白《登金陵凤凰台》、刘禹锡《金陵五题》、杜牧《泊秦淮》、周邦彦《西河·金陵怀古》等最著名的作品,为这座城市确立了适用于怀古诗的程式化的意象。但是,历史记忆与现实空间的融合,绝不仅仅依赖于文学系统内部发生的文本互见、模仿与重构。在吴绡访问过去的旅程中,八首诗就分别展现出了不同节奏与路径,并外在体现为句式与技巧的变化。《清溪》《秦淮河》二首的开头,"甲第朱门成往事,溪流曲□浪羡羡",是与过去告别;将目光转向眼前,"一道清淮练影赊"的起笔,亦让人看到脱离熟悉情境的曙光。"江令宅""小姑祠",用简单的名词排列将目光浅浅扫过,并未引入背后的故事,"花柳当春""红栏夹水"的白描,则完全沉浸入有声有色的现实风景。然而行至结尾,一个"更"字、一个"却"字,借助两个在全篇中少见的虚字铺垫,传达了整首诗歌重心的转折。仿佛在现场画面中,自然而然搭出一座桥梁,将铺垫积蓄已久的情感,瞬间延伸向过去的情境。

因此,重要的恐怕不是意象本身,而是它为空间创造的向时间深处回溯的甬道。每个作者沿着独一无二的路径进入,在意象之间的秘响旁通里营造出独特的审美趣味,最后将遥远的过去与论述现场牵合起来,融入人事和情感元素的空间意象,形成一个内外感应的心境世界,为读者带来丰富的想象空间。徐灿与南京的渊源,较之吴绡更深一层。明室颠覆后,陈之遴曾仕南明,对新政权抱有短暂的希望,然不久即宣告失败,后又投降清廷,仕途几经坎坷大起大落。种种际遇,使夫妇二人对这座城市的情感十分复杂。试将其《秋感》组诗的第五首举出来对比:

> 半壁谁言王气偏,繁华六代尚依然。金莲香动佳人步,玉树花生

狎客笺。朱雀桁开延夜月,乌衣巷冷积秋烟。石头城下寒江水,呜咽东流自岁年。

　　徐灿作此诗,意在借古讽今。开头否定了"王气偏",似乎要表达对南明政权的积极展望,接下来列举明末"金陵佳丽"与"狎客"的景象,来解释首联所谓的"繁华六代尚依然",这种朝着反方向的承接递进,实暗暗为后续转折作铺垫。"朱雀"一联进入冷色调,与之前的铺垫形成对比;现实中繁华与冷落反差,又与"乌衣巷"所蕴含的盛衰之感相互呼应。语气潜转间,其所包含的微妙的讽刺意味,便在不言中。末句又借永不停息的流水这类怀古诗常见的抒情程式,以杜甫用活了的"自"字表达时间的绵延。虽然,整首诗同样在那些古老的意象里打转,但它显然不是在单纯地复述那些亡国的故事。更是将空间意象穿插着密集组织起来,在历史空间的互见过程中尤其强调当下的意义。而藉由徐灿的重新排列与贯通,文学空间在时空交叠中的情绪感发也是开放式的。像徐灿那些脍炙人口的怀古词作一样,此诗情感隐忍阴柔、欲语还休,宛如末尾那句呜咽的东流水。相比吴绮诗作的豪放苍老的阳刚之气,显然大异其趣。徐灿在诗歌上的成就,实被其词名所掩。如《秋日漫兴》八首,或非作于一时一地,但在结构编排、诗歌意旨与语言风格上均继承了杜甫《秋兴八首》,在空间的演进中呈现心绪的变化。其一首句"萧条凉气逼山窗"从自身环境出发,第二首视角转移到落叶满街的京城,三、四首书写帝都宫廷巍峨之状。五、六首又转至金陵,分析其虎踞龙盘的地形,认为"控引中原势尚堪",并思及家乡苏州百花洲之景。最后又返回自身,描写绝塞风沙、焚香静坐的景象,表达才人埋没蒿莱、却始终心怀家国之念。较之吴绮的金陵组诗影射时局之处。

　　金陵组诗的末二首《鸡笼山》与《东山》,吴绮向世人展示了心中理想化的世界。虎踞龙盘的金陵,少不了英雄人物的登场。"细看山色千年在,何处英雄似伯符","只持尘尾能安晋,才罢围棋已破秦",分别指东吴首领孙权与东晋宰相谢安,提示着金陵曾有的辉煌时代,也映照着现实的没落。异族入主中原造成的汉人的屈辱,转化为对历史上的建功立业者的缅怀。之所以视孙权为英雄,是因为一统吴地维持了较长时间的安定。对谢安的赞许,则源于其举重若轻地化解江山危局,也因其超然脱俗的魏晋风流,引起诗人的心灵共振,是个人意志与历史意识的交叠表现。这两首作品的空间关系发生了变化,在历史和现实空间的相互照鉴中强调其对比反差,其取舍褒贬之意不言自明。

　　身处炙手可热的权势之家,吴绮并不热衷于直接抒写故国之思,试图以超越时代的眼光评判历史。她深知荣华富贵之不可倚,而情感生活的失意,也造成了无人抒解的寂寞,丈夫许瑶汲汲于仕途,在精神上实与吴绡日益疏远。唯有在求仙问道的生涯中,获得一丝超脱与淡然。诗人习于静观神理倚伏、世情参差,其重心便不在外部风景的精细观察、体验上,而是历史事实如何能关合自己所要表现的意义与情感。于是,这些历史传说所提供的情节,便成为一种凭借依托。种种兴亡人事,遇合了来自生命最深处的空幻之感,成就了吴绡集中最为广袤辽远的诗思。

第三节 "桃源"理想的现实重构

明清易代的社会变动中,臻于高潮的江南才女文化,在历史与社会的回旋激荡中展开了多声部的合唱。诸如"家园"、"江南"、"桃源"等频繁出现的意象,便是个体话语汇入时代风潮,经由四面八方应和、共鸣浮现而出的空间地标。"桃源",是一个涵义丰富的地景,在历朝历代的书写者笔下展示它独特的轮廓。清初女性将理想乐土置于远离战火的村野僻地,消解了"桃源"的空间距离。片景孤境的乡居世相,契合了才女在特殊历史境遇下的心理需求,遂融合现实、回忆与梦想,成为桃源化的充满诗意的象征图式。

一 "避秦":问津桃源

对理想世界的憧憬,是人类古往今来共通的情结。同西方"乌托邦"相互辉映的东方"桃花源",原型出自晋代诗人陶渊明的《桃花源诗并记》。在纷扰不安的晋宋之际,陶渊明以淳朴山村为原型,融入上古初民男耕女织、和谐富足的理想生活形态,构筑了富于农业社会特征的文学地景,成为后世中国文人士子的生命安顿栖息之所。

作为数千年来传承不息的集体记忆,"桃源"这一文学地景的特殊之处,在于它并不是一个具体的、实指的地理空间,也没有固定的画面与色调。诞生在陶渊明笔下的质朴浑沌的桃源世界,不断被世人藉以映照当下情境,获得长久的生命力。在唐代王孟、刘禹锡眼中,桃源世界被虚化,染上仙家飘渺之气;在杜甫、苏轼、王安石眼中则被实化,寄托了仁君贤臣的社会理想。自陶而下,不同时代的诗人将自身的体验与想象,加诸这一文学符号,使"桃源"在新的诠释中不断扩大、丰富意义空间。明清之际,"桃源"又成为一时流行话语,在女诗人笔下频频出现,如"避秦无绝境,何必问桃源”①、“莫羡桃源可避秦，恰生幽谷待幽人”②、“江淮已入腥膻境，何处桃源可避秦”③、“幽谷具天真，重来似避秦”④等等。相关联的“避秦”一词，亦源自陶渊明。桃花源中居民搬迁来此的最初动机，是为了躲避秦国进攻造成的战乱。“避秦”话语的隔代重兴，反映了明清之际才女们所面临的相似处境。

对历朝历代的女性而言，政局更替带来的战争，都是一场无力过问而只能默默承受的浩劫。只是历史叙述常聚焦于帝王将相之胜负功过，普通人尤其是女性的不幸，往往被归结为宏大叙事之下的一个模糊远景。明清之际，女性以亲身遭遇谱写乱世的哀歌，这些自我记录的文字，保存了血肉丰满的细节画面，传达着自我与他人的普遍希望，被有心的文人收集整理下来。蒋机秀编《国朝名媛诗绣针》曾记录道：“青冢琵琶，千秋饮恨。前明社屋之日，间关戎马，香粉流离。邮亭驿壁间，拈毫写韵，所在多有。固不止千金未散，有莫赎之文姬也。”⑤时过境迁后，蒋机秀依然能从散落的文献断片中，窥见明清之际女性的惨烈图景。无怪乎亲历战争的邓汉仪嗟叹道：“丧乱以来，红颜尘土不知凡几，而才女尤为可怜。”⑥宫人、青楼女子与闺秀殉难的案例，在各种文献、方志中俯拾即是。而逃亡或被掳者，同样经历了难以言喻的悲惨遭遇。尤其是养于深闺、未经世事的女子，虽从战火中逃脱，飘泊生涯中面临的千辛万苦，仍然让她们深切体会到生命的脆弱。扬州张氏仅以一个骑马的特写，就揭示了女性在难中的窘迫境地：“绣鞋脱却换鞡靴，女扮男装实可嗟。跨上玉鞍愁不稳，泪痕多似马蹄沙。”⑦王端淑记录从北京南下逃往家乡绍兴途中的《苦难行》长篇，更为世人展现了女性逃难经历的一个生动样本：

> 此际余心万斛愁，江风括面焉敢哭。半夜江潮若电入，呼儿不醒势偏急。宿在沙滩水汲身，轻纱衣袂层层湿。听传军令束队行，冷露薄身鸡未鸣。是此长随不知止，马嘶疑为画角声。汗下成斑泪如血，

---

① 邹漪《诗媛名家红蕉集》卷上，清初刻本，第 19b 页。

② 倪仁吉撰，楼含松、金玲校注《凝香阁诗稿校注・山行》，中华书局 2022 年 5 月第 1 版，第 66 页。

③ 龚素英《春日闻乱》，杨运知《合肥诗话续集》卷二。

④ 陶潜《桃花源记》：“自云先世避秦时乱，率妻子邑人，来此绝境，不复出焉。”

⑤ 蒋机秀《国朝名媛诗绣针》例言第七款，见胡文楷《历代妇女著作考》附录二，上海古籍出版社 2008 年 8 月第 2 版，第 915 页。

⑥ 邓汉仪《诗观初集》卷十二，《四库禁毁书丛刊》集部第 1 册，第 3b—4a 页。

⑦ 计六奇《明季南略》卷三“张氏赋诗投江”条，中华书局 1984 年 12 月第 1 版，第 207 页。

苍天困人梁河竭。病质何堪受此情,鞋跟踏绽肌肤裂。定海波涛轰巨雷,贪生至此念已灰。……步步心惊天将暮,败舟错打姜家渡。行资遇劫食不敷,凄风泣雨悲前路。①

数千年的礼教规训,使女性从生理到心理上都适应了被男子庇护的状态,也削弱了她们做为独立个体的生存能力。在虎狼据途、荆棘遍野的环境下,三寸金莲令她们举步维艰,花容月貌会招来灭顶之灾。挣扎求生的瞬间,凸显了性别的弱势。卫琴娘遭乱潜逃,自述其"破面毁形,蒙垢废迹,昼乞穷途,夜伏青草,吞声背泣,生恐人知"②。杭州十五岁难女留下绝命诗:"生小盈盈翡翠中,那堪多难泣孤穷。不禁弱质成囚系,衣自兰珊首自蓬。"③生长在锦衣花丛中的闺秀,缺少对苦难的承受力,即使侥幸存活,也在遭遇亲人相继离世,举目无亲而失去了生存下去的勇气。

强烈的生存意志,驱使着人们苦苦寻觅着与世隔绝的"桃源"洞口。陶渊明托意"避秦",以喻晋宋之乱,而扫荡中原的清军之骁勇善战,一似于当年的"虎狼之国"。出身遗民家庭的女词人顾贞立,便隐去名讳,以"避秦人"为号④。借"避秦人"以指代政局更替之际的个人处境,成为诗人群体心照不宣的流行语:

> 中原无地不风尘,觅得鱼舠寄水滨。有约白鸥堪共隐,逢人莫说避秦人。(李因《有感》)⑤
> 峰峰斜倚俯清湄,一叶孤舟乱后身。洞口白云鸡犬在,此中大有避秦人。(彭氏《雷家湾避乱夜泊》)⑥

不约而同的避秦话语,传达着乱世中的共同情绪——对现实的失望。朱尔迈曾比较李因与徐灿两位才女的共同点:"逮沧桑后,流离患难,匿影

---

① 王端淑《映然子吟红集》卷三,《清代闺阁诗集萃编》第 1 册,中华书局 2015 年 1 月第 1 版,第 70 页。
② 吴文浦《南野堂笔记》卷五,清嘉庆元年丙辰(1796)刻本,第 21a 页。
③ 小横香室主人《清朝野史大观》卷八"武陵难女"条,上海书店 1981 年 6 月影印民国二十五年(1936)排印本,第 132 页。
④ 顾贞立(1637—1714),字碧汾,号避秦人,又名顾文婉。江苏无锡人。著名词人顾贞观之姊。王端淑《名媛诗纬初编》中有"避秦人"条,称其"或云丁姓,某大僚女也",又称邹漪将其辑入女中八名家,即指顾贞立。见卷十八,第 9a 页。
⑤ 李因《竹笑轩吟草·续集》,辽宁教育出版社 2003 年 3 月第 1 版,第 41 页。
⑥ 见邓汉仪《诗观三集·闺秀别卷》,《四库禁毁书丛刊》集部第 3 册,第 346 页。

荒村，或寄身他县，其诗益凄楚不堪读，忧从中来，不可复止，此两夫人所同也。"①亡国破家之痛、漂泊流离之悲，实已占据了这一时期许多女诗人的主题，为明清之际的女性文学铺下了沉重的背景色调。面对被异族占领的河山，寻找藏身之所并非易事。吴山的《清明》抒写了深沉的失意：

> 而今何处觅桃源，风雨清明且闭门。春草萋萋归不得，江南多少未招魂。②

　　面对现实的苦难深重，世人对理想乐土的渴求却从未止息。细数那些侥幸生还的女性事迹，可以想见苟全性命于乱世的种种努力。晚明著名女诗人陆卿子的孙女赵昭③，遭遇家难后结庵于洞庭西山中，"香林匿影二十余年"④。顺治二年乙酉（1645）湖州城破后，曹寿奴之夫远游未归⑤，女诗人独自"侍舅姑避苕溪上，幸免于难"⑥。而被康熙文坛宗主王士禛极力称赏的女诗人纪映淮，甚至不得不毁容以苦苦求生——"与姑先避深谷中，毁面觅衣食，得不死。"⑦当人们纷纷逃难于水乡沼国之中，焦灼地寻觅着安全的栖息之地。这些远离牙签书轴，却不废诗情画意的才女们，仍然借助旅途中的片刻风景，构筑起一个远离战火的理想世界，珍惜着暂时的安宁，安顿着疲累的心灵。正像女诗人汤莱所描述的⑧，"年来兵甲未全收，避地湖干得胜游"⑨。对足不出户的闺秀来说，一次战火播迁的遭遇，一场挣扎求生的旅途，都帮助诗人开启了进入"桃源"的隐秘洞口。当她们越过重重苦难，抵达安全的所在，所有逸出常轨的生活经历，都赋予寻常风景以"桃源"的意义。在一睹平生未历之景的同时，也找到了精神的原乡。"桃源"话语的萌生，便源于这样的时代情境。

---

① 李因《竹笑轩吟草·续集》朱尔迈序，辽宁教育出版社 2003 年 3 月第 1 版，第 77 页。

② 见邓汉仪《诗观初集》卷十二，《四库禁毁书丛刊》集部第 1 册，第 641 页。

③ 赵昭，字子惠，江苏长洲人。明亡后结庵洞庭西山，更名德隐，著《侣云居遗稿》。

④ 沈季友《槜李诗系》卷三十五"洞庭道人赵昭"条，《景印文渊阁四库全书》第 1475 册，第 835 页。

⑤ 曹寿奴，字山姑，浙江乌程人。著有《静观斋集》。

⑥ 恽珠《国朝闺秀正始集》卷一"曹寿奴"条，清道光十一年辛卯（1831）红香馆刻本，第 12a 页。

⑦ 徐树敏《众香词·射集》，台北富之江出版社 1997 年 1 月第 1 版，第 10 页。纪映淮，字阿男，江苏上元（今南京）人。诗人纪映钟妹，莒州杜李室，其夫抗清被戮，纪映淮守寡以终。著有《真冷堂集》。

⑧ 汤莱，字莱生，江苏丹阳人。兴化李大来妻。著有《忆蕙轩稿》。

⑨ 汤莱《咏牡丹》，见《江苏诗征》卷一百七十，清道光元年辛巳（1821）焦山海西庵诗征阁刻本，第 9b 页。

二 "桃源":诗意栖居

如果晋宋之乱世成就了陶渊明的"桃源"想象,明清易代的变乱,则赋予了女性发掘"桃源"乐土的眼光。当这些才女进入传统的回廊,将如何与历史对话,并在其中安放心目中的桃源画面呢?

提及一处空间,不免要关注其实体环境。然而,"桃源"作为一种牵涉了社会、物质与象征层次的文化意象,在历史上从未划出明确的地理坐标。明代阙士奇、清代方塈各作《桃源避秦考》,试图坐实桃源胜地之所在。这种历史学家刨根究底的努力,也许会造成将一个追寻存在的伟大诗人,解释成一位普通游客的危险。陶渊明笔下的"桃源"中人,本是为躲避秦代末年政治乱世,而"来此绝境"。为了突出这一"绝境"的隐秘,陶渊明设计了一次意外的进入,一个曲折幽渺的洞口,和一位高士复寻而不知所踪的结局,使淳朴而神秘的"桃源"世界,具有了超越现实的意味。在六朝志怪笔记中流传的刘晨、阮肇误入桃源故事,同样将"桃源"塑造为普通人可望而不可即的所在。而明清之际女诗人,却消解了"桃源"的特殊性与超现实性,将理想乐土的空间距离大大拉近了:

> 不信桃源地最幽,萧然咫尺是瀛洲。(刘淑《寺中题壁》二十二首之七)①
>
> 身安何必寻渔父,肯向桃源再问津?(李因《郊居杂咏》十二首之四)②

女诗人在人命如草的动荡之世追寻和谐平静,深深领悟到理想乐土的意义。在她们心目中,"桃源"近在眼前。周遭的风景人事,与之没有本质的区别。当她们远离兵火,遁迹山林,生活在相对安逸的环境,不仅在天光云影中消释了身心疲惫,还在鸟语花香里触发了诗思幽情。松江女诗人章有渭笔下的桃源世界③,就充满了缤纷浪漫的色彩。《春感》一诗,开头从"舞蝶庄生梦,啼鹃蜀帝魂。紫芝逢胜友,芳草想王孙"起笔,渲染梦幻仙境的氛围。不受尘世干扰的清净深幽环境,意味着远离战火,结束颠沛流离

---

① 刘淑《个山集》卷三,人民教育出版社 1999 年 5 月第 1 版,第 290 页。
② 李因《竹笑轩吟草·三集》,辽宁教育出版社 2003 年 3 月第 1 版,第 88 页。
③ 章有渭,字玉璜,华亭人(今上海松江)。嘉定侯玄涵之妻,与姊章有湘并称为"一时双璧"(见王端淑《名媛诗纬初编》卷十三,第 12b 页)。其父在抗清中殉难,夫家一门的男丁大多在嘉定一战中牺牲。著有《淑清遗草一卷》、《燕喜楼草》、《淇园集二卷》。

的生涯。于是，"小阁闻鸡唱，闲庭听鸟喧。晓烟迷麦陇，香雾锁柴门。鱼戏青萍动，风吹碧叶翻"的景象[1]，令诗人不由得发出了"避秦无绝境，何必问桃源"的结论。和刘淑、李因一样，章有渭同样把现实中真真切切的美景，视为可堪与"桃源"比肩的地方。

当然，并不是所有吟咏的对象，都能与"桃源"相提并论、甚至取而代之。"桃源"虽然被设计为"绝境"，但作为一个降落在凡间的梦想，它在虚构中仍然充满了高度的历史真实感。首先，渔人造访"桃源"的经历，被安放在"晋太元中"的具体的时间坐标。居民发掘这一良田、美池、桑竹皆备的宝地，亦源自于避秦时战乱的特殊历史背景。其次，在空间上，"桃源"显然是一个藏于深山的小村，村民"相命肆农耕，日入从所憩"的想象，与陶渊明躬耕田园的人生经历不无关系。"结庐在人境，心远地自偏"一句，就是其出入于现实和想象的写照。

因此，一个远离城市的村野僻地，一片与世隔绝又能维持人间生活秩序的净土，是"桃源"空间的原型，不一定要指涉某一特定的地理区域。李因避兵郊外，在"新刍春酒美，野菜蕨薇香"的生活中[2]，亲近了朴素天真的生活方式："地僻村幽隔市尘，昔时曾有避秦人。无求世事观鱼乐，不涉炎凉调鹤驯。麦饭畦蔬随地有，幅巾野服乐天真。身安何必寻渔父，肯向桃源再问津？"[3]在李因看来，只要远离战争，过上安逸的生活，便是苦难中的乐土，不必舍近求远。小村农户耕作、渔翁钓眠的悠然景象，令"避秦人"远离了烽烟而回到曾经的太平岁月。明清之际的女诗人，便在各自隐匿的山野田园世界中，忘却了政局更替与人世纷扰的痛苦记忆。

浦江女诗人倪仁吉心目中的"桃源"[4]，有着具体的地标——远离义乌夫家四十里的家乡倪大村。明季兵乱，诗人又避世隐居于此："岁在未〔崇祯十六年癸未，1643〕、申〔顺治元年甲申，1644〕，东、义烽警相接，余避地归。而侄女宜子亦于上元过探，与吾嫂氏暨二三女伴，选胜尽日，盘桓山径中。于时残雪凝峦，梅馨初逗，竹声戞玉，涧溜鸣琴。野况撩人，清思可

---

① 邹漪《诗媛名家红蕉集》卷上，清初刻本，第19b页。

② 李因《竹笑轩吟草·三集·郊居杂咏》十二首之四，辽宁教育出版社2003年3月第1版，第89页。

③ 李因《竹笑轩吟草·三集》，辽宁教育出版社2003年3月第1版，第88页。

④ 倪仁吉（1607—1685），字心惠，浙江浦江人。浦江吉安郡丞倪尚忠女，诸生吴之艺室，年二十而寡。擅长书画、刺绣。有《凝香阁诗集》存世，包括《凝香阁诗钞》、《宫意图诗》、《山居杂咏》三个小集。

掬。"①倪仁吉出嫁前一直居住在此地,阁楼对面即是仙华山,离家二里又有父亲倪尚忠修建的园林:"筑垣百馀丈规为园艺,橘若枣若桑若松之属各千馀株,竹数百个,园曰经鉏,门曰西湖小隐。"②这里风景幽秀,在当时有"小桃源"之称:

> 余家居兰、浦之间,溪山深秀,壑树窅幽,既车马迹所不到,而村人多朴野自治,田外无所事事,里中或称"小桃源"云。③

人迹罕至而未受战乱之扰,与世隔绝故能保留淳朴民风。倪仁吉追忆村中生活,创作的五言组诗《山居杂咏》一百四十四首,以女性特有的细腻观照,绘制出一幅立体"桃源"图景。在摆脱了现实纷争、回归自然之后,女诗人得以有余暇体悟生命。作为精神家园的"桃源",于是降落在现实的土壤中,不迁不徙,终于有了可以安置自我的所在。

《山居杂咏》一集,作于顺治十六年己亥(1659),共一百四十四首五言绝句,分为"春"、"夏"、"秋"、"冬"四部分,包括春景三十八首,夏景三十二首,秋景三十五首,冬景三十九首,总题作《山居四时杂咏》,"盖皆家山野寂之景,聊摅俯仰今昔之怀"④。全集以时间为序,在一年四季的变迁中再现了被称为"小桃源"的倪大村的田野风光与生活形态。

首先值得注意的是,这组诗的结构分为春夏秋冬四大版块,呈现为一个四季流转、周而复始的时间之环。开篇从"寒浦微光淡,烧痕青意回"的早春开始⑤,无论闹鼓、送牛、烧灯、祈蚕、扫墓的场景,还是女伴登临游赏、品尝新蔬的活动,均集中于渲染山村中盎然的春色。在"看花花事了"的惆怅中,倪仁吉从蓬勃春气转向抒写夏日的宁静清幽之美。槐荫重重,池漾荷香的山村里,农家开始刈麦、插秧、浇瓜。诗人则在"蓄萄盈技玉,琵琶满树金"的午阴下清坐小憩,在"古香清簵屋"中躲避三伏天的炽热:或唼杨

① 倪仁吉撰,楼含松、金玲校注《凝香阁诗稿校注·山居杂咏》小引,中华书局 2022 年 5 月第 1 版,第 137 页。
② 倪尚忠《西湖记并诗》,见《龙池倪氏宗谱》卷八,第 129 页。
③ 倪仁吉撰,楼含松、金玲校注《凝香阁诗稿校注·山居杂咏》小引,中华书局 2022 年 5 月第 1 版,第 137 页。
④ 倪仁吉撰,楼含松、金玲校注《凝香阁诗稿校注·山居杂咏》小引,中华书局 2022 年 5 月第 1 版,第 137 页。
⑤ 倪仁吉撰,楼含松、金玲校注《凝香阁诗稿校注·山居杂咏》,中华书局 2022 年 5 月第 1 版,第 140 页。

梅,"咀之畅人意";或煮莲藕,屋内清香四溢①。到了"桑麻堪壅获,禾黍已全收"的黄金季节,乡村乐趣更令人目不暇接:"玉簪浥露芳,金钱向夜落。珍异富山家,胜有扬州鹤。"②诗人用轻快的笔调列举家乡出产的奇珍异馔,其笔下的秋景,亦充满山野间的旺盛生机:"萧萧落木时,娇女笑相接。"即使在狂风遍野,空谷萧条的肃杀景象中,也不乏"橙黄橘柚绿"亮色。众卉凋落的冬季,则注目于独自吐芳的山茶花,艳如春阳。诗人据炉而坐,烘焙菊干薯块,韵事十足。农户摘豆晒豆,农作后浊酒暖身,"相约出深淤,冻解沃春耕"③,又在新春的期待中雀跃起来。结尾呼应开端,由冬返春,构成了一个循环。阴晴朝夕的风景,便凝固在这相对隔断的村野空间之中。

其次,组诗所采用的五言绝句形式,适合诗人撷取一连串小空间的体验,将山居的具体世相,转变成桃源化的充满诗意的象征图式。文学体式的形制规范,蕴含着一种奇妙的力量,它使作者在眼前的无限风景中,透过固有的视窗来感知有限的世界。选取了一种特定的文学体式,"就仿佛进入历史文化的回廊,在一种熟悉的语句格式、典事氛围中,完成发现当下自我同时也是再现传统的书写活动"④。王维的《辋川集》,便是通过五绝组诗观照隐逸山水的经典之作。倪仁吉是明清之际著名的女画家,时人对其作品"诗中有画,画中有诗"的评价,恰恰是世人对王维诗歌的印象。以画喻诗,当然有其片面性,毕竟声、光、触、嗅,皆非画所能到⑤。莱辛《拉奥孔》指出绘画无法表现连续的时间:"绘画由于所用的符号或摹仿媒介只能在空间中配合,就必然要完全抛开时间。"⑥不过,经过绘画这种空间艺术的长期训练,兼擅丹青的诗人往往具有构图取色的造型能力,善于抓住时间流动中最直观的画面,营造出读者身临其境的逼真幻觉:

---

① 倪仁吉撰,楼含松、金玲校注《凝香阁诗稿校注·山居杂咏》,中华书局 2022 年 5 月第 1 版,第 137—149 页。

② 倪仁吉撰,楼含松、金玲校注《凝香阁诗稿校注·山居杂咏》,中华书局 2022 年 5 月第 1 版,第 155 页。

③ 倪仁吉撰,楼含松、金玲校注《凝香阁诗稿校注·山居杂咏》,中华书局 2022 年 5 月第 1 版,第 162 页。

④ 郑敏毓《文本风景——自我与空间的相互定义》,台北麦田出版公司 2005 年 8 月第 1 版,第 193 页。

⑤ 蒋寅《古典诗学的现代诠释》第七章《"诗中有画"——一个被夸大的批评术语》反思"诗中有画"的传统批评,认为真正代表王维成就的佳句都无法入画,而是"一种超越视觉的全息的诗性经验"。中华书局 2003 年 3 月第 1 版,第 153 页。

⑥ 莱辛著、朱光潜译《拉奥孔》,人民文学出版社 1979 年 8 月第 1 版,第 82 页。

空林落叶声，小犬频惊吠。误想故人来，柴门开复闭。①

在门外特别的寂静里，周遭的世界化作一片幽谷。在风来吹动了柴门的片刻，作者念及故人而产生了的错觉。然而环绕周遭的只有空林、落叶与犬吠，唯有幽独的人才能辨别这些声响。在调动起敏锐触角与世界展开互动时，诗人已从问津桃源的渔人转换为"桃源"中人，从平凡的须臾中捕捉新鲜的感受：

红药恰翻阶，露气晓如沐。山雨忽欲来，新香时断续。②

诗人巧手剪裁时间的断片，在寻常熟悉的世界里看到新奇，如禅画家"牧溪画柿，柿悬于空"，仿佛从时空中抽离而孤悬的时刻。田野、山水、树木、村庄的万千物态，一经作者追光蹑景，即充满了澄明美感与生动气韵。步游在风吹阵阵翻浪的麦陇中，"飞花着鬓上"的刹那观照。携着箩筐走过小溪，"斜影映澄绿"的惊艳瞬间。又如"清香忽盈齿"、"人意静俱深"、"菡萏波心见"、"星星惊乱飔"，皆是翕忽于眉睫之间的诗境。《神释堂脞语》云："心惠五言、七言绝句，风神诣诣，并自不凡。"③通过组诗的形式实现移步换形，作者塑造了一个个浑然圆融的诗性世界："雪中忽见月，月光雪映发。不辨此何居，依稀水晶阙。"书写冬日飞雪堆积的美景，雪染枝头，似月光皎洁，又似梅花点缀。雪月交辉，置身其中，宛如水晶宫阙。诗人似乎正处在雪与明月构成的浑圆世界的中心，享受着自在具足、清澈明净的美感。

然而，作者的视角和陶渊明一样，事实上是隔绝在"桃源"之外的。这一组《山居杂咏》的创作时间，并非避乱期间，而是返回义乌夫家后的顺治十五年（1658，戊戌）。是年倪仁吉五十岁，在某个春日忽然想起了当时与侄女倪宜子诸人徘徊山中的时光，感慨万分，因而作了这组诗："戊戌春，焚薤小轩阅大痴老人《秋山图》，偶忆前语，乃濡秃毫，追纪其意，得百四十余绝，盖皆家山野寂之景，聊摅俯仰今昔之怀，存幽居故事，与樵牧相唱和于

---

① 倪仁吉撰，楼含松、金玲校注《凝香阁诗稿校注·山居杂咏》，中华书局 2022 年 5 月第 1 版，第 158 页。

② 倪仁吉撰，楼含松、金玲校注《凝香阁诗稿校注·山居杂咏》，中华书局 2022 年 5 月第 1 版，第 144 页。

③ 见王士禄《宫闺氏籍艺文考略》卷九，载夏剑丞主编《艺文杂志》1936 年第 6 期，第 2 页。

云深水流之外,不敢自以为诗也。"①

　　也就是说,创作这些富于画面感的文字时,倪仁吉本人并不在现场。诗中呈现的细腻真切、宛如目前的图景,是由诗人若干年积累的回忆、甚至想象编织而成的。一个个看似"现量"的艺术观照,不过是心念的旋起旋落罢了。"旧游"二字在倪仁吉作品中屡屡出现,提示了对这段隐居生活的珍惜眷恋。正如《旧居有感》一诗所揭示的:"幽谷具天真,重来似避秦。世移山不老,家变物犹新。翠竹虽医俗,金钱岂疗贫。昔今成俯仰,脉脉自伤神。"②诗人与笔下生焉、长焉、游焉的文学地景,有着无法割舍的记忆与情感。十多年后,"虽胸臆间山光、水色、月痕、树影历历宛在,而幽事不复可得"③。于是那些反复发生的人与事,被浓缩为组诗中的一次性体验:

　　　　丁丁谁伐木,声乃透荆关。出见肩云叟,山花插担边。④
　　　　一片烟萝处,秋深点染加。宁知霜后叶,绝胜武陵花。⑤

　　第一首以丁丁伐木之声起笔,整个视域的中心,集中在群山之中肩挑白云、担插山花的樵夫。这一片段不仅是追叙自身的视野体验,亦通过互文性情境的引入,上接《诗经·小雅》的高古情怀,越是接近古人,越是接近未曾加工的自然。第二首的画面更加简明,先简单点染模糊的背景,再给予"霜后叶"放大的特写,与"武陵花"进行比较,而后者将人带入桃源的主题系统中,作者与笔下景物的疏离,使空间充满了象征的意味。当粗犷线条取代了精雕细刻,反而能从虚写的世界,看见诗人的内心:

　　　　投椒烹紫蟹,沸水煮黄鸡。却向东篱菊,衔筋日影低。⑥

　　① 倪仁吉撰,楼含松、金玲校注《凝香阁诗稿校注·山居杂咏》小引,中华书局 2022 年 5 月第 1 版,第 137 页。
　　② 倪仁吉《凝香阁诗集》,清康熙三年甲辰(1664)刻本,第 9a 页。
　　③ 倪仁吉撰,楼含松、金玲校注《凝香阁诗稿校注·山居杂咏》,中华书局 2022 年 5 月第 1 版,第 137 页。
　　④ 倪仁吉撰,楼含松、金玲校注《凝香阁诗稿校注·山居杂咏》,中华书局 2022 年 5 月第 1 版,第 141 页。
　　⑤ 倪仁吉撰,楼含松、金玲校注《凝香阁诗稿校注·山居杂咏》,中华书局 2022 年 5 月第 1 版,第 157 页。
　　⑥ 倪仁吉撰,楼含松、金玲校注《凝香阁诗稿校注·山居杂咏》,中华书局 2022 年 5 月第 1 版,第 147 页。

抱膝绝尘想,斗室自徘徊。开窗山月到,卷幔野云回。①

两首诗皆将山居生活的日常情境,转化为陶诗中的特有意象。王端淑评倪仁吉语言风格云:"五言诗格取晋惟彭泽尚焉,以其玄淡也。……夫人诗极玄淡而性情寓焉。……取实不取华,尚元不必不淡,则又由绚丽而及也,想其会心处在'悠然见南山'云,诗人得古人之心如此。"②这种朴实玄淡的诗风,与其说源自笔下真实的风景,不如说源自诗人的本心。尤其当风景成为一段时空距离外观察的对象,更容易实现色调、形态与气氛的同质性。诗人置身于自己构筑的幻境,或与二三好友在松下箕踞而坐,在布满苔花的石凳上铺开棋枰;或独自立于草香弥漫的洲际,看野水中双凫嬉戏沐浴于晴光之中……甚至村中农民、渔翁、樵夫皆被染上了独特的韵致。这些虚实交融的画面,成为诗人内在空间模式的影像。

空间有一种强大的融合力量,将思想、回忆与梦想融合在一起。当倪仁吉以一个归来者的身份,去凝视记录一个遥远村落的回忆,诗歌便重新赋予了作者幻想的情境。于是所有体验过的平凡朴实的"桃源"生活,在新的梦想里进行自我重组。而正是在梦想而非事实的层面上,这个平凡的村落,在诗人的创作中保持了永远的鲜活澄明。合读全集,随着作者重新体验在仙华山中的一个个被句逗了的生命瞬刻,时间似乎停滞了,只剩下空间。仿佛身处于"不知有汉,无论魏晋"的永恒的"桃源"世界——用片景孤境,织成了内在自足的境界;无待于外,而形构出意义丰满的小宇宙。于是,在这幅遭遇了古往今来过多风景侵袭的版画之上,也开拓了一片属于女性的心灵幽谷。

第四节　神游深宫的闺秀"宫词"

宫廷,是一片神秘特殊的空间。在高墙环绕的狭小区域内,生活着帝王后妃、宫女宦臣这一特定人群。以宫廷为创作空间,写宫中人事的作品,常常以"宫词"或宫怨命名。这一题材自唐代兴盛,逐渐形成两种倾向:

---

① 倪仁吉撰,楼含松、金玲校注《凝香阁诗稿校注·山居杂咏》,中华书局 2022 年 5 月第 1 版,第 163 页。

② 王端淑《名媛诗纬初编》卷十一"倪仁吉"条,清康熙六年丁未(1667)山阴王氏清音堂刻本,第 17b 页。

一类多祖述王建《宫词》百首、花蕊夫人《宫词》百首，所写皆宫中人耳闻目见；另一类取径王昌龄《西宫春怨》《秋怨》《长信秋词》，侧重于情感尤其是怨情的托寓。钱大昕"龙标青莲怀恩写怨，近于骚者也；王建纪述逸事，近于史者也"之语，准确道出了两者的差异。至清代，宫词题材达到空前繁荣，大型联章的数量在宫词类的乐府诗史上也属绝无仅有①。当闺秀创作宫词这一题目，她们如何将意象搬运于眉睫之前，构造出合情合理的宫廷世界？

一　借景与移情：宫廷情境的构造

古代女性所作"宫词"，大多为后妃、宫女等宫中人写宫中事。明代宫廷女性的教育较之清代更为完备，故而出现了权贵妃、王词彩、沈琼莲、曹静照、邵妃等宫中才女，作品承续了王建、花蕊夫人写实纪事的风格。晚明而下，宫词作者身份扩展到闺秀阶层。除了高景芳、柳叶这类有机会出入宫闱的贵族妇女之外，绝大多数闺秀对宫廷生活缺少实际的体验。她们创作宫词，或为拟古与逞才，或为想象与娱情，近似于身居闺阁而心游四海的"卧游"，以纸笔铺展开一场宫廷的旅行。

为了凸显诗篇的空间地点，这类作品常常冠以《宫词》这一直截了当的标题。同时，作者也努力地在诗句中提示宫廷的特征。像祁德琼指明"未央宫"，朱中楣开篇即出现"宫廷"二字，陈珍与李大纯均在诗中点出"深宫"。当然这一做法，正如咏柳而出现柳字，直接说破，便使诗歌语言少了含蓄蕴藉的意味。在那些富于形象感的宫词描写中，闺秀常常通过安插特征性的意象，来构建出一个由宫廷物什堆砌的环境。如"凤城"、"白玉阶"、"紫殿"、"金屋"、"六宫"、"昭阳"、"翠辇"、"桂殿"等。对宫中人来说，这些词汇指代了具体的名物与人事；而对未曾目睹的闺秀诗人来说，只是视境中出现的一些金碧辉煌的色彩而已。不过，这些符号既是隔阂，也是有效的屏障，诗人对它的熟练运用，填补了关于宫廷的空白印象。通过字面上的视觉形象与情感联想，向世人搭建出想象中的宫殿的模样。

宫廷是一处充满规则的实有存在，具有威严、禁忌和不容唐突的意味。它既不似"桃源"的虚幻性，能容许世人凭借想象来添加意义；也不具备名山胜迹的开放性，能供诗人亲临探访。然而，为高墙所遮蔽的宫廷世界，也在外界流传着种种传说。男性宫怨诗关于长门、昭阳的经典文本，极大地影响了世人的认知。在闺秀编织宫廷世界的过程中，也时常以"借景"的技

---

① 王辉斌《论清代的宫词创作》，《四川文理学院学报》2012年1月，第73页。

巧,套用故实组织成诗。像"题红叶"与"长门怨",就是熟悉不过的典故。如张学典"欲将心事题红叶,未识随流付阿谁"①,倪仁吉"题红那得出人间,流水无情叶也闲"②,林以宁"乱云斜日掩长门"③,陆卿子"长门多怨色"④,王端淑"长门春锁月溶溶"⑤,徐幼芬"春深碧草暗长门"⑥,倪仁吉"高情不必长门赋"⑦。作为指示诗歌环境的标识,这些典故,均是进入宫廷情境必不可少的通道,成为宫词诗篇中具有路标的意义。

对外界人来说,宫廷是隔绝在高墙之内的神秘领域。宫廷又名宫禁,这个四围封闭的场所,给人幽闭的印象。这种空间体验,常被传递给笔下的宫人形象。李大纯"娥眉二八绝可怜,闭却深宫不见天",陈珍"风雨送黄昏,深宫且闭门",想象宫女所处的深宫,均有不见天日之感。宫中本与外界隔绝,而院门又闭,重重闭锁,更增加了强烈的幽禁意味。这种隔离,使女性进入宫廷的神游,总带有一种窥探的视角。高景芳的《宫中行乐词》十二首,写出了作者瞻仰宫廷的真实感受:"金屋年年丽,珠帘处处垂。不因随翠辇,若个敢轻窥。""户牖罙恩密,阶墀等级崇。吾皇重耕织,殿壁画《豳风》。"⑧富丽堂皇的表象之下,实隐藏着森严的等级品秩,与不容正视的皇家权威。

将之与宫内人的宫词之作相比,可以明显看到"主"与"客"的视角区别。在常居宫内的作者眼中,身处的宫廷,是一个平常、立体、开放的世界。每一座熟悉的宫室,都牵动着具体的人情。花蕊夫人写宫廷之夜景:"金井秋啼络纬声,出花宫漏报严更。不知谁是金銮直,玉宇沉沉夜气清。""窗窗户户院相当,总有珠帘玳瑁床。虽道君王不来宿,帐中长是炷牙香。"诗人并不刻意去关注描摹宫中的景物,她所念起的也只是值殿的差人与等候君

---

① 张学典《宫词》,见胡孝思《本朝名媛诗钞》卷六,清康熙五十五年丙申(1716)凌云阁刻本,第4a页。

② 倪仁吉撰,楼含松、金玲校注《凝香阁诗稿校注·宫意图诗》,中华书局2022年5月第1版,第119页。

③ 林以宁《宫词》二首之二,见胡孝思《本朝名媛诗钞》卷六,清康熙五十五年丙申(1716)凌云阁刻本,第6a页。

④ 陆卿子《宫词》,见郑文昂《名媛汇诗》卷十二,第10b页。

⑤ 王端淑《名媛诗纬初编》卷四十二,清康熙六年丁未(1667)山阴王氏清音堂刻本,第5b页。

⑥ 黄秩模编,付琼校补《国朝闺秀柳絮集》,人民文学出版社2011年9月第1版,第118页。

⑦ 倪仁吉撰,楼含松、金玲校注《凝香阁诗稿校注·宫意图诗》,中华书局2022年5月第1版,第116页。

⑧ 高景芳《红雪轩稿》,《清代闺阁诗集萃编》第2册,中华书局2015年1月第1版,第1040—1041页。

王的嫔妃。在周围熟悉的环境中包含了千门万户的复杂联系,分散了目光的焦点。宫人的宫词,就像闺中人写闺词一般,因为身处空间的中央,高度还原了周遭具体的面目,反而不具有外人眼中强烈的幽闭意味。

宫外人写宫词,更富于"陌生化"的色彩。不像宫中人写宫词那样组织日常景象,而习惯于撷取特殊的视野与片段,营造具有美感的情境。宫廷在空间上最突出的特征,是端正严肃、整齐对称,以彰显皇家之庄严。而诗歌之视境,常以旁逸斜出为美。诗人并不是按照它现成的图案,将一堆宫廷的意象断片,井然有序地连缀起来。而是撷取独特视境,用诗性的灵魂,感受脑海中的宫廷影像。倪仁吉所绘"宫意图",每一幅均有题诗。在其中创造的一次时空之旅,便通过视境的转移传达意义的变化。

> 四面雕窗一片霞,凝妆春色却成嗟。风光怕逐宫前水,赖有晴丝胃落花。
> 树树香浮斜月移,寒光偏映雪英姿。徘徊不忍归琼户,写取孤芳第一枝。
> 一带斜阳晚色笼,秋千弄影荡春风。朱扉欲掩还疑坐,隐隐车声过别宫。[①]

诗人以宫中美人为核心,掩映在花草与亭台楼阁之中。诗歌的时间缓慢凝滞,主人公的心绪朦胧而不分明。观看者亦仿佛雾里看花,随着视线一开一阖,一明一暗的变化,为原本整齐划一的建造增加了空间的层次与转折。

对一个游客来说,没有多重的人际关系与熟悉的安全领地,周遭的一切是孤寂的。唯有与自然的联系,是诗人所熟悉的。她们常常借一轮明月,来充当沟通宫内外的永恒观照者。于是,与明月形影相伴的画面,在许多诗人笔下重复出现。徐灿《宫词次琼仙韵》二首之二:"闲数落花人共老,昭阳明月几回新。"[②]祁德琼《宫怨》:"未央宫里深深月,不照当年歌舞人。"[③]朱中楣《暮春拟长门怨》:"明月闲为伴,君恩与梦传。"[④]倪仁吉:"只

① 倪仁吉撰,楼含松、金玲校注《凝香阁诗稿校注》,中华书局 2022 年 5 月第 1 版,第 119、120、123 页。
② 徐灿《拙政园诗集》卷下,《浮云集　拙政园诗徐　拙政园诗集》本,黑龙江大学出版社 2010 年 10 月第 1 版,第 359 页。
③ 祁德琼《未焚集》,《祁彪佳集》附编,第 310 页。
④ 朱中楣《石园随草》,《石园全集》附编,《四库全书存目丛书》集部第 196 册,第 82 页。

有瑶台歌舞月,更阑流影到深宫。"①这些描写,与其说是宫人的生活常态,不如说是诗人对陌生环境的心理体验。在闺秀看来,宫廷的夜是不安稳的,残梦惊回,声声宫漏,似只有窗外月影相伴。这一重感受,恐怕间接来自《长门赋》这类宫怨文本中的典型布景。才女们不厌其烦地书写宫女寒夜独坐的画面,在静止凝滞的时间中体会其孤独。倪仁吉"听来记得华清夜,疎雨银缸独坐时"②;朱中楣《宫词二首》之一"宝鸭香销独坐时"③;徐灿《秋宫词》前三联铺写殿间的秋草露珠、梧桐叶落与雁飞的情景,末句亦点出"沉沉清漏永,独坐向罗帏"的景象④。这种相似的空间片段与情感体验,未必出于理性的设计,更多是一种世人塑造宫廷景观的路径依赖,映射着宫廷在女性心目中的普遍印象。

二 "大香奁"与"大竹枝":宫廷特质的弱化

明代蒋之翘对宫词创作有一句精到的总结:"杨铁崖称宫词为诗家大香奁,仆谓此皇家大竹枝也。""诗家大香奁"指宫词诗篇有铺排辞藻、堆砌名物的一面。描写宫廷环境,常不离于歌舞升平,揄扬嘉瑞;刻画宫女后妃,免不了金凤银钗,罗衣锦绣。追求文辞的华丽,也必然会导致情调的香艳。康熙朝闺秀诗人高景芳为汉军正红旗人,浙闽总督高原琦之女,嫁世袭靖逆侯张宗仁,封一品夫人,本人曾"两次朝见三宫,再承恩赐,前后稠叠,其章服簪珥之盛,照耀今古,不可不谓际遇之有独隆也"⑤。高景芳《行乐》诗中便铺写宫中异卉珍禽等稀有之物,《宫怨》一诗也写得珠光宝气,富贵雍容。宫词惯于极写龙池凤苑之盛,张设供具之奢,实为皇家审美趣味的体现。

"皇家大竹枝"指的是宫人宫词多贴近生活,语言自然直白、不加雕饰。曹贞秀评花蕊夫人"身在珠帘甲观之间,纪销夏嬉春之事,天然亲切,与士大夫悬拟之者不同"⑥。本色当行的宫词创作,与外廷文士的拟作不可同日而语。士大夫热衷于宫怨题材,常借宫嫔失宠的口吻来隐喻自己被君王冷落的幽怨。既然对宫中情事缺少体验,只能铺写景物、虚设怨情。不过,

① 倪仁吉撰,楼含松、金玲校注《凝香阁诗稿校注》,中华书局 2022 年 5 月第 1 版,第 123 页。
② 倪仁吉撰,楼含松、金玲校注《凝香阁诗稿校注》,中华书局 2022 年 5 月第 1 版,第 120 页。
③ 朱中楣《石园随草》,《石园全集》附编,《四库全书存目伍书》集部第 196 册,第 84 页。
④ 徐灿《拙政园诗集》卷上,《浮云集 拙政园诗馀 拙政园诗集》本,黑龙江大学出版社 2010 年 10 月第 1 版,第 316 页。
⑤ 高景芳《红雪轩集》卷首,《四库未收书辑刊》第 8 辑第 28 册,第 8 页。
⑥ 曹贞秀《写韵轩小稿》卷二《跋自书蜀花蕊夫人宫词》,第 17a 页。

外廷文人也有模仿宫人口吻、依托文献资料募写宫廷生活的联章体，只是这类作品常常寄寓了作者的理念，多含刺讥微词与讽喻色彩。而宫中人的创作，只需要人情物理的忠实记录，便充满浓郁的生活气息。如"碧窗尽日教鹦鹉，念得君王数首诗"、"按罢霓裳归院里，画楼云阁总重修"诸句，不仅写出宫中风物，更包含了具体的世相人情，往往具有纪风俗、考事变的史料价值。

在闺秀宫词的创作中，宫廷的特质被弱化了，她们既不热衷于宫廷物什与典故的词藻铺排，也较少纪史性质的大型联章。作品多为零星散篇，以抒发情致为主。在主题上，常常将"宫词"、"宫怨"混融起来。对比士大夫宫词逞才炫博、堆砌名物，闺秀似乎更青睐于自然风光的装饰。自然物候与花草，本是一首诗不可或缺的素材，对于匮乏宫廷见闻的闺阁女性来说，更是能够自由发挥想象之处。笔下常注目于宫柳、草地、花、流莺，轻霜、薄雾和冉冉升起的明月，撷取诸种幽微的景致。倪仁吉的《宫意图》及题诗二十首所描绘的宫廷世界中，人物与宫殿掩映在缤纷烂漫的花草林木之中，"瑶草琪花，皆供点缀；雕栏画栋，极致铺张。疑身入深宫，恍神游胜苑"[1]。诗人极力抒写风光物态之美，满院桃花、烟树萧疏、莲叶田田、杨花漫天、红杏烘霞的景象，占据了画面最主要的空间。自然素材的偏好，造成了宫廷特征的相应弱化，这些宫词便缺少珠光宝气与华辞丽藻，显出淡雅清丽的色泽。

名物的累积固然重要，但如果没有鲜活的世相人情，这些符号就成为了孤立的地标。由于宫词的主角后妃、宫女，大多是女性，闺秀便将闺阁生活的经验、扩展、转移到宫中女性身上，创造与宫廷环境交融互映的情境氛围。她们以自身的阅历与情绪，来揣想宫女后妃的言行举止。所有与女性相关的生命活动，都可以供诗人展开联想。闺中妇女赶制寒衣，常于深夜捣衣，这一思妇诗常见的题材，在顾若璞手中改造成宫女的情事："低唤宫娥捣素秋，争持金锁著绵兜。深情恰似衣千缕，又恐明珠向暗投。"而《宫意图诗》中刺绣停针、对水照晨妆的景象，亦是闺阁女性的常态。还有树下斗草、松间下棋、结伴游春的活动：

> 御苑寻芳晚到家，红鸳泥沁晒残霞。涯边记采江蓠处，无数轻痕

---

① 倪仁吉撰，楼含松、金玲校注《凝香阁诗稿校注·宫意图诗》倪晋骎序，中华书局 2022 年 5 月第 1 版，第 109 页。

印浅沙。(倪仁吉)①

　　低唤宫娥出玉闺,争穿芳径踏香堤。花茵乱麇罗鞋浅,若个游人量印泥。(顾若璞)②

　　这二首诗,均写宫女踏青游玩,落笔皆撷取罗鞋痕迹这一相同细节。将闺阁女伴的游玩嬉耍,移至拟想的宫女群体身上,为宫廷带来了明媚活泼的少女情态。相比而言,男性心理投射下的宫词与闺词中的女性形象,常常是静默、幽怨的。尽管世人以同情悲悯的态度,看待这些幽闭在狭小世界的女性,但这份幽闭怨旷的痛苦,或许是身处其中的女性所习而不察的,却被文人藉以自况,放大、渲染成宫廷叙述的主流。于是,将目光聚焦于冷宫,过滤了宫人其它的生命情绪,也造成了宫怨诗的单一趣味。清中叶女诗人曹贞秀曾指出:

　　二南所载皆宫词也。……后世废公宫之教,妇人女子莫能自言其隐,而学士大夫有《宫词》、《闺怨》之篇。所谓两失之者也。③

　　在她心目中,《诗经》中后妃媵妾婢女口吻的诗篇,都可以视为"宫词"。后世未能承继这一女性教育的传统,致使妇人女子真实的心绪不为外界所知。男性士大夫笔下《宫词》、《闺怨》这些失真的拟作,传达的是象征讽喻男女君臣之道的,往往被视为女性的心声。曹贞秀对男性所作的宫怨诗不以为然,而极力称赏花蕊夫人自然天籁般的声音。显然因为这些出自女性之手的文本,更契合女性的情感心理与审美意趣。

　　不过,闺人拟写宫词,诗中所见所闻或源自书本、经验与想象,其情感内涵却是属于闺阁的,她们并不比那些外廷文士更为贴近宫中人的角色心理。作者的视境、心境决定了书写对象的空间片断与氛围色调,比如才女悠游诗词书画的生活状态,也为想象世界的宫女带来些许文人化的气息。徐媛"画闲萧散小窗娃"、"染毫踏得滕王蝶"之诗句描写的④,实为书斋化的闺阁才女的面貌,寄寓着风雅萧散的审美趣味。而宫中女子在宫廷倾轧中的现实际遇,与取媚迎合君王的特殊心境是作者所不具备的。因其生命

---

① 倪仁吉撰,楼含松、金玲校注《凝香阁诗稿校注·宫意图诗》,中华书局 2022 年 5 月第 1 版,第 123 页。

② 顾若璞《卧月轩稿》卷四,清顺治八年辛卯(1651)黄灿、黄炜卧月轩刻本,第 5b 页。

③ 曹贞秀《写韵轩小稿》卷二《跋自书蜀花蕊夫人宫词》,第 16b 页。

④ 徐媛《络纬吟》卷八,明万历四十一年癸丑(1613)刻本,第 8b 页。

意识的抽离,故能以超然的笔墨来经营富于艺术感的空间。王炜的《宫词》便构造出一个意趣脱俗的审美情境:"月明春殿卷珠帘,传诏宫人进管弦。四部霓裳犹未入,流莺先奏玉屏前。"①

　　闺秀之宫词,是对这个富丽、深邃而寂寞的宫廷世界的短暂诗意栖居。是身处深闺臆想的产物,而非宫廷生活的忠实反映。她们关注的并不是宫中人物的命运,而是从环境人事中发掘出的诗意。宫廷这一世界,实集聚了外界不同群体的想象,这些想象与宫人宫词之间情感共鸣,是不同人群生存体验的交互感通;其间的扭曲与隔膜,源自于内与外的视角差异。尽管一些女诗人意识到文人宫怨诗的虚拟成分,但在许多平庸之作中,仍然不自觉地沿用了文学传统中的典型路径。从某种程度上说,经典文本中塑造的宫廷情境,已经替代了宫人自己的创作,成为历史的见证。古代女性题材的接受与传播,始终受控于为士大夫意识形态服务的传统诗学框架,使得本色当行的叙述被臆想代言之作边缘化。宫词与闺怨这两种题材类型,实有相似的命运。

---

　　①　王炜《宫词》,见王端淑《名媛诗纬初编》卷十三,清康熙六年丁未(1667)山阴王氏清音堂刻本,第35a页。

第五章 闺阁：文学生活与"女子之本色"的重塑

　　明末清初女性在公众领域的发声，是其身体、视野与价值观念逸出闺阁的见证。而其立足家庭之内的文学活动，同样赋予闺阁独特的文化意义。以"三从四德"为核心的妇道理想，也在才女文化的冲击下进行了自我调整与适应。不过，在明代之前，文学史上主导性的所谓女性特质与风格，是由男性文人建构起来的。在女作者集体缺席的情况下，男性为女性代言写心，以及围绕女性为中心的闺词、闺怨创作，形成了悠久的男子作闺音的传统。正如孙康宜对词体女性特征的评价："女诗人没有在词里发明女性气质，是男诗人创造了女性气质。"①面对积淀在闺阁内部的强大的男性抒情模式与审美惯习，才女群体如何通过自我书写，重塑闺阁文学的内在意涵呢？

第一节 一门风雅：家庭内部的文学活动

　　相比出入公众空间的诗媛名家，一门风雅的女诗人家族，常常在母女、婆媳、姑嫂之间传阅作品、切磋诗词，开展家庭文学集会，形成相似的文学风格与价值观念。家族女诗人活动的据点"午梦堂"、"寓山"、"西园"、"蕉园"与"清芬阁"，便因一门闺秀能诗而壮大声势，聚焦了世人的目光。这些私人宅邸或园林，是深闺女性的生存环境与创作对象，还被用以命名女性诗集，凝聚了女性的诗心与才情。又因自然环境、家风濡染与家庭际遇之别，而展现出闺阁生活的不同面目，在人与空间的相互定义中成就了形态各异的风景。

---

① 孙康宜《柳如是和徐灿：女性还是女权主义？》，见乐黛云、陈珏主编《北美中国古典文学研究名家十年文选》，江苏人民出版社 1996 年 5 月第 1 版，第 239 页。

一　吴江叶氏"午梦堂"

在明末清初家族性女性文学群体中,吴江闺秀沈宜修及其女叶小鸾、叶纨纨、叶小纨较早引发世人瞩目。沈宜修出身于晚明曲坛声名显赫的文化世家——吴江沈氏,为沈珫之女、沈璟侄女。丈夫叶绍袁为天启五年乙丑(1625)进士,曾任工部主事。吴江沈、叶氏累世联姻,促进了两大望族的文化交流。主张"德、才、色"三不朽之新女性观的叶绍袁、沈宜修夫妇,对家族女性创作尤有推动之功,造成了"闺中个个诗"的盛况①。《列朝诗集小传》载沈宜修生有三女:"长曰纨,次曰蕙绸,幼曰小鸾,兰心蕙质,皆天人也。"②据学界考证,沈宜修与叶绍袁实育有八子四女,幼女生平已失载③。三女中,叶小鸾才貌最著,亲友见之,皆惊为天人,惜年未满十七,临嫁而夭亡。随后姊叶纨纨、母沈宜修也因哀伤过度而相继离世。《午梦堂集》收录大量亲友情真意切的悼亡之作,可见沈宜修母女的凋零,给整个家族带来的震动与哀痛。崇祯九年丙子(1636),叶绍袁辑妻女作品合集《午梦堂集》行世,"海内流传殆遍"④,而叶氏一门闺秀的才华与悲剧命运,也在明末文士大夫中口耳相传、叹惋不已。

"午梦堂"之命名,是叶绍袁经历妻女消殒之后,为书斋与妻女作品合集所题,蕴含了幻影空花、世事无常的意味。后世常以之指代叶氏一门闺秀的居所及创作。叶绍袁在序言中,回忆妻子沈宜修"与诸女题花赋草、镂月裁云,一时相赏,庶称美谭"⑤,"午梦堂"特殊的文化意义,便形成于诸才女的活动与题咏中。《吴中叶氏族谱·园第》载:"午梦堂在分湖北滨,工部主事仲韶公所居,其讲肄之所,曰'谢斋',取谢氏阶庭芝玉之义,又有疏香阁,即宜人沈宛君香雪吟百首所由所也。"叶绍袁自崇祯三年就辞官归隐家乡,居所位于汾湖北滨距湖岸一里处(今吴江市北库镇叶家埭),湖中景致,尽收眼底:"葭汀蓼渚,风帆钓艇,朗朗日夕在目也。"⑥"午梦堂"占地约三十余亩,其中秦斋为叶绍袁与沈宜修之卧室,谢斋为叶绍袁书房。疏香阁、芳雪轩分别为叶小鸾、叶纨纨居处之所,叶绍袁《年谱别记》曾介绍这两处

---

①　叶绍袁《午梦堂集》附录一《甲行日注》,中华书局 1998 年 11 月第 1 版,下册第 982 页。

②　钱谦益《列朝诗集小传·闰集》"沈氏宛君"条,上海古籍出版社 1983 年 10 月新 1 版,第 753 页。

③　见蔡静平《明清之际汾湖叶氏文学世家研究》,复旦大学博士学位论文,2003 年 4 月。

④　殷增《松陵诗征前编》卷八,见叶绍袁《午梦堂集》,中华书局 1998 年 11 月第 1 版,下册第 1141 页。

⑤　叶绍袁《午梦堂集》,中华书局 1998 年 11 月第 1 版,上册第 2 页。

⑥　叶世偶《百旻草·汾湖石记》,《午梦堂集》,中华书局 1998 年 11 月第 1 版,上册第 411 页。

的景象："午梦堂西偏有小楼,窗棂四达,梅花环绕,余名曰'疏香阁'。其南相对有轩曰'芳雪',庭无杂树,梅花之外祇梧桐、芭蕉数本,右翼以廊,以通往来,昭齐、琼章分居之。琼章好楼居,故居阁上,拈韵分笺,唱和不辍,姊妹相师友也。"

家族性女诗人群体的文学活动,多不逾闺阁庭院。与之相应,"午梦堂"才女群的创作特征,首先表现在"题花赋草、镂月裁云"①,题咏对象集中在家中景观,且包含了大量的同题之作,凸显了家族文学活动的整体性。沈宜修有《题疏香阁》五律三首,题下分别注明"次长女昭齐韵"、"次仲女蕙绸韵"、"次季女琼章韵",知母女四人共撰一题②。其中叶纨纨《题琼章妹疏香阁》有句云:"朝霞动帘影,纱窗曙色长。起来初卷幕,花气入衣香"③,极写小鸾晨妆之姿容仪态。沈宜修母女现存诗篇中,均有《垂丝海棠》、《莲花瓣》、《剪春萝》、《茉莉花》、《蜀葵》、《锦葵》、《秋葵》、《秋海棠》、《秋芍药》、《金桃》、《淡叶竹》诸题,记录了叶氏闺秀聚坐香闺,品花咏花的文学生活。疏香阁前的几株腊梅,经过沈宜修《梅花百首》、叶纨纨《梅花十首》、叶小鸾《梅花十首》品题数遍,几无遗貌。叶小鸾居于疏香阁中,得窗前看梅之便,所作情致尤绝,如其一:"窗前几树玉玲珑,半带寒烟夕照中。啼鸟枝头翻落絮,惜花人在画楼东。"④叶纨纨芳雪轩为旧室修葺而成,庭前亦有太翁手植梨花数树,故取王融"芳春照流雪"诗意题名"芳雪"。叶纨纨《梨花》之作,即为这几树梨花而咏。此外,《四时春歌》、《竹枝词八首》、《拟连珠十一首》、《偶见双美同两女作》组诗,《浣溪沙·暮春感别》、《浣溪沙·春情》、《浣溪沙·闺情》之词均为母女同题之作。

家族性的唱和中,才女朝夕相对,耳濡目染、同气相求,整体色调趋于一致。遂使悲凉哀艳,成为"午梦堂"才女群最为显著的风格特征。沈宜修年岁较长,题材也较众女广阔,然其笔下却常有伤春悲秋的莫名愁绪,回荡着"莫作妇人身,贵贱总之愁"的叹息。《悲花落》是一首围绕落花而写就的歌行体长篇,从"湿云不飞花欲落,数树憔悴胭脂薄"起笔,思绪随落花飘荡于芳草天涯、秦树汉宫,又以"妆镜慵开双鬓蓬,花开争似夕阳红"之对句,接通了人与花的关系。归旨为"夕阳千里还同照,花落空随逝水东。东流逝水日悠悠,流尽闺中一片愁",抒写年华易逝与春去花残的闺怨⑤。叶小

---

① 叶绍袁《午梦堂集》,中华书局 1998 年 11 月第 1 版,上册第 2 页。
② 沈宜修《鹂吹》,见叶绍袁《午梦堂集》,中华书局 1998 年 11 月第 1 版,上册第 35 页。
③ 叶纨纨《愁言》,见叶绍袁《午梦堂集》,中华书局 1998 年 11 月第 1 版,上册第 239 页。
④ 叶小鸾《返生香》,见《午梦堂集》,中华书局 1998 年 11 月第 1 版,上册第 318 页。
⑤ 依次见沈宜修《金陵秋夜》、《悲花落》,中华书局 1998 年 11 月第 1 版,上册第 32 页、第 42 页。

鸯《虞美人·看花》题旨相近："昨宵细雨催春骤，枕上惊花瘦。东君为甚最无情，只见花开不久便飘零！"①对落花的怜惜之情表达得更为浅显直接，不加修饰的真情流露，有着穿透灵魂的力量。叶纨纨诗词集命名《愁言》，但非为赋新词强说愁，而是其婚姻不偶的悲剧人生之写照。叶绍袁有序云："睹飞花之辞树，对芳草之成茵，听一叶之惊秋，昭半床之落月，叹春风之入户，怆夜雨之敲灯，悲塞雁之南书，凄霜砧之北梦，泫芙蓉之堕露，怨杨柳之啼莺，怅金炉之夕暖，泣锦字之晨题，愁止一端，感生万族。"②无处不在的愁思，恐怕不仅仅因人生际遇，而更多源自诗人哀怨易感的秉性。叶氏家族才女特有的灵性与哀思，在叶小鸾"情深藻艳、字字叙其真愁"的作品与人生中③，展现得尤为极致。

崇祯五年壬申（1632），汾湖大旱，奇石浮现于湖边，叶绍袁将之移置于庭院，点缀花草，并命诸子作《汾湖石记》记录此事。而叶小鸾也奉命参与到家中男性的文章切磋中来。叶世偶《汾湖石记》题下小序交代："壬申七月之望，与云期大兄，威期、开期两弟，琼章三姊同作。父命也。"④相比诸兄弟所作，叶小鸾的《汾湖石记》尤笔致清绝、灵气逼人。文章起首，先探究这几块石头的来历。作者猜测这些大小圆缺、袤尺不一的石头为昔人所遗，想象其间歌舞啸咏的繁华景象，而年深日久、湮没无闻，仅剩石头存于天地之间，经历"流波之冲激而奔排，鱼虾之游泳而窟穴；秋风吹芦花之瑟瑟，寒宵唳征雁之嘹嘹。苍烟白露，蒹葭无际。钓艇渔帆，吹横笛而出没；萍钿荇带，杂黛螺而萦覆"的苍凉景象。一旦水落而石出，垒于庭院之中，树根之畔，辅以飞花翠微之点缀，使昔日游观啸咏之乐，又重现于今。结尾将石之盛衰悲喜，归结为无情的命运，点出"石固亦有时也哉"的深沉叹息⑤。此篇不仅见叶小鸾之才思之颖，亦可见其早熟灵慧、敏感多思的一面。这种与生俱来的气质，使得叶小鸾的诗文总是萦绕着某种宿命的迷茫与感伤。

同时诗媛名家黄媛介读叶小鸾作品，曾为其诗文中的凄冷情调而费解："但讶彼正桃李之年，何为言言俱逼霜露？"⑥实则在母亲沈宜修和姊妹

① 叶小鸾《返生香》，见《午梦堂集》，中华书局 1998 年 11 月第 1 版，上册第 341 页。
② 叶纨纨《愁言》序，见叶绍袁《午梦堂集》，中华书局 1998 年 11 月第 1 版，上册第 237 页。
③ 黄媛介《读叶琼章遗集》，见叶绍袁《午梦堂集》，中华书局 1998 年 11 月第 1 版，下册第 683 页。
④ 叶世偶《百旻草》，《午梦堂集》，中华书局 1998 年 11 月第 1 版，上册第 411 页。
⑤ 叶小鸾《返生香》，见叶绍袁《午梦堂集》，中华书局 1998 年 11 月第 1 版，上册第 354 页。
⑥ 黄媛介《读叶琼章遗集》，见叶绍袁《午梦堂集》，中华书局 1998 年 11 月第 1 版，第 683 页。

笔下,均有类似的情感倾向。多愁善怀,与重情的家庭氛围有关。家长叶绍袁即是一个富于浪漫气质的名士,不愿追逐仕途,而眷恋于温馨的家庭生活。为妻女所作文章,笔调感性,情意深切。在其引导与培养下,家中姊妹彼此和睦融洽,洋溢着浓郁的骨肉亲情。《午梦堂集》中,无论是夫妇之间的相思别愁,姊妹间的手足情深,均被表达得情思缠绵、哀感顽艳。

吴江沈氏是著名的戏曲世家,受母亲家风濡染,叶氏闺秀对《西厢记》、《牡丹亭》等戏曲皆有品读,还就《牡丹亭》撰写点评,为春闺少女对爱情的热切追求而打动。叶小纨为悼念亡亲姊妹,创作杂剧《鸳鸯梦》,演绎三位仙子悲欢离合故事,更是开明清女性创作戏曲之先河。在叶绍袁"德才色"之新女性观念的引导下,叶氏闺秀获得了宽松自由的创作氛围,其主体意识复苏,便表现在对女性美貌的礼赞与情欲意识的抒写[1],并时有流入重情耽色的一面。沈宜修与叶小鸾均有逞才炫技的艳体连珠之作,依次咏美人之发、眉、目、唇、手、腰、足、全身,不免香艳绮靡。这种对"女色"描绘的迷恋,与叶绍袁的鼓励不无关系。叶绍袁辑《午梦堂集》时,在沈宜修《拟连珠十一首》后附上自己的三首拟连珠之作,题目记曰:

> 内人与季女琼章有艳体连珠,余见悦之,亦效寿陵之步,时壬申八月也。十月即有玉折之痛。琼章所作,已镌《返生香》中,忽忽忘之。顷为内人搜录遗稿,复睹连珠在焉。回首如昨,俱成梦境,不禁临风怆然一恸。因忆曩时余曾属和,乃启敝箧视之,仅止三首。无琼章之清丽与内子之流雅,手粗腕硬,不足传也。姑附于此,以见昔年一家相聚情景。而今人亡境迁,杳不可再觏矣。伤哉![2]

诗题叙写了叶小鸾逝前二月,一家人相聚赋诗的欢乐情境,充满了物是人非的感伤情怀。从这一小片断,可以想见叶绍袁思想通脱,不仅对沈宜修母女作艳体诗绝无反感,还激起诗兴、亲与切磋,对二人的长处亦是心悦诚服。

叶氏闺秀多才而早夭的结局,也成为正统人士眼中才能妨德的典型。作为晚明女性逞才适性的代表,女性自我意识的觉醒,对人生与婚姻持有过于理想化的追求,可能是叶氏姊妹悲剧命运的深层原因。这种强烈的情

---

① 陈书禄《"德、才、色"主体意识的复苏与女性文学群体的兴盛》,见张宏生主编《明清文学与性别研究》,江苏古籍出版社 2002 年 10 月第 1 版,第 339 页。

② 叶绍袁《午梦堂集》,中华书局 1998 年 11 月第 1 版,第 349 页。

感能量燃尽了生命，也绽放了凄美的文学之花。因此，叶氏闺秀创作虽局促于深闺庭院，却通过生命之感会与性灵之悸动，为"午梦堂"的一草一花、一石一木，染上了浪漫悲凉的氤氲，具有强烈的感染力。

二　杭州"寓林"与"蕉园"

以顾若璞为首的寓林黄氏女诗人及其后嗣"蕉园七子"，是明清杭州地区绵延较久的才女家族。寓林黄氏所居之地，在杭州净慈寺北，雷峰塔下，古称"小蓬莱"。张岱《西湖梦寻》有提及："小蓬莱在雷峰塔右，宋内侍甘昇园也。奇峰如云，古木翳蔚……今为黄贞父先生读书之地，改名'寓林'。"①黄贞父，即顾若璞之翁黄汝亨，本文第二章中，曾提及其为友人汪汝谦"不系园"作约款之事。汪汝谦有《过黄贞父先生读书处》一诗缅怀二人相处时光，题下注云"庄名小蓬莱"②，指的即是黄汝亨所居之寓林。顾若璞十五岁嫁黄汝亨之子黄茂梧。黄茂梧自幼体弱多病，屡试不第，婚后十三年即病逝。顾若璞抚养二子，博涉经史，"自四子经传以及《古史鉴》、《皇明通纪》、《大政记》之属，日夜披览如不及"③。不仅指画口授，教导黄灿、黄炜二子成才，且影响及于后辈，儿媳丁玉如，孙妇姚令则、钱凤纶、孙女黄嫌、黄竣、黄垣，夫姊黄修娟、弟妹黄鸿，侄女顾之琼，侄孙女顾长任、顾姒皆能诗，王端淑称："诸女孙皆能文善诗，人龙尽集一门，亦咄咄怪事。"④康熙女性诗坛的杰出代表"蕉园诗社"诸子，也多承其教导。乾隆时期，沈善宝《名媛诗话》首推顾若璞，"节行、文章为吾乡闺秀之冠"⑤，可见顾若璞对杭州女性文学的深远影响。

作为寓林黄氏闺秀风雅传统的开创者，顾若璞享九十高寿，一直活到康熙年间。丈夫早逝，翁黄汝亨不事营生，家中清贫。全靠顾若璞独力操持门户，为全家食费忧心。顾若璞的《分析小引》称其年方及笄嫁入夫家时，已遭遇家庭"贫与病合，处世艰阻，事非一端"的困境。从那时顾若璞便开始管理家事，每日兢兢业业劳作：

　　至于祖父逝后，多少风波，寡妇孤儿，所不能对人言者未易一一数

①　张岱《陶庵梦忆·西湖梦寻》，上海古籍出版社 2009 年 4 月第 1 版，第 247 页。
②　汪汝谦《春星堂诗集》卷五，《丛睦汪氏遗书》本，第 7a 页。
③　顾若璞《卧月轩稿》卷首自序，清顺治八年辛卯(1651)黄灿、黄炜卧月轩刻本，第 4a 页。
④　王端淑《名媛诗纬初编》卷十"顾若璞"条，清康熙六年丁未(1667)山阴王氏清音堂刻本，第 13a 页。
⑤　沈善宝《名媛诗话》卷一，《续修四库全书》第 1706 册，第 548 页。

也。予于壬子[万历四十年,1612]生灿儿,于甲寅[万历四十二年,
1614]生炜儿。两儿亦止见其生于仕宦之家,长而居处晏如,衣食粗
给,几不知有困苦事。①

在漫长的守节生涯中,顾若璞以其杰出的理家才能,为寓林黄氏一门
风雅打下了坚实的物质基础。翁黄汝亨在世时,顾若璞每日持书侍奉于
侧,"有所须辄先意具",海内宾客满座,其"治酒食立备"②,妇德品行,均无
可指摘。翁去世后,顾若璞捱过"辛苦备尝,风波遍历"的苦难③,成为寓林
黄氏德高望重的家长。持家之余,尚有闲暇旁涉风雅,阅读经史,在日久年
深的文史浸淫中"育德洗心"。并为寓林黄氏接续遗芳,承传风雅,培养了
一代代的闺秀诗人。四十五岁所作《投老贴》云:"妾年将半百,孙子皆琳
琅。乞身归林泉,置之无何乡。"顾若璞晚年自号"挹秀楼主人",时常在西
园中组织子媳诸孙分题赋诗。西园的宜人风景,在《西园避暑》题下小序有
所记叙:"风轻籁寂,林木萧森。小阁雕楹,或掩或映。远而望之,如画如
影。空庭地白,有如湖艇。"一家人身处其间,"兰芽纷满座,诸孙亦琳琅。
藉柳竞歌啸,把酒傲羲皇"的盛会④。园中缤纷烂漫的花草林木,成为寓林
黄氏女诗人取之不竭的诗材。

顾若璞在清初以文章著称于世,《神释堂脞语》称:"读顾夫人古文,学
问、节义、经术、世故,皆粲然于胸中,洒然于笔底,词气浑灏,有西京之遗
风。"⑤其言行习性,对家庭中的后辈带来了潜移默化的影响。在顾若璞的
引导下,寓氏黄氏的家庭文学活动在清初闺秀群体中独树一帜。王士禛称
其"常与妇人宴坐,则讲究河漕、屯田、马政、边备诸大计,副笄中乃有此人
亦一奇也"⑥。儿媳丁如玉与丈夫酒间,绝不语及家事。"时为天下画奇
计,而独追恨于屯事之坏也",深得顾若璞欣赏,认为"销兵屯师,洒洒成议,

---

① 顾若璞《卧月轩稿》卷五《分析小引》,清顺治八年辛卯(1651)黄灿、黄炜卧月轩刻本,第
19a—19b页。
② 汪启淑《撷芳集》卷一"顾若璞"条,清乾隆五十年乙巳(1785)飞鸿堂刻本,第1b页。
③ 顾若璞《卧月轩稿》卷五《分析小引》,清顺治八年辛卯(1651)黄灿、黄炜卧月轩刻本,第
19a页。
④ 依次见顾若璞《卧月轩稿》卷四,清顺治八年辛卯(1651)黄灿、黄炜卧月轩刻本,第1a页、
第4a—4b页。
⑤ 王秀琴、胡文楷《历代名媛文苑简编》引《神释堂脞语》,民国三十六年(1947)商务印书馆
初版,第8页。
⑥ 王士禛《池北偶谈》卷十五《谈艺五》"妇人经济"条,中华书局1982年1月第1版,上册第
353页。

其志良不磨"①。寓林黄氏之家风传承，可见一斑。

在诗词创作上，顾若璞倡言取法陶柳。所作诗篇，风格以清丽冲淡为主。即便是悼念丈夫的诗作，也如同幽谷琴瑟，悠远淡宕。如"积雪层冰不可披，归来湖水正涟漪。碧弦清韵还依旧，不减风光待故知。"②经过了适度的情感节制，体现出一种哀而不伤的理性气质。

寓林黄氏居于西湖南滨，坐拥湖光山色。宗法陶柳，实与诗人所寓目的风光景物相契合。如写春雪"梨花千朵光凌乱，望里江山披素练"，写早春"浅绿深黄映远岑，乍晴乍雨柳垂阴。闺人未识春如许，犹折梅花不忍簪"，写留花"袖里月团三百片，碧桃花下试清泉"③，等等，均有丰富的色相而又不流于绮靡。顾若璞擅以灵动之笔捕捉山光物态，而运笔不疾不徐，颇有陶诗冲融平淡的意境。《追和夫子西溪落梅》一诗即生动自然、无斧凿痕："逦迤入西溪，溪深深几曲。断岸挂鱼罾，茅檐覆修竹。翠羽何啁啾，满林香扑簌。晴雪飞残英，坐爱倾蚁绿。鹿门迹未湮，与子同归宿。"④清新空翠而生机盎然的西溪画卷，在声、色、香的铺垫中悠悠展开，末句沟通回忆与将来，增加了时间的延宕感，使全诗余味悠长。"树摇山影合，波动月分光"一联⑤，是顾若璞为时人称道的写景佳句。较之南朝何逊"草光天际合，霞影水中浮"毫不逊色。《湖中》一诗亦广见转载：

> 湖光渺渺冷烟微，江鹜沙凫仔不飞。恰欲抱琴轻别去，菱荷分绿上罗衣。⑥

此诗得柳之清丽幽绝而无其凄神寒骨。得益于西湖的烟波滋养，顾若璞诗中的清丽色泽，一直持续到老年，并随着生活历练与学养进益，走向深沉平和。

顾若璞倡导诗学陶柳一派，在其影响下的"蕉园诗社"，进一步走向平和冲雅、清新脱俗的境地，成为康熙年间闺秀创作的代表。钱凤纶为顾若璞孙妇，曾师从顾若璞，时人称其诗能"嗣音和知"。钱凤纶有《侍祖姑暨静

---

①　王秀琴、胡文楷《历代名媛书简》卷三，民国三十年(1941)商务印书馆初版，第66页。

②　顾若璞《卧月轩稿》卷三，清顺治八年辛卯(1651)黄灿、黄炜卧月轩刻本，第2b页。

③　依次见顾若璞《卧月轩稿》卷一《新春和夫子韵》、卷一《春雪》、卷二《留花》，清顺治八年辛卯(1651)黄灿、黄炜卧月轩刻本，第6a页、第6a页、第7b页。

④　顾若璞《卧月轩稿》卷三，清顺治八年辛卯(1651)黄灿、黄炜卧月轩刻本，第14a页。

⑤　顾若璞《卧月轩稿》卷一《同夫子坐浮海槛》，清顺治八年辛卯(1651)黄灿、黄炜卧月轩刻本，第1a页。

⑥　顾若璞《卧月轩稿》卷一，清顺治八年辛卯(1651)黄灿、黄炜卧月轩刻本，第1b页。

婉、柔嘉两娣登闻光阁》一诗,即写其与祖姑顾若璞及妯娌静婉、姚令则(柔嘉其字)游处谈诗情景。姚令则向顾若璞"执经问字,晨昏讨论有年,得祖姑之教居多"①。林以宁为顾若璞侄女顾之琼的儿媳,亦曾受知于顾若璞,其晚年为梁瑛《字字香》作序时称:"忆予从顾太君卧月轩时,六十年间,犹昨日事耳,徽音遥嗣,乃在梅君。"②梁瑛为顾若璞五世孙黄谷的继室,林以宁推许其为顾若璞的嗣响。刊刻于康熙年间的《众香词》,记载钱凤纶与"静婉、柔嘉、柴季娴、如光、顾仲楣、启姬、李端方、冯又令、弟妇亚清结社湖上之蕉园,春秋佳日,即景填词,传播诗坛,称一时之盛"。③ 这份"蕉园诗社"的名单中,除了前面提及的钱凤纶、静婉、姚令则、林以宁(亚清其字)之外,顾姒(启姬其字)也是顾若璞的后辈,其姑母顾之琼是顾若璞的侄女。顾之琼未列入蕉园诸子中,却曾作《蕉园诗社启》,是"蕉园诗社"重要的倡导者和发起人。

关于蕉园的地址,目前仅知为杭州一处私家园林④。钱凤纶曾有《春日偕亚清重过蕉园》一诗,描绘蕉园景致。知园林占地面积颇大,中有水榭、围廊、泉石、山涧,楼间竹林环绕,远峰掩映,屋前栽有菊花、梅树。诗社诸才女以之为据点,每逢佳节良辰,便举行社集、赋诗活动。从林以宁"芳社订蕉园,每向良时共欢宴"⑤、钱凤纶"几时得,重向蕉园烹紫笋"的追思之词⑥,可见"蕉园"一地凝结了这些闺阁知己聚会唱和的美好回忆。其间唱和之作,还曾结集成稿,即钱凤纶《蕉窗夜语记》中所称"林以宁示以蕉园会稿"⑦。此外,蕉园诸子还曾同游愿圃、辋川与柴氏园林,并相约泛舟西湖之上。在饮酒赏花、听琴对弈、登山泛舟的赏心乐事中寻觅诗情,在分题角韵,接席联吟、啸歌互答的盛会中寄托着清新雅正的审美追求。诗友之间的雅集聚会不仅激发了蕉园诗人创作的动力,也占据了她们诗篇的主要内容。

林以宁作套曲《重游愿圃,有怀又令、季娴、云仪诸子》描绘了诸子相聚

---

① 阮元辑《两浙輶轩录》卷四十,《续修四库全书》第 1684 册,第 476 页。
② 胡文楷《历代妇女著作考》,上海古籍出版社 2008 年 8 月第 2 版,第 543 页。
③ 钱岳、徐树敏《众香词·礼集》,台北富之江出版社 1997 年 1 月第 1 版,第 33 页。
④ 胡小林《清代初年的"蕉园诗社"》(《古典文学知识》2008 年第 2 期)据陈文述《西泠闺咏》中"何处蕉园遗旧址,绿天庵外不胜寒"一句,认为蕉园紧邻绿天庵,而绿天庵地址失考。范晨晓《"蕉园诗社"考论》(浙江大学硕士学位论文,2010 年 6 月)驳此观点,指出绿天庵为怀素练字之处,陈文述殆为用典而征引。康维娜《"蕉园诗社"考述》(南开大学硕士学位论文,2007 年 5 月)据诸人诗文,推测蕉园在闺秀柴静仪家的柴庄内,即后来之西溪山庄内,可备一说。
⑤ 林以宁《墨庄词余》,清康熙刻本,第 7a 页。
⑥ 钱凤纶《古香楼杂著》,清刻本,第 7b 页。
⑦ 钱凤纶《古香楼杂著》,清刻本,第 11a 页。

场景："翩翩林下旧知名。携来花外，共订文盟。牙签同检韵。写新词，字字轻清，还与丰标称。待从头评定，谁行第一，谁堪厮亚。"①蕉园诸子结伴徜徉于山水、寄情于咏物，多在杭州园林、别墅，在清雅脱俗的环境中涤荡俗虑，诗篇常富于萧散疏野之趣。钱凤纶称"凡竹韵琴声，鹤唳猿啸，无不足以涤烦嚣而解俗缚"②。林以宁《寿柴季娴二首》"本是仙家冰雪姿，常食白石与青芝。……深闺亦有金兰契，闺范清才实我师。"③敦厚严谨如柴静仪，也不乏"潇逸"之笔④。林以宁则将清新飘逸的风格发挥到极致。徐德音《墨庄集后序》评："系本孤山处士，高情偏爱，大历才人，逸韵同侪。……原其秀擅闺中，风清林下。"⑤对其高情逸韵推崇备至。《落花诗六首》"异藻缤纷，如入罗浮仙境"，《酬云仪河渚观梅见忆之作》"清疏之气扑人，看字如在罗浮梦中"。这种清新醇美、不染纤尘的诗境，还体现在悼亡诗中，《哭娣氏双成四首》其二云：

> 忆昔同乘一叶舟，古梅花下作春游。风清罗袂翩然举，雨压茶烟宛转留。回首胜时皆是梦，而今触处不胜愁。芳魂缥缈归何处，料得乘云过十洲。⑥

此诗清灵飘逸，与其祖姑顾若璞的悼亡诗之风致不相上下。在寓林黄氏数代女诗人笔下，"清"的审美理想实一以贯之。只是顾若璞处在明末清初深沉悲壮的时代风气下，故世人推重其文章胜过其诗。而蕉园诸子清新雅正的艺术追求，与康熙诗坛主导性的诗风一致，受到文坛主流的认可，亦是时运使然。

三　山阴祁氏"寓山"

顺治二年乙酉（1645），时已辞去苏松总督之职的山阴名士祁彪佳面对清人逼降，于家宅后池投水自沉，留下妻子商景兰独掌家业、抚养子女。此后三十年间，商景兰以风雅寄其余生，与三子四女二媳"相依膝下，或对雪

---

① 林以宁《墨庄诗钞》，清康熙刻本，第20a页。
② 钱凤纶《古香楼杂著》，清刻本，第17b页。
③ 林以宁《墨庄诗钞》卷二，清康熙刻本，第2b页。
④ 见汪启淑《撷芳集》卷十六，清乾隆五十年乙巳（1785）飞鸿堂刻本，第7a页
⑤ 林以宁《墨庄诗钞》卷首，清康熙刻本，第1a页。
⑥ 林以宁《墨庄诗钞》卷一，清康熙刻本，第11b页。

联吟，或看花索句，聊寄风雅，以卒桑榆"①。在其倡导下，女祁德渊、祁德琼、祁德茝、媳张德蕙、朱德蓉皆有创作，成为清初最负盛名的女诗人家族，毛奇龄誉之为"闺秀则梅市一门，甲于海内"②。

与寓林黄氏女诗人浸淫经史、追求清雅不同，山阴祁氏闺秀的诗词风格偏于阴柔婉约。其题材类型与吴江"午梦堂"闺秀创作接近，集中于题咏花草、描绘女子容色、抒发姊妹情谊这几大类，而遣词造句更为雍容典雅。祁氏家族爱好戏曲的氛围，亦不逊色于"午梦堂"。祁彪佳曾撰《远山堂曲品》，对戏曲有独到的研究。其兄弟祁麟佳、祁骏佳、祁豸佳皆涉足戏曲创作。祁家还有自己的舞台与戏班，进行频繁的演出。通过俗文学的浸染，接受了晚明市民社会的新观念，对女性的才情与色艺持以开明的态度，不像理学家庭那样强调妇德、排斥香艳之作。商景兰被时人目为"香奁名宿"，《锦囊集》旧名《香奁集》。祁德渊《题钱舜举鸳鸯》有"谁教钱选生香笔，画出多情崔珏诗"之句③，示其醉心于香奁诗的婉转情致。这一风格好尚，使得祁氏闺秀的创作富于含蓄婉约的女性魅力。

祁氏闺秀偏爱描写黄昏和夜景，大量的诗作在夜色的过滤下笼罩着寂静哀愁的气氛。夜景自然少不了月，诗中的景物常沉浸在淡淡的静谧月光里，渡上了温婉的色泽。商景兰《锦囊集》收录的七十六首诗歌中，以"月"为主题者七首，其他诗句中包含"月"的三十六首，共计四十三首，数量占了一半以上。祁德琼《未焚集》收录的八十首，以"月"为主题者五首，包含"月"者三十一首。在中国传统哲学中，阴阳理论包涵了天地万物，日月、天地、乾坤、男女皆相对应。月的阴柔禀质也与女性的阴柔特性形成了神理上的统一。王曾在《女中七才子兰咳集序》中称："男子日也，女子月也，女子之文章，则月之皎极生华矣。"④这类出现频率极高的"月""泪""愁"的意象，凸显了祁氏闺秀诗作的阴柔气质。

"月"意象的密集，也与祁氏梅市宅邸的奢华环境有关。祁德琼"看山高阁上，待月画楼前"、"楼高先见月"等描述⑤，可知祁家园林多高阁画楼，得赏月观景之便。祁、商两家，在明末清初均值鼎盛时期。商景兰为明吏部尚书商周祚长女，出身显赫，又嫁给门当户对的祁彪佳，王端淑称商景兰

① 商景兰《未焚集序》，《祁彪佳集》附编，中华书局 1960 年 2 月第 1 版，第 297 页。
② 陈维崧《妇人集》，《清代闺秀诗话丛刊》本，第 1 册第 19 页。
③ 见《祁彪佳集》附编，中华书局 1960 年 2 月第 1 版，第 291 页。
④ 见胡文楷《历代妇女著作考》附录二，上海古籍出版社 2008 年 8 月第 2 版，第 846 页。
⑤ 祁德琼《同黄皆令游寓山》，《题东大池书室》，第 301 页、第 303 页。

"父冢卿而夫忠敏,人伦荣贵可谓至矣"①。崇祯八年至崇祯十五年,祁彪佳以家旁小山为据点,修建寓山园。这一依山环水、规模巨大的园林,占据山之三面,田地十余亩,设有四十六景,为远近游人所艳称。祁彪佳日记中常见寓山赏月的记录,如"午后同内子复至山,看月深夜乃归。"②又"午后内子复至,乘月荡舟于听止桥下。"③祁氏闺秀亦常同女伴上山采茶、摘果、赏花、泛舟、听琴,足不出户体验各种风雅韵事。祁德渊曾回忆寓山风景,对"远翠深山抹晓霞,游人错认桃源里"之令人称羡的家园风光④,颇有自豪之感。祁氏闺秀诗词中常见的绣户、朱楼、画槛、金钗、罗绮、玉枕等富丽精致的物什,便是其优裕生活环境的写照。商景兰《美人春睡》云:"倦落银钿七宝床,流苏帐暖麝兰香。花魂颠倒方无主,最苦鸡声促晓光。"⑤这首香艳的闺阁之作,是商景兰贵族生活的一个缩影,前二句围绕尊贵的七宝床展开,铺陈睡眠环境的华美,"落"字既展现了诗人轻盈的姿态,又充分体现出床的温馨舒适,后二句点出清晨困倦耽睡的女子心绪,颇具绮丽妩媚、婉转流荡之态。

梅墅与寓山一年四季的胜景,为祁氏闺秀提供了较宽广的生活、游赏的场所。商景兰拥有祁氏家族的庞大产业,不必像顾若璞那样为全家生计殚精竭虑,而有余暇与众女妇悠游风雅,赋写闲情,"每暇日登临,则命媳女辈载笔床砚匣以随,角韵分题,一时传为盛事"。其年岁长于众人,又怀身世之感与失偶之痛,遂为婉转流丽的香奁诗注入了深沉的情绪,《春日寓山观梅》云:

> 争春梅柳一庭幽,物在人亡动昔愁。惟有春风无限意,依然香气满枝头。⑥

身为遗民大家族的首领,商景兰的文学创作常被纳入遗民写作的范

① 王端淑《名媛诗纬初编》卷十一"商景兰"条,清康熙六年丁未(1667)山阴王氏清音堂刻本,第1a页。

② 祁彪佳《祁敏忠公日记》,《祁彪佳文稿》本,书目文献出版社1991年6月第1版,第2册第1080页。

③ 祁彪佳《祁敏忠公日记》,《祁彪佳文稿》本,书目文献出版社1991年6月第1版,第2册第1075页。

④ 祁德渊《雨中忆家山桃花》,《祁彪佳集》附编,中华书局1960年2月第1版,第291页。

⑤ 商景兰《锦囊集》,《祁彪佳集》附编,中华书局1960年2月第1版,第259页。

⑥ 商景兰《锦囊集》,《祁彪佳集》附编,中华书局1960年2月第1版,第268页。

围①。这种带有政治色彩的主观解读,实与其《锦囊集》的创作实际不符。纵观全集,除《悼亡》《哭父》二首外,其余篇目皆叙写闺阁情事,以香奁诗为当行本色。祁氏三女所作,亦不离于闺阁传统,而略伤于柔弱;媳张德蕙、朱德蓉间有慷慨之句,但与当时擅作洪钟大吕之声的诗媛方维仪、吴山、李因、王端淑之辈仍然难以相提并论。祁氏一门闺秀身负国耻家难,却皆对政治题材有所回避,或有现实的考虑。祁彪佳在遗嘱中,曾愧悔寓山兴造过于奢华,乃其"失德",希望子孙勿动功名之想,长居寓山,耕读传家,"必返纯朴,一变豪华气息矣"②。然而祁班孙、祁理孙并没有按照父亲的设想转型,而将寓山作为梅墅社交区域的延伸,以其隐僻性,加强扩大了结交豪客的功能,以之为抗清活动的据点③,终至"通海案"发,祁家走向没落。作为寓山的女主人,商景兰为其子与复明人士的秘密往来提供实际的支持,已是遗民立场的有力证据,无须再凭借诗词自我证明;考虑到祁氏家族的社会地位与敏感身份,笔端谨慎避祸,亦属常情。祁彪佳称妻子为人"和蔼周详",夫妇二十余年从未有口角争执,世所罕见。商景兰秉性之柔顺,可见一斑。经受丈夫殉国,父亲死难,二子"以国事被祸"④,商景兰对于家国之思与兴亡之感,当有切身体验,却始终隐忍不发、欲说还休。加之长年鸾凤孤栖的生活,使其为难以言喻的寂寞所萦绕。种种情感融于诗中,便突破了一般香奁诗的格局,形成了婉丽而兼沉郁的意境。《过河渚登幻影楼哭夫子》云:

> 久厌尘嚣避世荣,一丘恬淡寄余生。当时同调人何处,今夕伤怀泪独倾。几负竹窗清月影,更惭花坞晓莺声。岂知共结烟霞志,总付千秋别鹤情。⑤

作为祁氏长辈与家中造诣最高的女诗人,商景兰内心所渴望的,是能与其平等相待的知己。自丈夫离世后,"当时同调人何处"之悲叹,可谓终其一生。顺治十一年甲午(1654),寄居杭嘉一带、以卖文鬻画为生的著名

① 谢爱珠《贤媛之冠——商景兰研究》,台北"中央大学"硕士学位论文,2007 年 7 月。

② 祁彪佳《祁忠惠公遗集·附录·父临诀遗嘱,付儿理孙、班孙遵行》,清道光二十二年壬寅(1842)刻本,第 5a 页。

③ 曹淑娟《孤光自照——晚明文士的言说与实践》,天津教育出版社 2012 年 5 月第 1 版,第 345 页。

④ 徐鼒《小腆纪传》卷六十《列女》"商夫人(仲商夫人)"条,中华书局 1957 年 7 月第 1 版,第 687 页。

⑤ 商景兰《锦囊集》,《祁彪佳集》附编,中华书局 1960 年 2 月第 1 版,第 274 页。

诗媛黄媛介前往山阴梅市造访祁氏，为这群深居闺中的女诗人，带来了少见的创作热情。商景兰赠诗有"今朝把臂怜同调，始信当年女校书"一语，将才华横溢的黄媛介引为"同调"，颇有惺惺相惜、相见恨晚之感。顺治十五年戊戌(1659)，黄媛介与丈夫杨世功拜访毛奇龄，托其为自己选诗结集，并将山阴祁氏女诗人的唱和单独结为《梅市倡和诗钞》，求毛奇龄作序①。《梅市倡和诗钞》已失传，但其中唱和之作存世不少。在祁德琼的诗集《未焚集》中，就可以找到《喜黄皆令过访》、《同皆令游寓山》、《送黄皆令往郡城》、《和黄皆令游密园》、《寄怀黄皆令》、《同皆令登藏书楼》、《初寒别黄皆令》等作品②。可以说，黄媛介的来访，掀起了山阴祁氏女诗人唱和的小高潮。

对以家庭为核心的女诗人而言，闺阁诗友对于创作的重要性不言而喻。彼此互为读者，提供诗材与诗情，摆脱闭门造车的困境；倚借"诗可以群"的力量，弥补个体势单力薄的"先天不足"，声气相投，壮大声势。王慧与表姑羽卿的唱和诗篇，几乎占去《凝翠楼集》四卷近一半的篇幅。顾贞立与龚静照的唱和，亦是二人不懈创作的动力。朱彝尊称商景兰领其众子女"葡萄之树、芍药之花，题咏几遍，过梅市者，望之若十二瑶台焉"③。女诗人家族正是以风雅萃于一门，才受到世人更多的关注。只是家族性女诗人遵守闺范，交游常限于女性世界。因此，在传统诗学批评格局中，诸如山阴祁氏为代表的家族女诗人的创作成就评价，逊色于同期交游广阔、阅历丰富的诗媛名家，也是不可避免的。

四　桐城方氏"清芬阁"

朱彝尊《静志居诗话》称："龙眠闺阁多才，方吴二门称盛。夫人才尤杰出。其诗一洗铅华，归于质直。"④这段评述指出了以方维仪为首的桐城方氏女诗人群的文学地位与风格特征。"一洗铅华，归于质直"，在当时江浙闺秀主导的才女文化中实属异数。方维仪对徐媛、陆卿子以及吴中士大夫好名无实的严厉批评，已然可见其间的观念冲突。桐城方氏女诗人群体主

①　毛奇龄《西河集》卷六十一《梅市倡和诗钞稿书后》，《景印文渊阁四库全书》第 1320 册，第535 页。

②　祁德琼《未焚集》，《祁彪佳集》附编，中华书局 1960 年 1 月第 1 版，第 299—312 页。

③　朱彝尊《静志居诗话》卷二十三"商景兰"条，人民文学出版社 1990 年 10 月第 1 版，下册第 727 页。

④　朱彝尊《静志居诗话》卷二十三"方维仪"条，人民文学出版社 1990 年 10 月第 1 版，下册第 725 页。

要有五位:桐城三节之称的方氏姊妹方孟式、方维仪、方维则,及孟式、与吴令仪、吴令则姊妹。吴令仪嫁给孟式、维仪弟方孔炤。许结《明末桐城方氏与名媛诗社》一文,论述了桐城方氏女诗人会于清芬阁结社论诗的活动,将创作内容概括为:忠孝节义之悲情、睦族好合之亲情、淡雅和美之情韵[①]。

方维仪诗学汉魏、杜甫,质朴苍凉,其诗论现存仅有"不纤不庸,格老气逸"、"虽乏新奇而句句铿锵"这两条评语[②],与其诗作审美取向一致。王端淑在《名媛诗纬初编》题评其诗云"山川草木,悉成悲响"[③],准确概括了方维仪诗歌的情感基调。朱彝尊《静志居诗话》中云:"集中句若'白日不相照,何况他人心'、'高楼秋雨时,事事异畴昔'何其辞之近乎孟贞曜也。"[④]方维仪喜用秋雨、落叶、悲风、寒蝉、孤舟、枯树、荒村、归雁、霜雪这样的意象,以及萧条、寥落、凄切、愁怀、寂寞等字眼,诗作无不浸染着苍凉的愁绪,清冷苦寂的描写。

奉方维仪为"清芬阁女师"的方氏姊妹与吴氏姊妹,创作题材与风格也与方维仪相近。如方孟式"浑洁方正",方维则"清迥,非凡调所到",吴令仪"方夫人诗高老如鸡群之鹤,木群之松"。吴令则"恒禀质孤遐,不啻雪拥孤松、瀑飞峭石,令人莫敢道一情字"。风格皆趋于质朴刚健,是理学世家的宗门庄肃、家教醇正的体现,也受到家族经历与遭遇的影响。方氏世家大族在明末"桐变"中仓皇出逃,家园故地几历战火,毁之一炬。女诗人经历动乱、目睹家变,故多感时伤乱的慷慨悲歌。才名最著的方维仪,尤擅以长篇叙写乱离之思。南宋以来产生的一些女子离乱之作,大多采用近体。清初数量陡增的女性乱离诗,也以七言绝句形式为多。《宫闺氏艺文考略》引《神释堂脞语》云:"近世闺秀多工近体小诗耳,能为古诗者十不一二;能为古文词者百不二三也,夫人独能兼之。"[⑤]方维仪继蔡琰、杜甫之后,将一己遭际与社会背景融合起来,创作了大量抒发"离忧怨痛"的乱离之作。《暮秋过玉龙峡有感》一诗,以朴实无华的笔触,对家乡场景的风景作了细致刻画。玉龙峡曾是方氏家族流觞曲水、读书弹琴的胜地,方以智晚年犹念念不忘其"一道飞泉玉峡香"的风光,足见此处对方氏子孙的向心力。方维仪

---

① 见张宏生《明清文学与性别研究》,江苏古籍出版社 2002 年 10 月第 1 版,第 349—362 页。

② 朱彝尊《静志居诗话》卷二十三"黄安人"条,人民文学出版社 1990 年 10 月第 1 版,下册第 721 页;朱彝尊《明诗综》卷八十六"朱妙端"条,中华书局 2007 年 3 月第 1 版,第 8 册第 4148 页。

③ 王端淑《名媛诗纬初编》卷十二"方维仪"条,清康熙六年丁未(1667)山阴王氏清音堂刻本,第 6a 页。

④ 朱彝尊《静志居诗话》卷二十三"方维仪"条,人民文学出版社 1990 年 10 月第 1 版,下册第 725 页。

⑤ 王士禄《宫闺氏艺文考略》卷八,载夏剑丞主编《艺文杂志》1936 年第 6 期,第 1 页。

旧地重游,悲喜交加,眼前一派宁静祥和的景象,却让作者"重游多感慨,四顾独苍茫",尤其是历经兵燹、惨遭损毁的碾玉峡先人别墅,不能不触动诗人的今昔之感,令其发出"故路迷秋草"的感叹①。《过先翁故居》则采用了男性书写此类题材的惯用手法:"忆昔东村傍翠微,春来花发满黄扉。门迎朱紫三千客,堂舞斑斓七十衣。对月金樽歌璧树,弹琴玉柳拂罗帏。只今故阁生荒草,唯有空林带落晖。"②诗歌开头效法杜甫《忆昔》,杜诗极写唐朝盛世的繁华景象,此诗则铺陈家族当年热闹场面;末句仿李白《越中览古》一扫而空,形成强烈反差。

方以智曾评价方维仪的诗作云:"试一诵短章,使人声呜呜。王侯贵人盛,所计一何愚。不若闺阁中,凛凛烈丈夫。"③当方维仪将目光投向社会公共领域,成为风骨凛然的"烈丈夫"时,也失落了较多女性的特质。桐城理学节烈风气的影响,也使她诗歌中的道德意味更为浓郁。即使在悼亡诗中,也更多表现为遵守节操的责任感,较少内心情感的流露。对于方维仪作品流传的原因,张秉文《清芬阁集序》曾解释道:"忆予辛丑[万历二十九年,1601]与姚前甫俱为侍御公之快婿。……而内子与姚夫人篪埙协叶耳。……丙寅[天启六年,1626]入闽,内子《纫兰集》成,归而索夫人近什,痛定之余,强为呕咏,辄削其幅。今清芬阁所存仅什百之一二者。……明霞蒸鲜,洪流奋响,夫人即欲秘之,亦乌得而秘之。"④尽管方维仪一直坚守内言不出的妇德观念,对自己从事吟咏有所顾虑,却不能摆脱立言传世的诱惑,依然留下了部分的作品。作为理学家族的才女代表,桐城方氏凸显了才女群体的道德权威,其质朴刚健的风格,也在清初女性诗坛中独树一帜。

第二节　"以文史代织纴":闺阁写作与妇德规范

儒家伦理经典,为男女制定了各自的行为规范与道德准则。男子受到诗、书、礼、传、百家之言的系统教育;女子之教,则依托于简明扼要的女教课本。明清时期,除了吕坤《闺范》、蓝鼎元《女学》、陈宏谋《教女遗规》这几本流传最广的读本之外,其他大大小小闺训、家规亦刊刻泛滥成灾。这些

---

① 方维仪《秋声》,见季娴《闺秀集》,《四库全书存目丛书》集部第 414 册,第 341 页。
② 见潘江《龙眠风雅》卷十六,《四库禁毁书丛刊》集部第 98 册,第 196—197 页。
③ 方以智《方子流寓草》卷二《侍姚仲姑母作》,《四库禁毁书丛刊》集部第 50 册,第 674 页。
④ 见汪启淑《撷芳集》卷一,清乾隆五十年乙巳(1785)飞鸿堂刻本,第 7b 页。

妇德规范以三纲五常、三从四德为核心理念,维护父系社会的家庭稳定。五四以后,便被视为束缚女性身心的沉重枷锁,而古代女性也遭到了"养而无教,禽息兽视"的评价①。

道德读本中所描述的女教规束,是否能当作事实来看待? 显然,理念规范与现实生活之间,必然有巨大的裂隙。女教书籍犹如今之德育课本,旨在进行道德伦理的教育,而非为了培养才学、开启心智。晚明而下,世家大族女子教育的内容远逾于此,闺秀"女兼士业"已经蔚然成风。清中叶章学诚《妇学》一文为随园女弟子而发,回顾整个女教历史的进程,直指唐代以下"学"与"教"分离,至清中叶妇学古义已名存实亡:"后世妇学失传,其秀颖而知文者,方自谓女兼士业,德色见于面矣。"②章学诚意在拯救妇学,引导闺人弃诗学礼,客观上却显示出妇德规范在闺人心中的地位已然遭受威胁。

事实上,清中叶的这场争论,不过是老调重弹。明末吕坤感于世风之变化,早已痛心疾呼:"妇道之衰也久矣!"③才女文化的兴起,究竟对儒家传统妇德体系带来了怎样的冲击? 搞清这一点,无疑需要深入到"四德""三从"的妇学框架内部进行探讨。

一 德、言、容、工与文学生活

《礼记》中,即已从妇德、妇言、妇容、妇功四个方面规范女性的日常行为。经过班昭《女诫》而下女教规训的具体解读,四德框架被细化到生活的方方面面,涵盖了言行举止、社会职责与价值观念的一系列规范,承载了父权社会对理想闺秀的要求。

妇德指女性的品德、道德,包含柔顺、贞静、节孝等种种品质。明清时期又首重贞节,引之为女性的立身之本。清代女性妇德的叙述往往集中于家谱、方志的节妇书写,其中鲜有诗文见于记载。在模式化的妇德书写中,隐藏的真实面孔却不为人知。才女中的妇德模范,桐城方氏一门节烈堪为表率。其代表人物方维仪的贞节书写,也在当时女性作品中最为突出。《读苏武传》、《读史》两首题旨相近的咏史作品,一简一详,皆对苏武忠君爱国的节行予以称扬,二诗的末句均以女子与男性相比:《读苏武传》在表达

---

① 《妇女杂志》发刊词二,1915 年第 1 期,第 2 页。
② 章学诚《文史通义》,上海古籍出版社 2015 年 7 月第 1 版,第 185 页。
③ 吕坤《吕坤全集》,楼含松主编《中国历代家训集成》,浙江古籍出版社 2017 年 11 月第 1 版,第 4 册第 11 页。

对于苏武的守节与苏妇的改嫁失节的褒贬中,表明了自己的取舍;《读史》末句则反问"丈夫能如此,女子安所之"①,在男性的光辉榜样前,女子当何去何从,自是不言而喻。方维仪从历史上男性先贤的垂范中寻找女性砥砺风操的动力,获得了"是有学问有气节女子之言"的赞赏②。其诗作对于自身守节六十年的甘苦,也有所吐露。赠新安吴节妇"坎坷同辛苦,薄命更蹉跎",称其妹方维则"苦节一生谁得似,孤松千尺岭头云",述自己"回首德门人称羡,我苦唯看列女传"③。通过文学写作,节妇抒发自己不为人知的心酸。而寡妇的寂寞时光,也常借助潜心文史来自我舒解。清初倡导女性创作的女诗人家族核心人物中,方维仪、顾若璞、商景兰皆一生守节,冼玉清指出女性有集流传者多为贞女寡妇,"此辈大抵儿女累少,事简意专,故常得从容暇豫,以从事笔墨也"④。因此,妇德贤淑品性与勤劳品质,往往与才女俊逸风雅的文学生活并行不悖。

　　妇容,指衣着整洁端庄,仪态婉顺。服饰为礼仪的外化表现,高景芳"未曾梳宝髻,不敢问亲安"之句,显示女性对仪容的重视,关乎对长辈的尊重⑤。对妇容的规范,旨在强调衣饰装扮合乎礼节,至于容貌美丽与否,并非关注的重点。故而尚朴黜华,要求"出无冶容,入无废饰"⑥,女子修饰过度,便有冶容诲淫之嫌。然而,世人对女性外在美的追求,实非规矩所能遏制。尤其在晚明富庶的江南地区,攀比服饰之风愈演愈烈,不论少长贵贱,皆竞趋奢华,务求精美。吕坤对明末闺人"首满娇珠,体遍壳罗,态学轻浮"的现象深感不满,其《闺范》中列举前代几位姿容出众的妇女毁容以避男子追逐的故事,又举相国孙女衣首简朴之例,批评"近世妇女,罗珠刺绣,满箧充衾,大袖长衫,覆金掩彩,互羡争学,日新月异,有甫成而即毁者。无识男子,日悦妇人之心而不足,安望以节俭率之哉! 德不如人,而衣饰是尚,家不能治,而容冶相先,皆柳夫人之罪人也。"⑦

---

①　王端淑《名媛诗纬初编》卷十二,清康熙六年丁未(1667)山阴王氏清音堂刊本,第6b页。

②　邹漪《诗媛名家红蕉集》卷下,清初刻本,第3b页。

③　依次见潘江《龙眠风雅》卷十六《赠新安吴节妇》、《楚江怀吴妹茂松阁》、《戊寅[崇祯十一年,1638]随母楚养得娣倪太夫人书赋以寄赠》,《四库禁毁书丛刊》集部第98册,第192页、第198页、第194页。

④　冼玉清《广东女子艺文考自序》,见胡文楷《历代妇女著作考》附录二,上海古籍出版社2008年8月第2版,第953页。

⑤　高景芳《晨妆》,恽珠《国朝闺秀正始集》卷八,清道光十一年(1831)年红香馆刻本,第13b页。

⑥　班昭《女诫》,楼含松主编《中国历代家训集成》,浙江古籍出版社2017年11月第1版,第1册第5页。

⑦　吕坤《闺范》,楼含松主编《中国历代家训集成》,浙江古籍出版社2017年11月第1版,第4册第11页。

这一言论并不夸张。武林贤嫒顾若璞亦曾指出当时的风气："哀今之人，修容饰襟。弗端蒙养，有愧家声。"①晚明社会张扬个体、正视人欲的氛围之下，许多文人不再遮遮掩掩地欣赏女色，而是大谈色艺的重要性。李渔甚至从男性审美的角度指点女性化妆技巧，坦言"所谓修饰二字，无论妍媸美恶，均不可少"②。这类言论，无疑助长了重容饰的氛围。而明末闺秀诗篇中，也有刻画女性美貌的倾向。叶氏闺秀与山阴祁氏闺秀的创作，就表现得较为突出。出身望族的苏州诗嫒吴绡走在潮流前端，时人称其"艳妆浓裹"，逢佳日与女奴十余人登临游赏，"观者如堵墙，色不一动"③，几有荡检逾闲之嫌。

妇功，即纺织女红、酒食中馈之事。这是对女性家庭职责的规范，通过《女诫》及历代女教书中勤俭持家、纺织谋生的典范事迹，将"操"、"俭"、"勤"树立为每个女性不懈努力的目标。在男耕女织的分工模式中，纺织一直是普通百姓收入的重要来源，女教书籍总是再三强调妇女纺织的重要性，"女惰则机杼空乏"④，悠闲怠惰会致使家道中落，于社会无益。

对明清时期的世家大族而言，妇女纺绩不休来维持家庭经济已无必要，王慧"朱门寂寂无些事，指点青鬟拂素尘"诗句所展现的养尊处优的生活，成为大部分闺阁生存景况的写照。沈宜修《夏初教女学绣有感》历数自己十三岁学绣，十五岁学吹箫，和女伴荡秋千嬉游的景象。印象最深的，不是紧张忙碌的功课与职责，而是"春风二十年，脉脉空长昼"的悠闲与寂寥⑤。女红刺绣已不再仅仅被视为妇女的基本职责，而是与诗书琴艺并列，转化为艺术生活的重要组成部分。以刺绣名家的倪仁吉，也是最著名的女画家之一，诗歌亦臻妙境。其女红造诣，可以涵养妇德，陶冶性情，是闲暇时光的消遣。

在这一时期的才嫒笔下，对文学艺术活动的书写远远多过纺织刺绣等妇女本职活动。陈皖永《小窗》书写自己生活状态："小窗宜静坐，竟日不开帘。破闷书千卷，同愁镜一奁。"⑥借读书千卷，来破除烦闷、消磨时光。王慧回忆自己幼时的情景，称母亲常率领诸弟妹，"或花前拈韵，或月下联

① 顾若璞《卧月轩稿》卷二《延师训女，或有讽者，故作解嘲》，清顺治八年辛卯（1651）黄灿、黄炜卧月轩刻本，第2b页。
② 李渔《闲情偶寄》卷三，上海古籍出版社2019年4月版，第226页。
③ 清代无名氏《研堂见闻杂记》，《台湾文献史料丛刊》第五辑第98册，第57页。
④ 徐氏《内训》，楼含松主编《中国历代家训集成》，第3册第1587页。
⑤ 沈宜修《郦吹》，叶绍袁《午梦堂集》，中华书局1998年11月第1版，第2页。
⑥ 陈皖永《素赏楼稿》卷一，民国抄本。

吟"，娓娓引导，奖借劝勉，故"春朝秋夕，未尝虚度"①。这与前及女诗人家族的情景十分相似。金宣哲《思亲》也为闺中少女接受教育提供了一例样本：

> 弱龄处深闺，父母最有恩。命我近笔墨，经义为讲论。占易识大象，习礼明周官。诗列右丞席，文窥昌黎藩。女红既弗责，所得惟古欢。②

父母引导其"近笔墨"而并不督促其从事"女红"，二者在其心目中的地位显而易见。对闺中女子而言，经史诗书也比枯燥的针线活更具吸引力。尽管女教规训督促女性勤习女红，但许多闺阁中人只是在口头上表达对女红的尊重，内心却"厌而弃去"③。清代有数千女性以诗人、学者与画家的身份著称，专以刺绣名世者则"罕觏其人"。方秀洁《女性之手：中华帝国晚期及民初妇女日常生活中作为一门知识的刺绣》将女红视为清代女性接触的诸多技艺其中的一种，指出关于刺绣的写作在明末清初两部总集——钟惺《名媛诗归》与王端淑《名媛诗纬初编》中较为少见，清后期总集《国朝闺秀柳絮集》收录更多，认为到这一时期作诗与刺绣这两种习行才开始结合起来④。实际上，明末清初总集女性描写刺绣诗篇的稀少，或许与这一时期才女对女红的态度有关。上节所列明末几大女诗人家族的核心人物，方维仪、顾若璞、商景兰皆被视为一代贤媛之表率，以名德见重于世，但其家庭文学创作中，皆没有关于刺绣的交流。方维仪还被时人称为"以文史代织纴"⑤。不仅如此，一些开明的家族甚至公然扬言摈弃女红。屠隆为其女儿与媳妇诗文辑集出版，序中道："刺凤描鸾，并非其好；雕龙绣虎，各擅其长。"⑥徐媛认为女红妨碍作诗，必须摒弃。王端淑亦少好男儿装，"不屑事女红"⑦。徐昭华"幼不喜针刺，……略习辍去"⑧。这股蔑视女红的潮

---

① 王慧《凝翠楼诗集》卷一，清康熙四十七年戊子(1708)刻本，第5b页。

② 见汪启淑《撷芳集》卷二十四，清乾隆五十年乙巳(1785)飞鸿堂刻本，第19a页。

③ 王端淑《名媛诗纬初编》卷八，清康熙六年丁未(1667)清音堂刻本，第3a—b页。

④ 张国刚、余新忠主编《海外中国社会史论文选译》，天津古籍出版社2010年6月第1版，第213页。

⑤ 钱谦益《列朝诗集小传·闰集》"姚贞妇方氏"，上海古籍出版社1983年10月新1版，第736页。

⑥ 屠隆《留香草序》，见胡文楷《历代妇女著作考》卷六，上海古籍出版社2008年8月第2版，第173页。

⑦ 王端淑《映然子吟红集》卷首丁肇圣序，日本内阁文库本，第1a页。

⑧ 毛奇龄《西河集》卷六十四《传是斋受业记》，《景印文渊阁四库全书》第1320册，第578页。

流,或许源于社会对女性才学的推崇,当世风气遂以通晓百家技艺为高,以不事女红为时尚。

通过女性的自我记录,可以观察到晚明以下女性妇德、妇容、妇功的日常实践,与女教规范之间的未尽密合之处。其中对四德框架震动最剧的,当是晚明而下士族女性"以文史代织纴"的潮流。当文学艺术取代女红,成为闺秀日常生活的重心,有识之士已经预料到其将遭遇的批评,将其纳入到"妇言"的范畴之中,试图在传统妇德规范之内为其寻求合法性。

开明人士对女性创作的一般看法,是上溯《诗经》作为历史依据,并将"妇言"作为妇道的重要组成部分。顾若璞为女儿延请老师,被一位老媪讽刺,遂作诗为自己辩护。诗中上引古代贤媛为例,提出自己对于妇德的理解:"人生有别,妇德难纯。讵以闺壸,弗师古人。"她认为勤于学习可以辨明三从四德,有利于"斧之藻之,淑善其身"①。因此,通过强调诗书在培育道德上的作用,捍卫学习诗书的合理性。顾若璞为作诗找到了理想的定位:

> 妇德兼妇言,古识之矣。《卷耳》之什,首列风人,未见逾节,柳絮单词,流耀千载。②

妇德与妇言兼擅这一提法,不仅将文学创作列入"四德"之一,还提升到与"妇德"并重的地位。在古代的德才之辨中,道德一向有着毋庸置疑的权威,而"才"在儒家文化的框架内是受到压制的,不论男女皆是如此。自班超《女诫》"妇德不必才明绝异也"一语③,就已奠定了古代女性以妇德为主的教育目标。对于"妇言"这一有意的曲解,不啻将女性的文学生活套上了女教这一合法的外壳,传统四德框架下的各种规范,实已面临被架空的趋势。康熙时期的文人,还就此观点进行发扬,将三不朽中的"立言",附于女教中,与妇德、妇功并举,作为支持女性创作的幌子,林以宁、王慧、吴永和等康熙女性名家的诗集序言中,无不强调"立言"的重要性。"立言不朽"不仅成为女性创作的内在动力,还充当了女性作诗的保护伞。与明末叶绍

---

① 顾若璞《卧月轩稿》卷二《延师训女,或有讽者,故作解嘲》,清顺治八年辛卯(1651)黄灿、黄炜卧月轩刻本,第 2b 页。

② 顾若璞《闺晚吟序》,见胡文楷《历代妇女著作考》卷六,上海古籍出版社 2008 年 8 月第 2 版,第 182 页。

③ 班昭《女诫》,楼含松主编《中国历代家训集成》,浙江古籍出版社 2017 年 11 月版,第 1 册第 5 页。

袁为女性树立"德、才、色"三不朽的做法相比，依附于"妇言"而强调"立言"，无疑更具有权威性。

有支持者，必有反对声，从这一时期反女才言论的代表观点来看，保守人士抵制女才的理由，皆聚焦于女才对妇德带来的威胁：一是女性之职在于理家政，多读书对妇功并无益处。如陆世仪认为女性可以识字而不能教其知书义，因为识字可以理家政，治货财，代夫之劳，而知书义并无所用。二是女子有才情，多写艳语淫词，伤风败俗。如归有园、周亮工均认为妇女识字等同于诲淫。三是直接强调德重于才，这种观点，常常导向片面抬高妇德的偏激言论。据学界考证，民间流传"女子无才便是德"的反才之论，也兴起于明末①，最早见于陈继儒和冯梦龙书中的引用。关于"女子无才便是德"的论辩，已经较多的研究成果②，讨论的焦点主要集中在清中叶章学诚与袁枚的一场辩论。反对女性著书者不提倡女性读书识字，试图回归到传统妇德的内在要求，其观点不免有顽固不化之处，由此引发的讨论，遂使才德关系成为女性创作的首要议题。明清女性诗集编著者多倡导德才兼重、才不妨德。明末梁小玉《古今女史》中宣称"才不妨德"，附议者众。吴本泰为顾若璞《卧月轩稿》作序开头云："文章、节义，俱属不朽盛事。然历选八代，须眉丈夫罕或兼擅，况侪闺阃笄縰乎？女子之正，无非无仪。苟缔句绘词，与文士争伎俩抑非阃职所宜矣，然不可谓文辞遂妨于节行也。由来黄鹄鸣哀，青陵矢志，节行且弥增其光烈焉。然则女子又何必不以诗著乎？"③这段话同时又见于吴琪《诗媛名家红蕉集序》，仅个别字句有出入，若按撰写时间来看，吴本泰此序作于吴琪之前，因此《卧月轩稿》行世后，吴琪沿用此说法的可能性较大。吴琪序文中除了力争文辞不妨于德行，还进一步对有德无才者持否定的态度：

> 抱贞静之姿者，尽不乏批风叹月；具挑达之行者，或不解赋草题花。彼有大节，或渝而借口一字不逾阃外，其视集中诸夫人相去何

① 陈东原《中国妇女生活史》，上海文艺出版社 1928 年 1 月第 1 版，第 189 页。

② 可参看刘咏聪《中国传统才德观及清代前期女性才德论》，见其《德·才·色·权：论中国古代女性》，台北麦田出版社 1998 年版，第 165—251 页；孙康宜《文学经典的挑战》《女子无才便是德？》，第 268—291 页。鲍震培《清代女作家弹词研究》第一章第三节《才德争论的性质与结果》，南开大学出版社 2005 年 8 月第 1 版，第 45—60 页。刘丽娟《女子无才便是德考述》，见其《性别平等与文化构建》，社会科学文献出版社 2012 年 7 月第 1 版，下册第 696—706 页。

③ 顾若璞《卧月轩稿》卷首吴本泰《刻集纪言》，清顺治八年辛卯（1651）黄灿、黄炜卧月轩刻本，第 1a—1b 页。

如也。①

这句话后来又被桂莘女史《奁制续泐序》原封不动地加以引用，可见其在女性创作支持者之间的共鸣。虽然开明人士声称才德并重，但内心对空有妇德而无才华者实不以为然，对才女的妇德要求也相应宽容。第二章所举闺秀逾越性别之防，与外界男性社交唱和，已见一端。当时被世人推许的著名才女中，就有载笔朱门，"微近风尘之色"的黄媛介，更有不守妇道的改嫁女子周琼，"风流放诞"的吴琪②，以及婚后"有放荡之行"的吴绡③。理学家气急败坏，认为才女作诗"诲淫"，恐怕也并非全然是欲加之罪。

然而，在晚明才女文化崛起之际，正统人士为了捍卫礼教，反对女性读书以防微杜渐的呼声，并没有起到实际的效果。到清中叶才女的阶层、范围不断扩张，随园女弟子群活动开展得如火如荼，章学诚目睹这一情况，痛心疾首地抨击，则为时已晚。在清代闺秀女兼士业、开启心智的大潮中，反对派的言论或不合时宜、或流于偏激，往往不攻自破。就像方秀洁所指出的，章学诚在批评同时期的妇学时，并没有为女性如何施展才华提供明确的主张④。在女子获得与男子相近的才华，却不能同男子一样建立事功的时代，其逸出贤妻良母之外的价值追求，只能施展于文学艺术的领域。章学诚只注目于才女文化与女德规范两者之间的矛盾，规劝女性两害相权取其轻，放弃诗文、退回闺阁，这种极端言论显然不具有可行性，也遭到同时期女性针锋相对的论辩，并引《诗经》作为女子声音的尚方宝剑。反而是支持者的观点相对执中，他们依附经典、将女性才华纳入到四德框架之中，强调才华与妇德的统一性，在赋予才女合法地位的同时，也无损妇德的权威。

当落后的秩序规范与现实的人情物理相悖时，必然要经过自我调整，才能重新为世人接受。长期以来，各种家谱、方志多致力于表彰妇女的贞节、孝行，而晚明以后，也将卓有才华的女性纳入了颂扬的行列。倪仁吉之侄倪一膺作《淑媛凝香主人传》，将倪仁吉事迹、作品记录在倪氏家谱中，在古代女性普遍不入本族家谱的情况下，这种做法无疑打破了惯例。《明清

---

① 邹漪《诗媛名家红蕉集》卷首吴琪序，清初刻本，第5a—5b页。

② 王士禄《宫闺氏籍艺文考略》卷九，载夏剑丞主编《艺文杂志》1936年第6期，第6页。

③ 见清代无名氏《研堂见闻杂记》，《台湾文献史料丛刊》第五辑第98册，第197页。熊晓晓《吴绡与〈赠药编〉研究》考述吴绡与苏州才子陶世济私通始末，可参考。浙江大学硕士学位论文，2012年5月。

④ 曼素恩《章学诚的〈妇学〉——中国女性文化史的开篇之作》，伊沛霞、姚平主编《当代西方汉学研究集萃·妇女史卷》，上海古籍出版社2012年9月第1版，第200页。

浙江地方志中的才女书写》一文认为明清方志编纂中收入大量才女的事迹，目的在于满足一族之文化诉求，彰显一地之人杰地灵的需要而已，是儒家社会性别体系颇具弹性和生命力的绝佳注脚①。诚然，作为官方意识形态的儒家思想确实有极强的适应能力，面对异端思想的潜滋暗长，依然可以纳入固有的理论体系之内。但另一方面，传统女教也在不断对新潮流的妥协中改变了本来的形态。鼓吹才不妨德、妇德与妇言兼重，实默许了女性在贤妻良母之外的价值追求，与涉足文学领域相应的身份拓展、社会交往与空间转换也随之而来。女诗人萌动了的生命意识，一方面受到儒家思想的影响而转化为立言不朽的追求，一方面又在儒家伦理道德的桎梏中迂回曲折。从晚明开始，追求自我与逾越规则的两难伴随着女诗人挣扎前行，而女性在夹缝中获得更自由的空间，却是不可阻挡的大势。

二　父、夫、子与母教传统

"四德"约束了女性以家庭为核心的日常生活与价值追求，而"三从"则规范着女性与男性之间关系模式。"未嫁从父、出嫁从夫、夫死从子"，旨在定义女性相对于男性的附属地位，实现男尊女卑的父权统治。

尽管正统人士一直喋喋不休地强调男性在各方面的统治地位，但在现实生活中，女性才是家庭事务的掌控者。陈翠英《世情小说之价值观探论：以婚姻为定位的考察》中，认为小说中主持家政的女性，通过"男性化"来颠覆男尊女卑的父权制。这一结论表明，传统的内外之别落实到实践中，女性可以用迂回的方式形成父系而母权的格局。清代小说戏剧出现的悍妇形象，也在一定程度上体现出当时惧内男子与妒妇的流行。《婚姻中的乾坤倒置——十七世纪中国文学中的泼悍之妇与惧内之夫的形象》一文，通过罗列晚明而下的悍妇言论，指出这些作品是一种新的社会现实的反映，文学作品中对妻权统治的戏剧性的夸大，为的是造成轰动效应，并对偏离男尊女卑之性别规范的夫妇起到说教作用②。清人史缙臣甚至放言"妇人女子，明三从四德者，十无一二"③，认为对于蛮横的泼妇，女箴劝之无用，需如男子般绳以律例。这些言论针对时弊而发，无疑包含了相当多的社会实况。在伦理课本与生活实践之间，显然存在着未尽弥合的空间。

---

①　徐鹏《明清浙江地方志中的才女书写》，《浙江社会科学》2013 年第 2 期，第 140 页。

②　张国刚、余新忠主编《海外中国社会史论文选译》，天津古籍出版社 2010 年 6 月第 1 版，第 172 页。

③　史搢臣《愿体集》，见《五种遗规》，经纬教育联合出版部 1935 年 8 月第 1 版，第 40 页。

　　明清之际,才女与文士的结合,还产生了一种闺房学舍式的新型夫妻关系。陈之遴与徐灿、李元鼎与朱中楣、钱肇修与林以宁皆是清初典型的唱和夫妻,笔下诗词多同题之作。李元鼎、朱中楣二人的唱和作品还结成专集《文江唱酬》一集,"盛行于世"①。祁彪佳与商景兰有金童玉女之目,两人在寓山园中,一起读书读经、乘舟赏月、游园观梅、偶尔小酌,共享生活情趣。祁彪佳终身未纳妾媵,对商景兰敬重有加。与此同时,商景兰也拥有自己的女伴往来圈子和相对独立的空间。葛征奇与继室李因均能诗擅画,二人常于花晨月夕,"分阄角韵,甲乙铅黄。意思相合,便拍案叫绝,率以为娱"②。陈维崧在《妇人集》中称黄永与浦映渌"伉俪最笃",被其友人戏称"爱玩贤妻,有终焉之志"③。这些为时人称道的佳话体现的平等尊重、风雅唱随式的夫妻关系,无疑是清初才子佳人小说所描述的理想婚姻的现实范本。

　　知识女性对女主内、男主外的关系,也有自己的理解。在她们看来,男性漫游在外、博取功名,为家族带来经济来源;女性主持家事,是维持家庭正常运转的不可或缺的存在,二者之间同样重要。朱柔则《寄远曲》四首,一方面理解夫君奔波在外的辛苦,"栖燕将雏苦,征鸿失侣寒,"一方面也述己治家之艰辛,"居家与行路,同是一艰难",后人评之"于委婉中见气节,于规讽中见性情"④。林以宁《寄外燕都》则对丈夫所执着的功名利禄不以为然:"此去将何为,黄金台上客。振翮起蒿莱,千里自挟策。文章显当世,声名久赫奕。富贵不足慕,寸阴真可惜。"⑤当其得到夫子登榜后所寄家书,称明年春若不得第,就返棹西湖,诗人甚至促狭地写道:"不是深情因伉俪,肯期失意早归来。"⑥其《积雨》一诗述自己"寝食经史间","幽思彻太玄",浸淫经史、悠游闲暇的生活,末句与男性相比,"蹙蹙鄙须眉,惟事俛仰间"一语⑦,还流露出女性对功名之不屑。当男性深陷宦海风波不能自拔之际,一些闺人还劝丈夫回归于家庭,对其进退出处的抉择起到关键的作用。

　　世家大族对于母教的重视,也提升了知识女性在家庭中的影响力。何秉棣《明清社会史论》指出唐代科举制度化以来,各个阶层的密封性被打

---

① 陈维崧《妇人集》,《清代闺秀诗话丛编》本,凤凰出版社 2010 年 4 月第 1 版,第 36 页。
② 李因《竹笑轩吟草》卷首,辽宁教育出版社 2003 年 3 月第 1 版,第 5 页。
③ 陈维崧《妇人集》,《清代闺秀诗话丛编》本,凤凰出版社 2010 年 4 月第 1 版,第 1 册第 16 页。
④ 阮元《两浙輶轩录》卷四十,《续修四库全书》第 1684 册,第 478 页。
⑤ 林以宁《墨庄诗钞》卷一,清康熙刻本,第 8b 页。
⑥ 林以宁《墨庄诗钞》卷二,清康熙刻本,第 15b 页。
⑦ 林以宁《墨庄诗钞》卷二,清康熙刻本,第 15b 页。

破,阶层的上下流动不断增加,到明清时期,有各种制度化与非制度化的管道助长寒微人士向上层社会流动,但只有很少数的制度化措施阻止成功家庭的长期向下流动,因而"赋予社会地位高度的竞争性"①。于是,教育与财富同为决定社会地位的主要因素。对世家大族而言,母教直接影响后代的才能与成就,维系着门祚的兴衰。而她们竞争力的来源,是经史诗书等与男子相同的系统化教育。

知识女性课儿教子的细节,可以从她们所作的教子诗篇中一探究竟。教子诗是清代女性创作的一大特色,凝结着她们在母亲角色中获得的人生经验与智慧,对其教育子女的心理状态、现实条件、方法与成效均有不同程度的展示。在许多家庭中,男性长期宦游在外,传承风雅便成为女性的责任。有识见的女性,深知子女教育对家庭的意义,往往为了课子成材,付出全部心血。钱凤纶在《示钊儿》中对儿子谆谆教诲,命其"藻躬道德,漱润诗书",担忧其学无所成而引咎自责:"是以汝学问未深,怀抱未广,吾之过也。"②在社会阶层流动频繁的明清社会,寒家子弟少承母教、及第显荣的不乏其例,显示知识女性对改变家族命运的关键作用。尤其是早年丧夫的寡妇,一面含辛茹苦维持家计,一面日夜课子读书成名,在一些世家大族兴旺的早期,常可以看到这样的模式。顾若璞之于寓林黄氏,便是如此。长洲女诗人严乘的《课子夜读》,展示了一个更为艰苦的境况。严乘字御时,博通经学,嫁入郑家后,相继遭遇丈夫、继子离世,只剩下一个遗孙郑栋举,与其相依为命。严乘遂将所有希望寄托在孙子身上,在"孤灯影伴三更月,勤读声随五更机"中度过漫长岁月,期待其能重振门楣,"他日学成安出处,锦衣不与换斑衣"③。在祖母的陪伴下,郑栋举日夜苦读,不敢有游嬉之心,终在康熙四十七年戊子(1708)举经魁。

博学多才的母亲在抚育子女的过程中,不仅有知识的授予,亦有兴趣的濡染、品行的渗透,在子女的人生航向中充当导师的作用。柴静仪是康熙时期蕉园诗社的主要成员之一,以诗名世。日课其子沈用济读书,晓之以"外侮旋复来,内忧方未已"的境遇,敦促其为家族兴衰而努力。当沈用济仕途失意时,则作《长子用济归自粤中,诗以慰之》:"君不见,侯家夜夜朱筵开,残杯冷炙谁怜才？长安三上不得意,蓬头鬓面仍归来。呜呼！世情

① 何秉棣《明清社会史论》,联经出版事业股份有限公司 2013 年 12 月第 1 版,第 317 页。
② 钱凤纶《古香楼杂著》,清刻本,第 17a 页。
③ 恽珠《国朝闺秀正始续集》卷一,清道光十六年丙申(1836)红香馆刻本,第 14a 页。

日千变,驾车食肉人争羡。读书弹琴聊自娱,古来哲士能贫贱。"①面对科举之途的日趋狭窄,仕途不顺成为士家子弟的常态。柴静仪肯定儿子的才华,鼓励其毋汲汲于功名,安于贫贱以诗书自娱。沈用济最终虽未能出仕,却同母亲一样以诗名著称。这首诗中语重心长的人生教导,也令沈德潜颇有感发,评价云:"立身一败,万事瓦裂,皆由不能贫贱之故,贫贱中正可磨炼人品也。能贫贱他日即能富贵矣。学者宜三复斯言。"②

传统孝道赋予了母亲在子女心中的威严,知识女性更凭借母教树立女性在家族精神文化上的权威。而在父女关系中,才华出众的女儿常常深得父亲的器重。王端淑受到父亲王思任欣赏,有"生有八男,不及一女"的言论。男性可以建功立业,光耀门楣;以才学名世的女儿,则在婚姻市场中受到追捧,成为家族荣光。能诗擅文的女性,可以用诗文与父亲进行深层交流,委婉地抒发自己的主张。吴柏《与父书》,便为自己作诗而辩解呈情。王慧之父王发祥常年宦游在外,汲汲于仕途,引起了女儿的忧虑,频频作诗劝谏。"频年息意故园薇,又指东华理客衣。自是周颙家累重,不容何点宦情微。羊肠早历途仍险,鸡肋曾尝味本稀。人事艰难相促迫,初心莫叹出山违。"③对士大夫文化的浸染,显然有助于女儿站在父亲的立场与处境看待问题,并从共聚天伦、和睦亲厚的情感出发,对仕途不顺的父亲进行劝慰。《壬寅[康熙元年,1662]春初家大人归自都门志喜二首》其二,历数老父归家后之情状:

> 容易风霜归腊后,依然儿女话灯前。解包笑索馀铅黛,垂橐羞看剩俸钱。④

这首诗还原了一个父亲回到家中的场面。女性细腻柔婉的天性,使她们更擅长于人伦亲情的点滴表达。因而笔下的家庭生活,往往温馨素朴、亲切动人,在细节的采撷、语言的剪裁、情感的把握上均有独到之处。

作为父系家族中的重要一环,才女出身文化世家,在培养优秀后代上发挥重要的作用,因而受到了更多的倚重与欢迎。女性之职,虽被规定侍亲、相夫、教子,但与父、夫、子之间,无论在物质还是精神上,应该相互尊

---

① 胡孝思《本朝名媛诗钞》卷二,清康熙五十五年庚戌(1716)凌云阁刻本,第4b—5a页。
② 沈德潜《清诗别裁集》卷三十一,中华书局1975年11月第1版,下册第566页。
③ 王慧《凝翠楼诗集》卷一《丙午[康熙五年,1666]仲春送家大人北上》,清康熙四十七年戊子(1708)刻本,第12a页。
④ 王慧《凝翠楼诗集》卷一,清康熙四十七年戊子(1708)刻本,第4a页。

重,而非一味地妥协、隐忍,沦为附庸。毕竟在伦理规范之外,还有家族、才华、品性等诸多现实因素的平衡,更有源自天性的亲情与温情,可以消解外在的规范与桎梏。女诗人对家庭的书写,也以细腻感情的笔触展开了一幕幕人伦亲情的鲜活图画。

第三节　女子作闺音：闺阁本色的重塑

由于男性作者对女性世界的隔膜,传统闺阁诗的创作形成了类型化、程式化的倾向,造成了世人对闺阁题材的两种根深蒂固的陈见：

一是受《香奁诗》、《花间集》的影响,将闺阁诗与香奁、艳情诗等同,以脂粉气作为闺阁诗的弊端。李东阳《麓堂诗话》曰："咏闺阁过于华艳,谓之脂粉气。"①对"脂粉气"的排斥,是针对男性文人对女性充满情欲审视的香奁、艳情之作而发,与女性自身的创作并无关系。但是,批评者常常将两者混为一谈,雷缙在《闺秀诗话》评论道："闺阁诗即佳甚,亦多脂粉气",接着他举出了一句"有情芍药含春泪,无力蔷薇卧晚枝"作为例证②,用的是男诗人秦观的创作,批评的却是"闺阁诗"。

二是受文人"写怨夫思妇之怀,寄孽子孤臣之感"的抒情传统影响,将男性代言的弃妇、思妇、怨妇的形象投射到女性群体身上。从屈骚"香草美人"比兴寄托、曹植《美女篇》开始,后世文人常常戴上女性的面具,抒发仕途失意带来的幽约怨悱无法自言之情,并将情感转嫁给笔下的女性。女性的情感生活遂被限定为以男性为中心,形象则被固定为男性依附者和从属者。

这些观念皆疏离了女性的真实面目,却被视为女性文学情感的主流和特质。直到今日,依然影响着大部分人的认知。晚明才女文化兴起之后,富于使命感的才女群体便展开了重塑闺阁传统的努力。不仅逾越闺阁之限,拓展价值空间;对闺阁内部生活的自我书写,亦有开辟新域的作用。

一　"林下风"兼"闺房秀"

晚明而下女性创作的兴起,是否改变了世人对闺阁特质的认知？从时人对女性创作的评价和感受,可以得到肯定的答案。在对女性作品的具体

① 丁福保《历代诗话续编》,中华书局 1983 年 1 月第 1 版,下册第 1384 页。
② 雷缙《闺秀诗话》,《清代闺秀诗话丛刊》,第 2 册第 1160 页。

评价中,绝少出现脂粉气的批评。从《名媛诗归》开始,女性诗作便被视为"清"的审美趣味的实践者。与之相关的,是"林下风"的印象式点评盛行一时,广见于各类总集选本之中。如阎素华"罗罗赢秀,孤情绝照,绰有林下风矣"①,吴琪"潇洒淑郁,有林下风"②,黄之柔"其为林下之风盖不在王夫人之下矣"③。还有不少评论将"林下风"与"闺房秀"结合起来。卞梦钰诗作"不染香奁陋习,洋洋洒洒闺中之秀而带林下之风矣"④,李因"虽云彤管丽娟,特饶林下风气"⑤,陈结璘"以道蕴林下之风迈少君高世之行"⑥,吴永和"固不徒玉映冰清,有林下风而已"⑦,等等。

"林下风"兼"闺房秀",与明末清初女性清丽脱俗的创作面貌相应,代表了清初批评家对一种新型闺阁传统的审美体悟。探究其内涵,要溯源至《世说新语·贤媛》:"王夫人神情散朗,故有林下风气;顾家妇清心玉映,自是闺房之秀。"书中以林下风与闺房秀对举,强调的是二者间的差异。以"闺房之秀"来指称传统意义上的闺房贤媛,用以映衬"林下风"的叛逆色彩。余嘉锡先生笺疏云:"林下,谓竹林名士也。……此言王夫人虽巾帼,而有名士之风。言顾不如王。《晋书列女传》所载道韫事迹,如施青绫步障为小郎解围,嫠居后见刘柳与之谈议,皆足见其神情散朗,非复寻常闺房中人举动。"又引其《拟嵇中散诗》一诗评云:"居然有论养生服石髓之意,此亦林下风气之一端也。道韫以一女子而有林下风气,足见其为女中名士。"⑧可见,林下风来源于竹林之游的名士风度,代表了自由放旷、超越世俗的魏晋精神。谢道韫负飘逸风流的咏絮才、独立自主的见识、萧散疏野的审美,堪称魏晋风流在女性中的杰出代表。

因此,"林下风"蕴含的初始意义,实为蔑视礼法、萧散旷达的竹林名士风度。经过谢道韫的代言之后,在后世被更多地用在女性身上,成为一个女性化的词汇。虽然它有时仍然被单纯引为魏晋风度的审美体现,如苏轼的"一点无俗气,相期林下风",董其昌的"莽莽苍苍,有林下风",指一种清

① 陈维崧《妇人集》,《清代闺秀诗话丛编》本,凤凰出版社 2010 年 4 月第 1 版,第 1 册第 40 页。
② 吴琪《吴蕊仙诗》卷首邹漪小引,清顺治十二年乙未(1655)邹氏翼宜斋刻《诗媛八名家集》本,第 1a 页。
③ 徐釚《词苑丛谈校笺》卷九《纪事·四》第五十二条,人民文学出版社 1988 年 11 月第 1 版,第 564 页。
④ 徐树敏《众香词·射集》"卞氏"条,台北富之江出版社 1997 年 1 月第 1 版,第 23 页。
⑤ 李因《竹笑轩吟草》卷首,辽宁教育出版社 2003 年 3 月第 1 版,第 2 页。
⑥ 徐树敏《众香词·礼集》"陈璘"(陈结璘)条,台北富之江出版社 1997 年 1 月第 1 版,第 10 页。
⑦ 吴永和《苔窗拾稿》卷首,清雍正三年乙巳(1725)刻本,第 1a 页。
⑧ 余嘉锡《世说新语笺疏》卷下之上《贤媛第十九》,中华书局 2007 年 10 月第 2 版,中册第 798 页。

旷脱俗的审美趣味。但更常见的，是指向谢道韫咏絮才的典故，用"林下风"来称赞能诗的才女。晚明以后，这一用法尤其盛行，凸显了"林下风"的女性特质。《林下词选》、《林下雅音集》、《林下风清集》的命名，皆以之指代女性创作。林以宁"翩翩林下旧知名。携来花外，共订文盟。牙签同检韵。写新词，字字轻清，还与丰标称"套曲①，就援引"林下风"典故，来写女性拈题分韵、作诗唱和的风雅韵事。

颇有意味的是，"林下风"在清代还被引入女教课本，用于四德规范的诠释。清人徐士俊《妇德四箴》中的"妇言"称：

男唯女俞，礼分内外。长舌阶厉，雅诗深戒。林下风清，厥惟应对。不逾闺阈，专警士昧。②

这里以"林下风清"来要求"妇言"，无疑默许了女性涉足风雅，将文才也纳入了妇言的范围。清，是与古典艺术的终极审美理想相联系的一种趣味③，体现在仪表、风度、语言、操行、诗境等各个方面。其清洁自守的意涵，与传统女性妇德观念中"清闲贞静、守节整齐"的气质规范相契合④。同时，心境之清，又是诗人进行审美观照的前提。在《名媛诗归》的编者眼中，闺中女子远离仕途，幽居深闺，清贞自守，正是符合"清"之趣味的理想诗人："然之数者，本有克胜女子者也。"⑤"林下风清"这一表述，融合了品行操守、文才修养的双重要求，可以说是在清代闺中才女群体基础上对闺秀风范的重新定义。

对明清之际的女性作者而言，她们更容易接受、欢迎"林下风"的评价，除了着眼于其咏絮才的典故意义、清新脱俗的审美趣味与内在的叛逆色彩之外，还有助于破除世人对闺阁诗多脂粉气的陈旧观念。这一时期的才女们，往往旗帜鲜明地反对脂粉气、香奁气，并不承认男性所好尚的艳情传统，是女性的真实话语。吴绡《女君子行》序中就指出："吴中刻闺秀诗，多脂粉轻薄之辞，非女子之言也。"⑥王端淑还告诫"女子不可作绮语艳辞，予

① 林以宁《墨庄诗钞》，清康熙刻本，第20a页。
② 徐士俊《妇德四箴》，台湾新文丰出版公司《丛书集成续编》，第62册，第69页。
③ 蒋寅《古典诗学中"清"的概念》，《中国社会科学》2000年第1期，第146页。
④ 班昭《女诫》，楼含松主编《中国历代家训集成》，第1册，第5页。
⑤ 钟惺《名媛诗归》卷首自序，《四库全书存目丛书》集部339册，第2页。
⑥ 吴绡《啸雪庵诗集·二集》，《四库未收书辑刊》第7辑第23册，第137页。

已言之再四矣"①。女性身处闺阁,极易为香艳诗风所波及。而那些获得林下风之评价的才女,往往成功刷新了世人对闺阁诗的印象,如王炜"林下风兼闺房秀,博学敦古,诗多名句,顾伊人称为笄帏中道学宿儒,不当以香奁目之"②。卞梦钰"其诗不染香奁陋习,洋洋洒洒闺中之秀而带林下之风矣"③。黄媛介"潇洒高洁,绝去闺阁畦径"④。当代论者或以为女性排斥脂粉气,是对自身闺阁特质的贬抑⑤,却忽略了脂粉气这一批评话语产生的历史语境及内在意涵,将男子作闺音传统中对女性物化、艳情化的描写,直接等同于女性创作的特质。明末清初闺秀反对绮语艳词、矫枉过正,是其性别意识的体现,也包含了闺秀阶层的身份意识与道德优越感。当她们登上诗坛,获得立言传世的机会,便意欲廓清这些被定义与被书写的女性假象,凸显被遮蔽的真实自我,"林下风"与"闺房秀"的结合,正是她们重新阐释自我的途径。

二 "天地灵秀钟女子"

"天地灵秀钟女子"的话语,从明末开始流行,广见于各类女性诗集序跋之中⑥。这一话语,也代表了文人世界对女性创作特质的整体印象。从"非以天地灵秀之气,不钟于男子;若将宇宙文字之场,应属乎妇人"⑦,"宇宙清淑之气,泄为文章"的表述可见⑧,所谓"灵秀"、"清淑"之气,可以理解为诗文的代称。"天地灵秀钟女子",意即女子的才情胜过男子。"同秋社"四十二位男性文人联名为王端淑《映然子吟红集》所作的小引,就有直接的表述:"吾辈窃叹,当世之才,不钟之轮菌之士,而钟之妆镜之窟,相与搁笔

---

① 王端淑《名媛诗纬初编》卷五"李玉英"条,清康熙六年丁未(1667)山阴王氏清音堂刻本,第 4a 页。

② 邹漪《诗媛名家红蕉集》卷上"王炜"条,清初刻本,第 11b 页。

③ 徐树敏《众香词·射集》"卞氏"条,台北富之江出版社 1997 年 1 月第 1 版,第 23 页。

④ 姜绍书《无声诗史》卷五"黄媛介"条,《无声诗史·韵石斋笔谈》本,华东师范大学出版社 2009 年 11 月第 1 版,第 110 页。

⑤ 花宏艳《脂粉气问题与女性文学审美的近代转变》,《海南大学学报》2012 年 8 月,第 47 页。

⑥ 如卫泳《悦容编》、徐仲容《络纬吟题词》、葛征奇《续玉台文苑序》、许兆祥《名媛诗纬序》、孟称舜《丁夫人传》、邹漪《诗媛名家红蕉集》自序、王士禄《宫闺氏籍艺文考略》等等,均称"灵秀之气"(或称"清淑之气"、"英灵之气")钟于女子而不钟于男子。这一话语,在小说中也十分常见。如"三言""二拍"、《西湖二集》均用类似的表述,对通诗书文墨的女子予以赞扬,到《红楼梦》中借宝玉之口而发扬光大。

⑦ 葛征奇《续玉台文苑序》,见胡文楷《历代妇女著作考》附录二,上海古籍出版社 2008 年 8 月第 2 版,第 887 页。

⑧ 朱之蕃《名媛汇诗序》,见胡文楷《历代妇女著作考》附录二,上海古籍出版社 2008 年 8 月第 2 版,第 881 页。

惊异。"①同时,"灵秀"、"清淑"也包含了文学作品的审美体验,至少可以说明,女性的作品有其美感特质,是当时的男子感到难以企及的。

灵秀之气,首先表现为真实自然、生机蓬勃。钱谦益评价青楼才女王微"不服丈夫胜妇人,昭容一语是天真"②,指出其诗作为抒写真情的代表。女诗人徐安吉诗作想象奇特,灵心流转而不拘一格,"使腐笔见而愧死"③,诗人还曾宣称:"浮生宁有涯,性灵不可夭。"④朱之蕃为郑文昂《名媛汇诗》所作序指出,女性诗感动人心的原因在于"皆天籁之自然,岂曰机心之强致"⑤。涌动在其间的生命气机,为纠缠于拟古泥潭、拘泥体格高下的男性诗人带来了新鲜的审美感受。

就闺阁题材而言,女性作者以生动鲜活的日常书写,打破了男子作闺音的僵化程式。男性将自我移情到女性身上,描写其所见、所思、所感,表面上是作者假托女性口吻发声,实则笔下的女性,仍是被作者观看的对象。韩偓《香奁集》中的女性,虽以抒情主人公的身份出现,却时时处在一种被凝视的状态。写哭泣如"枕痕霞黯淡,泪粉玉阑珊",写离愁如"散客出门斜日在,两眉愁思问横塘",写春闺如"柳腰入户风斜倚,榆荚堆墙水半淹"。主人公似乎随身携带一面镜子,时时观照自我,发掘着眉眼、脸颊、柳腰与环境之间组成的诗意画面。当"她"在诗中表达情感、抒发悲欢愁怨的心绪时,对自我仪态的过分关注,亦常常破坏情感的宣发,"绣屏斜立正销魂","宵分未归帐,半睡待郎看","海棠花在否,侧卧卷帘看"的诗句,皆流露出不自然的"摆拍"痕迹,沦为一幅幅精致的仕女图。代言者与女性之间不仅有身体与容貌的差距,更有生命体验与情感心灵的隔阂,只有靠着对女性世界的观察与想象来弥补。这种观察与想象,又不免从第一人称跳跃到第三人称,融入了男性对女性的审美感受,从而呈现出对外貌描写的沉溺。

对经典文本的效仿情结,又使闺情、闺怨诗显示出浓重的类型化倾向。王端淑《效闺秀诗博哂》二首中,王端淑以具体的案例演示了闺怨题材的陈旧套路:"慵翻绣被拂重茵,寂寞深闺似小春。惨淡姿容无丽粉,轻飏衣袂避香尘。烟飞燕子云生阁,风落花痕月笑人。闲绕曲栏追蛱蝶,翩翩又已

---

① 王端淑《映然子吟红集》卷首《刻吟红集小引》,日本内阁文库本,第1b页。
② 钱谦益《钱牧斋全集·牧斋初学集》卷十七《移居诗集·姚叔祥过明发堂共论近代词人,戏作绝句十六首》之十一,上海古籍出版社2003年8月第1版,第1册第606页。
③ 王端淑《名媛诗纬初编》卷十六,清康熙六年丁未(1667)山阴王氏清音堂刻本,第1b页。
④ 徐安吉《杂诗》,见王端淑《名媛诗纬初编》卷十六,清康熙六年丁未(1667)山阴王氏清音堂刻本,第3a页。
⑤ 朱之蕃《名媛汇诗序》,见胡文楷《历代妇女著作考》附录二,上海古籍出版社2008年8月第2版,第881页。

过西邻。""镜光尘蔽拭重楷,粉褪容消冷竹钗。鹦鹉不传香阁恨,花枝偏向绮窗排。烟炉宿火重鸳褥,堕燕新泥污绣鞋。步出素屏聊遣闷,凄凉又听鸟喈喈。"①这两首律诗结构句法几乎一致,题目中的"博哂"已揭示其创作意图。表面看来是典型的闺怨之作,实际上却揭示了闺秀诗作中千篇一律的程式化物象与抒情模式,句末各自用一"又"字加重了嘲讽之意。

相比男性煞费苦心的摹拟之作,女性书写闺阁,无意于描绘自己的身体与容貌特征,也不必刻意凸显自己的女性身份。如同卸除面具回归本心,体悟周遭的自然万物,皆随我而流转。邹漪读吴绡诗,便赞之为"清新圆净,不着一尘。如花香、如月光、如水波、如云态,务贵自然"②。其《河满子·自题弹琴小像》,便是跳出男性话语的自我审视:

> 最爱朱丝声淡,花前漫抚瑶琴。世上几人能好古,高山流水空寻。目送飞鸿天外,白云远树愔愔。
>
> 弹到孤鸾别鹤,凄凄还自沾襟。指下宫声多激烈,平生一片冰心。若话无弦妙处,何须更问知音③。

吴绡通晓书画、琴棋弦管百家之艺俱精,而词中将自我形容为属意高山流水、冰心一片的雅士,便是其个性、心绪与襟怀的写照。才女的自我表达,为男性笔下千篇一律的柳腰、花面、杏眉、香腮的女性世界,注入一股清流。她们虽然并不热衷于外在形貌的刻画,但笔下女子面目不一,绝无雷同,神情气质亦多姿多彩。王端淑为自己所作的《映然子小像赞》,塑造出一个"淡墨含烟,寒绡横水。昧于女红,徒解书史。不履不衫,超出簪珥"的中性形象④。类似的仪容描绘,摆脱了男性写作对于感官色相的肤浅感受,遗貌得神,导向更为高风旷月的情怀。黄之柔写闺友龚静照过访,在"帘卷飞花落砚池,扫眉才子坐题诗"的环境中,睹美人而逸兴遄飞,写下"两山烟雨青无限,总是双蛾半蹙时"之句⑤,以诗友眉目微蹙之神情,衬出两山烟雨青意无限之景,绝有思致。

---

① 王端淑《映然子吟红集》卷九,《清代闺阁诗集萃编》第1册,中华书局2015年1月第1版,第94页。

② 邹漪《诗媛八名家集·吴冰仙诗选》小引,清顺治十二年乙未(1655)邹氏鹭宜斋刻本,第3a页。

③ 吴绡《啸雪庵诗集》,《清代闺阁诗集萃编》第1册,中华书局2015年1月第1版,第240页。

④ 王端淑《映然子吟红集》卷二十七,日本内阁文库本,第1b页。

⑤ 邓汉仪《诗观三集·闺秀别卷》,《四库禁毁书丛刊》集部第3册,第345页。

　　较之传统闺阁诗以爱情为中心的格局，才女在闺阁中的诗意栖居，实有更为丰富的情绪。她们尤喜书写晨妆、午憩、烹饪、静坐等日常起居，与筑圃、栽药、种花、读书、弹琴、玩帖、焚香、饮酒、品茶等种种休闲活动。笔下的闺阁意象皆为耳目所触，自然亲切，充满生活气息：

> 照影双飞燕，新来补旧居。芹塘泥最淤，慎莫堕琴书。（倪仁吉《山居杂咏》）
>
> 轻寒薄暖暮春天，小立闲庭待燕还。一缕柳花飞不定，和风搭在绣床前。（王慧《闺词》）①

　　对女性而言，庭间花下，只不过映照着幽闲贞静的心绪；双燕来去，未必尽唤起形单影只的寂寥。其于自然万物的情感生发，还有诸如"愿作春来双燕子，飞飞常绕碧窗纱"这样明媚活泼的一面，也不乏"一枕薜萝清梦稳，飘然蝴蝶不须多"的浪漫情怀②。而传统的闺词程式，往往将闺人生活百态中的一端集中放大，遮蔽了女性日常生活的多样性。除了书写坐卧起居、个人闲情，闺中诗友的往来赠答，也为她们带来了全新的语境。张令仪《斗草》一篇，对闺中女伴的一次斗草游戏进行了详细的铺叙：

> 绿窗晓梦莺啼醒，粉薄螺轻妆不整。瑶琴罢轸玉笙寒，花慵柳困春闺永。东邻女伴偶过从，相邀莫负芳菲景。共向南园斗草嬉，搴芳拾翠搜求尽。称奇觅巧自挑泥，玉尖宁怯苍苔冷。袖中别出谢公须，神采如生光炯炯。低回暗自卜心期，小立花前垂素颈。榆钱输尽拔金钗，人醉东风依露井。乳燕鸣鸠白日长，笑声远隔秋千影。

　　从其描述可见，斗草的比赛场所是一处春意芳菲的小园，闺人搴芳拾翠、争奇斗巧以拼输赢，各以榆钱为质，输尽则赔上金钗。这一活动实为审美眼光的较量，且亲近自然，颇受闺阁女伴欢迎，在另一篇斗草诗文的记载中，还记录了"赢来珠共赠，罚以酒相将"的输赢规则。从当时的闺阁诗文考察女伴间的嬉游方式，可知除了斗草以外，还有斗牌、对弈、宴饮、游园等活动。祁氏闺秀与蕉园诗社的生活书写，便对此类闺阁趣事有所涉及：

---

① 倪仁吉撰、楼含松、金玲校注《凝香阁诗稿校注·山居杂咏》，中华书局2022年5月第1版，第141页。王慧《凝翠楼诗集》，见《国朝闺阁诗钞》卷一，《续修四库全书》第1626册，第231页。
② 卞梦珏《卞玄文诗选》，清顺治十二年乙未（1655）邹氏蟹宜斋刻《诗媛八名家集》本，第7b页。

难遣离怀白昼昏,红牙牌里强争论。不因娇懒无情绪,输却金钗未敢言。(张德蕙《斗牌》)①

深院闲春昼。小篆喷金兽。一杯清茗一枰棋,正杏雨香飞候。鹦鹉新声溜。蓦地惊回首。无端输却玉搔头,倚屏笑拈花枝嗅。(钱凤纶《眉峰碧·春日与亚清对弈》)

不过,明末清初闺秀以诗书风雅相尚,女伴之间的往来,常以文艺活动为交流的重心,因而留下大量的题赠、唱和之作。伴随知识水平与文化素养的提高,女性心灵也开始觉醒。当她们审视自我、意识到闺阁生存处境的制约,便萌发了集体的性别意识。潘氏《夜坐读〈周南〉》一诗云:“临文徒愧无经济,只把《关雎》仔细看。”②就道出了身受桎梏无从选择的无奈。女性没有建功立业的机会,只能靠着沉耽经史,来拓展生命的宽度与深度。林以宁曾放言表达自己的志向:“百年穷达尽虚无,惟是文章功业殊。有志愿穷延阁秘,还从闺闱作通儒。”③涉足文学艺术,是知识女性在当时社会条件下的一丝曙光。人性皆厌恶束缚、追求自由,性别规范却如同枷锁伴随一生,令男子无权示弱,只因“过殷墟而欲泣,恐近妇人”;更让女性举步维艰,失去了纵情驰骋、施展抱负的机会。满族女诗人梦月作诗回忆儿时被当成男子教养,学画学琴,跨马射猎、舞剑弄弓,长大后却不得不面对社会对其设定的人生道路:“梳头十五绿云长,宝髻珠珰锦绣裳。泣问严亲浑是傻,为何今日教女妆?”作者以天真的语气,向成人习而不察的规矩传统发问,揭示女性被塑造的真相。王慧《记梦》一诗记录了作者潜意识所流露的生命悸动。饱受家累的诗人梦见自己坐上巨舫,破浪而至彼岸,直到远闻鸾鹤鸣声惊破了游仙的美梦,于是出现了以下二个世界的对比:

中宵忽入梦,御风蹑黄鹄。飘然凌海峤,长啸看日浴。波光眩陆离,浩渺漾青绿。洋洋信大观,万象俱逞逐。

依然眠纸帐,寒衾如蝟缩。譬若囚系人,暂梦离刑狱。得意非言

---

① 邹漪《诗媛名家红蕉集》,清初刻本,第18a页。
② 钟惺《名媛诗归》卷二十五,《四库全书存目丛书》集部第339册,第290页。
③ 林以宁《墨庄诗钞》卷三,清康熙刻本,第30a页。

喻，轻快那可续。胡然一觉醒，身原在桎梏。①

　　而从"万象俱逞逐"到"身原在桎梏"的一梦，亦可以视为女性生存处境的隐喻。梦境中自由无羁的理想世界和万象逞逐的洋洋大观，是诗人潜藏在心灵深处之下的生命渴望，它与充满了责任、压抑与规范的现实生活形成了鲜明对照。这样的生存感受，是闺中女性以诗心灵性反观自我生活的必然觉悟。随着清代知识女性群体不断涌现，这些无数个生命瞬间中发出的微弱声响，终将汇成不可阻挡的洪流。

三　《男洛神赋》、《赠药编》与闺情诗的视角转变

　　受到男子作闺音的文本典范影响，女性创作的以闺词、闺情为题的诗篇，常见男性视角的延续，尤其是那些以男女情爱为中心的闺情写作。正如明末女子梁孟昭所言，很少大胆地抒发真实的情欲，而更倾向于沿用经典文本中固有的辞藻与程式，以规避女子作诗诲淫的嫌疑。在大量曲折隐忍的闺情表达中，诞生于明末松动风气之下的柳如是《男洛神赋》与吴绡《赠药编》，颇有惊世骇俗的意味。

　　古代闺情文学传统的男性视角，呈现为观看女性的书写模式。从外貌、举止与情感心理方面，围绕女性这一抒情主体展开叙述。长期处于被观看、被品赏的位置，这一传统也根深蒂固地植入了社会心理之中。使得女性表达对男子的思念，不是倾向于刻画男子的样态，而是习惯性地宣写自身的容止。当然，女性以限知视角展开自我叙写，不容易像男性作者一样使用第一人称，却突兀地转向外貌描写。她们常常以晨妆、对镜等闺阁活动，来延展自身想要传达的氛围与情绪。镜，成为女性闺情诗中频繁出现的意象。"今年甬上，羞杀镜中眉妩"②，"连朝不敢开妆镜，泪脸难将粉絮匀"，③"坐惜年光镜里看"，"博山灰寸寸，顾影自生怜"④。对镜伤怀、顾影自怜，本是闺中女子常见的情感体验。顾若璞《朝起漫笔》云：

　　　　梦里闲吟卧月诗，小鬟忽报雪盈墀。起来欲扫浑无力，坐对青鸾

---

① 王慧《凝翠楼诗集》卷二，清康熙四十七年戊子(1708)刻本，第11b页。
② 南京大学中国语言文学系《全清词》编纂研究室《全清词·顺康卷》，中华书局2002年5月第1版，第十六册第9634页。
③ 胡孝思《本朝名媛诗钞》卷四，清乾隆三十一年丙戌(1766)凌云阁刻本，第3a页。
④ 商景兰《锦囊集》，《祁彪佳集》附编，中华书局1960年2月第1版，第258页。

数鬓丝。①

通篇只陈说作者主观感觉,如寻常闲语悠悠道来,到最末一句"坐对青鸾",诗人的自我形象才缓缓浮现。"卧月"是其居处楼台之名,也是其夫黄茂梧的诗集名称。作者于梦中犹自"闲吟",写出平日精诚所聚。"忽报"将画面切至现实场景,将诗人从梦境唤醒。起床后并没有立刻转入现实,而是依然沉浸于梦中情境,不自觉地坐在青鸾镜前,怔怔地数着日渐增多的白发。看似无意识的细小动作,传达了情怀永隔的寂寥,年华流逝的忧伤。

透过镜中之我,女性延续了男子作闺音的男性视角,为闺情传统增添了一个个搔首弄姿、深情脉脉的女性形象。而男性的风仪、举止与情感心理,却长期在文学史中潜于隐晦不明的地带。作为闺阁典型的顾若璞诗,也仅以"卧月诗"三字,来含蓄指向其思念的丈夫。大部分的闺情诗中,男性的形象遥远而朦胧,甚至只是一个笼统的代称。商景兰《对镜》二首之二云:"从来恩逐红颜尽,此际愁同白发长。世上已无京兆尹,蛾眉应减黛螺光。"②诗中也仅用"京兆尹"的典故来指代故去的丈夫。为情而逝的女诗人倪宜子,在丈夫赴京任职后写作的闺情诗《弹琴》、《病中自叹》、《灯花》、《梦感》、《除夜》皆相思刻骨、缠绵悱恻,《灯花》一首描述扬芬吐艳的灯花下产生的错觉:"疑是痴郎心上焰,幻教花炧诳闺人。"这是倪宜子诗中仅见的、提及丈夫形象的诗句。闺中女性的爱情书写,较少出现对男性的一举一动、音容笑貌的详尽描绘,更不用说对爱慕的对象展开赋陈了。

柳如是《男洛神赋》与吴绡《赠药编》,是这一时期少见的、逾越了传统闺情男性视角的作品。前者将情人容姿比拟为男中洛神,以赋体长篇直接抒发仰慕之情,通篇围绕男性形象展开铺写。后者则为书信合集,以私人化的语调展示了作者与情人悲欢爱恋的始末与细节。吴绡曾作《贺新郎》一词,庆祝丈夫许瑶与自己的新婚之夜,其放荡不羁已可想见。柳如是亦不受闺房礼法之拘,展现强烈的新变意识。这些文本的产生,与作者特殊的身世、背景皆有关联。

《赠药编》中的爱情观念,可见晚明而下汤显祖至情论的影响。吴绡因夫许瑶广纳内宠,郁郁寡欢,在师友冯班的介绍下,结识体貌娴丽的苏州才子陶世济,遂一见倾心而结下私情。吴绡书信中对陶世济的陈言,显示女诗人性格刚烈、用情至深、浑然不顾礼法、亦忘乎生死:"弟反复恳言,只为

---

① 顾若璞《卧月轩稿》卷二,清顺治八年辛卯(1651)黄灿、黄炜卧月轩刻本,第8b页。
② 商景兰《锦囊集》,《祁彪佳集》附编,中华书局1960年2月第1版,第261页。

一情字，生死旦暮，只为一情字。"而陶世济性情柔顺、颇有畏首畏尾之心。恋情败露后，二人两地阻隔，吴绡致书情人相约殉情，但陶世济因受人离间而意志不坚，决意远逃避祸，并劝吴绡活下去。至八十三通书信时，吴绡有自刎之举，被丈夫许瑶劝下。不久陶世济在潜逃途中溺水而亡，同时吴绡也在丈夫的接纳下重归许家。然而吴绡此后居家恒着道服、炼丹静修以终。与陶世济的这段往事，在其诗词中常有隐约幽微的指涉。这场恋情的始末，更多保存在私人书信中：

> 三生神契，一晌痴迷，自愧俗流，何当雅爱。弟今愈想愈狂，宁知是睡是梦？早来余香，仿佛错拟君怀，犹尔呼名。继以潸然涕泣，欲记好丰神，眼花徒颠倒。执手叮咛，敢忘片语？誓同生死，不改初心。但未知何地何时，重期复合，同言及此，寸剪穿肠矣。两处相思，身离神合，仙郎神清骨瘦，何堪以鄙为？风露方侵，幸以珍重自爱。①

吴绡不厌其烦地在书信中描写恋人的谑浪丰华及高雅才情，将之视为"天下第一个浑身风韵满腹文章真正俊俏才子玉郎"，并引之为怜才慕义的知己。在吴绡的塑造下，陶世济几乎成为女性心目中完美恋人的化身。

相比大家闺秀吴绡在私人书信中的放言无惮，出身青楼的柳如是落笔更为庄重矜持，二者的观看视角实一般无二。《男洛神赋》借用曹植《洛神赋》这一经典名篇的结构。开篇介绍作赋渊源，假托友人感神于沧溟，为神之"辨服群智，约术芳鉴"倾倒不已："殆将惑其流逸，会其妙散。"遂请作者为之引述其事，认为曹植所写洛神为虚无飘渺的幻设之人，而自己目睹的神灵却有真实存在的原型。于是作者便应允友人而为此篇。

作者先烘托男洛神降临之前光影荡漾、风起水涌的氛围，在神灵出场之际，铺叙其形貌与服饰之美："望便娟以熠耀，粢黝绮于疏陈。横上下而仄隐，实澹流之感纯。"接着描写其所处的环境，"配清显之所处，俾上客其遴轮"的景况，似为青楼名士云集之景象的幻化。神灵注意到作者的才辨，于是"徵合神契，典泽婉引"，引领其周游徜徉于星汉河梁之间，"消曛崒于戾疾，承辉婷之微芳。伊苍傺之莫记，惟隽朗之忽忘"。在这一过程中，作者又恍惚失却神灵之所在，上下求索，终又缓缓近其身旁，目睹其飘逸之姿、灵矫之态，并极写周围水激雁腾、千变万化之情状。从"何爝耀之绝殊"到"遵襫暧以私纵"，显示了赋作紧密的节奏，作为书写对象的男子光芒容

---

① 吴绡《赠药编》，请末抄本。

姿,令作者目眩神迷,充斥着想象的意味。神灵的距离逐渐迫近,至末段"尔乃色愉神授,和体饰芬",作者似乎实现了愿望。万象纷逞的外部空间,与缤纷烂漫的辞藻铺陈,映射了复杂汹涌的情感欲望。尾句以"自鲜缭绕之才,足以穷此烂漾之态矣"作结。而全篇辞藻之宏博、情感之隐曲、意象之变幻,已足以令人瞠目结舌①。

《男洛神赋》揭示了女性对心仪对象穷形尽相的赞美,以及上下求索的心路历程。赋文中神灵形象的动静进退、回环往复的神态,或许参照了作者理想中的恋慕对象,以之为原型塑造而成。它不断打开作者的眼界,引动其接近、企慕、追随与怅惘,就中掺杂着缤纷妄念,而神灵的形象始终变幻莫测、难以捉摸。这类昙花一现的女性视角,向世人展现了此前男性从未被描写过的飘逸娴雅之美,以及女性复杂、迷惘的情感心理。在古代中国社会,这一类型作品的出现,究竟能在多大程度上突破闺情写作的审美惯习,以及两性情爱的思维定式,恐怕已经不是那么重要的问题。尽管陈子龙对柳如是的才情赞赏有加,称"柳子遂一起青琐之中,不谋而与我辈之诗,竟深有合者,是岂非难哉? 是岂非难哉?"②但面对柳如是的终身之许,其所还赠的《采莲赋》一篇已经处处暗示了暂时欢娱的意味③。以莲花比拟女子,仍然延续着女性作为观赏对象的士大夫传统。其刚直正统的思想观念,也难以接受迎娶青楼女子这样离经叛道的行为。两人情感无疾而终的结局,显然也为其时性别秩序的挑战呈现了女诗人所能企及的限度。

不论如何,《赠药编》与《男洛神赋》,皆是女性文学传统中具有填补空白之意义的作品,是在明末清初特殊的历史情境之下,拥有强烈自我意识与叛逆思想的女性,大胆表达自身情感追求的结果。在女性尚未获得主导权的社会条件下,它缺少一呼百应、形成文学风气的力量,也并不能扭转千百年来积弊已深的、女性作为"镜中之我"的闺情格局。因而在晚明而下的女性文学史上,成为回音寥寥的孤独存在。然而,这类作品得以产生,已见证当时新潮涌动、风气激荡之一端。面对来自闺阁内部的女性言说,男性的闺情写作正逐步退出历史的舞台。只是不论就家国氛围抑或是文学传统而言,这一时期闺阁女性更多地选择了"男性化"的外转视角。尤其是那

① 柳如是《柳如是诗文集》,上海古籍出版社 2000 年 10 月第 1 版,第 116—120 页。
② 柳如是《柳如是诗文集·戊寅草》卷首陈子龙序,上海古籍出版社 2000 年 10 月第 1 版,第 13—14 页。
③ 张丽杰《明代女性散文研究》,中国社会科学出版社 2009 年 12 月第 1 版,第 173 页。

些承负了历史使命的才媛，在与须眉男子同台较量、受到主流认可的同时，或多或少地忽视了传统女性闺情诗的写作。直到清中叶以后，关于闺阁空间的日常化书写，才上升到一个新的高度。

余　论

一

一部文学作品，究竟是在作者笔下独立完满的自言自语，还是留待读者填补完成的对话？显然，在古代"立言不朽"之观念笼罩下，作者提笔写作，总是希望将所思所想传达给读者。即使是在"内言不出"训导下的明清才女，也开始正视立言传世的渴望，刊刻了数逾三千的作品集。从"闺阁"这一特定的空间，进入明末清初的历史情境，女性正是通过文学写作，向外延展自我的生命，与当时、与后世产生了千丝万缕的联系。

晚明而下，女性在创造"经天纬地"文学空间的愿望中不断进入主流视野①。小到"闺房学舍"式的夫妇交流，大到女性群体与男性文学传统的对话，明清女性创作的诸多面向，均呼应着当时诗坛的风潮动向。从晚明贯彻竟陵派诗学观念的《名媛诗归》之"清"的叙述，到清初名家纷出、社集频繁的文人闺秀文学网络，康熙时期国朝女诗人"雅正"的诗学观念，清中叶随园女弟子群体与"性灵诗"的紧密关系，乃至清末"重、拙、大"词学观念中的闺秀典范，女性作者从未被文学主流遗忘。研究者又如何能脱离男性诗坛，将女性文学史书写成自说自话的封闭领地？

在清末封建社会解体之前，明末清初可以说是女性文学史上百舸争流、名家纷出的时代，为女性文学的走向开启了无穷可能的路径。后世或追慕其林下风流，或推崇其才力风骨，或折服于其女杰纷出，各自透过对传统的诠释，找到自我在女性文学传统的位置。康熙时期，女诗人以细腻笔触展开了一幕幕人伦亲情的鲜活图画，书写诸如养老抚幼、思夫悼亡、节候变迁、同伴嬉戏之类的闺中生活与人伦情怀。乾隆而下，女性视角从闺房拓展向庭院、亭池、花卉、厨房，涵括了家庭生活中巨无遗细的题材，"日常化"的写作方向得到了极大扩张。而新兴的弹词、小说体裁也挤占着传统诗词的阵地，形成了点评、交流的闺秀读者群体。在时空的裂变之前，所谓女性文学的演进，并不是一个元素取代了另一个元素。研究者在不同时期各取代表性的作家与作品，固然可以建构成某种进化的趋势。比如，选择

---

①　王端淑《名媛诗纬初编》自序，清康熙六年丁未(1667)山阴王氏清音堂刻本，第1a页。

清初徐灿、清中叶顾春与吴藻、清末吕碧城,来阐述清代女性妇德观念之演进。然而选取另一批代表作家,如清初的王端淑或吴绡、清中叶的席佩兰、清末的薛绍徽,我们完全可以得到另一种结论。何况与进化论相对的,还有古代诗学批评史上"愈古愈高,愈近愈卑"的审美理念,和一波又一波的复古风潮。进化与倒退,皆源自于一种线性的历史观。而时间的推移变化,实体现于空间的盈虚消长。在文学史上创造一种体裁、一个主题,就仿佛率先进入一片未知的领地。当古人用粗线条的语言,搭建起宇宙时空的美感世界,那种苍茫大气的格局、透达本相的结构,无疑令后世诗人追慕景从。后来者通过文体的模塑进入公共传统,累积个人的经验,安放自我的身心。随着场景地标的占领、文本容量的增加与规则秩序的固化,也自然要面临着"眼前有景道不得"的局促。或以枝节丛生的变化、精致繁复的技巧,经营一隅之地;或随才情心性之浅深高下,向四面八方开辟新的疆域。古今所处位置不同,故标准有别、品藻难一。以今度古,苟责古人简陋;抑或是借古讽今,批评近人格卑,均是曲解一方以适应另一方标准的结果。

　　因此,从空间的视野来看待历史,传统便真切地存在于当下,与今人进行着永不停息的协商与对话。人们往往依赖过去的经验预测将来,而线性的历史观,常常将与我们所认为的发展理念背道而驰的东西排斥在外。当新的趣味、新的需要与新的文学形态在不同文学空间中生长蔓延,当世人不断跳出一时一地的局限,重新定义自我在世界上的位置,面对时间与空间的裂变,传统便成为被批判的焦点。正如清末民初的视野中,以天朝为世界中心的空间观念崩塌瓦解,作为伦理秩序坚实支柱的闺阁,也转而被视为民族落后的根源。人们才开始反思过去的经验,对某些天经地义的理念产生怀疑。"五四话语"建构出的整个古代女性受压迫的景象,被当代西方学者视为一种策略性的、极端化的叙述。但若非如此,如何能为女性争得更广阔的生存空间?人类受制于所处的环境,自古而然。而冲破束缚、追求自由,也是本能的欲望。面对这股空前膨胀的生命力量,传统的女教规训已丧失讨价还价的余地。而与"闺阁"的对话,在此之前更是早已发生。"闺阁沉埋愧此生"、"为何今日教女妆"、"不能身贵不能仙"之话语此起彼伏、一呼百应,形成清代女性各时期、各阶层、各民族、各体裁的共通主题①。女性对社会政治世界的渴望,在弹词小说这类大容量的体裁中则释

---

　　① 　分别见恽珠《国朝闺秀正始集》附录,清道光十一年辛卯(1831)红香馆刻本,第8a页。竹屋四焉主人《四焉主人竹屋诗钞》,清刻本,第5a页。王筠《繁华梦》,见华玮校点《明清妇女戏曲集》,台湾"中央研究院"中国文哲研究所2003年7月第1版,第45页。

放得淋漓尽致。在伦理规范所不能及的文学场域中,积郁着女性被压抑的生命能量。以"三从四德"为核心的妇德理想,虽然通过理念的调整与改变,适应士族女性"以文史代织纴"的生存状况,但稳固的性别秩序,却跟不上女性心智开启的程度。闺阁沉埋、恨非男子的呼声,彰显了"闺阁"这一社会区隔中女性的整体生命情境。

闺内与闺外,并不是两个孤立的世界,而是作者转换身份角色所需要的不同空间。女性以文学跨越闺门,选择的更多是融合、调适而非抗争。其中最优秀的作者,无一不契合了男性世界的文学标准。蒋寅《开辟班曹新艺苑,扫除何李旧诗坛——一代才女汪端的诗歌创作与批评》一文就认为汪端无愧于男性作者之林,并且认为所谓女性的标准体系"就如同国际象棋男女分赛,等于先承认了女性在智力上的弱者地位,非但无助于提高女性的地位和自尊,倒适足贬抑了女性的创造能力"。抛开理论不谈,女性在同一个标准之下与男子同台角尘,至少曾为文学史的事实。明末清初受到男性慷慨赞誉的女性名家,许多作品的气象格调均令人莫辨雌雄。她们赖以写作的文学程式与典故语汇,与男性世界本无区别;而其主体精神与审美趣味,亦向士大夫文化积极靠拢。另一方面,男性文人也是"闺阁"文学空间的创造者。从晚明女性接受教育、涉足文学开始,男性文人就一直以支持、倡导的态度,鼓励女性寻觅更广阔的生存价值,并为之刊刻诗集、揄扬声名、寻求理论支持,给予实际的庇护。那些挑战传统观念与性别秩序的声音,常常出自开明的男性文人之口。《红楼梦》《镜花缘》中的才女群像,即反映出男性作者站在女性立场上批判社会,同情、理解女子的境遇。从女性心智觉醒、知识增长到走向外界,男性始终走在推动变革的风口浪尖,而没有像西方那样产生明显的冲突与抵触,这也是一个值得深思的现象。

二

任一领域的研究,都是一场没有终点的旅行。每一个当下的结论,都包含着向未知的妥协。在既有条件之下,本书对闺阁空间的探索也只能止步于此。不过,比起这场旅行本身,更有意义的,是越过它之后,还能看到怎样的风景。

文学空间与文学地理研究各有侧重,而有交叉重合之处。随着女性文献整理工作的完善,无疑可向地理层面延展出更多具体性的研究课题。不过,文学空间研究显然不仅要去了解特定自然地貌的文学表现,也并非为了在文学与地域传统之间建立某种因果关系。地理研究致力于探索文学地图上的女性足迹与女性笔下的文学景观,文学空间还要关注那些跨地域的抽象或实体场域,和文学文本围绕空间展开的权力争斗与话语塑造。当然,汲取文学地理研究的方法,在研究中辅以较多田野调查,也有助于获得深入的空间体验。比如家谱文献记载清初才女倪仁吉嫁到大元村,娘家曾凿井一眼作为嫁妆,以提升其在夫家的地位。笔者曾目睹徽州古村落中"嫁资井"的遗迹,对于水井这一跨越地理区隔的特殊空间所体现的权力运作与文化建构,便产生了更真切的感受。关于女性出嫁、随宦、冶游等空间转换的不同形式,也有待全面的统计与分析。近年来,海内外学术机构积极开发高效的分析系统,大数据、社会智能与文学的交融,将切实地推动空间分析和地理信息系统在文学研究中的应用。关于女性文学地理的整体性的研究,应当是一个极富生命力的方向。

文学交往也是空间研究的着眼点所在。明清才女多出自士绅阶层,借助婚姻关系,在明清世家大族之间缔结了复杂交织的社会网络。家族所赋予的"名父之女、名士之妻、令子之母"的身份,既是女性的立足点,也是她们向外界展开文学交往的基础。对女性关系的网络的揭示,有助于沟通家族之间的文化交流与代系传承。如晚明吴江沈、叶氏之间的多重联姻,对双方家族才女创作与戏曲家学的影响不容忽视。目前,家族性的研究多以个案为单位,研究者探隐抉微、各有专诣,而针对家族之间交流、互动的研究则较少涉猎。在家谱资料汇总整理的基础之上,可以对才女群体的生平行迹与亲缘关系进行系统的总结,建立起基于血缘谱系的明清文学流派的群体结构。以女性为切入点,家族在文学交流与思潮变化中的作用也将能得到更为直观的理解。

较之对闺阁社会性、政治性的观看,发掘闺阁内部的日常图景,是女性文学空间深入研究不可或缺的途径。考察文学视域在女性作为女、妻、母等不同创作身份与不同生活场景中的移动,从妆台、镜奁等物质环境,梳妆、斗草、制作膳食等生命活动到德、容、言、功的日常实践,包含着更为幽微的空间形态、生命活动与情绪的艺术表达。相比女性在公众世界的发声,这些私人化的声音,在漫漫历史长河中仿佛无数即时翻卷、沉没的浪花,向世人折射出更为丰富多彩的女性面目。日常化的书写,着眼于微不足道的人情物境,却"各以其情遇,斯所贵于有诗",藉由一幕幕的图景断片,累积起丰厚的文学总量。通过细节发掘带来的"像素密度"的提升,也将为构建整体的文学地图作出贡献。

在"闺阁"以外,我们还可从诸多特定的位置,进入文学文本营构的世界。研究的目的,也不应仅限于具体的、历史的空间。物理上的高墙界限分明,却易于摧毁;社会的隐形区隔,则随名目改换而亘古如新。性别,只不过是世人面临的诸多限域之一。人生从来不是简单地置身于空间之中,任由其拘束见识、影响心灵并诉诸文学,而是无时无刻不在主动抗争、妥协、融合甚至创造着形形色色的区隔。栖居于当世的人们,或许更易觉知到一种源自空间的焦虑与迷茫。当时间被搁置,分裂成无数的碎片,散落在枝枝节节的空间迷宫之中,沿袭一条居高临下的固有时间路径,何以把握复杂交错的场景更新,印证其间觉醒与驯服的交替,平衡自由与压抑的两极? 从这个意义上而言,在古典文学中寻绎更为丰富的生命情境的关怀,追问更为多元的此在生存的展开,才是时代寄予研究者的深沉期待。

主要征引书目

（一）正文中未直接征引者，一般不列。

（二）常见大型丛书，在《中国丛书综录》中有著录者，版本不细列。

（三）影印本所用底本提法，一般据影印本原书著录。

（四）书名排列，以拼音为序。

一 古今著述

B

《白石山房文稿》 李振裕撰，《四库全书存目丛书》集部第 243 册，影印清康熙刻本

《北游录》 谈迁撰，汪北平点校，中华书局 1960 年 4 月第 1 版

《本朝名媛诗钞》 胡孝思辑，清乾隆三十一年丙戌（1766）凌云阁刻本

《本事诗》 徐釚辑，《四库禁毁书丛刊》集部第 94 册，影印清乾隆二十二年丁丑（1757）半松书屋刻本

《卞玄文诗》 卞梦钰撰，清顺治十二年乙未（1655）邹氏鸳宜斋刻《诗媛八名家集》本

C

《才女彻夜未眠——近代中国女性叙事的兴起》 胡晓真著，北京大学出版社 2008 年 9 月第 1 版

《茶香室丛钞》 俞樾撰，贞凡、顾馨、徐敏侠点校，中华书局 1995 年 2 月第 1 版

《长真阁集》 席佩兰撰，清嘉庆十七年壬申（1812）刻本

《巢民诗集》 冒襄撰，《续修四库全书》第 1399 册，影印清康熙刻本

《朝鲜时代女性诗文集全编》 张伯伟主编，凤凰出版社 2011 年 8 月第 1 版

《陈维崧集》 陈维崧撰，陈振鹏、李学颖点校，上海古籍出版社 2010 年 12 月第 1 版

《池北偶谈》 王士禛撰,靳斯仁点校,中华书局1982年1月第1版

《初月楼闻见录》 吴德旋撰,台湾新兴书局《笔记小说大观》第一编第2册,1978年1月版,影印本

《樗园销夏录》 郭麐撰,《续修四库全书》第1179册

《词苑丛谈校笺》 徐釚撰,王百里校笺,人民文学出版社1988年11月第1版

《翠楼集》 刘云份辑,《四库全书存目丛书》集部第395册,影印清康熙野香堂刻本

D

《带经堂诗话》 王士禛撰,张宗柟纂集,戴鸿森校点,人民文学出版社1963年11月第1版

《当代西方汉学研究集萃·妇女史卷》 伊沛霞、姚平主编,上海古籍出版社2012年9月第1版

《德·才·色·权:论中国古代女性》 刘咏聪著,台北麦田出版社1998年版

《地域·家族·文学——清代江南诗文研究》 罗时进著,上海古籍出版社2010年12月第1版

《丁耀亢全集》 丁耀亢撰,李增波主编,中州古籍出版社 1999年3月第1版,

《定山堂诗集》 龚鼎孳撰,《续修四库全书》第1402—1403册,影印清康熙十五年丙辰(1676)吴兴祚刻本

《端峰诗续选》 毛师柱撰,《四库未收书辑刊》第8辑第22册,影印清康熙刻本

F

《方子流寓草》 方以智撰,《四库禁毁书丛刊》集部第50册,影印明末刻本

《翡翠楼集》 沈缠撰,清乾隆五十四年己酉(1789)刻《吴中女士诗钞》本

《分类尺牍新语初编》 徐士俊、汪淇辑,《四库全书存目丛书》集部第396册

《夫唱妇随:明清过渡时期李元鼎和朱中楣的诗歌唱和》 曹虹著,《清代研究集刊》第五辑

《浮出历史地表——现代妇女文学研究》 孟悦、戴锦华著,中国人民大学出版社 2004 年 7 月第 1 版

《拂去尘埃——传统女性角色的文化巡礼》 胡元翎著,河北人民出版社 2001 年 8 月第 1 版

《〈浮云集〉〈拙政园诗馀〉〈拙政园诗集〉》 陈之遴、徐灿撰,李兴盛主编,黑龙江大学出版社 2010 年 10 月第 1 版

G

《龚自珍全集》 龚自珍撰,上海人民出版社 1975 年 2 月新 1 版

《孤光自照——晚明文士的言说与实践》 曹淑娟著,天津教育出版社 2012 年 5 月第 1 版

《姑苏新刻彤管遗编》 郦琥纂,《四库未收书辑刊》第六辑第 3 册,影印明隆庆元年丁卯(1567)刻本

《古典诗学的现代阐释》 蒋寅著,中华书局 2003 年 3 月第 1 版

《古今名媛汇诗》 郑文昂辑,《四库全书存目丛书》集部第 383 册,影印明泰昌元年庚申(1620)张正岳刻本

《古今名媛玑囊》 钱锋辑,清刻本

《古今女史诗集》 赵世杰辑,明崇祯元年戊辰(1628)问奇阁刊本

《古今女诗选》 郭炜辑,明天启刻本

《古文品外录》 陈继儒撰,《四库全书存目丛书》集部第 351 册,影印明刻本

《古香楼诗》、《杂著》 钱凤纶撰,清康熙刻本

《顾太清、奕绘诗词合集》 顾太清(顾春)、奕绘撰,张璋编校,上海古籍出版社 1998 年 12 月第 1 版

《广阳杂记》 刘献廷撰,中华书局 1957 年 7 月第 1 版

《宫闺氏籍艺文考略》 王士禄撰,《艺文杂志》1936 年第 1—6 期

《闺塾师:明末清初江南的才女文化》 高彦颐著、李志生译,江苏人民出版社 2001 年 5 月第 1 版

《闺秀集》 季娴辑,《四库全书存目丛书》集部第 414 册,影印清钞本

《闺秀诗评》 江盈科撰,《中国文学珍本丛书》第 12 册,北京图书馆出版社 2004 年 12 月第 1 版

《国朝闺阁诗钞》 蔡殿齐辑,《续修四库全书》第 1626 册,影印清道光二十四年甲辰(1844)刻本

《国朝闺秀柳絮集校补》 黄秩模辑,付琼校补,人民文学出版社 2011

年9月第1版

　　《国朝闺秀香咳集》　许夔臣辑,清嘉庆九年甲子(1804)刻本

　　《国朝闺秀正始集》　恽珠辑,清道光十一年辛卯(1831)红香馆刻本

　　《国朝闺秀正始续集》　恽珠、妙莲保辑,清道光十六年丙申(1836)红香馆刻本

　　《国朝杭郡诗辑》　吴颢辑,吴振棫重订,清同治十三年甲戌(1874)钱塘丁氏刻本

　　《国朝杭郡诗续辑》　吴振棫辑,清光绪二年丙子(1876)钱塘丁氏刻本

　　《国朝全蜀诗钞》　孙桐生辑,巴蜀书社1985年8月第1版,影印清光绪五年己卯(1879)刻本

　　H

　　《海外中国社会史论文选译》　张国刚、余新忠主编,天津古籍出版社2010年6月第1版

　　《汗青阁文集》　方中履撰,清光绪十四年丁亥(1888)刻《桐城方氏七代遗书》本

　　《湖舫诗》　沈奕琛辑,台北新文丰出版公司《丛书集成续编》第116册,影印清光绪二十一年乙未(1895)竹书堂丁氏刻本

　　《湖墅诗钞》　孙以荣撰,清光绪五年己卯(1879)刻《湖墅丛书》本

　　《花镜隽声》　马嘉松辑,明末刻本

　　《红雪轩稿》　高景芳撰,《四库未收书辑刊》第八辑第28册,影印清康熙五十八年己亥(1719)刻本

　　《鸿雪楼诗词集校注》　沈善宝撰、珊丹校注,中国社会科学出版社2012年8月第1版

　　《黄道周纪年著述书画考》　侯真平著,厦门大学出版社1995年1月第1版,

　　《黄皆令诗》　黄媛介撰,清顺治十二年乙未(1655)邹氏鸳宜斋刻《诗媛八名家集》本

　　J

　　《季静姝诗》　季娴撰,清顺治十二年乙未(1655)邹氏鸳宜斋刻《诗媛八名家集》本

　　《坚瓠集》　褚人获撰,李梦生校点,《清代笔记小说大观》本,上海古籍出版社2007年10月第1版

《江南女性别集初编》 胡晓明、彭国忠主编,黄山书社 2008 年 8 月第 1 版

《江南女性别集二编》 胡晓明、彭国忠主编,查正贤编,黄山书社 2010 年 10 月第 1 版

《江南女性别集三编》 胡晓明、彭国忠主编,王冉冉编,黄山书社 2012 年 3 月第 1 版

《江南女性别集四编》 胡晓明、彭国忠主编,程华平编,黄山书社 2014 年 3 月第 1 版

《江苏诗征》 王豫辑,清道光元年辛巳(1821)焦山海西庵诗征阁刻本

《江西诗征》 曾燠辑,《续修四库全书》第 1688—1690 册,影印清嘉庆 九年甲子(1804)赏雨茅屋刻本

《金陵诗征》 朱绪曾辑,清光绪十八年壬辰(1892)刻本

《锦囊集》 商景兰撰,《祁彪佳集》附编,中华书局 1960 年 1 月第 1 版

《今世说》 王晫撰,《丛书集成初编》第 2825 册

《静志居诗话》 朱彝尊撰,姚祖恩辑,黄君坦校点,人民文学出版社 1990 年 10 月第 1 版

《竞争的话语:明清小说中的正统性、本真性及所生成之意义》 艾梅 兰著,江苏人民出版社 2005 年 1 月第 1 版

《九烟先生遗集》,黄周星撰,《续修四库全书》第 1399 册,影印道光二 十九年庚戌(1850)左仁周诒朴刻本

K

《孔尚任全集辑校注评》 孔尚任撰,徐振贵主编,齐鲁书社 2004 年 10 月第 1 版

《客座赘语》 顾起龙撰,谭棣华、陈稼禾点校,中华书局 1987 年 4 月 第 1 版

《跨越闺门——明清女性作家论》 (加)方秀洁、(美)魏爱莲主编,北 京大学出版社 2014 年 2 月第 1 版

L

《拉奥孔》 莱辛著、朱光潜译,人民文学出版社 1979 年 8 月第 1 版

《兰因集》 陈文述撰,台北新文丰出版公司《丛书集成续编》第 257 册

《阆风集》 舒岳祥撰,民国嘉业堂刻本

《李介节先生全集》 李天植撰,《四库未收书辑刊》第七辑第 19 册

《历朝闺雅》 揆叙辑,《四库未收书辑刊》第十辑第 30 册

《历代名媛文苑简编》 王秀琴编,胡文楷选订,民国三十六年(1947)商务印书馆初版

《历代名媛书简》 王秀琴编,胡文楷选订,民国三十年(1941)商务印书馆初版

《历代妇女著作考》 胡文楷著,张宏生增补,上海古籍出版社 2008 年 8 月第 2 版

《练音续集》 王辅铭辑,《四库全书存目丛书》集部第 395 册,影印雍正二年甲辰(1724)至乾隆八年癸亥(1743)刻本

《两浙輶轩录》 阮元辑,《续修四库全书》第 1683－1684 册,影印嘉庆仁和朱氏碧溪草堂、钱塘陈氏种榆仙馆刻本

《列朝诗集小传》 钱谦益撰,上海古籍出版社 1983 年 10 月新 1 版

《临安旬制记》 张道撰,《中国野史集成》第 33 册

《林景熙诗集校注》 林景熙撰、陈增杰校注,浙江古籍出版社 1995 年 12 月第 1 版

《林下词选》 周铭辑,《四库全书存目丛书补编》第 2 册,影印清康熙十年辛亥(1671)刻本

《刘铎、刘淑父女诗文》 刘铎、刘淑撰,王泗原校注,人民教育出版社 1999 年 5 月第 1 版

《柳如是别传》 陈寅恪著,上海古籍出版社 1980 年 8 月第 1 版

《柳如是诗文集》 柳如是撰,谷辉之辑,上海古籍出版社 2000 年 10 月第 1 版

《龙眠风雅》 潘江辑,《四库禁毁书丛刊》集部第 98－99 册,影印清康熙十七年戊午(1678)潘氏石经斋刻本

《络纬吟》 徐媛撰,明万历四十一年癸丑(1613)刻本

《吕坤全集》 吕坤撰,王国轩、王秀梅整理,中华书局 2008 年 5 月第 1 版

M

《名媛玑囊》 池上客辑,明万历刻本

《名媛诗话》 沈善宝撰,《续修四库全书》第 1706 册,影印光绪鸿雪楼刻本

《名媛诗归》 钟惺辑,《四库全书存目丛书》集部第 339 册,影印明刻本

《名媛诗纬初编》 王端淑辑,清康熙六年丁未(1667)山阴王氏清音堂刻本

《明代女性散文研究》 张丽杰著,中国社会科学出版社 2009 年 12 月第 1 版

《明代社会生活史》 陈宝良著,中国社会科学出版社 2004 年 3 月第 1 版

《明末清初文人结社研究续编》 何承美著,中华书局 2006 年 12 月第 1 版

《明季北略》 计六奇撰,魏得良、任道斌点校,中华书局 1984 年 6 月第 1 版

《明季南略》 计六奇撰,任道斌、魏得良点校,中华书局 1984 年 12 月第 1 版

《明清曲家考》 汪超红著,中国社会科学出版社 2006 年 11 月第 1 版

《明清文学与性别研究》 张宏生主编,江苏古籍出版社 2002 年 10 月第 1 版

《明清社会史论》 何炳棣著、徐泓译,联经出版事业股份有限公司 2013 年 12 月第 1 版

《明清以来江南社会与文化论集》 熊月之、熊秉真主编,上海社会科学院出版社 2004 年 5 月第 1 版

《明诗别裁集》 沈德潜、周准辑,上海古籍出版社 1979 年 9 月第 1 版

《明诗综》 朱彝尊辑,中华书局 2007 年 3 月第 1 版

《明遗民传记索引》 谢正光著,上海古籍出版社 1992 年 5 月第 1 版

《默镜居文集》 范方撰,清乾隆刻本

《墨庄诗钞》、《文钞》、《词馀》 林以宁撰,清康熙刻本

N

《南野堂笔记》 吴文浦撰,清嘉庆元年丙辰(1796)刻本

《凝翠楼诗集》 王慧撰,清光绪二十三年丁酉(1897)朱氏银槎阁重印清康熙四十七年戊子(1708)刻本

《凝香阁诗稿校注》 倪仁吉撰,楼含松、金玲校注,中华书局 2022 年 5 月第 1 版

《女性考古与女性遗产》 贺云翱、彭有琴主编,南京大学出版社 2011 年 7 月第 1 版

P

《破啼吟》　陈皖永撰,民国抄本

Q

《祁彪佳文稿》　祁彪佳撰,书目文献出版社 1991 年 6 月第 1 版

《启祯野乘二集》　邹漪撰,《四库禁毁书丛刊》史部第 41 册,影印清康熙十八年己未(1689)金闾存仁堂素政堂刻本

《钱牧斋全集》　钱谦益撰,钱曾笺注,钱仲联标校,上海古籍出版社 2003 年 8 月第 1 版

《钦定学政全书》　素尔纳等撰,《续修四库全书》第 828 册,影印清乾隆三十九年甲午(1774)武英殿刻本

《清人诗文集总目提要》　柯愈春著,北京古籍出版社 2002 年 2 月第 1 版

《青楼诗话》　雷缙撰,民国五年(1916)扫叶山房排印本

《青楼文学与中国文化》　陶慕宁著,东方出版社 1993 年 7 月第 1 版

《清朝野史大观》　小横香室主人编,上海书店 1981 年 6 月影印民国二十五年(1936)排印本

《清初诗文与士人交游考》　谢正光著,南京大学出版社 2001 年 9 月第 1 版

《清初人选清初诗汇考》　谢正光、余汝丰著,南京大学出版社 1998 年 12 月第 1 版

《清代才媛文学之文化考察》　王力坚著,台北文津出版社有限公司 2006 年 6 月第 1 版

《清代妇女文学史》　梁乙真撰,民国十六年(1927)中华书局排印本

《清代闺阁诗集萃编》　李雷主编,中华书局 2015 年 1 月第 1 版

《清代闺秀集丛刊》　肖亚男主编,国家图书馆出版社 2014 年 9 月第 1 版

《清代闺秀诗话丛刊》　王英志主编,凤凰出版社 2010 年 4 月第 1 版

《清代女作家弹词小说论稿》　鲍震培著,天津社会科学院出版社 2002 年 1 月第 1 版

《清诗别裁集》(《国朝诗别裁集》)　沈德潜、翁照、周准辑,中华书局 1975 年 11 月第 1 版,影印清乾隆二十五年庚辰(1760)教忠堂重订本

《清诗初集》　蒋鑨辑,《四库禁毁书丛刊》集部第 3 册,影印清康熙二十年辛酉(1681)镜阁刻本

《清诗纪事初编》 邓之诚著,上海古籍出版社 1965 年 11 月第 1 版

《清诗考证》 朱则杰著,人民文学出版社 2012 年 5 月第 1 版

《全清词·顺康卷》 南京大学中国语言文学系《全清词》编纂研究室编,中华书局 2002 年 5 月第 1 版

《全祖望集汇校集注》 全祖望撰,朱铸禹汇校集注,上海古籍出版社 2000 年 12 月第 1 版

R

《然脂集例》 王士禄撰,上海书店《丛书集成续编》第 156 册

《然脂余韵》 王蕴章撰,王培军点校,《民国诗话丛编》本,上海书店 2002 年 12 月第 1 版

《日本东京所见中国小说书目》 孙楷第著,上杂出版社 1953 年 12 月第 1 版

S

《少室山房笔丛》 胡应麟撰,上海书店出版社 2009 年 4 月第 1 版

《社会性别研究选译》 王政、杜芳琴主编,生活·读书·新知三联书店 1998 年 8 月第 1 版

《生与死:明季士大夫的抉择》 何冠彪著,台湾联经出版事业股份有限公司 2005 年 12 月第 1 版

《盛明百家诗》 俞宪辑,《四库全书存目丛书》集部第 308 册,影印明嘉靖、万历间刻本

《石园随草》 朱中楣撰,《石园全集》附编,《四库全书存目丛书》集部第 196 册,影印康熙刻雍正修版印本

《诗观初集》、《二集》、《三集》、《闺秀别卷》 邓汉仪辑,《四库禁毁书丛刊》集部第 1—3 册,影印康熙慎墨堂刻本

《诗女史》 田艺衡辑,《四库全书存目丛书》集部第 321 册,影印明嘉靖三十六年丁巳(1557)刻本

《诗媛名家红蕉集》 邹漪辑,清初刻本

《施愚山集》 施闰章撰,何庆善、杨应芹点校,黄山书社 1992 年 5 月至 1993 年 6 月第 1 版

《史可法集》 史可法撰,张纯修辑,罗振常校补,上海古籍出版社 1984 年 7 月第 1 版

《史外》 汪有典撰,《四库禁毁书丛刊》史部第 20 册,影印清乾隆十四

年己巳(1749)淡艳亭刻本

《世变与维新:晚明与晚清的文学艺术》 胡晓真主编,台湾"中央研究院"中国文哲研究所 2001 年 11 月第 1 版

《世说新语笺疏》 刘义庆撰,余嘉锡笺疏,中华书局 2007 年 10 月第 2 版

《书隐丛说》 袁栋撰,《四库全书存目丛书》子部第 116 册,影印清乾隆刻本

《硕园诗稿》 王昊撰,《清代诗文集汇编》第 102 册

《四库全书总目》 永瑢等撰,中华书局 1965 年 6 月第 1 版

《松陵女子诗征》 善庆、薛凤昌辑,民国八年(1919)锡成公司排印本

《(同治)苏州府志》 谭钧培修、冯桂芬纂,《中国地方志集成》江苏府县志辑

《素赏楼诗稿》 陈皖永撰,民国抄本

《随园诗话》 袁枚撰,王英志校点,凤凰出版社 2005 年 5 月第 1 版

T

《苔窗拾稿》 吴永和撰,清雍正三年乙巳(1725)刻本

《唐宋旧经楼诗稿》 孔璐华撰,清乾隆二十一年丙子(1756)刻本

《陶庵梦忆·西湖梦寻》 张岱撰,夏咸淳、程维荣校注,上海古籍出版社 2009 年 4 月

《桐城耆旧传》 马其昶撰,清宣统三年辛亥(1911)刻本

《彤管新编》 张之象辑,《四库全书存目丛书补编》第 13 册,影印明嘉靖三十三年甲寅(1554)刻本

《同人集》 冒襄辑,《四库全书存目丛书》集部第 385 册,影印清康熙冒氏水绘园刻本

W

《晚明与晚清:历史传承与文化创新》 陈平原、王德威、商伟主编,湖北教育出版社 2002 年 3 月第 1 版

《晚晴簃诗汇》 徐世昌辑,闻石点校,中华书局 1990 年 10 月第 1 版

《晚香堂集》 陈继儒撰,《四库禁毁书丛刊》第 66 册,影印明崇祯刻本

《汪然明集》 汪汝谦撰,清光绪十二年丙戌(1886)刻《丛睦汪氏遗书》本

《王玉映诗》 王端淑撰,清顺治十二年乙未(1655)邹氏鸳宜斋刻《诗

媛八名家集》本

《王士禛全集》 王士禛撰,袁世硕主编,齐鲁书社 2007 年 6 月第 1 版

《未焚集》 祁德琼撰,《祁彪佳集》附编,中华书局 1960 年 1 月第 1 版

《文本风景——自我与空间的相互定义》 郑敏毓著,台北麦田出版公司 2005 年 8 月第 1 版

《文本·史案与实证:明代文学文献考论》 陈广宏著,台湾学生书局 2013 年 8 月第 1 版

《文饭小品》 王思任撰,蒋金德点校,岳麓书社 1989 年 5 月第 1 版

《文阁诗选》 陈舜英撰,方中通《续陪》附,清刻本

《文学经典的挑战》 孙康宜著,百花洲文艺出版社 2002 年 3 月第 1 版

《问花楼遗稿》 权撰,《四库禁毁书丛刊补编》第 89 册,影印清乾隆刻本

《魏叔子文集》 魏禧撰,胡守仁、姚品文、王能宪校点,中华书局 2003 年 6 月第 1 版

《卧月轩稿》 顾若璞撰,清顺治八年辛卯(1651)黄灿、黄炜卧月轩刻本

《无声诗史》 姜绍书撰,印晓峰编,《无声诗史·韵石斋笔谈》本,华东师范大学出版社 2009 年 11 月第 1 版

《吴梅村年谱》 冯其庸、叶君远著,北京文化艺术出版社 2007 年 7 月第 1 版

《吴梅村全集》 吴伟业撰,李学颖集评标校,上海古籍出版社 1990 年 12 月第 1 版

《吴蕊仙诗》 吴琪撰,清顺治十二年乙未(1655)邹氏鸎宜斋刻《诗媛八名家集》本

《吴岩子诗》 吴山撰,清顺治十二年乙未(1655)邹氏鸎宜斋刻《诗媛八名家集》本

《武林坊巷志》 丁丙撰,浙江人民出版社 1990 年 3 月第 1 版

《午梦堂集》 叶绍袁辑,冀勤校,中华书局 1998 年 11 月第 1 版

《五石脂》 陈去病撰,《〈丹午笔记〉〈吴城日记〉〈五石脂〉》本,江苏古籍出版社 1999 年 8 月第 1 版

《五种遗规》 千雨田校阅,经纬教育联合出版部 1935 年 8 月第 1 版

Writing Women in Late Imperial China, by Kang-I Sun Chang, Stanford University Press,1997

X

《贤博编》 叶权撰、凌毅点校,中华书局 1987 年 8 月第 1 版

《西河集》 毛奇龄撰,《景印文渊阁四库全书》第 1320—1321 册

《西河文集》 毛奇龄撰,《清代诗文集汇编》第 87 册

《西泠闺咏》 陈文述辑,台湾新文丰出版公司《丛书集成续编》第 232 册,影印光绪十二年丙戌(1886)钱塘丁氏嘉惠堂刻《武林掌故丛编》(第 9 集)本

《香祖笔记》 王士禛撰,湛之点校,上海古籍出版社 1982 年 12 月第 1 版

《心史丛刊》 孟森著,中华书局 2006 年 4 月第 1 版

《小仓山房诗集》 袁枚撰,《袁枚全集》本,江苏古籍出版社 1993 年 9 月第 1 版

《小黛轩论诗诗》 陈芸撰,《清代闺秀诗话丛刊》本,凤凰出版社 2010 年 4 月第 1 版

《小檀栾室汇刻闺秀词》 徐乃昌辑,清光绪二十二年(1896)丙申南陵徐氏刻本

《小腆纪传》 徐鼒撰,中华书局 1957 年 7 月第 1 版

《小腆纪年附考》 徐鼒撰,中华书局 1957 年 7 月第 1 版

《啸雪庵诗集》 吴绡撰,《四库未收书辑刊》第七辑第 23 册,影印清初刻民国钞配本

《撷芳集》 汪启淑辑,清乾隆五十年乙巳(1785)飞鸿堂刻本

《写韵轩小稿》 曹贞秀撰,清嘉庆二十年(1815)乙亥刻本

《性别平等与文化构建》 刘丽娟著,社会科学文献出版社 2012 年 7 月第 1 版

《绣余续草》 归懋仪撰,清道光十二年壬辰(1832)刻本

《徐都讲诗》 徐昭华撰,《四库全书存目丛书》集部第 251 册,影印清康熙刻《西河合集》本

《续玉台文苑》 江元禧辑,江元祚续辑,《四库全书存目丛书》集部第 375 册,影印明崇祯刻本

《悬榻编》 徐芳撰,《四库禁毁书丛刊》集部第 86 册,影印清康熙刻本

Y

《严白云诗集》 严熊撰,《清代诗文集汇编》第 100 册

《研堂见闻杂记》 清代无名氏撰,《台湾文献史料丛刊》第五辑第 98 册

《养吉斋丛录》 吴振棫撰、鲍正鹄点校,北京古籍出版社 1983 年 12 月第 1 版

《瑶华集》 蒋景祁辑,中华书局 1982 年 11 月第 1 版

《遗民诗》 卓尔堪辑,《四库禁毁书丛刊》集部第 21 册,影印清康熙刻本

《映然子吟红集》 王端淑撰,日本内阁文库藏丰后佐伯藩主毛利高标献上本

《樗园销夏录》 郭麐撰,《续修四库全书》第 1179 册

《雨泉龛合刻》 季娴撰,清顺治十年癸巳(1653)刻本

《玉台画史》 汤漱玉撰,《续修四库全书》第 1084 册,影印清道光十七年丁酉(1837)汪氏振绮堂刻本

《原诗》、《一瓢诗话》、《说诗晬语》 叶燮、薛雪、沈德潜撰,霍松林、杜维沫、霍松林校注,人民文学出版社 1979 年 9 月第 1 版

《越画见闻》 陶元藻撰,上海书店《丛书集成续编》第 38 册

《寓林集》 黄汝亨撰,《续修四库全书》第 1369 册,影印明天启四年甲子(1624)刻本

《玉台书史》 厉鹗撰,浙江人民美术出版社 2012 年 10 月第 1 版

Z

《在璞堂吟稿》、《在璞堂续稿》 方芳佩撰,《四库未收书辑刊》第 10 辑第 20 册,影印清乾隆刻本

《赠药编》 吴绡撰,国家图书馆藏手抄本

《张岱诗文集》 张岱撰、夏咸淳点校,上海古籍出版社 1991 年 1 月第 1 版

《(嘉庆)直隶太仓州志》 王昶纂修,《续修四库全书》第 668 册,影印清嘉庆七年壬戌(1802)刻本

《中国妇女生活史》 陈东原著,上海文艺出版社 1928 年 1 月第 1 版

《中国妇女通史·明代卷》 陈宝良著,杭州出版社 2010 年 11 月第 1 版

《中国古代文学与文化的性别审视》 陈洪、乔以钢等主编,南开大学

出版社 2009 年 12 月第 1 版

《中国历代家训集成》 楼含松主编,浙江古籍出版社 2017 年 11 月第 1 版

《中国善本书目提要》 王重民主编,上海古籍出版社 1983 年 8 月第 1 版

《中国文人阶层史论》 龚鹏程著,兰州大学出版社 2004 年 1 月第 1 版

《中国隐士与中国文化》 蒋星煜著,上海三联书店 1988 年 2 月第 1 版

《中西学术》 朱立元、裴高编,复旦大学出版社 1996 年 11 月第 1 版,

《众香词》 徐树敏辑,王士禛等校,台北富之江出版社 1997 年 1 月第 1 版

《竹笑轩吟草》 李因撰,周书田点校,辽宁教育出版社 2003 年 3 月第 1 版

《"中央研究院"近代史研究所集刊》 台湾"中央研究院"近代史研究所集刊编辑委员会,第 50 期

《缀珍录——十八世纪及其前后的中国妇女》 曼素恩著,江苏人民出版社 2005 年 1 月第 1 版

《自然好学斋诗钞》 汪端撰,清光绪十年甲申(1884)刻《林下雅音集》本

《檇李诗系》 沈季友撰,《景印文渊阁四库全书》第 1475 册

《罪惟录》 查继佐辑,浙江古籍出版社 1986 年 5 月第 1 版

二　学位论文

《顾贞立及其词研究》 张晓燕著,西北师范大学硕士学位论文,2013 年 5 月

《蕉园诗社考论》 范晨晓著,浙江大学硕士学位论文,2010 年 6 月

《流动与互动——由明清间城市生活的特性探测公众场域的开展》 王鸿泰著,台北大学历史所博士学位论文,1998 年

《明代女性作品总集研究》 王艳著,上海师范大学硕士学位论文,2006 年 4 月

《明清之际汾湖叶氏文学世家研究》 蔡静平著,复旦大学博士学位论文,2003 年 4 月

《贤媛之冠——商景兰研究》 谢爱珠著,台北"中央大学"硕士学位论

文,2007 年 7 月

《志烈秋霜、心贞昆玉——刘淑〈个山集〉》 刘李英著,华东交通大学硕士学位论文,2009 年 4 月

三 期刊论文

《朝鲜〈皇明遗民传〉的作者及其成书》 孙卫国著,《汉学研究》2002年第 1 期

《从女山人、女帮闲看晚明妇女的社交网络》 陈宝良著,《浙江学刊》2009 年第 5 期

《夫唱妇随:明清过渡时期李元鼎和朱中楣的诗歌唱和》 曹虹著,《清代研究集刊》第五辑

《古典诗学中"清"的概念》 蒋寅著,《中国社会科学》2000 年第 1 期

《关于魏耕通海案的几个问题》 何龄修著,《文史哲》1993 年第 2 期

《黄媛介生平经历及其与山阴祁氏家族女性交游考述》 李贵连著,《贵州师范大学学报》2011 年第 3 期

《蕉园诗社首倡者顾之琼考论》 邓妙慈,《古籍整理研究学刊》2013年第 2 期

《警钟日报》 蔡元培主编,1904 年 7 月 13 日

《论清代的宫词创作》 王辉斌著,《四川文理学院学报》2012 年 1 月

《明清浙江地方志中的才女书写》 徐鹏著,《浙江社会科学》2013 年第 2 期

《清代士大夫的旅游活动与论述——以江南为讨论中心》 巫仁恕著,台湾"中央研究院"《中央研究院近代史研究所集刊》第 50 期

《清代初年的"蕉园诗社"》 胡小林著,《古典文学知识》2008 年第 2 期

《商景兰卒年考辨》 李贵连著,《长春大学学报》2009 年第 1 期

《〈诗经〉入选文学总集的历史考察》 王祚民著,《诗经研究丛刊》第二十四辑

《试论文学作品历史影响力测度模型的构建——兼与王兆鹏先生商榷"唐诗宋词排行榜"的计算模型》 白寅、杨雨著,《社会科学》2013 年第 2 期

《唐女诗人甄辨》 陈尚君著,《文献》2010 年第 2 期

《汪然明与晚明才妹交游考论》 吴建国、傅湘龙著,《中国文学研究》2010 年第 4 期

《王士禄〈然脂集〉考论》 傅湘龙著,《汉学研究》第 30 卷第 3 期

《新的文学史可能吗》 孙康宜著,《清华大学学报》2005 年第 4 期

《中晚明女性诗歌总集编刊宗旨及选录标准的文化解读》 陈广宏著,《中国典籍与文化》2007 年第 1 期

后　记

完成这部书稿,距 2010 年秋天入学至今,已经过去了十二年。我本科在工科学校学的是计算机,因此中文学科的基础实属薄弱,只是怀揣着对古典文学的兴趣,侥幸在硕士研究生阶段考入了浙江大学古代文学专业。硕士毕业后又继续攻读博士研究生,先后师从朱则杰教授、楼含松教授,从事明清女性文学的研究。老师多年的指导和教诲,使我愈发坚定了治学的信念,日夜勉励自己唯有更加努力,才能弥补专业积累的差距。我对此生成为一个码农并无兴趣,而是希望能够在文史研究中开垦一片荒地,勤勤恳恳地耕作下去。定下题目之后,就将身心整个投入其中,浸淫文献,问道师友,时有将当代的哲学思考与古典文学情境贯通融合的想法,抱着这样的念头写下了博士论文,又在此基础上修改成这部书稿。回望过去的岁月,不禁百感交集!

首先要感谢博导楼含松教授的支持,使本书的理论内核得以成型。虽然选题局限于女性诗文的领域,精神意趣却逸出题目之外。与西方学术思潮进行对话,无非是试图通过空间理论突破时间范式造成的研究困境,从而赋予边缘化的女性研究以多元的意义与价值。在楼师的指导下,我幸运地拥有了一段相对自由的治学时光,可以反思故辙、探索新途,将研究设想付诸于实践。毕业之后,楼师推荐我在浙大城市学院担任教职。入职两年后,以博士论文为基础增删而成的书稿,申请到了国家社科基金后期资助。书稿几经修改,最终得以顺利出版,也要感谢楼师的悉心指导,不仅为篇章字句做细致的斟酌推敲,还为小书写下序言增辉。楼师广阔的学术视野、严谨的态度,一直潜移默化地影响着我。只是资质愚钝,功底尚浅,离楼师的期望仍有很大的差距,唯有日夜勉励自己潜心向学、不忘初心。

我也要感谢硕导朱则杰老师,对我的学业一直关切备至。在书稿的撰写过程中,王德华老师、徐永明老师、汪超红老师提出了宝贵的修改意见。同时,也要感谢周明初老师、胡可先老师、沈松勤老师、林家骊老师、陶然老师、李越深老师、黄杰老师对我的教育培养。众位老师的风格气象各不相同,都让我受益匪浅,正是在老师们指导下,我才能一探古代文学研究的门径。撰写博士论文期间，正值友声读书会学术交流活动的定期开展，叶晔老师、林晓光老师、咸晓婷老师引介的新观念、新方法，给我的写作很大启发。我还要感谢硕士、博士阶段的同学们，回首相伴而行、共同求学的时光，常常令我怀念不已。

我还要衷心感谢国家哲学社会科学工作办的老师们辛勤的付出，和国家社科基金后期资助项目匿名评审专家对书稿提出的中肯建议。浙江大学出版社的各位老师一丝不苟的工作，和责任编辑吴庆的帮助，为本书贡献良多，在此也谨表谢忱。

最后，在想到我的家人时，难免有诸多的愧疚和感激。我的父母总是默默付出，在修改书稿期间，他们承担了许多家庭劳动，为我辛苦照料的两岁多的孩子。我的丈夫陪我度过漫长的求学岁月，在我全心投入研究的过程中，给予我极大的理解与包容。如今这份冗长的答卷，虽然还未达到令人满意的状态，却不免也念之情切！从事这项研究，不仅亲近了数百位才女先贤的文化生命，也结识了诸多志趣相投的好友知己。这些人情交会，就如同星光点点照亮漫长夜空，在广袤荒凉的学术旅途中，带给我长久的慰藉。